Vladslav Ostrov,
príncipe do Juruena

Outras obras da autora

Ficção

Como me contaram... Fábulas historiais. Belo Horizonte, Imprensa Oficial de Minas Gerais, 1973.
Ano novo, vida nova. Rio de Janeiro, Civilização Brasileira, 1978.
Invenção a duas vozes. Rio de Janeiro, Civilização Brasileira, 1978.
Homem de sete partidas. Rio de Janeiro, Civilização Brasileira, 1980; Rio de Janeiro, Record, 1999.
Joaquina, filha do Tiradentes. São Paulo, Marco Zero, 1987.
Sobre os rios que vão. Rio de Janeiro, Atheneu Cultura, 1991.
Amor cruel, amor vingador. Rio de Janeiro, Record, 1996.
Joaquina, filha do Tiradentes. Edição integral com posfácio da autora. Rio de Janeiro, Topbooks, 1997.

Ensaios

A poesia de Juana de Ibarbourou. Belo Horizonte, Imprensa da UFMG, 1961.
Do indianismo ao indigenismo nas letras hispano-americanas. Belo Horizonte, Imprensa da UFMG, 1962.
César Vallejo: ser e existência. Coimbra, Atlântida Ed., 1971.
Presença da literatura hispano-americana. Belo Horizonte, Imprensa Oficial, 1971.
A literatura encarcerada. Rio de Janeiro, Civilização Brasileira, 1981.
A comida e a cozinha ou Iniciação à arte de comer. Rio de Janeiro, Forense-Universitária, 1988.
A literatura alucinada: do êxtase das drogas à vertigem da loucura. Rio de Janeiro, Atheneu Cultura, 1990.
A América: a nossa e as outras. 500 anos de ficção e realidade (1492-1992). Rio de Janeiro, Agir, 1992.
A literatura e o gozo impuro da comida. Rio de Janeiro, Topbooks, 1994.
Refrações no tempo. Tempo histórico. Tempo literário. Rio de Janeiro, Topbooks, 1996.
A América sem nome. Rio de Janeiro, Agir, 1997.
Os males da ausência ou A literatura do exílio. Rio de Janeiro, Topbooks, 1998.

Poesia

Exercício de levitação. Coimbra, Atlântida Ed., 1971.
Exercício de gravitação. Coimbra, Atlântida Ed., 1972.
Exercício de fiandeira. Coimbra, Coimbra Ed., 1974.
Resgate do real: amor e morte. Coimbra, Coimbra Ed., 1978.
Para que serve um arco-íris? Belo Horizonte, Imprensa da Universidade Federal de Minas Gerais, 1982.

Maria José de Queiroz

VLADSLAV OSTROV,
príncipe do Juruena

Romance

EDITORA RECORD
RIO DE JANEIRO • SÃO PAULO
1999

CIP-Brasil. Catalogação-na-fonte
Sindicato Nacional dos Editores de Livros, RJ.

Q45v Queiroz, Maria José de
Vladslav Ostrov, príncipe do Juruena / Maria José de Queiroz. – Rio de Janeiro: Record, 1999.

ISBN 85-01-05365-1

1. Romance brasileiro. I. Título.

99-0067 CDD – 869.93
CDU – 869.0(81)-3

Ilustração de capa: *Le Dit du lion*, de Guillaume de Machault

Impresso no Brasil

ISBN 85-01-05365-1

PEDIDOS PELO REEMBOLSO POSTAL
Caixa Postal 23.052
Rio de Janeiro, RJ – 20922-970

EDITORA AFILIADA

Para Concha Zardoya,

"hay rosas que no mueren porque el amor las hizo
y hay nidos ya sin pájaros que viven para siempre."

E para Teresa e Josep Roca-Pons,
porque não poderia deixá-los fora desta dedicatória,
longe de Concha.

Esta é uma obra de ficção.
Qualquer semelhança com a biografia de pessoas vivas ou mortas
não é mera coincidência;
são afinidades, paralelismos, refrações no tempo.

"A vida só é possível reinventada."
(Cecília Meireles)

Sumário

Olov? Olof?

Uns dois anos após o lançamento do meu romance *Homem de sete partidas,* recebi carta de um leitor do sul do país. De Santa Catarina, para ser precisa. Carta extensa, surpreendente aos olhos de qualquer ficcionista, e curiosa, muito curiosa: sobrescrito impecável, duas laudas de letra apertada, manuscritas, papel pautado. Endereçada à editora Civilização Brasileira, ficara entre os recortes de jornais que costumam colecionar para os autores — uma síntese de "fortuna crítica", quase sempre reexpedida como Impressos. Daí, o atraso com que me chegava às mãos. O leitor, Ivan, de sobrenome Olof, assim mesmo, grafado com f, identificava-se como parente de uma personagem do livro: o russo Vladimir Olov, príncipe Olsztyn. E dizia-me que os dados biográficos divulgados no enredo concordavam, grosso modo, com o pouco que se sabia, na família, sobre o tio aventureiro. Porque se tratava de um seu tio-avô, "de gloriosa memória". Cioso da boa fama do antepassado, e "movido por um sincero desejo de prestar testemunho", tomara a liberdade de relacionar algumas discrepâncias, "sérias discrepâncias", anotadas no correr da leitura.

Que me competia fazer? Defender a integridade física e moral da minha personagem ou permitir, à sua revelia, que esse Olof fantasmático, numa espécie de posse mediúnica, lhe invadisse o corpo, a alma? Isso não me agradava. Por outro lado, se essa outra vida acabasse por impor sua forma real, que poderia eu fazer? Seria o triunfo da consciência do Tudo.

Preparada para o imprevisível, selecionei, e sublinhei, todas as ressalvas feitas pelo parente brasileiro de Vladimir Olov. Isto é, aquelas que pudessem inserir-se no texto, sem prejuízo do enredo, à demanda de uma nova edição: mero desencargo de consciência!

Eis, segundo Ivan Olof, algumas das "discrepâncias" cometidas pela autora: a alcunha O *Nazareno,* que impingiram ao príncipe na Colômbia, nunca chegara ao conhecimento da família. Só se fosse de uso muito restrito. Nazareno, relativo a Nazaré, cidade da Galiléia, não poderia aplicar-se a Vladimir, como foi aplicado ao seu habitante mais conhecido — o Cristo. Se se tratasse de *Nazireu,* talvez... Porque a lei do nazireato proíbe aos que fazem o voto de consagração ao Senhor o corte dos cabelos durante os dias do retiro religioso: devem abster-se de passar a navalha na cabeça. Mas na cabeça, apenas. Não era esse o caso.

Diante do desencontro entre os dois termos, de tão diferente acepção, era bom perguntar: como é que um homem de origem nobre, e russo sobretudo, ia aceitar ser chamado de Nazareno ou mesmo de Nazireu? Era coisa que dava o que pensar...

Pobre? Ele? Pobre, paupérrimo? — conforme afirmava Catarina Shack, personagem antipática e de caráter dúbio? Impossível. Ao emigrar para a Argentina, Vladimir tinha conseguido salvar bens de família, de grande valor: ícones, jóias e ouro. Vários lingotes de ouro. Tanto que se tornara acionista do Banco Polaco de Buenos Aires.

Quanto ao seu envolvimento com os grupos de direita, de forte presença nos países do Prata, nada havia de conclusivo: uma parte da família, ainda residente na Argentina, poderia apresentar provas irrefutáveis de que o parente não compactuara com os simpatizantes do nacional-socialismo. Como é que um neto de judeus poloneses ia meter-se no vespeiro nazi-fascista? Impensável. Embora não dispusesse de maiores informações sobre o período do seu exílio na Colômbia, era certo que tampouco ali o príncipe se deixaria enredar nas malhas de grupelhos de inspiração dúbia, como o *Frühling,* reunido em torno dos Shack. Ao seu sangue judeu — ainda que negado ou dissimulado — certamente repugnaria qualquer conluio com gente dessa laia. Impensável.

Apesar das discrepâncias, a autora conseguira despertar e manter o seu interesse. O romance lhe agradara. E chegava, na sua opinião, "em muito boa hora". Dizia isso pensando nos parentes. "Condicionada pelo meio, cretinizada pelas novelas, a família Olof afastara-se das raízes, num vergonhoso esquecimento da tradição e da alta dignidade do sangue, do nome e da fé."

Urgia despertar na nova geração dos descendentes de Vladimir Olov "o culto dos ancestrais". Para isso, ao que depreendera da fundamentação histórica do enredo, minhas pesquisas poderiam favorecê-lo no empenho de educação dos mais jovens. Apenas deles. Os mais velhos só faziam zombar do seu respeito pelos antepassados.

Ele sabia, sim, que o príncipe havia publicado, em castelhano, e também em russo e alemão, obra extensa e importante. Só que nada passara aos descendentes brasileiros, "gente modesta e de poucas letras, que assinava o nome com f e não com v".

Ao deparar, no romance, com a referência expressa a dois títulos da autoria de Vladimir Olov — *A ressurreição da velha Rússia* e *Considerações genealógicas* —, confirmara-se o que sempre ouvira: suas obras tinham alcançado êxito, ele gozara de prestígio como escritor. Era "o grande expoente da família". E o mais importante: ficara sabendo, graças ao romance, que os seus livros ainda circulavam, e eram lidos, na América Latina. Uma vez que fora eu a primeira, no Brasil, a mencionar-lhes a existência, contava com os meus préstimos para obter, para ele mesmo, e para os filhos, não só um exemplar de cada um deles, como de tudo quanto tivesse publicado. A carta terminava com um pedido: que lhe fizesse cópias — pelas quais me reembolsaria com muito prazer — daquilo que encontrasse (no país e no estrangeiro) — ou, então, que o instruísse sobre o modo de localizar, e adquirir, essa bibliografia. Estava disposto a qualquer sacrifício — de dinheiro, foi o que entendi —, a fim de recuperar para a posteridade a memória do parente famoso.

Entre estarrecida e surpresa, e também temerosa do rumo que pudesse tomar o caso, telefonei ao meu editor e fui vê-lo no Rio. Teria eu caído numa armadilha da memória? Estava convencida de que Vladimir Olov, o príncipe Olsztyn, era invenção minha, propriedade pessoal e de mais ninguém, e só existia na minha imaginação e nas páginas do meu romance. Como é que saltara dali para a realidade?

Não recorrera a varinha de condão nem a mesa falante para criá-lo. Depois de forjar-lhe o nome, busquei-lhe um título no *Larousse*, no pequeno *Larousse*, que tenho sempre a meu lado, em cima da escrivaninha. Ali está — "Olsztyn, em alemão Allenstein, cidade da Polônia, na antiga Prússia Oriental". Como a personagem era de origem polonesa, o título caía-lhe como luva. Foi o que julguei. Ao nome inventado, conferi grau nobiliárquico inspirado no toponímico. Coisa simples e corriqueira. Principalmente quando se manipula a fantasia... Tudo ficção. Menos o quadro histórico, real, em que situei a personagem: a América Latina e a Europa nos anos anteriores à guerra de 14-18 e, depois, à véspera da Segunda grande guerra e o período de 39 a 45. Atribuindo-lhe comportamento político verossímil, numa absoluta coerência com o meio onde vivia, falei, por isso, do seu provável envolvimento com os grupos de extrema direita, que atuavam na região do Prata e nos países andinos, e referi-me à ação dos anarquistas e fascistas que, de fato, existiam e se manifestavam em toda a América.

Se lhe atribuí a autoria do livro e do artigo citados foi porque encontrei, nos boletins bibliográficos da época, inúmeros estudos de genealogia. Não copiei títulos nem transcrevi súmulas de catálogos; inventei-os. De fio a pavio. Permitindo-me, até, comentá-los com uma certa acrimônia. Tornei-me, a um tempo, autor e crítico. Isso, o que fiz. Só isso, meu Deus!

O editor, encantado com a história, não partilhou do meu alarme. Nem do meu temor. Divertiu-se com a minha ansiedade, riu-se com gosto da minha inquietação. Ao ver que eu não achava graça alguma na sua reação, mudou de comportamento: citou Rimbaud, disse que o romancista, como o poeta, é "o vidente", aquele que vê e que intui. Cumpria portanto investigar se essa acuidade perceptiva me havia permitido, "deveras", sondar o insondável e desvendar o que estava oculto. Para descobrir isso, mandaria fazer uma pesquisa na *Nobiliarquia* e nos índices do *Anuário genealógico* da Biblioteca Nacional. Encomendaria também, sem perda de tempo, uma busca exaustiva, em todos os catálogos da casa, dos nomes *Vladimir Olov* (ou *Olof*) e *Olsztyn.*

Umas duas semanas mais tarde, quando já me encontrava em Belo Horizonte, onde residia na época, chega-me a notícia do resultado da investigação, realizada por um dos mais competentes bibliotecários da casa, Olímpio Gomes de Matos: *Nihil.* Nada fora encontrado. Eu estava salva: não se tratava de armadilha da memória nem de uso ilícito de propriedade intelectual alheia. Tratava-se, isso sim, de mais uma demonstração de que a vida copia a arte. Firmado nesse argumento, o editor já imaginava relançar o romance, bem precisado que andava de leitores e de publicidade. Mas queria a minha aprovação. Melhor: contava com ela para divulgar a curiosa coincidência. Digna de figurar no livro das coincidências de Koestler, não é?

E então?

Pedi-lhe tempo: tempo para pensar e tempo para decidir-me. Como conciliar realidade e ficção? E se o príncipe tivesse realmente existido? O fato de não encontrar nenhum dos nomes no fichário da nossa BN não atestava a inexistência de homônimos noutros continentes. E era o que me deixava apreensiva. Começava a duvidar de todo mundo e de mim mesma. Que dizer ao parente? Que a vida tinha copiado a arte? Será que ele se curvaria a essa evidência? E se, após a divulgação do acaso, que assegurava a precedência da arte sobre a vida, surgissem, inesperadamente, dados precisos, históricos, de que Vladimir Olov se exilara, em carne e osso, na Argentina e na Colômbia?

O extraordinário, dentro do imprevisível, seria a coincidência completa — não só do nome e do sobrenome, como do título de nobreza e de eventuais obras publicadas. E isso podia acontecer. A crer na carta de Olof, tudo podia acontecer.

À vista da ausência, no Brasil, de fontes de consulta, que idéia fariam de mim os leitores? Qualquer leitor... A imprensa, a tevê e o rádio não deixariam passar a ocasião, de ouro, de insinuar paranormalidade e mais delírios esotéricos...

Não, não cultivo ilusões literárias: sei, de experiência, que escrevo para uma "imensa minoria". Meus leitores contam-se nos dedos. Das mãos. Apesar disso, não tencionava expor-me publicamente. Nem a meu livro nem às minhas personagens. Respeito-os. Muitíssimo. E também os meus raros leitores. Entre eles incluía-se, naquele momento, Ivan Olof. A quem não gostaria de desapontar. Nem mesmo para comprazer ao meu editor e ajudá-lo a promover o romance, em mal de vendas.

Na verdade, o incidente fortuito, em tudo propício à defesa da criação, não me trouxera vaidade nem contentamento. Muito pelo contrário: ameaçava transformar-se em caso de consciência...

Preocupados com o desenrolar da história, os amigos aconselharam-me calma e bom senso. O que é fácil. Pois a tormenta continuava a crescer diante dos meus olhos. Cáspite! É do meu temperamento. Sempre faço "tempestade em copo d'água" (minha mãe quem diz). Paciência...

Com a tempestade na cabeça, acabei protelando, semanas e semanas, a resposta ao leitor. Mesmo depois do resultado da pesquisa na BN, não me dispunha a escrever-lhe. Nem sabia como fazê-lo. Sempre pronta a pegar da pena, sentia um profundo desalento à vista do papel de carta. Tentei a máquina. A mesma inibição. Branco total. Para pôr tudo em pratos limpos, teria de explicar-me tão longamente que acabaria escrevendo outro romance.

Nessas cogitações, dividida entre a verdade e a realidade, voltaram a chamar-me do Rio. Era o editor.

Sete meses eram passados desde a consulta à Biblioteca Nacional. O acaso, novamente o acaso, conduzira à Seção de Obras Raras um historiador do Colégio Brasileiro de Genealogia. Plínio Doyle, diretor da BN, pusera, excepcionalmente, à sua disposição, um livro publicado em Lisboa em 1631, *Origem da nobreza política, brasões de armas, apelidos, cargos e títulos nobres,* da autoria de Álvaro Ferreira de Vera. Terminada a pesquisa, o historiador ficara de prosa com o Dr. Doyle e comentara com ele o assunto da tese em que trabalhava: "A nobreza oriental exilada no Brasil". Como também ele, o diretor, se interessara pela investigação encomendada pelo editor, seu amigo, ocorrera-lhe perguntar ao pesquisador se não se defrontara, nos nobiliários compulsados, com um certo príncipe Olsztyn, russo branco, expatriado na América.

Foi então que obtive, do próprio Plínio Doyle, ao telefone, pois estava ao lado do editor, já a par da preciosa descoberta, a surpreendente revelação:

— O príncipe Olsztyn existiu, sim. E viveu na Argentina, na Colômbia e, muito provavelmente, no Brasil. Mas não é só isso. Talvez esteja vivo. E atende pelo nome de Ostrov, e não Olov nem Olof. Olof, com f mesmo, é, ao que parece, nome, isto é, prenome, muito estimado nos países nórdicos. Não se lembra de Olof Palme, o ministro? Houve também um rei, Olof Skotkonung, nascido em 994 depois de Cristo. Que tal? Se quiser maiores informações, venha conversar com o Prof. Mauro Leite de Sousa, no Colégio Brasileiro de Genealogia, ou escreva-lhe diretamente. Ele deve ainda falar-lhe de outro livro consultado na Seção de Obras Raras, mas esse sobre o nome Ostrog.

Anotei o endereço do genealogista. E logo lhe escrevi. Postada a correspondência, não demorei a receber a resposta. A história do príncipe Olsztyn, aliás Vladslav Ostrov, escapava ao meu domínio. Segundo as anotações do Prof. Mauro, não corria nas suas veias nem uma gota de sangue semita. Seu verdadeiro nome de família — Ostrovski — fora abreviado. Após a emigração, a família do príncipe abolira a desinência *ski* ou *sky* e passara a assinar Ostrov — que, em russo, significa ilha, e não se deve confundir com Ostrog. De velha cepa nobre, os Ostrog atuaram nas guerras civis da Polônia. Num livro raro, publicado em Veneza em 1671, Alberto Vimina refere-se ao conde D'Ostrog e ao duque Domenico Ostrog. Mas nada têm a ver com os Ostrovski, de Olsztyn. "Por isso, cuidado!" — advertiu o linhagista: "Um pequeno erro de grafia tudo põe a perder!"

A expatriação dos Ostrov, ramo dos Ostrovski (família que deixou, na Rússia, numerosa descendência — numerosa e ilustre), ocorre em 1919, após a revolução de outubro de 1917. Livre da tutela prussiana, a Polônia experimentava, após 22 de novembro de 1918, a euforia da liberdade. Nascido em 1909, Vladslav teria, ao chegar a Olsztyn, solo paterno, menos de dez anos. Duas décadas mais tarde, pouco restava da Polônia livre e una que os tratados de Versalhes e de Riga haviam definido e reintegrado. O belo sonho da infância tornara-se pesadelo. A instabilidade política européia e a iminência de uma segunda guerra levam-no a emigrar, já adulto, para a América. Partiu sozinho. À vigésima quinta hora. Ou quase. Segue para a Argentina em 1939, à véspera da invasão nazista, após a inauguração, em 1º de agosto, de uma linha marítima entre o porto de Gdynia e La Plata.

A mudança para Bogotá não pode, nem deve, ser anterior à década de 50. De 1947 a 1949 ainda há indícios de sua residência em Buenos Aires, onde era estimado e gozava de boa reputação: artigos publicados em *La Nación* e referências, na imprensa, às suas atividades profissionais. Acionista de um banco polonês, vendido por volta de 1950-55, teria deixado a cidade nessa altura. Isto é, após a liquidação e alienação do banco. Negócio vultoso, com implicações políticas e sociais de penosa solução.

Escrevia muito: artigos, crônicas, *sueltos,* traduções. Textos de divulgação. Sobre a Rússia, sobre a Polônia, mas, principalmente, sobre a velha Prússia. A genealogia não era o seu forte. Interessado no resgate da própria origem, falava de títulos e linhagens *en passant.* Publicou, na Colômbia, livros importantes. De história, ou temas históricos. Todos eles. Um dos mais apreciados, sobre a Prússia e a Sucessão espanhola de 1700, traz prefácio elogioso de Juan Friede, da Academia de História. É a época da madurez. Já dominava, à perfeição, o castelhano.

Aponta-se num dos seus livros, ou artigo — o prof. Mauro tinha dúvidas a respeito —, de franca defesa do nacionalismo alemão, a causa imediata de mais um exílio na sua biografia: dessa vez no Brasil. Certamente na região amazônica, de fácil acesso por Leticia. Nada comprovado. Se ali morreu, ninguém sabe. Na Colômbia, em Bogotá, perdem-se os rastos do seu itinerário sul-americano.

Como não se fizera registro, àquela data, nas publicações especializadas, de qualquer alteração na linha de sucessão dos Olsztyn, era provável, mais do que provável — insistia o Prof. Mauro —, que ele ainda vivesse. No Brasil? Por que não? Talvez a Academia de História, talvez Juan Friede, professor e historiador colombiano, ou Germán Arciniegas, também acadêmico, grande escritor e embaixador, pudessem dar notícia do seu paradeiro. Isto é, se vivo...

Nada mais me interessava. Que descansasse em paz. Vivo ou morto. O sumário do genealogista carioca livrava-me do fantasma que me perseguia como alma penada. As discrepâncias entre a biografia do príncipe, de carne e osso, e a da personagem de ficção, agora irrefutáveis, trouxeram-me sossego. Bastaria o confronto das datas para alijar, de vez, qualquer decalque biográfico. Vladimir Olov chegara à Argentina em 1908! Trinta e um anos depois é que o príncipe Olsztyn, aliás Vladslav Ostrov, desembarcava em La Plata...

A inquietação desses últimos meses, causada por um intruso que invadira a minha intimidade e, não contente, se envultara, ou se encarnara, numa das minhas criaturas, desaparecera por completo. Eu quis logo escrever a Ivan Olof para transmitir-lhe as informações de fonte oficial, isenta e séria. Mas, não sei bem por quê, os dias, as semanas foram passando e a redação da carta adiando-se, adiando-se, indefinidamente. Quando me acusava de negligência, encontrava uma excelente desculpa: seria melhor que visse antes o prof. Mauro para esclarecer alguns pontos obscuros da biografia do príncipe. Por exemplo: o título. De quem o herdara? Era, de fato, de origem nobre? Se benquisto na Argentina, por que emigrara para a Colômbia? Como teria sido a sua estada em Bogotá? Sem esses dados, que havia de concreto? E, ademais, chamando-se Ostrov, cessaria o seu parentesco com os Olof de Santa Catarina... Assim sendo... Melhor calar a verdade. Pelo menos por enquanto...

Satisfeita com as minhas razões, a consciência deixou-me em paz e o tempo correu sem estorvo. Cursos, aulas, compromissos e mais compromissos mantiveram-me ocupada e, por que não confessá-lo?, me permitiram esquecer, sem remorso, o estranho episódio.

No outono de 1989, convidada a fazer um ciclo de conferências na Europa, deixei o Rio em setembro. Entrado o inverno, resolvi prolongar a estada até janeiro para festejar, com amigos, o Natal e o Ano-Novo. Foi quando conheci, em Bonn, uma simpática bávara, *Frau* Bock, recém-chegada de um giro pelo interior do Brasil. Assisti, no Centro Latino-Americano, a duas de suas palestras. Sérias, bem documentadas e, para o nosso descrédito, ilustradas por irrefutáveis e infamantes slides. A primeira, "De Tucumã a Aripuanã — O paraíso depois da chegada do branco"; a segunda, "Do Purus ao Vale do Javari — A última fronteira do Oeste".

Durante mais de duas horas, percorremos, sempre rumo ao oeste, a região amazônica que *Frau* Bock considera uma das nossas últimas fronteiras. Seguiu-se à palestra um animado debate em torno da ecologia e da preservação da natureza, com graves acusações às autoridades, alheias aos crimes cometidos contra o ecossistema e quase sempre coniventes com aqueles que auferem lucros com a exploração das riquezas da terra e com o massacre dos índios. Num bate-papo informal, durante a recepção oferecida pelo Centro, pudemos conversar com a conferencista e ouvi-la falar, com maior franqueza, sobre o tema abordado. Aprendi com ela — não me acanho de confessá-lo — muitíssimas coisas sobre o Brasil. Isto é, o Brasil profundo, que dói como ferida em sangue, e que se vê sem ufanismo nacionalista: o Brasil sem retoque, captado pelo olhar estrangeiro.

Conversa vai, conversa vem, *Frau* Bock ganhou confiança e passou a relatar sua experiência pessoal. Mas com gente à volta e tanta coisa a dizer, decidimos marcar encontro para dois dias depois.

Numa tarde fria de inverno, inverno rigoroso, de neve espessa e estradas com *verre glas,* quis o acaso que cruzássemos a linha do equador, confundindo, sob os tristes trópicos, as linhas da vida com as da ficção. O que ouvi e anotei, com honesta e limitada reserva, não pode continuar ignorado.

VENDEM-SE MADEIRAS NOBRES, PLANTAS, PARASITOS, ORQUÍDEAS, PELES DE ANIMAIS SILVESTRES, AVES ORNAMENTAIS DA AMÉRICA DO SUL. ENTREGA-SE A DOMICÍLIO. CONDIÇÕES DE VENDA: ENDEREÇAR-SE À REPRESENTAÇÃO EM GDANSK. CAIXA POSTAL 2001.

Foi esse anúncio, publicado em negrito num jornal de Gdansk — a antiga Dantzig, terra natal de Schopenhauer e de Günter Grass, berço do Solidariedade, de Lech Walesa —, que levou Ursula Bock a escrever à caixa postal 2001. Ao retorno do correio, num sobrescrito verde-amarelo, procedente do Brasil, e não da representação em Gdansk, Frau *Bock recebia a resposta à sua carta. Assinava-a o responsável,* in loco, *pela coleta e expedição da mercadoria nativa. E... o inesperado: não havia necessidade de recorrer ao português nem ao castelhano para entender-se com o remetente. Embora habitasse há quase meio século as solidões da América do Sul, escrevia-lhe em legível e perfeito alemão. Seu domicílio? Um lugar incerto na Amazônia legal, ao norte do Mato Grosso, à margem esquerda do Juruena, tendo por limite, ao sul, a Serra dos Apiacás.*

Sem codificação postal, a correspondência deveria endereçar-se à Posta Restante de Alta Floresta. Mas... tivessem paciência!, pois os serviços dos correios dependiam da meteorologia e do acaso. As cartas chegavam ao destinatário quando algum helicóptero, cujo destino era Porto dos Gaúchos ou Aripuanã, se encarregava do transporte e, de uma dessas cidades, havia quem subisse às terras altas. Também as respostas se sujeitavam a atraso: atravessavam a custo rios e corredeiras antes de cruzar o Atlântico e desembarcar em Munique, onde as aguardava a secretária da firma importadora.

A firma importadora, Jasmin, para a qual trabalhava Frau *Bock, comercializava produtos latino-americanos, australianos, indonésios e africanos. Não é preciso explicar que do Brasil e dos países hispano-americanos, da Austrália, da África e da Indonésia —*

principalmente de Bornéu —, o que se vende mesmo, e bem, são a fauna e a flora. Silvestres. Só que a crescente onda ecológica e a vigilância de grupos como o Green Peace vinham prejudicando o comércio e impedindo as importações de onças, jacarés e vicunhas, ornitorrincos, ariranhas, micos, lêmures, peles de crocodilo, plumas de aves-do-paraíso, papagaios e araras, além de orquídeas, raflésias, madeiras e raízes de toda espécie.

A demanda passara a ser maior que a oferta. Por isso, os classificados dos jornais eram escrupulosamente lidos e grifados. Após o registro dos reclames, e averiguada a procedência da mercadoria, cabia aos vários departamentos da firma estabelecer contato com os vendedores. Intérprete de línguas românicas, Frau *Bock dirigia o setor latino-americano.*

Como a firma já tivera problemas com os órgãos de defesa do ambiente e com a fiscalização alfandegária de outros países da América do Sul, Ursula Bock passou a encarregar-se pessoalmente da tramitação dos papéis para a importação. Que tudo se fizesse limpamente, com lisura, para que não caíssem nas redes da polícia ou nos desvios da justiça! — fora a recomendação do diretor. E nada de multas! Nem propinas! — arrematara. Depois de meia dúzia de cartas, e diante das infinitas exigências burocráticas, decidiu-se que seria de bom aviso mandar alguém ao Brasil para conhecer o exportador e entender-se com ele diretamente a fim de evitar dissabores. A escolha recai, é óbvio, sobre a intérprete de português da casa.

Tudo bem ponderado, estabeleceu-se o itinerário da viagem. Em obediência às recomendações do exportador, Frau *Bock desceria em Manaus para alcançar, pelo norte, a região banhada pelo Juruena. O trajeto mais simples, e direto, por avião, seria o seguinte: Munique–Frankfurt–Recife–Manaus. De Manaus à Transamazônica, a viagem seria feita em duas escalas, com paradas em Novo Aripuanã e Apuí. Depois, se a estrada não estivesse alagada, o resto do trajeto seria feito de ônibus ou de carro.*

Seguindo à risca todos os conselhos da agência de viagens, Frau *Bock vacinou-se contra a febre amarela, contra a dengue e contra a cólera. Ainda assim, houve quem se obstinasse em alertá-la contra os muitos perigos de contágio a que se expunha. Esgotada a lista de flagelos, peste e mais agravos, que remédio?, ela fechou olhos e ouvidos ao mau presságio e deu uma chance à sua boa estrela. Não sem improvisar, para um caso extremo, uma pequena farmácia portátil...*

— Se tivesse a fé de minha mãe, luterana convicta, teria dito ao entrar no avião: Seja o que Deus quiser e a minha força de vontade puder realizar.

E corrigindo-se com humor:

— Como não me socorre uma fé absoluta, sem condições, tive o cuidado de subir com o pé direito o primeiro degrau da escada. Aí, firme no meu propósito, expressei o meu desejo: que estes pés me levem e me tragam de volta ao meu país.

Assim teve início a aventura que a converteria em conferencista e defensora da natureza. Se partiu para o Brasil como importadora de aves, peles, madeira e plantas ornamentais, regressou como botânica, ornitóloga, zoologista. Se quiséssemos usar o termo da moda, ecologista. Sua paixão, no entanto, transcende à moda: é fundada na ciência e numa ética de vida. Só quem a conhece pode entender a razão de sua ira, mesclada de pena, de desesperança e de cansaço. Mas não estamos aqui para fazer-lhe o elogio. Nosso interesse é outro: acompanhá-la rumo ao Juruena, para assistir ao seu encontro com Vladslav Ostrov. Porque era esse o nome do cliente da firma, estabelecido e domiciliado no Brasil, e, ao que tudo indicava, homem de posses, culto e de muito boa educação.

Ostrov? *Vado*?

Chegar ao Recife, depois da correspondência de vôo em Frankfurt, não foi difícil. Difícil foi sair dali para prosseguir viagem. Ao descer no Aeroporto de Guararapes descobri que ao atraso do fuso horário devia somar atraso maior: o do avião que me levaria a Manaus. Mais de quatro horas de espera. A linha doméstica que servia a capital do Estado fazia conexões com outras cidades do nordeste e do norte do país antes de aterrissar no seu destino. Operava, duas vezes por semana, na rota Recife–Natal–Fortaleza–Teresina–Manaus. Que em nada lembrava a que fora confirmada pela agência de turismo de Munique. Dane-se o turista!

Em todo caso, pude contemplar, do alto, os planos das cidades. Predispondo-me ao pitoresco, evitei consultar o relógio. Não me incomodou o calor. Estava preparada para suportá-lo. Incomodou-me a indiferença dos funcionários do aeroporto, que não me prestaram qualquer informação sobre os horários dos pequenos aviões que faziam táxi aéreo até Apuí nem se dignaram a ouvir-me com atenção. O atraso do vôo me obrigaria a permanecer em Manaus até a manhã seguinte. Só ali poderia obter horários e rotas aéreas praticadas na região. Se bem que no Aeroporto Internacional ninguém soubesse coisa alguma! Sequer conheciam Apuí. Olhavam-me com tamanho assombro que logo me recriminei: é o meu sotaque. Que vexame! Mas não era isso, não. Pedi papel, escrevi o nome da cidade: o espanto aumentou. Sem que aumentasse o desejo de servir à viajante de primeira viagem. Apuí, Tombuctu ou Valtelina devem significar a mesma coisa aos olhos dessa gente: terra incógnita.

Totalmente desamparada, tomei a decisão de alongar de mim o futuro: só voltaria a preocupar-me com o meu destino ao embarcar para Manaus. Andei pelo aeroporto, troquei dinheiro, comprei os jornais do dia para integrar-me à rotina do lugar. A primeira coisa que me veio à lembrança foi informar-me sobre a cidade e atualizar os meus conhecimentos. Li o que me pareceu de maior importância: reportagens e artigos sobre a política e a economia do país. Muito pouca coisa, além da programação dos cinemas, sobre a vida cultural do Recife. Não encontrei, infelizmente, qualquer resenha de livros. Gostaria de suprir-me de leitura em português, mas não podia fazê-lo às cegas. Voltei à banca de jornais e comprei duas revistas. Dediquei-lhes o resto da manhã. Às 15:30, uma voz xaroposa, com mil e uma insinuações eróticas, chamou para o embarque. Era hora de começar a preocupar-me com a viagem até Apuí.

Devo ao piloto o primeiro indício sobre a existência da cidade. Uma das comissárias de bordo trouxe-me, da cabine de comando, um mapa da região: nele se via, com nitidez, a linha sinuosa do Juruena, do Mato Grosso ao Pará, e, assinalado a lápis preto, na linha da Rodovia Transamazônica, o nome de Apuí. Em algum ponto ao longo do rio, ao sul daquela marca, depois da confluência com o Rio São Manuel, ou Teles Pires, encontrava-se a propriedade de Ostrov.

Foi esse mapa, relíquia da minha descoberta da Amazônia, de que me servi para conseguir um táxi aéreo, após três horas de espera no aeroporto da capital do Amazonas. Em Apuí, voltei a mostrá-lo ao gerente do hotel, mais albergue que hotel, apontando-lhe a região onde deveria descer. Ele olhou-o intrigado, como se diante de um mapa de tesouro. Repeti-lhe duas vezes que precisava de um meio de transporte — rápido e seguro — para chegar à fazenda Juruena.

Depois de medir a distância entre Apuí e o Juruena, ele balançou a cabeça e concluiu em tom desanimador:

— É... ônibus não tem. Tá tudo quebrado. Pelo rio, não aconselho. Tem, nessa região, uma Reserva Florestal. E precisa licença.

— E táxi?

— Nem doido pega aquela estrada: é uma barreira só. Muita água corre por ali.

— Mas eu tenho que ir à fazenda do senhor Ostrov! Sabe quem é?

— Sei não. Não conheço ninguém por aquelas bandas. É terra onde o diabo perdeu a bota. Era melhor ir até Juruena e depois subir... Sei não... Já que está aqui...

Depois dessa sentença, o gerente calou-se, deixou o balcão da recepção e desapareceu por uma porta dos fundos. Uns dez minutos depois estava de volta.

— Já tem quem leva a senhora até aquelas bandas. Ele vai mais longe: vai até Cotriguaçu. Disse que pega a 206 e a 208. Depois, a senhora se vira. Mas é de caminhão.

— E quanto custa?

— Custa nada. A senhora paga uma cerveja. Mas vai ter de madrugar. O homem tá indo pra lá e sai às quatro da manhã. O nome dele é Vicente.

Compreendendo que o meu interlocutor não era de muitas falas, agradeci e fui para o quarto. Cansada como estava, não me animei a sair. O calor, lá fora, era insuportável. Tomei um banho, deitei-me e só acordei no dia seguinte ao toque da campainha do telefone. Eram quinze para as quatro.

— Se a senhora quiser tomar café, pode descer — advertiu uma voz masculina.

Em vez de café, pedi um refresco e comi umas bolachas.

Às quatro horas, chamavam-me à porta do hotel: era o *seu* Vicente à minha procura. Paguei a conta e despedi-me do porteiro. Minha bagagem já estava na carroceria do caminhão. A porta aberta, o motorista me esperava com o motor ligado, a mão esquerda ao volante, o pé no acelerador, a primeira marcha engrenada. Cumprimentei-o. Olhos baixos, cara de poucos amigos. Balbuciou alguma coisa que eu tomei por um bom-dia. Sentei-me a seu lado, cerrei a porta. Ele atravessou o braço à minha frente, voltou a abri-la e fechou-a com estrondo.

— Agora está trancada. Podemos partir?

— Eu estou pronta. Muito obrigada.

Após uns seis minutos, talvez mais, tentei o que chamam "puxar conversa". Falei do Rio Amazonas, da pororoca, da vitória-régia, do pirarucu, das piranhas, de sapoti, graviola, jaca, de tudo quanto aprendera como típico da região e que pudesse manifestar-lhe minha curiosidade pela sua terra. Nada! *Seu* Vicente respondia por monossílabos. Ou nem isso. Apenas emitia um som grave, de rosnado de cachorro, e que eu acredito fosse algo como han-han ou hon-hon. E durante três horas de estrada não ouvi outra coisa de sua boca. Quando lhe ofereci uma barra de chocolate que havia trazido da Alemanha, seu olhar atingiu-me em cheio.

Entendi perfeitamente, no silêncio constrangedor que se seguiu, a resposta ríspida: Eu vou lá comer isso?! Abri um pacote de biscoitos, biscoitos salgados, de centeio, e a acolhida foi outra. Num gesto cauteloso, de grande delicadeza, *seu* Vicente estendeu a mão e retirou uma rodela. Comeu-a sem ruído, com visível prazer, saboreando-a como *gourmet*. Voltei a apresentar-lhe o pacote. Os olhos baixos, murmurou:

— Aceito mais tarde, com o café.

Duas horas depois, sem aviso, pára o caminhão. Evitando sempre olhar-me de frente, sugere:

— Se tiver alguma precisão, aproveite. Porque daqui pra diante não dá pra parar. Vamos atravessar a Reserva. Naquele boteco tem a casinha nos fundos, e a gente pode tomar um café.

— E para comer? O senhor deve estar com fome. Pois eu já estou.

— Se a senhora gosta de lingüiça, acho que tem.

E tinha. Lingüiça, peixe seco, pele frita. *Seu* Vicente aceitou o biscoito e vi que comia com satisfação. Entreguei-lhe o pacote e consegui que ficasse com ele. Quando fui pagar a conta, o dono do boteco me declarou que *seu* Vicente tinha acertado tudo. Já a seu lado, no caminhão, dei-lhe uma nota de cem para cobrir o gasto. Novamente o seu olhar incidiu sobre o meu rosto, a revidar insulto. Recolhi a cédula sem dizer palavra e balbuciei um "muito obrigada".

Compreendi que observávamos uma lei de troca: o almoço retribuía os biscoitos de centeio. Só que ele saíra perdendo. Era preciso que eu descobrisse um modo de reembolsá-lo sem ferir-lhe a suscetibilidade.

Mais quatro horas de estrada, com raros monossílabos e dezenas de han-han, hon-hon. Ninguém aparecera para controle de licença ou coisa parecida. De vez em quando, o vento trazia nuvens de fumaça das queimadas. Era sinal de vida humana nos arredores.

De repente, sem aviso, nova parada brusca. Olhei à volta: nada. Paramos em lugar nenhum. Seria o fim da viagem? Não havia ali outra coisa que não fossem capim alto, árvores, trepadeiras, pássaros e mosquitos. Antes que fizesse qualquer pergunta, *seu* Vicente avisava:

— Se tiver alguma precisão, se quiser beber água ou comer uma fruta, mais embaixo tem a cafua dum pescador. É meu conhecido. Vou até lá apanhar uns peixes pra janta.

Dito isso, saltou do caminhão e meteu-se no capinzal sem esperar por mim. Alcancei-o com dificuldade: a folhagem me feria os braços e o rosto. Vi que *seu* Vicente abria caminho com gestos largos, curvando as moitas ora com o braço direito, ora com o esquerdo. Procurei imitá-lo, mas não fui feliz. Protegia o rosto da lâmina das folhas, mas as mãos e os braços sofriam terrivelmente. Quando fiquei bem atrás dele, pude resguardar-me um pouco mais. Ele diminuíra a marcha e mantinha o capim abaixado para que eu passasse.

Ao chegarmos à cafua, encontramos a mulher do pescador ocupada em descamar meia dúzia de peixes. Dois meninos brincavam à margem do rio. Dona Júlia apontou umas touceiras de banana onde eu estaria à vontade "em caso de precisão". Disse que tinha mandioca cozida e uns pedaços de peixe na panela. Agradeci. Mas acabei aceitando duas bananas. Quando quis pagar, ela afastou a minha mão, num sinal de recusa.

— *Seu* Vicente é nosso freguês — explicou.

A pretexto de descer até o rio, aproximei-me dos meninos e dei a cada um deles uma cédula de cem cruzados. Foi quando deparei com o pescador e o motorista numa conversa animada. Ao ver-me, calaram-se. Apesar de constrangido, *seu* Vicente apresentou-me ao amigo. Sorridente, *seu* Amâncio — era o seu nome — estendeu a mão e disse:

— A senhora desculpa a pobreza. Mas onde come quatro, come seis. E o rio, a banana e a mandioca tão aí pra matar a fome da gente. O Vicente aqui me contou que está de viagem pra fazenda do *seu* Vado, não é? Vai ter de caminhar um estirão! Porque só tem quem travesse o rio uma meia légua antes. E a estrada, naquela altura, fica ainda mais longe do rio que aqui. É marcha boa dum lado e do outro. Pode escrever o que eu falo.

Não escrevi o que me falou. Mas tudo foi gravado na hora. No coração e na memória. Chamou-me a atenção o nome com que se referira a Ostrov, *seu* Vado.

— Vado? É assim que *seu* Ostrov é conhecido por aqui?

— Pois num é? Dizem que é *Prince* também. E com o nome enrolado que tem, é mais fácil dizer *Vado* ou *Prince*.

Quando esperava saber mais sobre o nosso cliente, o motorista tomou a palavra:

— Não vamos delatar aqui. Já tenho o peixe pra janta, e a senhora, um estirão de marcha pela frente. Mais uma hora de estrada e chego no lugar onde o Amâncio diz que pode atravessar. Tem que aproveitar o claro do dia. O sol já vai escondendo.

Voltamos ao caminhão. Ainda insegura quanto ao verdadeiro valor da moeda — só sabia que um cruzado era igual a mil cruzeiros novos —, pus num envelope oitocentos cruzados e entreguei-o ao *seu* Vicente.

— É para o jantar — justifiquei-me.

— Não carecia — respondeu. — Mas como foi combinado com o gerente do hotel, aceito. Senão, isso de dar carona não vai ter parança. E nem todo mundo é como a senhora...

Uma hora mais tarde, tal como previsto, *seu* Vicente me deixava, com a minha bagagem, num ponto perdido e ignorado do mapa. Fez um gesto largo com o braço e apontou na direção do rio.

— Fica por ali. Boa viagem.

Entrou no caminhão, ligou o motor e partiu.

Vi-me então sozinha naquele fim de mundo: "só eu e Deus", como diria minha mãe. A vegetação, felizmente, era mais baixa, com sinais de poda recente, e havia uma trilha. Mas não comecei logo a andar. Apoderou-se de mim uma estranha sensação de liberdade. Ali estava eu, desligada de todos os laços com a civilização. Nada me prendia a quem quer que fosse. E as águas, as grandes águas, não estavam longe dali. Era como se reescrevesse o primeiro capítulo do Gênesis: o meu Gênesis.

Dona de mim e do meu destino, sentei-me na pequena mala. Absorta, deixei o tempo passar. Pela primeira vez, em muitos anos de vida, sentia-me feliz, completamente feliz. Desfrutei, longos minutos, essa plenitude — que é a ausência de estranhos, e também de amigos e parentes, de compromissos, de responsabilidades e convenções sociais, num lugar onde não se conhece ninguém e ninguém nos conhece.

Eu existia. E podia dizer: eu sou. Haverá felicidade maior? Nem mesmo sabia ao certo onde estava. E ia à procura de um homem que jamais vira e do qual tinha, apenas, informações vagas. No entanto, nenhum sobressalto, nenhum receio. Olhei o céu, descortinei a paisagem ao redor.

Era o crepúsculo: o calor úmido, pesado, deixava-se penetrar por uma aragem fresca que vinha dos lados do rio. Os últimos raios do sol chegavam sem força e morriam à minha volta espalhando franjas de luz. Pássaros, borboletas, mosquitos e vespas dançavam em espiral num burburinho atropelado de gente de retorno a casa às seis da tarde.

É... Tinha de aproveitar o claro dò dia.

Respirei com vontade, enchi os pulmões com o ar da América, levantei-me, peguei a bagagem e segui a trilha deserta.

Disseram-me que caminhei quatro quilômetros entre a estrada e a margem direita do Juruena, e mais outros tantos depois de desembarcar. Mas o estado de graça em que me encontrava não só afugentou todo receio, como impediu o desânimo. Eu vivia, no real, o primeiro dia da criação. Estava no paraíso.

Ao atravessar o portão e a porta da casa do *Prince* foi que descobri que chegara à verdadeira selva, o mundo civilizado.

Recebeu-me um caboclo, de pés descalços, tez escura, nariz achatado, cabelo muito preto e liso. Perguntou-me se era eu a dona Ursa e disse-me que o patrão me esperava no escritório.

Que vejo ao entrar? Um retrato de Frederico II, o Grande, na parede, e outro, menor, do último Frederico Guilherme, príncipe da Prússia, com dedicatória, sobre a escrivaninha. Ostrov estava sentado e assim permaneceu. Desculpou-se. Tinha sofrido uma entorse do tornozelo e ainda se movimentava com dificuldade. Ao aviso de que o ônibus que atravessava a região não estava em serviço, planejara mandar alguém a Manaus mas não conseguira motorista para dirigir o jipe. Sem mais notícia da minha chegada, achara melhor aguardar. Se mandasse o Chico — que fazia esses recados —, eu teria cruzado com ele na estrada, ou no rio...

— O que termina bem, está bem — afirmei-lhe. — O importante é que o senhor se recupere da entorse.

— E isso não demora — respondeu. — Não há mal que me atinja nem doença que me derrube. Bebe alguma coisa? Com a Zona Franca em Manaus, não nos faltam boas bebidas nem caviar nem patês. Nosso chá é inglês.

Aceitei o chá. Com torradas e queijo. Uma cabocla bem vestida, com o cabelo preso à nuca, veio pôr a mesa.

— É a Augusta — disse Ostrov. — Está comigo há mais de vinte anos. É quem cuida da casa, do dono da casa e dos hóspedes. Já arrumou o seu quarto e esquentou a água para o banho. Temos banheira, mas a caldeira está enguiçada. Enquanto o Chico não providencia a vinda de um bombeiro de Jacareacanga, a senhora terá de mandar esquentar a água do banho... Imagine!, temos de esperar que alguém de Jacareacanga se disponha a descer até aqui para consertar a caldeira!

E continuou sem interrupção:

— Jantamos às seis. Mas como a senhora acaba de chegar e há de querer descansar, faremos uma exceção. Vamos jantar às nove. Civilizadamente. Augusta preparou um peixe como só ela sabe fazer. Peixe de água doce, que a senhora vai provar pela primeira vez: o tucunaré. E com vinho alemão. Que há de lembrar-lhe a sua boa terra. É dia de festa. Vamos comer com calma e conversar sobre tudo, menos negócios. Teremos, nos próximos dias, tempo de sobra para tratar disso. Agora, fique à vontade.

Tomei o banho e deitei-me. O quarto tinha ventilador de teto, e a temperatura era agradável. Um mosquiteiro de filó cobria a cama em toda a extensão. Apesar de tudo, não consegui dormir. Às oito e meia já estava na sala. Ofereci a Ostrov os jornais e revistas que tinha comprado em Munique.

— Muito obrigado. Isso me faz falta. Eu assinava o jornal de Frankfurt, mas ele chegava aqui com tão grande atraso que cancelei a assinatura. O rádio me traz as notícias com maior rapidez. Mandei instalar antenas possantes, a senhora vai ver. E depois que começaram as transmissões por satélite, também pegamos dois canais de televisão do Brasil e outros dos países vizinhos. O mundo chega até nós.

— E também as suas atrocidades — retruquei.

— Que fazer? Em todo caso, longe como estamos, somos apenas espectadores. Mas isso não interessa agora. Vamos ao nosso aperitivo. Que deseja?

Vi que ele começara a beber há algum tempo. Mas falava com voz clara e não havia nos seus gestos qualquer manifestação de embriaguez.

— Vou acompanhá-lo. Que está bebendo?

— Vodca. Polonesa, é claro. Como bebo muito, junto um pouco de água gasosa. E um cubo de gelo. Temos um sifão com água gasosa. Ou prefere pura?

Provei e gostei da mistura: gelo, vodca e água gasosa. Nessa ordem. Enquanto bebia uma dose, o meu anfitrião serviu-se umas cinco vezes. Guardava contudo a mesma lucidez e domínio absoluto sobre os reflexos. Só para levantar-se é que demonstrou uma certa dificuldade. Ainda assim, ofereceu-me o braço para conduzir-me até a sala de jantar.

O tucunaré, tal como anunciado, era uma delícia. Comi duas postas generosas, com arroz e batata. Apesar de escolhido para homenagear-me, o vinho alemão não se casava com o seu sabor. Não pude deixar de mencioná-lo. Uma pena!

— Mas não disse que a nossa despensa está muito bem sortida? Minha intenção era homenageá-la com um vinho do seu país. Não sou de vinhos. Como pode ver, continuo com a minha vodca. Temos um branco chileno, seco, que combina à maravilha com esse pescado.

Veio o vinho chileno. Depois, a sobremesa — bananas em calda acaramelada — e o café. Recusei o licor. Ostrov abriu outra garrafa de vodca e continuou a beber.

Passamos o resto da noite ali, à mesa, conversando sobre o clima, a Amazônia, o Pantanal, o país. Sempre que lhe fazia qualquer pergunta pessoal, Ostrov desconversava, ficava em silêncio, bebia e voltava a falar da natureza. Entremeava os silêncios com observações sobre plantas e animais. Temas envolventes, não posso negá-lo. Mas de caráter geral. Eu não tinha atravessado o Atlântico para isso. Não sei se a diferença de fuso horário, se o calor, se a bebida ou o cansaço, o fato é que sua voz monocorde, pontuada de longas pausas, começou a irritar-me. Não conseguindo conter-me, desabafei:

— Sobre tudo isso eu li e me informei convenientemente antes de fazer esta viagem, senhor Ostrov. Gostaria de saber o que não está nos livros. Não me fale da selva para turistas; fale-me da selva que lhe garante o sustento! Mas isso fica para amanhã. Porque agora o que vou fazer é descansar. Boa noite.

Sem pestanejar, e com a distinção de um príncipe, Ostrov tomou-me a mão direita, roçou-a com os lábios e, depois de responder ao meu cumprimento, acrescentou:

— Se precisar de alguma coisa, chame a Augusta. Não há motivo para desassossego. Todas as janelas têm grades e telas finas contra insetos e bichinhos atrevidos. Pode deixá-las abertas. E mantenha o ventilador ligado. Durma bem. Amanhã estará melhor.

No dia seguinte, acordei cedo, muito cedo. Arrependida do meu comportamento, temia encarar o anfitrião. Que papel! Logo à chegada, perdera o domínio sobre mim mesma! Agora, era arcar com as conseqüências. Fiz a toalete, vesti-me. Deixei o quarto, atravessei a sala e a varanda, desci ao quintal. A uns cinco metros da casa, de cócoras, Chico plantava algumas mudas. Apoiado numa bengala, Ostrov observava-o. Ao ouvir o ruído dos meus passos, voltou-se para mim.

— Já de pé? Dormiu bem? Estamos plantando ipês-amarelos. Conhece-os, senhora?

As mudas, de cerca de vinte centímetros, alinhavam-se numa extensão de mais de trinta metros.

— É uma parede contra o vento e contra a chuva de vento que bate rijo neste lado da casa. Idéia do Chico. Acho que vai dar certo. E então? Vamos ao café? Começaremos a sua iniciação, não à selva, mas a esta parte do país de onde tiro o meu sustento...

Não pude senão sorrir a contragosto. E a minha iniciação começou, deveras, naquele mesmo dia, à mesa do café.

— Está vendo? O café vem de longe, de São Paulo. O açúcar? Do nordeste. Não fossem o Chico e os filhos, compraríamos até a mandioca e o milho, como faz a gente do Juruena. Todo mundo aqui vive do mato e da água. E não planta. Nem um pé de couve. Quer dizer, vive-se do que a floresta e os rios produzem: das árvores, da caça e da pesca. Mas tem coisa pior: tem o garimpo. Gente sem eira nem beira, como se diz por aí, e que chega de todas as regiões do país, com a ambição do ouro, trazendo na mochila a cachaça, a prostituição, as doenças, a morte. Acabam com tudo: com a água, com as árvores, com os bichos e até com o ar. Uma praga. Sei que não somos, os madeireiros, flor que se cheire. Mas os que vivemos aqui, e tiramos da mata o nosso capital, não somos cegos: guardamos um olho no presente e outro no futuro. Não vamos cortando e serrando ao deus-dará, não senhora. Uma parte da mata fica para daqui a cinco, dez anos. Garimpeiro não pensa nisso: é ave de arribação. Pouco importa que o rio seque, que a mata pegue fogo, que os pássaros e os peixes acabem... Contanto que chegue a enricar. Pergunte ao Chico. Índio, fazendeiro, madeireiro, seringueiro, todo mundo tem, aqui, um inimigo comum: o ouro. Eu, que já vivi dele, na Europa e na Argentina, sei que não vale nada. Basta cair na bolsa de Londres, em Tóquio ou Nova Iorque, para esses pobres-diabos perderem o que investiram em suor e mercúrio. E o garimpo cria a mentalidade do milagre, a obsessão da riqueza inesperada. É um vício. Tal como o jogo e o álcool. Quem prova, não deixa.

— Eu mesmo aqui — aparteia o Chico — já perdi dois filho meu no garimpo.

— E foram criados no batente — emenda Ostrov. — Mas a ilusão do ganho fez com que abandonassem a família. Foram assassinados pelos companheiros numa disputa de lavra.

— Pros lado dos Apiacás...

— A senhora não sabe onde fica a Serra dos Apiacás, Chico. Entre o Pará e o Amazonas, *Frau* Bock.

Continuaram a falar-me, ambos, do desregramento dos garimpos e da inércia do governo em coibir os abusos da exploração e do contrabando. Até os missionários americanos e canadenses se envolvem nesse comércio ilegal e saem impunes. As maiores vítimas, de uns e de outros, são os índios. Sob o pretexto de catequizá-los, os pastores entram nas reservas e obrigam as tribos a trabalhar para eles. Não admitindo a concorrência, que fazem os garimpeiros? Matam-nos. Os índios, claro.

Nada se salva quando há uma corrida do ouro. Tudo que o garimpo encontra pela frente vai sendo destruído. Até as estradas são dinamitadas. E como não faltam ouro nem outros minerais em todos os cursos de água do norte e do centro-oeste e debaixo do chão que se pisa, dentro em pouco toda a região se transformará numa vasta paisagem lunar. Num esgalhar de prodígios, de desgraças e misérias, a febre do ouro acabará com a natureza e também com o homem.

— Quem viver, verá — sentenciou Ostrov. — Enquanto isso não acontece, vamos tomar o nosso café.

Na enorme cozinha, a mesa estava posta. Mandioca, batata-doce, broa de fubá, biscoitos e roscas — uma profusão que Augusta chamou de "quitandas" — eram o acompanhamento para o café. Um fartíssimo pequeno almoço que podia ser precedido, ou seguido, de frutas e mais frutas. Renunciei às quitandas e degustei todas as frutas.

— Mas é o jardim do paraíso!

— E o jardineiro é o Chico — respondeu Ostrov. — Não faça cerimônia. Sei que tudo é novidade para a senhora. Por isso, fizemos provisão de manhã cedinho.

Agradeci a gentileza e comi, sem medida, todas as frutas exóticas que só conhecia dos livros de botânica e dos relatos dos viajantes e cronistas ou, então, das vitrines de raras *Delikatessen* especializadas em produtos tropicais. Mas acho que nem no Fauchon, em Paris, há o que provei ali. Provei e repeti nos dias seguintes. Verdadeiras orgias de frutas-do-conde, araticum, graviola, cirigüela, jaca, sapoti, araçá, carambola, abacaxi e muita coisa mais.

A sensação de que estava no paraíso só fez confirmar-se ante o sabor de cada uma dessas frutas. Pena que a lembrança da suástica me desse remorso por esse prazer. Como se fosse obsceno tocar, morder e mastigar a polpa suculenta e doce que frutificara e amadurecera no jardim de um nazista. E Ostrov devia ser nazista. Só podia ser nazista. Todas as histórias de emigrantes e exilados na América do Sul vinham-me então à memória. Como apurar a verdade? Eu temia abordar o assunto... Nem Ostrov se mostrava disposto a falar de si mesmo e contar-me, gratuitamente, suas aventuras. Por outro lado, isso não me dizia respeito. Não era da minha conta, como se diz em bom português. Eu não viera até o Juruena para prendê-lo nem para levá-lo a julgamento em Nuremberg por crimes de guerra... O seu passado não deveria, de modo algum, intrometer-se entre nós.

Para ficar em paz comigo mesma e com a minha consciência, figurei, como boa cristã, que tudo o que comia era dádiva de Deus e obra do jardineiro índio. Ostrov entrara naquele paraíso durante um cochilo da divindade. Coisas dos inefáveis desígnios da Providência divina. Mas... seria esse um conceito de luterana ortodoxa? Pouco importa. Nele me fixei e consegui abafar o sentimento de culpa. Rebati tudo com uma cajuada e mandei para as urinas os últimos escrúpulos. Ostrov, que me olhava intrigado, perguntou-me se gostara do suco da fruta. Com um sinal de cabeça, dei a entender que sim.

— E agora? Saímos para ver o que temos por aí? É bom começar a fazer suas escolhas.

Despedimo-nos de Augusta e descemos até o portão. Um jipe nos esperava. Um rapazinho de uns quatorze, quinze anos, se tanto, seria o nosso motorista.

— É filho do Chico: o do meio.

— Mas... tem idade para dirigir?

— Dirige desde os nove, minha senhora. Se eu fosse ouvi-lo, a senhora teria vindo de Apuí nesse jipe. Mas achei que seria uma imprudência...

— Num vejo empacho, *seu Prince*.

— Está vendo, *Frau* Bock? Eu é que lhe corto um pouco as asas. É passarinho topetudo. Não saiu ao pai, saiu à mãe.

— Graças a Deus.

— Viu o topete? Pois pode abrir as asas, João. Nós vamos até a Cacunda do Jabuti.

— Isso é manso.

Risonho, vivo, o menino tinha os olhos espertos e em nada lembrava o pai, de passo lerdo e fala arrastada. Arrancou o jipe, colocou-o em posição de saída e ficou à nossa espera.

Ostrov segurou-me o braço e, voz baixa, falou-me quase em segredo:

— Saiba, minha senhora, que não sou responsável por esse desatino. Isto é, o título de *Prince*. Num desses dias, a senhora virá a saber por que se espalhou a notícia da nobreza da minha família. Pela qual, aliás, tampouco sou responsável. Mas vamos andando, vamos andando. E esqueça o título, por favor!

Prince? Príncipe Olsztyn?

É então o príncipe Olsztyn — o misterioso habitante dos trópicos —, o seu fornecedor do anúncio de Gdansk?

— Sim, ele mesmo, em carne, osso e título — confirma Frau *Bock.*

— E... a quem deve o título?

— O título vem de longe: acompanha os Ostrovski desde o século XVIII. Vladslav Ostrov é russo de nascimento, mas de raiz polonesa. Ou melhor, prussiana, para ser fiel à geografia política. O título, de Olsztyn, foi concedido à família após uma das inúmeras partilhas do país entre os vizinhos de fronteira.

Príncipe Olsztyn! A duplo título, ninguém merece, mais do que ele, ser chamado de personagem de romance. Se não, fantasma tenebroso...

Não fosse o equívoco do nome — Vladslav Ostrov e não Vladimir Olov —, pouco faltou para que eu recriasse, em pessoa e nobreza, o príncipe de verdade que Ursula Bock vira de perto, ouvira, e com quem conversara na sua viagem ao Juruena. Não pude, por isso mesmo, esconder-lhe o motivo do meu espanto: eu, que acreditava ter inventado um título inexistente, acabava de saber que ele cumpria função nobiliárquica e que tinha dono!

Quer dizer que ele existe. E está vivo...

Ante tamanha sucessão de coincidências, eu queria saber mais, mais e mais sobre o príncipe. Aliás, eu queria saber tudo. Para começar, quem era Frederico Guilherme, o do retrato com dedicatória? Frederico II, o Grande e único, eu conhecia: era um dos déspotas esclarecidos cuja biografia aparece em todos os manuais de história e que atraiu Voltaire à Prússia. E Frederico Guilherme? Quem era ele?

— É o Kronprinz — *respondeu* Frau *Bock.*

E continuou:

— *Filho de Guilherme II, rei da Prússia e imperador da Alemanha, que perdeu a guerra de 14 contra a Rússia e a França. Guilherme II morreu exilado, na Holanda, em 1941. Ele, coitado, sobreviveu ao pai. Morreu em 1951.*

— Coitado?

— *Claro! Assistiu à derrota, sob o seu comando, do exército alemão. Era pangermanista fanático. E vem daí a admiração de Ostrov por ele.*

— Nazistas?

— *Se me pergunta pelos pangermanistas, digo que não. Em teoria. Pois na prática, ainda que ingenuamente, acabaram colaborando para o fortalecimento do nazismo. Visionários exaltados, isso é o que são.*

Frau *Bock explicou-me, em seguida, as terríveis conseqüências dessa ingenuidade. E citou gente de peso, esclarecida, que ignorava, como o filósofo Spengler, o perigo do prussianismo.*

— *Por isso, há quem diga que Spengler era nazista "sem saber". Talvez seja esse, também, o caso de Ostrov... Não quero julgá-lo. Mas... pelo que sei...*

Não, Frau Bock jamais julgou nem censurou quem quer que fosse. Embora não se houvessem dissipado completamente suas inquietações quanto à ideologia do anfitrião, não acreditava, depois de conhecê-lo melhor, que tivesse ido além de um pangermanismo ufanista. Lúcida e imparcial, contou-me o que vira e o que ouvira. Dela aprendi muito.

Ademais do mergulho na realidade, à procura de uma personagem de ficção, esses dias passados na sua companhia me permitiram entender que as emoções afloram em qualquer latitude. E os sentimentos..., ninguém duvida disso, não escolhem coração onde aninhar-se. E não sendo, ambos, nem as emoções nem os sentimentos, patrimônio exclusivo de quem quer que seja, independem da palavra: têm vida própria e podem, mesmo, prescindir de manifestação exterior. Topa-se com o milagre em qualquer lugar, até na rotina do padeiro. Não é preciso ser Napoleão para recriar, no cotidiano, a lenda e o mito.

Um amigo meu, dado a esoterismos e fenômenos parapsicológicos, não teve dúvida em classificar esse decalque inexplicável de Olov a Ostrov, ou vice-versa, como "fulgurações da imaginação". Quando lhe perguntei o que entendia por isso, ele me respondeu que são como spots *ou clarões que nos põem em contato com tudo o que se passa no universo. Uma espécie de sexto sentido, ou intuição criadora, que nos transporta a formas de conhecimento total. No entanto, imperfeitos que somos, não atingimos o absoluto: nosso conhecimento padece intermitências. Não há revelação total, mas parcial. Por isso, talvez fosse mais correto falar de relâmpagos de vidência ou breves iluminações. A criação do príncipe Olsztyn, personagem de ficção, entretanto vivo em alguma parte do globo, seria um excelente exemplo de como isso ocorre: só me haviam chegado, mercê de breves iluminações, certos episódios de sua vida. O demais continuara oculto no magma universal. Quando se rompe, em súbitos clarões, o véu que o encobre é que acontecem as chamadas "fulgurações da imaginação".*

— Um indício mais, e eu me transformo numa grande sensitiva, capaz de saber o que acontece nos antípodas! — disse ao meu amigo. — Vamos parar por aí.

— Quanta ignorância! Esse tipo de telepatia, ou de mediunidade em outros casos, não é unânime! Só funciona entre indivíduos de uma mesma onda de energia. Nem todos os impulsos são captados por todas as antenas...

Não levei além a minha curiosidade. Faltam-me antenas para essas sintonias... No entanto, a despeito do meu ceticismo, o relato de Frau *Bock deu-me o que pensar.*

Aquilo em que de fato acredito é que o mais modesto capítulo de romance, absolutamente fictício, pode abrigar as mais insólitas páginas da realidade. E não é só a realidade descrita, mero reflexo da vida, mas a realidade palpável, sofrida, sentida, o sal de cada dia, que, à revelia do autor, cresce, aparece e impõe sua verdade.

Não, não é a memória que nos prega peças; é a vida.

Diante disso, será que a notícia da existência física do príncipe Olsztyn me autoriza a escrever a Ivan Olof?

Eis a pergunta que, oito anos após o recebimento da sua carta, ainda me deixa perplexa.

Rigorosa comigo mesma e atenta a escrúpulos pessoais, só mencionarei a verdadeira identidade daqueles que se envolveram na trama que o destino teceu em torno de Vladslav Ostrov — revelada por Frau *Bock, ou descoberta nas minhas leituras — se os episódios vividos forem de domínio público. Espontaneamente, e sem pressa, pois ficamos amigas e passamos a encontrar-nos com freqüência, essas revelações se alongaram por mais de seis anos. Uma longa história. E que demonstra, à saciedade, que a distância entre a gratuidade do imaginário e a exatidão histórica é linha sutil.*

SELVA SELVAGGIA?

Acomodei-me entre Ostrov e o motorista e ganhamos a estrada. Bem... é o que chamam estrada no seu país. Muita poeira, muita lama e buracos a valer. Eu me equilibrava como podia, mas acabava caindo: ora no braço do rapazinho, ora no colo do nosso cliente. Uma meia hora depois, chegávamos a um desmatamento com imensas pilhas de troncos de árvores. Apesar dos meus protestos, Ostrov não deixava de estender-me a mão para ajudar-me a descer do jipe. Fazia malabarismos com a bengala, mas cumpria o ritual do homem cortês: fiel ao seu modo de vida e à sua classe, observa, em pleno sertão, as mesmas regras a que deveria sujeitar-se num salão palaciano. Sem qualquer afetação. A finura é sua segunda natureza.

Lembrei-me, ao conhecê-lo, de uma estranha personagem de *Canaima*, romance de Rómulo Gallegos: o conde Giaffaro. Também ele havia abandonado tudo — a família, a civilização, o luxo. E privava-se, na selva, daquilo que é mais caro ao homem de cultura — a palavra. Tendo perdido, na solidão e na contemplação, o hábito do pensamento discursivo, adquirira o da submersão nas intuições integrais. Com uma só palavra, entre muitos silêncios, fazia-se entender pelos "racionais", que são os brancos, e pelos índios, seus fiéis interlocutores, naturalmente avessos ao discurso.

Depois de admirar todos os panoramas do mundo, de provar o que chamamos "quintessência humana", isolara-se completamente. Aos que insistiam em sondar-lhe a alma, respondia que o maior empenho do homem deve estar em preservar o próprio mistério. Provocando a curiosidade alheia, dando o que pensar, livrava-se, por antecipação, de longas explicações. E não era importunado.

Ostrov procedia do mesmo modo. Sem qualquer mostra de soberba, preservava, com elegância, a intimidade. No trato dos negócios, não impunha opinião: muito sério, um tanto distante, para não exibir impaciência de vendedor ganancioso — foi o que senti —, deu-me as explicações necessárias e deixou-me livre para julgar e decidir.

Depois de correr os olhos no madeirame empilhado, coberto com lonas, entramos num galpão onde funciona a serraria. Quase nus, meia dúzia de homens trabalhavam. Todos magros, muito magros: os ossos salientes desenhavam-lhes as costelas, as clavículas, a coluna. Mãos escuras, ágeis, pegavam enormes toras de madeira e as transportavam nos ombros, rapidamente, até a serra. Num movimento incessante, os pés descalços iam e vinham, pra-lá, pra-cá. Só se ouve, ali, o ruído metálico da serra; nenhum pisado forte, nenhuma voz humana.

Ostrov dirigiu-se a um caboclo descarnado cuja pele, como pergaminho, aderira-se aos contornos da cabeça. Eu só vira rostos assim, chupados — acredito seja esse o termo —, em Calcutá. Os olhos oblíquos, vazios, fogem a todo confronto. Tal como os do *seu* Vicente, o motorista com quem viajei.

É ele, o caboclo de olhos oblíquos, o chefe da serraria. Mas nada existe nos seus gestos, nem no seu andar, nem na sua fala, que denuncie o cargo que ocupa e que o torna responsável por milhões de dólares em madeiras nobres — de lei, como se diz ali. Nem o ordenado, que acredito miserável, chegará à altura de suas enormes responsabilidades. Em meio à exorbitância da natureza, figurada naquelas toras formidáveis, a sua humildade desconcerta a presunção do "civilizado".

Inteiramente alheio à estridência das serras e ao tumulto à volta, ele respondia, sempre no mesmo tom, às questões do patrão. O olhar fixo num alvo invisível, atendeu-me com igual solicitude. Surpreendeu-me a vastidão do seu conhecimento: alongando-se em minúcias sobre as essências, explicou-me a utilidade de cada uma delas, sua durabilidade em clima seco e em clima úmido, sua resistência à broca e ao cupim. Sendo capaz de distinguir, melhor que ninguém, o tempo e a estação propícios ao corte das árvores, não comete, como os madeireiros brancos, erros que considera fatais, tanto para a floresta como para a madeira.

— Tem gente que corta na cheia. É um arraso só. A força tá toda pra cima, arribando vida pelo cerne e pela galharia. Tem madeira que murcha e enrosca que nem cipó. Graúda que seja. Tempo de corte, pra muitas, é na minguante: a força desce pra raiz, pra ir mais fundo — justificou sem olhar-me.

Ostrov, discreto, afastara-se para que conversássemos à vontade. Deixara o galpão para assistir ao trabalho de carregamento de um caminhão, de saída para o sul.

Suficientemente instruída sobre as madeiras, agradeci a Iruama (o nome do caboclo) e fui ao encontro de Ostrov.

— Pronta para seguir viagem? — perguntou-me.

Sem esperar resposta, ofereceu-me o braço e descemos até o jipe. João esperava-nos com o melhor dos sorrisos. Ele é ali, nesse mundo de esquivanças e de receio ao homem branco, ao patrão, a única pessoa que olha de frente, sem constrangimento.

Com uma ponta de curiosidade — notei isso quando o conheci —, observava tudo o que eu fazia ou dizia. E tenho a impressão de que me achava um tanto ridícula: quando eu me virava de súbito, ele se recompunha e procurava ficar sério. Mas nem sempre o conseguia. E acabava fazendo uma careta engraçada. Aí, então, abaixava os olhos como um pirralho (acho que é isso mesmo... Pirralho ou garoto?) a quem tivessem apanhado numa travessura.

A despeito de me ver convertida em objeto de comicidade, eu não me perturbava. Divertia-me o jogo: ele, tentando esconder a curiosidade indiscreta; eu, procurando surpreendê-lo. Aos poucos, o que era curiosidade se transformou em simpatia e até numa certa cumplicidade. Pertencíamos, os dois, ao mesmo partido: formávamos uma aliança contra os demais. Eu, porque estrangeira; ele, porque inocente. Ganhando confiança em mim, perdeu o resto da timidez, se é que a tivesse, e ria-se abertamente do que eu dizia. Com certeza por causa de minha linguagem rebuscada, de quem aprendeu português nos livros. Ou, então, por causa do meu sotaque. Mas o patrão tomou por zombaria o que era riso ingênuo. A repreensão não tardou.

Ostrov chamou-o à parte. Não foi difícil descobrir que o censurava. A cabeça baixa, o menino traçava círculos no chão com a ponta da sandália. Quando nos reencontramos, evitou encarar-me. Como me maltratou a perda do seu olhar ingênuo, desarmado, cheio de espanto e de ternura! Mas isso, felizmente, durou pouco. Bastou que eu passasse a mão na sua cabeça, para ter, como recompensa, o sorriso franco, de entrega total. Na presença do patrão, ele fica sério, não me olha. O pito fortaleceu, de certo modo, a nossa amizade. Estranha e bela amizade, feita de silêncio, de riso e de olhares carregados de mensagens!

Depois de rodar uns dez quilômetros, rumo ao norte, chegamos a uma espécie de grotão, ao pé de duas montanhas, numa nascente de água. Fica ali o orquidário. Os filhos menores do Chico, de oito e de dez anos, é que correm aquelas serras à procura de orquídeas e parasitas. Quando não conseguem recolher as plantas, avisam o pai e ele termina o serviço.

— As flores escasseando, os meninos vêm-se afastando cada vez mais de casa — informa Ostrov. — E como há garimpo na região, não faltam assaltantes, foragidos da polícia e pistoleiros rondando a mata. Temendo pela vida das crianças, já não permito que saiam por aí. Ou o Chico as acompanha ou arranja quem cuide disso.

— É a selva selvagem! — exclamei.

— No sentido civilizado do termo, minha senhora. O que é uma ironia. Uma triste ironia...

A estufa não é um simples depósito de plantas. Ostrov tem paixão pelas orquídeas. Muitas delas não são postas à venda até que ele consiga novas mudas e faça o replantio. Seu papel não é o de mero comerciante. É de orquidófilo. Dos mais entendidos e acatados: recebe cartas do mundo inteiro, responde a consultas e está realmente empenhado na defesa das orquídeas. Disse-me que Jean Rostand, o biólogo francês, aconselhava aos amigos o estudo da botânica para ter uma velhice feliz.

Passando da ciência à experiência, Ostrov seguira à risca o conselho. Deu-se bem. Muito bem. A estufa tem longas prateleiras onde os vasos se sucedem com plantas de todos os tamanhos. As sementes germinam em contato com certos fungos, e a dosagem é feita com grande cuidado. Na extremidade da estufa está "o berçário". É ali que tudo começa. Depois, "o jardim de infância", onde as plantinhas ganham força e mostram seus brotos. Entre as que estavam floridas, já adultas, pude fazer a minha escolha. Começamos com doze espécies diferentes. Sei que a firma vende hoje tudo que importa.

Ostrov fez questão de salientar que a exportação não redunda em prejuízo para a natureza. Preservam-se ali, na sua estufa, inúmeras espécies em extinção. Concordei com ele e cumprimentei-o pelo trabalho. Não penso, hoje, da mesma forma: o orquidário preserva as plantas, é verdade. Mas num ambiente artificial, fechado. Lá fora, na mata, nem os pássaros nem os insetos se beneficiam da sua presença. E elas fazem parte de uma cadeia que une o reino vegetal ao reino animal. O seu desaparecimento tem conseqüências, ora se tem!, sobre todo o contorno. Isto é, sobre o que vive em volta... Seria meritório, aí sim, que essas espécies, uma vez recuperadas, fossem devolvidas à natureza. Nesse caso, eu estaria de acordo. Mas isso... Nem o *Prince* nem ninguém que eu conheci no Brasil se dispõe a fazer. Por mais orquidófilo que seja!

Logo que regressei à Alemanha, estive a ponto de me ocupar da importação de orquídeas. Andando o tempo, convenci-me de que não devia cair nessa tentação. Gosto mesmo é de admirar as orquídeas lá onde nascem. Me repugna vê-las em *corbeilles* ou enfeitando casa de gente rica. Desisti de vender o que quer que seja. Mesmo ervas medicinais. Nada! Quando descobrirem, se descobrirem, um meio de preservar, no *habitat* primitivo, toda a fauna e toda a flora, e houver, então, excesso de espécimens, talvez volte ao comércio. Antes, não!

Mas você não está aqui para ficar a par dos meus estados de alma. É preciso que eu lhe fale de Ostrov. Não é o que quer?

Nesse primeiro dia, além da serraria e da estufa, visitamos o viveiro dos pássaros. Parecia um filme de Walter Disney: cada ave com voz própria, cores diferentes, bicos de todos os tamanhos. Belíssimas plumagens! Foi aí, no viveiro, e também na serraria, que meu coração bateu mais forte e comecei a aborrecer o trabalho que vinha fazendo, há mais de sete anos, na Jasmin. Apesar da boa ordem, da limpeza e do cuidado que Ostrov põe em tudo que dirige, não se pode ficar indiferente àquela passarada à espera de comprador. A mais nobre prerrogativa das aves — a liberdade do vôo — sofre ali castigo medonho. Expressei, imediatamente, a minha indignação.

— A senhora não pode sequer imaginar o que há por aí, *Frau* Bock! Gaiolinhas estreitas, sujas, bichos com sede e com fome, ninhadas de pássaros separados das mães... Aqui temos asseio. E alimentação adequada. Quando o Chico não pode vir para fiscalizar o trabalho, venho eu mesmo. Bicho doente não fica no viveiro. E há um veterinário de Alta Floresta que faz, uma vez por mês, uma visita médica. Tenho encomendas de colecionadores, cientistas e zôos do mundo inteiro. Não posso facilitar...

Consenti sem consentir. Cumpri, a contragosto, a minha obrigação: escolhi seis espécies diferentes e saí logo.

Ostrov respeitou o meu silêncio. E não me falou nas peles que deveríamos ver em seguida. Para cada dia, a sua pena, pensei comigo.

Voltamos para casa.

Repetiu-se, embora mais cedo, o ritual da noite anterior: o aperitivo, o jantar e a conversa à mesa. Só que não nos faltaram, depois das visitas à serraria, à estufa e ao viveiro, inúmeros motivos de diálogo. Ostrov fez-me compreender a importância da região centro-oeste na organização regional do país, explicou-me que ali, onde estávamos, as quedas-d'água dos rios, as corredeiras e travessões não permitem a navegação fluvial, e que o tipo de vegetação, de folhagem sempre verde, não tem defesa contra a seca. Há árvores altas e árvores baixas — que se misturam a arbustos e ervas gigantes e uma camada de ervas rasteiras que cobre o solo pobre. O tipo de floresta é o mesmo da Amazônia — a floresta ombrófila, que gosta da sombra.

— Sombra e água fresca. A água é vital. Sem água não há floresta; e sem floresta, a água desaparece.

— Acontece que eu estou aqui para comprar a floresta...

— Acontece que eu não estou aqui para vendê-la, *Frau* Bock. Já disse e repito: cuido do presente com um olho no futuro. O cajuaçu, a sumaúma, o angelim, a maçaranduba, o ipê, o pau-roxo que a senhora viu na serraria foram escolhidos a dedo. Fazemos uma seleção das essências na floresta densa, onde a vegetação é contínua e pode recuperar-se. Se fôssemos cortando a torto e a direito, não teríamos madeira nem para dez anos. Ao contrário do que acontece na Europa, isto é, nos países de clima temperado, o solo aqui é pobre; os nutrientes estão nas árvores, na folhagem. Se optarmos pela política de "terra arrasada", dentro de pouco tempo a nossa floresta se transformará em deserto. E isso já se vê por aí....

Fiquei então sabendo que dessa floresta ombrófila se passa à floresta que muda de folhagem, com clima seco e chuvoso, e, mais ao sul, à savana, que no Brasil se chama cerrado. Situada no limite entre a floresta amazônica, sempre verde, e a que perde as folhas, a propriedade de Ostrov é favorecida por dois climas, o que, segundo me assegurou, lhe permite usar de um certo critério no corte da madeira. Não sei se esse critério atende às exigências da natureza. Em todo caso, é sempre melhor que critério nenhum...

Depois da lição sobre o clima, a vegetação, a hidrografia e até a geologia do centro-oeste, fui deitar-me. Mais de trinta horas na companhia de Ostrov e eu continuava a ignorar tudo sobre ele!

No dia seguinte, tomamos a direção do sul para ir ao depósito de peles. Só que vi muito mais que isso. Ostrov tem, ao lado do depósito e do curtume, algumas jaulas.

— Não disponho de pessoal para cuidar disso. Todo mundo aqui trabalha por serviço. Vivo ou morto, o bicho é comprado. Quer dizer, morto, se tem boa pele; vivo, se há clientela. Nas estações propícias à caça, com abundância de matéria-prima, o contrato é por tarefa.

— E os animais vivos? Quem trata deles? — perguntei-lhe.

— Nunca ficam aqui mais de um dia. Primeiro, porque animal vivo, pequeno ou grande, sempre causa problemas; segundo, porque não quero oferecer pretexto aos fiscais para bisbilhotar o que fazemos. Por isso, a compra depende da existência de encomenda.

— Nesse caso, não há visita de veterinário nem inspeção sanitária...

— Nenhuma. Os bichos são imediatamente enviados a Manaus ou a Cuiabá, de onde partem para o endereço do comprador. A inspeção sanitária corre por conta das autoridades. Não posso me ocupar de tudo. Confesso que não gosto desse comércio.

— Mas vende pássaros vivos... Não é uma contradição?

— De modo algum. Quase todas as aves se reproduzem em cativeiro, são fáceis de alimentar e de tratar. Muitas vezes têm melhores condições de vida no viveiro que na mata. E, depois, mantenho-as vivas. Não faço comércio de plumas.

— Mas faz de peles...

— Os bichos chegam mortos. Não tenho caçador contratado.

— Mas é o comércio que incentiva a caça!

— Afinal, minha senhora, veio à minha casa como compradora ou como membro da Sociedade Protetora dos Animais? Se veio como compradora, também é um elo na cadeia de incentivo à matança! Assim sendo...

Caí em mim. Ali estava eu, representante da maior firma importadora de peles de animais silvestres da Alemanha, a censurar o cliente e a protestar contra o meu próprio meio de vida. Desastre completo! Pedi desculpas e fomos escolher as peles.

De volta a casa, Ostrov me mostrou as rodovias que atravessam o cerrado e, rumo ao norte, cruzam a selva até Belém.

— Foram essas estradas que trouxeram a devastação e a morte, *Frau* Bock. Primeiro, a "Marcha para o Oeste", de incentivo à imigração e à colonização; depois, a Transamazônica e a pecuária. Assisti a tudo isso e acompanhei os estragos. A caça, se disciplinada, não traz prejuízos. Pode até ser benéfica. Igual à pesca.

— Mas seria possível discipliná-la?

— Claro que sim. Só que há interesses criados, ambição, descaso do governo e corrupção... E há, também, o lado mais fraco, há o povo. De que sobreviveria? Há fome e há pobreza. Miséria endêmica, minha senhora!

— Mas a caça deveria servir para matar a fome. Tal como a pesca...

— Assim pensa o índio. Que vive segundo a natureza. Mas o branco não se contenta com isso. Principalmente o branco que se julga civilizado: ele quer bebida, mulher, dinheiro no bolso. Se honesto, quer teto, comida, roupa, uma escola e um posto de saúde perto de casa. E não caça nem pesca, como o índio, para matar a fome, mas para vender, especular. E curtir ou congelar e guardar para comer ou vender daqui a meses, na alta.

— Assim, não há caça nem pesca que chegue.

— Por isso vem o boi, vem a soja, vêm as hidrelétricas e a erosão, a degradação do solo, a exploração seletiva.

— E a violência...

— É isso a civilização, *Frau* Bock. Da qual fugi e da qual pretendo livrar-me dentro de alguns anos, cortando as relações que ainda mantenho com ela.

Por timidez, e por discrição também, não procurei elucidar o verdadeiro sentido dessa confidência. Se ele próprio me havia repetido que vivia no presente com um olho no futuro...

Registrada a encomenda, para um período de seis meses, discutidos os preços e condições de pagamento, contra depósito em conta num banco de Genebra, entreguei a Ostrov a papelada que nos fora exigida.

— Vamos a Alta Floresta para saber se está tudo em ordem. Se estiver, a senhora poderá partir dentro de dois dias. Fica a seu critério.

Não foi o João o nosso motorista. Apareceu um mulato feio, desdentado, para nos levar à cidade. O jipe era o mesmo. E a estrada, ruim. Paciência. Está prestes a terminar a minha peregrinação, pensei.

Qual nada! Nossa via-sacra levou-nos até a delegacia de polícia. Davam-me informações desencontradas, diziam que os papéis deviam passar, antes, pela embaixada da República Federal da Alemanha em Brasília, que o Ministério das Relações Exteriores também deveria opinar, o diabo a quatro. Quando mostrava os documentos já endossados pelo consulado brasileiro, em Bonn, torciam o nariz e inventavam outras exigências. Perguntei a Ostrov se isso acontecia sempre.

— A primeira vez é sempre mais difícil. Depois, é rotina. A senhora vai ver: há sempre um jeitinho.

— Propina?

— Também ajuda. Mas não é condição absoluta. Essa gente se deixa vencer pela simpatia. Isso, sim, importa muito. Se tomarem birra da senhora, não há propina, quer dizer, gorjeta, que dê jeito. E o pior: eles se põem em brios e começam a falar em honra pessoal e dignidade do cargo. Todo cuidado é pouco.

Bem instruída, desfiz-me em cortesia. Mas fui logo corrigida por Ostrov.

— Não é isso, não, *Frau* Bock! Não é assim, com urbanidade, que a senhora vai quebrar o muro burocrático! Deixe de ser impessoal, cortês, à maneira européia. Tempere de intimidade a sua conversa: pergunte se o homem é casado, quantos filhos tem, se a menina mais nova se parece com ele, coisas assim...

— Mas acabo de conhecê-lo! Nunca o vi antes e sequer sou brasileira!

— Pois se não agir assim, continuará a ser estrangeira e não conseguiremos nada! Pode até dizer que o cabelo dele é bonito, que gostou da letra dele, que as mãos dele parecem com as do seu irmão, coisas assim.

— E ele pensará que lhe faço a corte.

— Pode ser até que pense. Mas a senhora vai embora e ele não terá tempo de passar à ofensiva. E daqui para diante, ele vai associar o seu processo aos elogios que ouviu. Não será esquecida.

Fiz como Ostrov me sugeriu. E ganhei um amigo: o *seu* Goulart, do protocolo da prefeitura. É ele, até hoje, quem cuida dos papéis da Jasmin. Claro que mando lembrancinhas para os seus meninos, cartão pelo Natal e pela Páscoa, mas nada disso paga a metade dos serviços que nos presta. Com extrema solicitude. E ainda faz grandes despesas, presenteando-me, duas vezes por ano, com guaraná em pó. Um anjo de pômulos salientes e cabeça chata. E que só se manifesta quando bem entende. Nem julguei que pudesse contar com ele. Além de recusar-se a protocolar os nossos papéis "porque passava das quatro", mostrou-se insensível à sorte de um pobre homem que agonizava no passeio em frente à prefeitura.

Foi o episódio mais doloroso da minha estada na cidadezinha. O jipe estacionado, fomos diretamente à prefeitura. Deparamos, ao entrar, com um homem estendido a uns cinco metros da entrada principal, com a perna inchada, imensa, inteiramente tomada por uma chaga horrível, na qual as moscas se banqueteavam. Seu rosto tinha, já, cor e expressão cadavéricas, a conhecida *facies Hippocratica*.

As pessoas passavam, saltavam aquele "aleijão" (foi o termo que o rapaz da portaria usou para qualificá-lo) e seguiam caminho. Procurei saber quem era e se podíamos levá-lo para um hospital.

— Hospital? Tem lugar não, dona! E a doença dele não tem cura. Tá assim desque veio pra cá.

Atônita, não aceitei a justificativa. Ostrov, cético, disse-me que de nada adiantava o meu zelo. O homem ia morrer ali mesmo. Depois, viria o rabecão e cuidaria do resto.

— Resto? Que resto?

— O enterro, *Frau* Bock. Sem enterrar não fica.

Como tínhamos hora marcada para dar entrada nos papéis, abandonei o moribundo entregue à própria sorte e fui cuidar da minha. Perdemos a tarde em conversas e buscas inúteis, de porta em porta, até que nos avisaram, na delegacia, que tudo deveria começar pelo começo, isto é, pelo protocolo da prefeitura. Mas o protocolo já estava fechado.

Obrigados a pernoitar na cidade, Ostrov saiu à frente para reservar quarto num hotel de um conhecido seu, o sírio Adib. Quando desci as escadas da prefeitura, vi que o mendigo estava no mesmo lugar, na mesma posição em que o encontrara ao meio-dia. Voltei ao saguão. Recorri ao *seu* Goulart, de prosa com outro funcionário. Expliquei-lhe que queria fazer alguma coisa pelo doente: me prontificava a pagar as despesas com a ambulância e os primeiros socorros.

Seu Goulart me mediu de alto a baixo, fez uma careta, coçou a cabeça e disse:

— Não pense que é má vontade minha, Dona Ursa. Mas esse cara já esteve no hospital mais de mês, e, com doença crônica, teve de dar lugar pra quem precisa mais que ele. Vindo de longe e não podendo viajar, foi ficando na cidade. Até que a ferida se alastrou.

— Mas não é caso de doença crônica! É caso de urgência! Ele está morrendo! É preciso fazer alguma coisa!

— Se o prefeito, que é prefeito, não consegue nada, como é que eu vou conseguir, dona? E ouça o que eu digo: a senhora é estrangeira, e, não sendo irmã de caridade, não fica bem tomar as dores de um cara que não é daqui e é um beberrão de marca maior. Não esquenta não. Cada um com o seu destino. Se quer gastar o seu dinheiro, dá para a Sociedade de São Vicente de Paulo.

— E eles se encarregam de tirar o homem da rua?

— Esse aí não tem mais remédio. Mas... outros eles tiram, sim.

Ostrov chegou a tempo de ouvir o fim do diálogo. Sem dizer palavra, tomou-me o braço e fez com que saísse da prefeitura.

— Já temos os quartos no hotel. Melhor não se envolver, *Frau* Bock. Pode despertar ressentimentos. Vamos andando.

No dia seguinte, às onze da manhã, o homem ainda estava lá. Morto. No protocolo, ar triunfante, *seu* Goulart proclamou:

— Não disse à senhora? O homem não tinha mesmo remédio. A senhora ia gastar sal com carniça.

"Sal com carniça"? Que defesa da crueldade! Como explicar que a esse mesmo homem, incapaz de comover-se diante do sofrimento de um moribundo, nenhum obstáculo pareça intransponível se for para servir-me?!

Cumpridas as formalidades burocráticas, deixei-lhe meu endereço e pus-me à sua disposição na Alemanha. *Seu* Goulart se levantou, agradeceu e estendeu a mão para a despedida. Lendo o cartão que eu acabava de dar-lhe, comentou:

— Quem sabe não lhe mando um dia a minha filha para aprender alemão em Munique? Tudo é possível.

Estou à espera da menina. Ela tem, atualmente, oito anos.

Como nada mais nos prendesse na cidade, regressamos à fazenda Juruena. Ao calor abafado seguiu-se uma boa chuva. Que nos acompanhou por toda a estrada: o dilúvio.

— Se continuar assim, a senhora não vai poder sair da fazenda nos próximos dias — advertiu-me Ostrov. — Felizmente temos uma boa biblioteca. Não morrerá de inanição.

A cheia do Juruena não permitiu apenas que eu saciasse a fome de leitura dos últimos anos. Permitiu muito mais que isso. Além de conhecer o gosto do anfitrião, seus livros e seus escritos, inteirei-me, na intimidade desses dias sem sol, de boa parte das vicissitudes por que passara.

Tudo começou nessa mesma noite, após a viagem a Alta Floresta: natural e espontaneamente, sem qualquer incitação da minha parte.

O pretexto do cansaço justificou um aperitivo prolongado na biblioteca, a cujo acervo o dono da casa queria apresentar-me. Enquanto percorríamos as prateleiras, em grande parte ocupadas por livros de história e filosofia, Ostrov servia-se de vodca. Embora não se embriagasse, notei que se tornava, aos poucos, menos monossilábico. Os silêncios davam lugar a reflexões — ainda que impessoais e não dirigidas a mim; as referências biográficas, tão raras, e o uso da primeira pessoa, habitualmente excluído da sua fala, apareciam por primeira vez desde a minha chegada, em tom de conversa e sem tinta de segredo.

Um retrato de família transportou-nos ao passado. Nele se viam Vladslav, menino, na propriedade dos avós em Olsztyn, com a mãe e a irmã. A data? 1920. Depois de identificá-las, Ostrov buscou, numa gaveta, um álbum encadernado em veludo e mostrou-me outras fotografias dos Ostrovski.

— Não digo, como o poeta espanhol, que "*todo tiempo pasado fue mejor*". Não e não. Para voltar à infância, teria de reviver o período da juventude, a emigração para a Argentina, os anos de permanência na Colômbia... Felizmente, tudo isso ficou para trás. Não quero recuperar nem o dia de ontem. Apesar de desfrutar o prazer de hospedá-la. Só me atraem, agora, o presente e o futuro. Por isso não gosto de falar do passado. Faço uma exceção. Hoje. Para a senhora. Que está aqui de passagem. Se soubesse que iria vê-la o resto da vida, não lhe contaria nada. Porque tentaria modificar-me e ser diferente do que sou, depois da devassa indiscreta do Eu mais profundo.

Concentrei-me no que dizia. Nada lhe perguntei. Deixei-o falar. E as águas da memória fluíram lentamente, ora espraiando-se em extensas areias, ora percorrendo estreitos escarpados, de difícil passagem. Havia momentos em que, um tanto surpreso ante o emergir das lembranças, Ostrov estacava, observava-me, como se buscasse resposta no meu olhar ou, quem sabe?, seguisse apenas algum desvio da correnteza. Retomava em seguida, num quase murmúrio, às vezes inaudível, o fluxo principal. Sempre com o álbum no colo, folheava-o distraidamente e, a esmo, apontava uma figura. Detinha-se a contemplá-la e, dessa contemplação, outras fontes jorravam. Incessantemente. E ele prosseguia. Sem desânimo. A vodca a desatar-lhe a inibição.

Não fomos para a sala de jantar. Confessando-se cansado, Ostrov não se dispôs a passar à mesa: a entorse o incomodava. Se eu permitisse, comeríamos na biblioteca. Augusta trouxe, numa bandeja, pratos e talheres. Fomos servidos ali mesmo. Vieram a sobremesa, o café, e o licor para mim. Uma nova garrafa de vodca foi aberta.

— *La noche es niña*, *Frau* Bock.

A esse aviso, não me senti dispensada. Teríamos horas e horas pela frente para assistir, sem apuro, a todas as idades do tempo...

VLADSLAV CASIMIR OSTROVSKI OU VLADSLAV OSTROV, PRÍNCIPE OLSZTYN, VULGO *VADO* OU *PRINCE*

Ali estava eu diante de Vladslav Ostrov, príncipe Olsztyn, nascido em Tsaritsyn (Stalingrado e Volgogrado), em 5 de maio de 1909. O nome de batismo — Vladslav Casimir Ostrovski — ficaria reduzido a Vladslav Ostrov após a emigração.

— Nasci em Stalingrado — diz com voz surda. — Mas não gosto desse nome: lembra derrota, sangue e ruína. Prefiro declarar que nasci em Tsaritsyn. Porque corre nas minhas veias sangue aristocrático, de velho tronco russo e, também, de nobre raiz polonesa. Debicam de nós, poloneses, na Europa ocidental. De nossas desgraças, de nossa religião sem fé e de nossos títulos pomposos. Há quem se ofenda e quem, diminuído, se envergonhe de ser polonês. Isso acontece. Não só entre nós, como entre os nossos vizinhos: na Romênia, por exemplo. Carregam todos, como punição, a própria nacionalidade. Só porque não respiram o ar de Londres, de Paris ou de Roma... Como se nos proibissem, na Europa oriental, o acesso à ciência, à cultura e às artes do Ocidente! Pois isso nunca me fez mal à saúde. Leonardo, Galileu, Dante e Cervantes são meus concidadãos. Tanto quanto Maria Sklodowska, cujo nome francês era Madame Curie, como Chopin ou Dostoievski... Sempre respirei bem na Rússia da minha primeira infância e na Polônia da minha juventude. Em Paris e em Roma estou em casa. E por que não? Conheci duas guerras, sobrevivi a perseguições políticas, escapei da unha dos terroristas e dos traficantes, consegui — esta a minha maior proeza — afeiçoar-me aos tristes trópicos. Sou cidadão do mundo.

Cheguei a Olsztyn ainda menino, por volta dos nove anos de idade. Fugíamos dos sovietes. E voltaria, mais tarde, a fugir dos vermelhos. Então convertidos em orquestra. Veja só! Uma orquestra inteira! Vermelha! A *Rote Kapelle*, de desgraçada memória. Meu pai, que Deus haja, teve os bolcheviques no seu encalço, morreu jovem, pelos quarenta anos. Quando mal entrara na posse dos bens dos antepassados — os Ostrovski. Família poderosa, disso dou testemunho, com muitos servos, dinheiro, terras a perder de vista, e da qual herdamos o título da cidade de que é natural o meu avô.

Três anos após nossa mudança, papai caiu, ou foi empurrado, de um carro em movimento e, muito ferido, veio a falecer uma semana depois. Fomos morar com os meus avós numa grande casa de campo, a alguns quilômetros de Olsztyn. A orfandade não me fez sofrer. Acho mesmo que me livrou de um certo desgosto — uma espécie de mal-estar inconfessável, que sempre experimentava diante do meu pai. Onipotente, onisciente, ele não me permitia um minuto de repouso. O futuro da família, a reputação dos antepassados, a dignidade do nome, a fama, tudo recaía sobre os meus ombros. E eu carregava esse peso doze horas por dia e doze horas por noite. Enquanto isso, minha irmã brincava, dormia, ria-se com as amigas, recebia o carinho do meu pai. Para mim, eram os livros, as línguas, os estudos, a caça, os cavalos.

Só mamãe lamentava:

— O pobre do menino não tem infância! É um homenzinho cheio de deveres e obrigações. Deixe-o descansar!

Meu pai fechava a cara, repreendia-a e perguntava-lhe se queria em casa um maricas. O assunto era encerrado e eu voltava aos livros. Aos treze anos, à sua morte, eu já falava russo, polonês, alemão e tinha começado a praticar o francês com um preceptor de Marselha. A mudança para a chácara livrou-me, felizmente, de suas lições. De todas as lições.

Pareceu-me, no princípio, que se abriam para mim, de par em par, as portas da prisão: eu estava livre. Para fazer o que bem entendesse. Comia o que queria e quando queria, dormia até tarde, corria descalço pela casa, recusava-me a tomar banho, passava a maior parte do dia com os filhos dos agregados que cultivavam as terras da família. Complacente, mamãe fechava os olhos aos meus caprichos: de mim nada exigia e tudo debitava ao luto e à tristeza da orfandade. Minha avó criticava meus modos, clamava por disciplina, censurava a fraqueza da nora. Ela, coitada, defendia-me. Vivemos, uns cinco anos, nessa luta sem trégua: as duas mulheres esgrimiam, uma contra a outra, o fantasma de meu pai. Sua ausência era, ao mesmo tempo, álibi e instrumento de acusação.

Minha avó dizia:

— Esse menino está desse jeito porque o pai não está aqui para dar-lhe educação.

Mamãe replicava:

— Se está assim é porque sofre. A rebeldia é sua maneira de chamar a atenção e pedir mais carinho. Foi a morte do pai que o desequilibrou. É o menino mais infeliz do mundo.

Sua defesa me convencia de que eu era deveras infeliz: o menino mais infeliz do mundo! Principalmente por causa da megera da minha avó. Mais os anos passavam e mais aumentava a minha raiva de suas repreensões, de suas insinuações malévolas, da birra com a minha mãe e da infindável ladainha de louvores ao meu pai. Só ele era perfeito, bom, bem-educado, nobre, inteligente, talentoso. Jamais eu chegaria a seus pés. E isso ela repetia mil trezentas e trinta e três vezes por dia! E se digo mil trezentas e trinta e três, não é exagero nem força de expressão: essa era a cifra que citava para enumerar as minhas faltas. E quando lhe perguntei por que nela insistia respondeu-me que a usava porque lembrava a idade da morte de Cristo — 33. E eu a crucificava mil e trezentas vezes.

Pois tanto a crucifiquei que um dia nos deixou em paz. E nos fez o grande favor de não ressuscitar depois de três dias. Que a terra lhe seja pesada. Com o Everest por cima, as Cordilheiras e o Pico da Neblina. Amém.

A morte de minha avó, a partilha da herança, a desavença com outros herdeiros do lado paterno e, mais que isso, a instabilidade econômica e política, por causa da guerra russo-polonesa, nos obrigaram a abandonar a chácara e a buscar refúgio seguro em Varsóvia. Só então fui matriculado em cursos regulares. Minha mãe escolheu o Colégio Santo Estanislau, católico, freqüentado por príncipes e condes. À liberdade a que me habituara seguiu-se um período de censuras, advertências e castigos que passei a associar aos mandamentos da Igreja, ao catecismo e às práticas religiosas. Para fugir à rígida disciplina da escola, alistei-me no exército. Valendo-se de sua condição de viúva, minha mãe conseguiu, à minha revelia, que me dispensassem. Filho único, estava moral e legalmente impedido de deixar o lar para tomar armas. Purguei, no Estanislau, o resto dos meus pecados. Longe de todo risco.

Em 1930, pude, afinal, livrar-me das penitências e dos sermões: matriculei-me na Universidade de Varsóvia. Foi o melhor período da minha vida. Desasnei-me, fiz amizades, perdi o cheiro de sacristia e de água benta. Abri as janelas da alma e espanei o mofo clerical. Posso dizer que nasci para o mundo e para os prazeres da vida. E como a Europa vivia febrilmente a antevéspera da guerra, o fantasma do irremediável insuflava paixões e desejos terminais. Discutíamos e insultávamo-nos exaltadamente, jurávamos em nome de Kant e tomávamos a defesa dos ideais revolucionários. Nossas angústias e medos desciam à bexiga, afogados em vodca e cerveja, quando não se dissipavam no ar, nas estrofes inflamadas de algum poeta russo. Recitávamos poemas quilométricos. Que memória! Berrávamos, noite adentro, versos de Puchkin. E tanto nos excedemos nesses pifões líricos que paramos uma noite na cadeia. Por arruaça e perturbação da ordem. Sofremos a punição como glória. Éramos heróis. E acho que éramos, mesmo, grandes heróis. Permanecíamos horas a fio, impávidos, a ouvir patéticas peças de teatro de algum gênio precoce. Havia quem fizesse pastiches de Gorki e quem, como eu, cultivasse, secretissimamente, o Gide dos *Falsos moedeiros*. Olhando para trás, acho que encenávamos, sem dar por isso, um dramalhão. Dos mais ridículos. Santa juventude! Armava-se, à nossa volta, a jaula nazista e nós continuávamos a posar de arautos da cultura e fermento da massa iletrada. Quanta besteira! E levávamos tudo a sério...

Tomei parte ativa nos movimentos estudantis, relacionei-me com os intelectuais mais influentes da época. Gente que acreditava no que dizia, no que pregava e no que escrevia. Quanta ingenuidade! Que me ficou de bom? As viagens. Conheci Paris, Londres, Berlim, Viena, Madri, Barcelona. Enchi meu baú de saudades com belas lembranças. São elas o meu patrimônio. E meu diploma. Não concluí o curso de Direito, na Polônia, nem a Escola Normal Superior em Paris. Em Varsóvia, passava os dias nos corredores da faculdade e as noites, nos bares. Bebia sem comedimento, lia desencadernadamente, ouvia música, namorava. Também cometi esse pecado... Quando não me deixava arrastar até Viena, Roma ou Paris, para assistir, com os colegas, a uma peça de teatro ou visitar uma exposição.

Da Itália e da Áustria, do velho Império Austro-Húngaro, chegaram os primeiros sinais de mudança. Já não era possível continuar a viver sem compromisso, compromisso efetivo, com a política e com a ideologia. Fiz a minha escolha. A mais cômoda: o exílio. Foi opção consciente. Acreditava que não ia nem queria envolver-me, para valer, nem com a esquerda nem com a direita. Leitor de André Gide, o que eu queria era estar "disponível". Para o que desse e viesse. Deixei a Polônia duas vezes. A última, em 1939, sem retorno.

"*¡Qué buenos aires son los de este suelo!*"

À véspera da invasão do meu país e da declaração de guerra, minha partida representaria a ruptura definitiva com a Europa. Ao chegar a Buenos Aires, poderia ter exclamado — tal como o descobridor — "Que bons ares são os desta terra!".

O que eu não podia supor é que, deste lado do Atlântico, a salvo da guerra e das suas vicissitudes, o Velho Mundo viesse me atazanar. As colônias estrangeiras, atuantes na América Latina, estabeleciam contatos, colaboravam com a resistência européia, mas também urdiam intrigas e fomentavam desafetos. Gombrowicz, o escritor, exilado como eu, logo se incompatibilizou com a célula criada pela elite intelectual.

Ligados à revista *Sur*, de Victoria Ocampo, a Jorge Luis Borges e outros escritores elegantes da Calle Florida, os membros da resistência menosprezavam os imigrantes anônimos, trabalhadores braçais. Preocupavam-se, antes de tudo, com a sorte dos infelizes franceses, sob o tacão dos SS. Ignoravam, ou fingiam ignorar, a miséria dos refugiados que os cercavam, a exemplo de um Gombrowicz!

Victoria Ocampo fazia o papel de mecenas e dama de caridade: publicava livros de poetas em desgraça, expedia centenas de *colis*, conseguia, daqui, vistos de entrada para os judeus que queriam emigrar para os Estados Unidos. Apaixonada por Roger Caillois, com quem manteve uma correspondência de mais de trinta anos, salvou muitos judeus franceses da morte. Mas talvez tenha vivido ao lado de quem morria de fome...

Revoltado com essa forma de filantropia, Gombrowicz rompe com a sociedade portenha (que só tinha olhos para as desgraças da Europa civilizada e intelectual). Para escândalo dos europeus bem-nascidos, e dos seus descendentes, passa a viver como marginal. Seu endereço predileto? Os prostíbulos das vizinhanças do porto. Era ali encontrado na companhia de marinheiros, homossexuais e prostitutas.

Estava escrito no *Livro do Destino*, capítulo "Dos Encontros", que nossos passos se cruzariam. Quando foi isso? Uns dez anos depois. Quando os bons deuses me favoreceram e me tornei acionista do Banco Polaco. Pude ajudá-lo. Mas muita água havia de separar-nos. Não sei se apareço no seu *Diário*. Nem sei se guardou de mim memória isenta... Pouco importa. Ele entrou na História: na História da Polônia, na História da Europa. Apátrida, ele é, hoje, escritor universal. Veja que ironia!, sou eu o marginal.

Não é difícil imaginar que, nessa época, boa parte da população da Europa buscou asilo nas Américas. Primeiro, na América do Norte. No hemisfério sul, a preferência ia para a Argentina, o mais europeu dos países sul-americanos. De todas as grandes capitais da América Latina, foi Buenos Aires a que recebeu maior fluxo imigratório. Isso passa a acontecer a partir da guerra civil espanhola, acentua-se com os conflitos de 39-45 e estende-se até a década de 50. Ostrov não fez mais do que acompanhar o fluxo natural. Foi o que me deu a entender.

Em virtude do caos que precedeu e se seguiu a essa sucessão intermitente de êxodos, nem todos os exilados tinham sua situação legal regularizada. E, como é natural, não gozavam de boa fama nos países que os acolhiam. Ora eram vistos como nazistas, ora como judeus, ora como criminosos de delito comum, foragidos da justiça. Alguns países — os Estados Unidos, por exemplo, exceção honrosa — mostravam-se dispostos a render-se aos gênios, então estimados no seu justo valor. Mas... os gênios de nomeada universal eram raros. A multidão era de miseráveis.

Só hoje, acredito, temos meios e instrumentos para avaliar a dimensão dos erros cometidos nessa época. Empenhada numa espécie de exorcismo coletivo, a Alemanha vem exumando o passado para exaltar os seus heróis e punir, exemplarmente, os carrascos nazistas. A par da celebração dos exilados, gente da estirpe dos Mann — os irmãos Heinrich e Thomas, os filhos de Thomas, Klaus, Erika e *Golo* —, descobre-se que aqueles que permaneceram no país, padecendo a injúria e as perseguições do Terceiro Reich, também são dignos do panteão nacional. O caso de Ostrov não deve ser diferente...

Se ponho, por ele, a minha mão no fogo? Não. Não me arriscaria a tanto. Mas tampouco o condeno. Não lhe contei que ele não queria comprometer-se? Você considera isso covardia?

Talvez, talvez. Mas defendia a própria pele... Na esperança de estar pronto para o que desse e viesse. E não se furtou a confessá-lo. Talvez seja essa uma forma de sabedoria. Se quiser, acuse-o de cinismo. Milhões de europeus agiram da mesma forma. E nem por isso deixaram de merecer o respeito dos seus concidadãos. Mais cautelosos que ele, muitos houve que escolheram o silêncio. E garantiram o atestado de boa conduta. Onde está o cinismo?

Como sou alemã e tenho, tanto da guerra como do comportamento do tempo da guerra, uma experiência direta, diferente daquela que tiveram os habitantes do outro lado do Atlântico, será difícil coincidirmos no julgamento. E sempre haverá uma boa distância entre o Ostrov que eu conheci e aquele que um americano, ou americana, queira entender e compreender. O que importa é dar-lhe a palavra. Foi o que fiz na fazenda Juruena: só tive olhos para vê-lo e ouvidos para ouvi-lo.

À uma hora da manhã, Augusta trouxe-nos café, biscoitos e água. Ostrov serviu-me o café e também se serviu. Afastou a vodca, e não voltou a beber. Repetiu o café e acomodou-se na cadeira. Depois de correr a mão pelos cabelos, encarou-me e prosseguiu a narração.

Não eram apenas *Sur* e os escritores da Calle Florida que ditavam moda e davam o que falar. Havia a gente da Calle Boedo, que simpatizava com os movimentos proletários, e havia também os anarquistas.

Após a experiência frustrada do governo republicano na Catalunha, grande parte dos anarquistas havia deixado a Espanha rumo aos Estados Unidos. A maioria. Para a Argentina vieram alguns poucos: aqueles que tinham parentes radicados no país. Conheci uns quantos: doze, talvez quinze. Não mais que isso. A polícia não os perdia de vista. E tão grande era a vigilância, que uma boa metade preferiu pegar estrada e buscar asilo na Colômbia, no Chile, no Brasil.

Quieto no meu canto, eu ia vivendo. Melhor: deixavam-me viver. Não me faltava dinheiro e eu sabia comportar-me. A despeito disso, vi-me às voltas com os anarquistas. Como toda predestinação se cumpre aqui mesmo, nesta selva selvagem, como diz a senhora, recebi intimação para prestar depoimento perante a autoridade. Acuado, não me calei. Defendi-me como pude. Revelei o que sabia. Ninguém pagou pela minha fraqueza. E ainda que o pior acontecesse, isto é, que prendessem, torturassem ou matassem, não me culpo de nada. Agi para salvar a pele. E o pêlo. Não encontrando os catalães citados no meu depoimento, a polícia caiu sobre mim com fúria redobrada. Sob suspeita, acusado de cumplicidade, não tive outro recurso que o de fazer valer o meu título. Guardara-me, sempre, de revelar a minha origem. Temeroso de perseguições e represália, jamais apresentara minhas credenciais ao governo, jamais pusera os pés nas delegações estrangeiras. Mas naquela hora, pobre-diabo asilado, que me restava?

Esfreguei-lhes a nobreza nas fuças, e a polícia se encarregou de levar o meu caso à Corte. Aconteceu o milagre: convocaram o ministro plenipotenciário da Polônia e tudo se aclarou. Não sem demora. De qualquer modo, não me queixo: confirmada a veracidade das minhas declarações, afastou-se a suspeita do meu envolvimento com os grupos que atentavam contra a segurança nacional. Desculparam-se com a fidalguia que praticam nas grandes ocasiões e forneceram-me, *ex-officio*, um visto permanente. Salvei-me com pompas e honras após duas semanas de injúria. Conhecido e reconhecido como nobre, minha fama estava assegurada. O resto correu por conta do destino. E da vaidade humana.

Passei a freqüentar as melhores casas, com direito aos privilégios devidos aos que usam *Don* antes do nome. Era recebido na intimidade das melhores famílias. E não havia pai zeloso nem mãe honrada que não me desejassem para genro. Já não me viam como exilado nem como imigrante nem como polaco; era príncipe pe: o príncipe Olsztyn. O dinheiro? Significava pouco. Os ricos estancieiros não o cobiçavam. Para quê? Tinham-no de sobra. O que os seduzia era o título, a inexcedível preeminência do sangue, da casta, do berço. Título que, pensavam, haveria de salvá-los da barbárie e lhes abriria, num estalar de dedos, as portas da cultura e da civilização. Pediam-me para falar-lhes sobre os meus antepassados, sobre as tradições da velha Rússia, sobre pergaminhos e árvores genealógicas. Sonhavam com nobiliários, castelos e banquetes gastronômicos... Que paradoxo! Enquanto eu, desterrado, não buscava senão a calma do pampa, as solidões da Patagônia, a vida agreste, a rudeza dos *gauchos*, as *parrilladas*, o amargo e o anonimato, principalmente o anonimato...

Mas o destino não se escolhe nem se rechaça. Curvei-me às suas exigências. Para adaptar-me à circunstância, mudei de hábitos, vesti-me como mandava o figurino. Como esperavam que se vestisse um nobre. A sociedade portenha dava-me provas de inestimável apreço, lisonjeando-me com sua solicitude e com seus favores: todo pretexto era bom para homenagear-me. Com cadeira cativa à mesa das famílias aristocráticas, passei a conselheiro de gente rica, a confidente de velhos apaixonados, a mestre-de-cerimônias de anfitriões pouco instruídos na arte de receber. Os estrangeiros, à exceção dos russos, olhavam-me com desconfiança. Não se sentiam à vontade diante de mim. Em tempo de guerra, é bom lembrar, a delação e a traição andam à espreita. Um calafrio nervoso na base da nuca me advertia que olhos escondidos me observavam, seguiam meus passos, me bisbilhotavam a casa, os armários, as gavetas, o cofre, os livros, o paletó, os bolsos, a carteira, a conta no banco, a camisa, os rins, o sexo, a alma. Me reviravam pelo avesso. Para chegar às entranhas e descobrir quem eu era e a que vinha. Que fiz? Subi ao poleiro mais alto da sociedade capitalista — o banco — e aos alvos mais visados pela curiosidade malsã — o dinheiro, o lucro, o poder. Aí, bem instalado na minha berlinda, dei resposta ao desafio de mil olhos bisbilhoteiros. No andar mais alto do centro econômico da arrogante Buenos Aires, mostrei aos estrangeiros que estava em casa. Oferecendo-me à contemplação e ao despeito unânime, abri os braços aos desvalidos, aos párias da imigração.

Ao tornar-me acionista do Banco Polaco, acionista majoritário, pude exercer, sem constrangimento, minha vocação de pródigo. Graças ao posto de diretor, diretor-presidente, pude oferecer uma sinecura a Gombrowicz, bolsas a estudantes, pensões a viúvas de poloneses emigrados.

Orgulhoso, seguro de si, o escritor nunca veria no meu gesto qualquer marca de generosidade. Interpretou-o como direito seu, mercê devida à sua inteligência e ao seu talento. Desprezava-me, estou certo disso. Porque eu encarnava, no seu juízo, o capital. Que via em mim? O sistema. O patrão endinheirado. O burguês imbecil. Indiferente às vulgares ocupações dos demais funcionários, julgava que ele, ele sim, era quem nos prestava um grande favor permanecendo ali, numa de nossas salas, inteiramente concentrado na sua literatura.

Foi no Banco Polaco, numa de nossas mesas, que escreveu *Trans-Atlântico*, publicado por volta de 1950 na revista *Kultura*, da colônia polonesa de Paris. Acho que *Ferdydurke* ainda não tinha sido traduzido para o francês. Não sei. Mas ele já começava a ser conhecido na França. Um amigo nosso, Kot, que é apelido de Constantino, foi quem mais se empenhou para promovê-lo em Paris. Era um verdadeiro relações-públicas dos imigrantes letrados. Uma espécie de empresário. De todo mundo. Sem interesse de ganho. Desdobrava-se para servir os compatriotas. Um abnegado. Dizem que ao desembarcar na Europa, de volta do exílio nos pampas, Gombrowicz se apresentava como um dos autores mais importantes do século. E Kot insuflava-lhe a megalomania. Não perdia ocasião de incensá-lo.

Altivo, ah!, se era. Levava um rei na barriga. Melhor: levava o Nobel. Que não veio... Não passou do Formentor. Dizem que é importante. Mas para quem espera o Nobel, não é lá essas coisas. Quem é que conhece o Prêmio Formentor? Só enche a boca. Agora, que a fama dele corre mundo, é difícil imaginar que eu o encontrasse diariamente, que topasse com ele na rua, no bar da esquina e no banheiro, e, bem ou mal, tenha contribuído para o seu pão de cada dia.

A literatura deve ao Banco Polaco o *Trans-Atlântico* (sempre escrevi com hífen. Era assim que Witold escrevia. É Além-do-Atlântico, isto é, a Argentina, terra do exílio). E nos deve também boa parte do Diário e, se não me engano, uma conferência que provocou escândalo em Buenos Aires, a conferência "Contra os poetas".

Ao ler, hoje, os louvores da crítica à sua obra, quem não se convence de que ele, ele sim, é que tinha razão? A dívida é nossa. Vamos e venhamos: todos saímos lucrando. Seus livros irão mais longe, muito mais longe que a nossa magra generosidade.

Quando me desfiz de minhas ações, quatro outros acionistas — dois poloneses, um russo, um alemão — me acompanharam: vendemos tudo. Com esse lote de ações, a direção do banco passou a outras mãos. Precavido, Witold não se apresentou aos novos donos. Era bem possível que não se contentassem com a honra de tê-lo como escritor-visitante. Pediu as contas e foi viver por conta própria. Escrevia sobre a Polônia e sobre a Argentina, enchendo a caneta, que ainda se usava na época, com a tinta da glória internacional. Suas crônicas eram lidas na Radio Free Europe.

Se ele se deu bem com a saída do banco, melhor me dei eu. Recuperei o capital na hora certa. Tratei de sair do país. Peguei um mapa do continente e, de olhos fechados, espetei um alfinete num país do sul. O acaso decidiu por mim: deu Colômbia.

Fiz as malas e parti.

A SELVA, TERRA INCÓGNITA

Livre dos compromissos que me prendiam à vida urbana, às finanças, à hipocrisia e aos ritos da sociedade embeiçada no ganho e no consumo, quis romper com tudo que me lembrasse o passado recente. Como na Argentina o poder tinha origem nas velhas oligarquias do couro e da carne, aboli do meu prato, da minha agenda e do meu futuro o bife e o gado. Fiquei com o café. Não me dei bem. O café fino ainda era coisa de visionário. Tentei convencer os cafeicultores da necessidade de reduzir a produção em benefício da qualidade. Inútil. Nem a África nem o Brasil, nossos principais concorrentes, se mostraram atraídos pela excelência, pela qualidade; buscavam o lucro, nada mais. Tanto que o Brasil queimou toneladas e toneladas do seu único produto de exportação para provocar a alta.

Fiz café caro, de excelente qualidade. Fui à falência. Ao balanço final, apurei algum dinheiro. Mas teria que permanecer no país. Decidido a recomeçar, não me lancei às cegas nos braços do destino. Escolhi, a dedo, o investimento para o saldo em conta. Tomado pelo desgosto de tudo que me lembrasse a civilização, renunciei à companhia de meia dúzia de amigos, às mulheres e ao conforto. Eu já gravitava em torno de uma idéia: o retiro absoluto. E esse retiro tinha um nome: a selva.

Foi opção definitiva.

Comprei quatro seringais, enganchei *caucheros* — como chamam os seringueiros — e pude, afinal, ser homem entre homens. Sangrei ali, e sagrei também, na imensidão da floresta, a minha jamais provada virilidade. Eu que me julgava homem feito e direito! Ao lado de gente bronca e tosca, para quem o heroísmo é água lustral, fiz o aprendizado da grandeza, da mesquinharia, da temeridade e do medo.

— Ah!, *Frau* Bock, aos *machones* que julgam proeza extraordinária *tumbar mujeres*, violar mocinhas ingênuas, enfrentar cornudos ciumentos, arriscar milhões nos pregões da bolsa ou numa mesa de pôquer, eu aconselho uma estação na selva. Inferno de muitos, paraíso de poucos. Entre os quais me incluo. Mas, ainda e sempre, terra incógnita, *Frau* Bock.

Dirigiu-me um olhar cheio de subentendidos e calou-se.

Só na noite seguinte, em hora avançada, sob os auspícios de boas doses de vodca, o passado voltaria a fluir dos seus lábios, sem censura e sem comedimento. Era como se Ostrov me tomasse para espectadora da sua iniciação. E parecia querer demonstrar-me que o exercício da virilidade depende muito mais do domínio dos nervos que da cultura ou da moral. Enquanto me falava, era tal a sua força de convicção que acabei por converter-me ao seu código de honra, inspirado numa consciência superior da humanidade.

Hoje, longe dos trópicos, me pergunto se o lugar, o clima, o modo de vida exercerão tamanha influência no temperamento, no caráter... Será que existe a força cósmica? E será que sob os influxos dessa força se manifestam ali, como revelação, a verdade inteira da vida, o absoluto da morte?

Tenho, agora, minhas dúvidas... Mas vivo do lado de cá, entre o cimento, o asfalto e o gás carbônico; o meu repouso definitivo, comendo capim pela raiz, se esconderá sob lápide de mármore e de granito, estátuas de santos, cruzes e anjos protetores... Tão longe da verdadeira vida, e da morte sem acessórios, não posso abordar a eternidade. E a eternidade presidia, sob os trópicos, minhas conversas com Ostrov.

Ele quis que eu lesse, ali mesmo, a trilogia de Döblin sobre o Amazonas. E chamou a minha atenção para o epílogo da obra, em que se retoma o tema da peregrinação dos indígenas, iniciada quatro séculos antes, em busca da terra sem morte. Referida no primeiro volume da trilogia, a peregrinação foi de fato realizada por algumas tribos. Um suicídio coletivo nas praias do sul do Brasil é o epílogo imaginado por Döblin para significar a impossibilidade de convivência entre civilizados e selváticos.

À frente dos seus seguidores, o deus Sukuruja comanda o ritual de afogamento: todos o acompanham, deixando-se arrastar pela voragem das águas. Na certeza de que poderão abreviar as penas da vida mortal, sujeita à arbitrariedade e ao desmando dos brancos, o suicídio não é visto como castigo; é redenção.

Não encontrei no livro o sentido, ou mensagem, que Ostrov talvez lhe atribuísse. Sou incrédula. E européia. Sua lição não me serve. E como nem o progresso das ciências nem a superioridade intelectual me oferecem a ponte para além do mistério...

— Que fazer?, perguntei-lhe.

— Que fazer? Se leu Döblin, a senhora sabe que a terra sem morte está, para os índios, além do oceano: onde correm, inesgotáveis, abundantes mananciais de leite e de mel. Onde a felicidade é eterna. Que fazer? Seguir Sukuruja. A lição é clara. Só a morte leva à *Land ohne Tod* — à terra sem morte. A morte é celebração. É glória, é rito de passagem. É o que venho aprendendo aqui. Basta olhar à sua volta. A voracidade dos animais de presa, os insetos, as árvores e as plantas, as chuvas torrenciais que repetem o dilúvio, os incêndios criminosos que duram meses e que às vezes, depois de debelados, ainda deixam, debaixo da terra, pequenos focos que continuam a fumar e arder... Tudo é morte, mas tudo prepara e conduz à vida. A vida só se renova e se completa na morte. Morte e vida, vida e morte.

Num gesto largo, Ostrov me mostrou os livros nas estantes.

— E tudo que está aí, só fala disso: morte e vida, vida e morte. Nem a minha vida foge a essa constante. É por milagre que estou aqui, vivo, diante da senhora. Vivo, e no Brasil. O homem é lobo do homem, *Frau* Bock. E a matilha da *Rote Kapelle*, que vivia da caça, descobriu em mim a sua presa.

— Eu sempre soube que a *Orquestra Vermelha* só atuava na Europa...

— Pois engana-se. Da chegada dos seus espiões à América do Sul resultaram minhas andanças. E, delas, anos e anos de tribulações... O melhor da minha vida. E o tempo não volta atrás...

De súbito, Ostrov parece tomar consciência dessa perda irreparável. Cala-se para respirar. Buscando apoio no braço da poltrona, descansa a testa na mão direita.

Ao vê-lo realmente prostrado, levanto-me para oferecer-lhe ajuda. Antecipando-se a qualquer gesto meu, ele conclui:

— Se o mau tempo continuar, e a senhora quiser conhecer o alcance prodigioso do olho de Moscou, espere até amanhã. Vamos descansar.

Ostrov? Olov?

Inquieta, e atônita também, eu sentia que o destino de Ostrov confundia-se com o da minha personagem, com quem dividia, já, o título de príncipe. À medida que Ursula desembaraçava do enredo a vida real, a vida de uma figura alheia à ficção, à minha ficção, eu me via ameaçada: à sensação de perda juntava-se agora a de impotência.

Depois de correr mundo, salvar-se da guerra, tornar-se rico, e até mecenas de um escritor que admiro, Ostrov invadia o território de Olov como se fosse refazer-lhe, talvez completar-lhe, ou mesmo corrigir-lhe a aventura amazônica. O seu itinerário coincidia com o do romance, e eu temia que numa encruzilhada qualquer ele acabasse por envolver-se com um grupo nazista, que conhecesse as demais personagens e desse, de repente, com Euclides Gomes Bastos, o protagonista da minha história.

A vida fazia cerco à fantasia. O usurpador do título de Olov aparecia-me em carne e osso, pondo em risco a boa ordem da criação. A ansiedade me fazia vê-lo e ouvi-lo. Já não era Ursula quem me falava, era ele próprio. Embora soubesse muito bem que os dois se entendiam em alemão, eu o imaginava falando português, tal como Ursula. E minha adesão era tão completa, minha atenção tão permanente, tão colada às suas palavras que, meio séria, meio irônica, ela me avisou:

— Não me olhe desse jeito! Não sou mãe-de-santo nem converso com fantasmas! É você que tem poderes telepáticos! Procure um centro espírita ou faça avaliar, por um psicólogo, a sua paranormalidade.

Não precisei repetir-lhe o que dissera ao amigo que me dera o mesmo conselho. Ursula não acredita em nada disso. Fazia blague. Só para mostrar o ridículo da minha aflição.

— Você acaba doente se continuar magnetizada a esse ponto! — emendou.

Ela tinha razão: nada é tão mórbido quanto o sentimento de impotência.

— Veja que coisa curiosa — continuou Ursula. — Não se trata, no caso, de uma personagem à procura de autor, mas de um esconde-esconde em que de perplexidade em perplexidade você chegará a duvidar da sua imaginação. Mas... não é Deus, só Deus, que tem à vista, explícito, todo o roteiro de nossa vida, de toda vida?

Ante tal conclusão, pedi-lhe que parássemos por ali. Deixássemos Ostrov em paz: entregue às suas ocupações, à sua flora, à sua fauna...

Isso não aconteceu. Nesse entrecruzar de destinos, a biografia do príncipe Olsztyn foi enxotando da ficção a minha frágil fantasia. Por último, assustadora, a rede espessa da "famigerada" Rote Kapelle começava a desprender-se do novelo... Aonde iríamos? Mas, sobretudo, onde terminaríamos esse jogo de espantos?

Ainda na Alemanha, descobri, surpresa, uma pequena referência bibliográfica que me levaria à Orquestra Vermelha. Coisa mínima. Se não tivesse sido informada da sua existência, a resenha sumária de uma obra sobre os serviços de inteligência europeus me passaria despercebida.

O livro resenhado, que logo tratei de ler, divulgava, com pormenores, um relatório da CIA sobre a espionagem na Europa. O levantamento nominal, de alta competência, cobre o período de 1936 a 1945. Atribui-se ao serviço secreto alemão — o Reichssicher Leitshauptamt (RSHA) — o uso do criptônimo Rote Kapelle para designar a rede de subversão soviética descoberta na Europa ocidental após a guerra russo-germânica de 1941.

Inspirada na música, a linguagem cifrada tinha razão de ser. A transmissão se fazia pelas ondas sonoras do rádio, e a atividade musical ficava a cargo de pianistas — os radioperadores —, de um maestro — o chefe —, de um dirigente — o diretor, que tudo manipulava desde a central moscovita. Ao que consta, a analogia hierárquica não teve origem na contra-espionagem nem chegou, na época, ao conhecimento dos alemães. O termo Kapelle, esse, sim, *era corrente nas primeiras referências às operações do serviço secreto — a Abwehr III F. — contra o ramo belga da inteligência da URSS.*

Visto que as investigações se estenderam mais tarde à Holanda, à Suíça, à França e à Itália, a expressão se internacionalizou. Mas a difusão progressiva e intensa determinaria, muito freqüentemente, o seu uso duplo, equivocado: tanto nomeava a rede soviética quanto o grupo responsável, na Gestapo, e também na Abwehr, pelo combate aos seus agentes.

Importa saber que na acepção definitiva — de rede de espionagem soviética — o dossiê Rote Kapelle *instrui um dos capítulos de maior sigilo nos anais da segurança interna da Alemanha e da União Soviética. Após o final da guerra, mantém-se o sigilo em atenção aos Aliados: não lhes convinha divulgar as comunicações secretas acerca dos códigos praticados e decriptados. Alguns anos mais tarde, a guerra fria se encarregaria de legitimar essas medidas: interditou-se a divulgação de toda e qualquer matéria sobre espionagem.*

Guerra é guerra. Sangrenta, atômica ou fria. Não surpreende, por isso, que a luta de astúcias e poder se trave, paralelamente, nos dois campos — o da estratégia militar a céu aberto e o do jogo político da Inteligência, regido pelas leis da clandestinidade. Mas surpreende, sim, que num mesmo país, no centro da ação beligerante, duas instituições do mesmo sistema — a Abwehr e a Gestapo — se antagonizem na busca desesperada de bodes expiatórios, dispersando-se em inquéritos e investigações paranóicas.

Feito o esclarecimento, descobre-se que tudo isso acabaria por interferir no destino de Ostrov, implicado no nebuloso enredo da última grande guerra.

Após a leitura dos documentos, já no domínio público, divulgados pelo FBI e pela CIA, Frau Bock *pôde elucidar pontos obscuros, ou mal explicados, da sua biografia. Se tudo corresponde, ou não, à realidade, é o que saberemos até o fim do século, quando os arquivos nacionais de Washington poderão divulgar o que ainda permanece sob sigilo.*

LEMBRAR PARA ESQUECER

Visto que as inundações haviam atingido o Juruena e o "estado de calamidade" justificava a minha permanência no Brasil, recorri a um radioamador para enviar uma mensagem a Munique. Na impossibilidade de marcar data para o retorno, expliquei ao diretor da firma as razões do meu atraso e, a salvo de censura, continuei a desfrutar a hospitalidade do nosso cliente.

Diante dos meus escrúpulos, Ostrov disse, em francês:

— *À quelque chose malheur est bon.*

E comentou:

— A desgraça dos ribeirinhos me permitiu ter a sua companhia, minha senhora. Só não posso autorizá-la a escrever a minha biografia. Não quero, nem admito, que arrisque a sua vida por alguém que já está tão próximo da terra sem morte.

— Por que, então, essas confidências, *Herr* Ostrov?

— Estou velho. Preciso livrar-me dessa carga. Ela me pesa. Não tenho com quem desabafar. Que contaria a esses bugres, que são gente boa, sim, mas alheia à ruindade dos civilizados e às maquinações da espionagem? Estou só. E os ouvidos de uma mulher, e mulher culta, sensível, são de muito melhor préstimo que os de um homem. Posso falar-lhe na língua que aprendi ainda jovem e de que guardei gratas lembranças. Meu primeiro amor foi por uma alemã, de Munique, como a senhora. E que era, também, luterana. Não se assuste: as coincidências não passam daí. Tenho idade venerável, e até esse episódio amoroso me parece tão distante de mim como se o tivesse vivido noutra encarnação.

Nada lhe respondi. Nem havia o que dizer. Num gesto de compreensão, que ele compreendeu, tomei, entre as mãos, a sua mão esquerda, que estava livre, e estreitei-a firmemente, fixando-lhe os olhos. E acredito ter visto, neles, a resposta de uma emoção nova, jamais provada. Ao cabo de um segundo, talvez menos, o seu olhar recuperara a têmpera de aço. Retirou a sua mão da minha e sorriu-me. Um tanto contrafeito.

— Malraux, meu escritor preferido, diz que a velhice traz consigo a sua lâmpada. Mas a sua luminosidade é falha...

E num tom formal, de anfitrião:

— Me acompanha numa vodca ou prefere um conhaque?

O ventilador de teto não fazia senão movimentar, em círculo, o calor úmido do salão. Vendo que eu secava o suor do rosto, Ostrov levantou-se, ofereceu-me o braço e seguimos para a biblioteca, onde se respira ar refrigerado.

— Agora, pode beber o seu conhaque. Ou um vinho gelado?

Aceitei o vinho e instalei-me, confortavelmente, para o serão. Sou-lhe franca: eu me comprazia no papel de confidente. À falta de vocação para ficcionista e sem qualquer talento para fofoqueira, o de que gosto mesmo é de conhecer as pessoas, de entendê-las. E amá-las, sempre que possível. E eu já começava a experimentar mais do que mera admiração pelo aventureiro que via à minha frente: a ternura só esperava pretexto para manifestar-se. Embora a razão me mantivesse atrelada nas rédeas da suspeita, o meu coração ia passando por cima de tudo e me fazia acreditar no que me contava. Mas... afinal, por que a *Rote Kapelle* andara no seu encalço? E ele seria mesmo nazista?

— Pensando na volta, *Frau* Bock?

— Não, não senhor. Pensava no acaso, sumamente feliz, que me trouxe aqui. E me dizia que foi também o acaso que trouxe à sua porta a *Orquestra Vermelha*...

— Não, não foi o acaso. Nem o destino nem a fatalidade. Os meus passos me levaram ao seu encontro. E... depois... em sucessão, esses encontros se repetiram à semelhança de refrão de ladainha. Chegada a hora, faço a sua introdução ao meu repertório pessoal de desgraças: colecionado com primor desde a juventude. Espero que não lhe dê náuseas.

— Se a vítima, que foi o senhor, atravessou indene a experiência, não posso fugir.

— Indene, não. Mas sobrevivi. E só agora, lembre-se disso, agora e à senhora, à senhora apenas, ouso repetir o que se passou.

Tudo quanto ouvi naquela noite jamais chegou aos ouvidos de quem quer que seja. Sequer aos dos diretores da firma. Se a tomo para confidente, é porque já não faz sentido guardar segredo. Há excelente bibliografia sobre os serviços de inteligência nazista e soviética durante a Segunda Grande Guerra. O que temos de novo, de original, é o depoimento de alguém que denuncia a presença de agentes de espionagem das duas organizações no sul do continente. E como os seus conhecimentos são anteriores aos meus, não me parece justo ocultar-lhe o que sei.

Esse capítulo da história política da América Latina já começou a ser divulgado. O que permanece sob interdição pouco acrescentará ao que li e ouvi; não constitui risco para a segurança interna do seu país nem interfere, particularmente, no resgate da biografia de Ostrov. Não estou traindo a confiança do amigo — assim o considero — nem cometo indiscrição. Saiba, contudo, que estarei atenta ao uso honesto, e exato, dessas revelações. Memórias, melhor diria.

Espero ser fiel ao que ele me confiou. Qualquer engano é fruto de lapso involuntário. Não sou capaz de reproduzir a sua linguagem tão expressiva e tão rica de imagens. Muitas vezes, ele me falava em espanhol e em português, tentando aproximar-se da realidade. Releve os meus erros. O que importa, nesse registro sumário, é o resgate da verdade. E isso transcende à pobreza da minha fala.

Irrita-me, muitas vezes, a modéstia de Ursula. Falsa modéstia. Porque ela está ciente e consciente do seu domínio do português e do espanhol. Tão grande é a sua fluência que muita gente acredita que ela faça mistério de sua origem brasileira... Acho que sempre se refere à pobreza do vocabulário, ao mau emprego dos pronomes e mais faltas de sintaxe só para provocar-nos.

Transcrevo, agora, ao correr do lápis (pois nada anotei enquanto me falava), tudo quanto ela ouviu de Ostrov, ele próprio com a palavra, durante a grande cheia do Juruena. Mas é bom lembrar que já na sua origem essas memórias se apresentam como uma espécie de análise interpretativa de fatos políticos e sociais. Abarcam a vida de um marginal, como Ostrov se define, e sua visão de um tempo que a história, a "grande história", não registrou. E essa visão pessoal sofre, em seguida, uma dupla reinterpretação, pois passa por duas versões sucessivas e consecutivas: a de Frau *Bock e a minha. Cruzando línguas, operando alterações, buscando correspondências e paralelismos entre sentimento e emoção, é óbvio que haverá desvios da fala inicial. É humano. Não se diz que quem conta um conto aumenta um ponto?*

É isso aí.

Ponha-se no meu lugar. Imagine ouvir do próprio Príncipe Olsztyn estas confidências.

A minha ligação com a selva já me tornara bicho raro nas regiões habitadas quando vieram avisar-me que uns gringos andavam à minha procura no município de Ulloa. E por que Ulloa? Porque desceram na fazenda de um amigo. Parece que na Venezuela...

Pensei tratar-se de *broma*, como dizem ali, e não dei maior importância ao aviso. Umas três semanas mais tarde, os gringos já estavam mais perto da minha cabana. Eu passava pouco tempo na vila, onde havia casas de alvenaria e de madeira. Preferia a cabana, comprada no Panamá — uma sólida e bem montada cabana militar. Resistia às intempéries e defendia-me do ataque de pequenos animais, de insetos e répteis. E o melhor: era de fácil transporte. Eu a carregava comigo quando mudava de seringal. Só os empregados mais fiéis sabiam do meu paradeiro. E foi um deles, Juan Segura, que me trouxe a notícia de que dois estrangeiros tinham arranchado na vila à minha espera.

À minha espera? E quem meteu na cabeça desses extraviados da civilização que eu paro por ali? Juan não me soube dizer. Certo mesmo é que não tinham pressa. Vinham com sortimento para mais de um mês. Sortimento de comida e de bebida. Estavam muito bem instalados. Então...

Doña Carmen era a mulher mais importante e invejada da vila: alugara os dois quartos da casa e cuidava dos hóspedes por um bom dinheiro. Com lenha partida e empilhada no quintal, que é que lhe faltava? Nada. Ela mudara-se com o filho para a companhia da mãe e fazia, duas vezes por dia, o caminho que separava a casa, agora pensão, do barraco da praia. Havia até quem vigiasse as horas da sua passagem.

Assim era, assim fosse. Se os estrangeiros tinham a intenção de esperar, esperassem. Multiplicassem, todos, a paciência e a obstinação. Se a vila inteira quisesse vigiar os hóspedes mais a dona da pensão, que vigiassem.

Visitei seringais, abasteci armazéns, descarreguei mantimentos em todas as cozinhas, entreguei ferramentas, dei balanço, fiz pagamentos, conferi a coleta, despachei encomendas para a cidade. Tudo na calma. Não devo, não temo. Credores? Não tinha. Desafetos? Quem se salva deles? A família? Que família? Meia dúzia de fátuos que desistira, há muito, de considerar-me parente: eu era o apátrida, o selvagem, o nômade de quem se evitava pronunciar o nome. E esses gringos? Quem seriam?

Ao voltar do meu giro, soube quem eram.

Vieram ver-me.

O primeiro deles, Heriberto ou Herbert, de sangue alemão, apresentou-se como colombiano, nascido em Barranquilla. O segundo era Nikolaus. Sangue, corpo, alma e sotaque do mais puro alemão. Inconfundível.

Estávamos em 1942. A guerra chegara à África com Rommel. Era, portanto, assunto obrigatório. Heriberto acabava de desembarcar. Foi o que me disse. Conhecia quase toda a América do Sul: do Brasil à Argentina; do Chile à Venezuela. Era dono de terras no Departamento do Cauca. Agrônomo titulado, formara-se na Alemanha. Menos palavroso, Nikolaus revelou, entre dentes, que passara pelo México antes de aterrissar na Colômbia. Trabalhava no Banco Comercial Antioquenho. Ao que emendei:

— É o antigo Banco Alemão Antioquenho.

Ele riu contrafeito e acrescentou:

— O senhor sabe das coisas.

Heriberto agarrou a deixa com uma informação surpreendente:

— E como não haveria de saber? Era acionista do Polaco, de Buenos Aires.

A reação de Nikolaus foi imediata. Fuzilou o companheiro com o olhar. Fingi não dar pela repreensão silenciosa, como fingi, também, não me sentir ofendido pela petulância indiscreta. Se estavam a par de minhas atividades na Argentina, é certo que haviam de ter colhido essa informação ali mesmo, em Buenos Aires. Ninguém, na Colômbia, tinha conhecimento de minha ligação com o Banco Polaco. Para ir logo aos fatos, ofereci-lhes um refresco e ataquei rijo:

— Aqui estão a negócios? A que devo a honra da visita?

Como se fosse fazer uma declaração de ressonância nacional, Heriberto apruma-se, empertiga-se no seu metro e noventa e noticia:

— Deixei o ramo do café e pretendo montar, na Colômbia, um centro de exportação de borracha para a Europa...

Então, os dois pilantras vinham à minha casa para comprar o meu negócio? Não demudei. O meu silêncio animou-o a prosseguir:

— Como o senhor já deu provas de que entende do comércio, vimos propor-lhe sociedade. Temos clientela. Falta-nos a matéria-prima.

— Há clientela e clientela, meu senhor. Principalmente quando o que está em jogo é o futuro da Europa...

— Do Ocidente, *Herr* Ostrov.

— Não faça deduções pessoais, Adolf! E grosseiras!

Nikolaus saíra da sua mudez controlada. E fuzilara, dessa vez para valer, o boquirroto. Que também era Adolf... Mirei-os, os dois, de alto a baixo, como só um Olsztyn é capaz de fazer: primeiro, o parlapatão de dois pêlos, em seguida, o sargentão. Descobri, de relance, que os dois se mediam comigo. Nikolaus parecia estrangular, entre os dentes, uma careta de sarcasmo — a máscara do ariano diante do polaco de origem nobre.

O riso alvar de orelha a orelha, Heriberto ora me fixava, ora fixava o companheiro, notoriamente feliz ante o resultado da avaliação sumária. Parecia sustentar-se com a força e valor do sargento — soube, depois, que o poleiro de onde descortinava a burrice humana tinha outros degraus: ele era major do exército e veterano da Primeira Grande Guerra.

Acontece que, de poleiro, só receio mesmo a titica. A titica e a fedentina.

Terminado o entrevero de orgulho, de que eu seria o único vencedor pois ambos precisavam de mim, permaneci em silêncio de trapista até que Nikolaus voltou a manifestar-se.

— Desculpe o destempero. Estamos viajando há mais de um mês. Sofri o mal das alturas em Bogotá, e o clima úmido exacerbou uma antiga sinusite. Por tudo isso, as brincadeiras de Heriberto já não me fazem rir. Pelo contrário, pelo contrário...

— Também eu peço desculpas — emendou Heriberto. — A ambos. Estou certo de que vamos entender-nos muito bem, muito bem...

— Certeza que não inclui sociedade nem negócios entre nós — atalhei secamente.

— Mas, Senhor De Ostrov...

— Ostrov, apenas.

— Por que a modéstia? Sabemos que é príncipe...

— Primeiro, se algum dos meus nomes levasse o "De", seria o do lugar, Olsztyn, e não Ostrov. Segundo, a selva desconhece nobres e plebeus. Aqui, a nobreza se conquista a peito aberto, sem armas e sem discussão. E como não admito discutir qualquer tipo de sociedade, creio que podemos despedir-nos civilizadamente, não é?

— Mas temos alternativas, Senhor De Olsztyn...

— Ostrov, por favor. E não aceito outra alternativa que a de compra e venda. Sem precedências nem favores de qualquer espécie. Tenho a mercadoria para vender. Qual é a encomenda?

— Se uma sociedade não se inclui nos seus planos, temos proposta de compra por atacado: toda a produção do seringal.

— Muito bem. Para isso, terei de rever compromissos assumidos: não há estoque em depósito nos barracões. A demanda supera, em muito, a oferta. Podem comprová-lo no mercado de toda a Amazônia: diretamente ou nos pontos de revenda ao longo dos rios. Por ordem de prioridades, eis o que vamos discutir: primeiro, não faço entrega a domicílio. A encomenda é depositada no porto de embarque mais próximo do seringal; segundo e terceiro, devo ser informado sobre a identidade do comprador e sobre a destinação do produto. Isto é, a destinação industrial.

Heriberto anotou o que eu disse sem qualquer comentário. Minha intenção era cozinhá-los em água morna. Pendentes da minha resposta, não iriam bater à porta de outros fornecedores.

Prometi escrever-lhes dentro de um mês: à fazenda de café do pai de Heriberto, no Vale do Cauca, ou ao Banco Antioquenho.

Não tendo a intenção de vender-lhes a minha borracha, expulsei-os da memória. Mas tive de voltar à vila, para consertar um motor da nossa usina, e... quem vejo sair da casa de *Doña* Carmen? O colombiano de dois pêlos, Adolf Herbert. De mãos dadas com uma bonita loura. Ao ver-me, apressa-se a vir ao meu encontro.

— Se Maomé não vai à montanha...

— Maomé era homem do deserto, meu senhor. A selva não lhe seria propícia. Foram as grandes chuvas que o trouxeram de volta?

— Como queria mostrar uma nesga da selva à minha noiva, achei que a ocasião era oportuna. Juntava o útil — a compra da borracha — ao agradável: um pouco de turismo. Que lhe parece?

— Não há melhor companhia que a de uma bela jovem... Principalmente na Amazônia, onde só se deram a ver e conhecer as guerreiras da mitologia. E sem um dos seios...

— Obrigada pelo galanteio, Senhor De Olsztyn.

— Ostrov, senhorita. Para servi-la.

— Brigitte Ulm, senhor Ostrov. Muito prazer.

A beleza da moça era, como dizem hoje, estonteante. O louro dos campos de trigo da Polônia haveria de invejar-lhe a cor dos cabelos: do ouro velho ao ouro de espiga madura, penetrado por brilhos e claridades de sol posto. E os olhos? De azul puríssimo, que eu vira apenas no céu lavado das primaveras da minha infância. Lembrou-me minha irmã, cuja morte me ensinou que a perfeição não é deste mundo.

— E o senhor não teme pela saúde da sua noiva, senhor Heriberto?

— Tomamos todas as precauções, senhor Ostrov. Brigitte vacinou-se antes de deixar a Lituânia...

— Então é lituana...

— Nasci em Vilnius. Meu pai é alemão; minha mãe, lituana.

E podíamos ser parentes... Não ousei perguntar-lhe o nome da família materna...

— Já sabe se a produção cobrirá toda a demanda, senhor Ostrov?

— As chuvas impediram nossa comunicação com os outros seringais. Nada lhe posso adiantar.

— Tem alguma previsão? Aconselha-me a esperar?

— Espere uma semana. Se a cheia tiver baixado dentro de sete dias, um dos meus homens poderá correr os seringais e dar o balanço. Vou ver o que posso fazer. Venham jantar comigo amanhã. Pode trazer-me as informações que lhe pedi.

Na expectativa da resposta, Heriberto despediu-se com o sorriso número 1, o das grandes simpatias. Grande ingênuo!

Embora consciente de que a minha acolhida nada tinha a ver com a borracha, não me acusava de qualquer desvio de conduta. Queria conversar com Brigitte, queria conhecê-la, queria saber mais sobre a sua família, se falava lituano, se...

O jantar em minha casa deu-me, a mim também, a ocasião de usar todos os meus sorrisos — do número 1 ao número 3. Esbanjei hospitalidade e discrição. Desejoso de que tudo fosse e parecesse perfeito, nem mesmo abri o sobrescrito que Heriberto me entregara ao chegar. Só depois que partiram, encantados "com o banquete com que só um príncipe pode deliciar os seus convivas" — elogio que tive de transferir ao meu cozinheiro, pois mal sei fritar um ovo —, é que li as respostas dos clientes.

Se eu quisesse apurar a verdade, nada além da verdade, certamente teria recusado a empulhação dos nazistas. Mas Mussolini endossaria, letra por letra, a declaração mentirosa. A encomenda seguiria para Gênova, em nome de um certo Guglielmo Ferrari, e destinava-se à indústria de automóveis: automóveis de passeio. Tal e qual.

Ainda me pergunto se esse Ferrari é o mesmo que faz hoje a glória da Itália nas pistas de corrida... Nunca consegui satisfazer essa minha curiosidade. Tenho grande estima pelo velho fabricante. Torço para que não tenha compactuado com o *Duce*...

Mas naquele momento nada disso me perturbava. Nem o destino, nem a destinação da borracha, nem o comprador — se fascista ou nazista. O meu sono e os meus sonhos tinham outra gravitação: Brigitte Ulm. Era amor à primeira vista. Disso eu não suspeitava. Ainda não. Acreditava-me infenso a tais fraquezas. Cultivava, desde os últimos anos na Argentina, uma misoginia mal resolvida. Aborrecia-me o eterno feminino. Mas Brigitte não era como as demais mulheres...

Descobri, passado o frenesi da paixão, que não só o eterno feminino existe, sim, como uma mulher é todas as mulheres. E talvez seja isso o eterno feminino. Quem conhece uma, conhece todas elas. A paixão é que é diferente. É o sujeito que reinventa o objeto amado. Embora ele seja sempre o mesmo...

Enfim, tudo é passado. E salvei-me do incêndio final porque tinha um anjo da guarda: um chinês que me acompanhava desde a minha primeira casa na Colômbia. Era quem cuidava de mim e de tudo. Humilde, discreto, de poucas e monossilábicas palavras, punha ordem no meu caos. Uma tribo inteira de Augustas e Chicos não possuem hoje a metade das qualidades do modesto e bom Tch'uan. Era como eu o chamava, porque nascera na província de Se-Tch'uan, na China central. Morreu como viveu: fiel ao patrão. Que digo?, fidelíssimo. Deixou-me, num envelope, a quantia necessária para o enterro e mais cerimônias budistas, necessárias à paz da sua alma. Um santo à sua maneira.

Pois foi esse anjo que me ajudou a atravessar o rio da discórdia após a febre da primavera do ano de 1942 e arriscou por mim a sua vida, salvando-me da morte.

Enquanto Hitler punha fogo na Europa, eu me deixava inflamar por uma paixão absurda que, bem considerada, não resistiria a vinte e quatro horas de reflexão. Mas... que fazer? Era primavera, a minha abstinência tinha sido rigorosa, e Brigitte chegava de longe, com todos os encantos do mundo de que eu me exilara.

Não, não pense que seduzi a moça à portenha, entre dois tangos, ou à maneira do boto sorrateiro, numa noite de lua. Quando quero, e nunca a vontade se rendeu tão prestimosa aos meus desejos, sei fazer uso da nobreza de sangue e de casta.

Diante disso, a senhora poderia insinuar que a batalha estava ganha de antemão, porque o noivo, em si, nada tinha de extraordinário... Esqueça a impressão inicial, o ridículo em que o coloquei. Vamos isentá-lo da traição e das ignomínias todas que pesam, hoje, sobre a sua conduta. Acredito que posso resgatar com frieza a memória desses dias. Para recuperá-lo tal como era. Como homem. Apenas isso. Na sua aparência.

Ele era alto, forte, o que as moças dizem "bonitão". Ou será "pão"? Além do físico, nada desprezível, tinha estudo, falava várias línguas, conhecia metade do mundo. Estávamos em pé de igualdade. Acontece que eu pusera na cabeça que iria conquistá-la. E contra a determinação de um Don Juan, só um convidado de pedra leva a melhor. A senhora conhece a história, não é? Envultado na estátua da sepultura, o pai da moça seduzida volta do além para precipitar no inferno o homem que lhe desonrara a filha.

Eu não conheci a vingança do convidado de pedra. Mas a ligação com Brigitte e o triângulo que formamos, os três, me tornaram alvo da perseguição de estátuas mais cruéis que a do pai justiceiro.

A arte da sedução não é tão simples quanto se imagina. Principalmente se o rival, mantido à distância, participa da intriga e contribui para o seu bom êxito.

Claro que houve finta. E com a cumplicidade da vítima. Para que a honradez e os bons princípios prevalecessem. O cornudo saiu invicto do episódio. E a bela lituana prestou valente serviço à causa nazista. Ela sabia que o amor, em tempo de guerra, também é arma. E usou-a com mestria. Para meu prazer. Nosso, talvez... Não, não quero crer que Hitler interferisse no arrebatamento da sua entrega. Nem Goering dela exigiria tamanha assiduidade nem tais caprichos de devoção a Eros.

Três meses eram passados e eu continuava a entreter o cliente com a esperança de uma boa coleta de goma e a possibilidade de destinar-lhe parte do produto. Nesse jogo de empurra, dirigido e prolongado por mim, descobri que diante de um dilema imoral — a fidelidade da noiva ou a borracha para o Terceiro Reich — Heriberto optaria pela borracha.

Nos quatro meses que durou a nossa ligação, entre dúvidas e adiamentos, falsos pretextos e alegações de desastres, tais como ataques de tribos indígenas, assaltos a mão armada e outras intimidações, peregrinei, com Brigitte, de seringal a seringal. Heriberto permanecia na vila para comunicar-se com Nikolaus e cuidar do embarque da borracha logo que a sua cota fosse liberada.

Quando vi que já não era possível inventar novas prorrogações, pedi a Brigitte que regressasse à vila. Eu partiria dois dias mais tarde com a borracha cedida por um vizinho. Graças à esperteza de um caboclo do Alto Purus, conseguimos formar uma carga completa de látex mal coagulado. A precipitação fora feita por mãos inexperientes e seria difícil, se não impossível, recuperá-lo. De qualquer modo, ninguém, ninguém mesmo, poderia determinar, numa análise sumária, tal como à que se procedia no embarque, se o caucho se prestava à industrialização.

O caboclo subiu com o carregamento depois de comunicarmos a boa nova ao cliente. Nikolaus apareceu para ajudá-lo. E tudo se passou sem maiores problemas. Uma crise de malária, mais fantasiosa que real, impediu-me de assistir ao despacho, seguido de perto pelos emissários do Reich.

Não posso dizer que a ausência de Brigitte nada representasse para mim. Sofri muito. Isto é, o moço que fui. E sofri, sobretudo, a perda imediata de uma miragem do passado que me veio visitar na Amazônia. Vejo isso agora, da distância: com a ciência de quem nada pode, mas que se tivesse de escolher outra vida não hesitaria: acabaria escolhendo a mesma, a sua...

Atravessei, nos braços de Brigitte, o meu equador amoroso. A dois passos do círculo máximo da esfera terrestre, recuperei sonhos, esperanças e ilusões do tempo perdido. Ao romper com o hemisfério norte, eu fizera questão de refugar ao índex da memória tudo que me lembrasse família, pátria, tradições, código de honra. Me explico: eu cortara as raízes todas da Europa central e, com elas, o eslavismo asfixiante, seus preconceitos e seu orgulho. A primavera nos braços dessa mulher representou, para mim, floração temporã.

Exumei, no azul dos olhos de Brigitte, na sua pele branca, no cheiro do seu corpo, a perfeição a que aspira a minha gente sem jamais atingi-la. Na sede inalterada, na fome e até no engano e na mentira, pratiquei o que desconhecem: o amor total, sem medo e sem pecado. Resgatei, enquanto durou, o paraíso perdido. Por mais caro que tenha sido o preço pago, penso, hoje, que valeu a pena. Mas é o velho quem fala. O moço penou. E deu por maldito o desejo do sexo. Recriminava-me por ter perdido a cabeça e deixado livres as rédeas dos sentidos. Ao voltar à vila, olhava o mundo de outra maneira: com raiva e revolta. A mulher possuída passara a demônio. Eu me acusava: acusava-me de haver dilapidado, sem esperança de retorno, o afeto, o carinho, os dias, as horas. Tinha raiva de mim. No delírio da paixão, eu julgava ter pervertido o gosto honesto do prazer. O adulto violentara o menino lituano. Não fosse a presença zelosa do criado chinês, o humilde e santo Tch'uan, eu talvez tivesse dado fim à vida.

Decorridos quatro meses, uma carta de Brigitte me fez entender que a vingança estava em marcha. Duvido, hoje, de que ela tenha arquitetado, sem a ajuda de terceiros — de Heriberto, Nikolaus e alguém mais —, o projeto diabólico de tornar-me cúmplice do grupo nazista.

A minha admiração pela velha Prússia, confundida com o pangermanismo, mascarava, para os ingênuos, a adesão ao nacional-socialismo. O resto foi fácil. Heriberto, e só ele, deve ter descoberto a animosidade que os anarquistas catalães nutriam por mim na Argentina. E os comunistas de carteirinha, como dizem aqui, farejavam de longe os pró-nazistas. O papel de Andreu Nin na guerra civil espanhola e o rancor que sentiam pelos seus prováveis assassinos explicam a sanha com que se atiravam contra qualquer alvo que lembrasse a cruz gamada.

Eu fui esse alvo.

Um amigo de Bogotá, informado por um agente da polícia portenha, me avisou que a *Orquestra Vermelha* andava no meu encalço. Tinham provas irrefutáveis não só de minha ligação com a espionagem nazista, mas também da minha colaboração efetiva com o esforço de guerra do Terceiro Reich: a visita dos seus emissários ao meu seringal fora seguida de um embarque de borracha, exportado da Venezuela por um agente da Gestapo que se fazia passar por colombiano.

Era Heriberto, o de dois pêlos. Eu não me enganara.

— Não pense que vão desistir da caçada — advertiu-me o bom amigo. — E não adianta fugir para outro país. A *Orquestra Vermelha* tem espiões infiltrados em toda a América. O melhor é ficar na selva por uns tempos, longe de vilas, povoados e barracões. Não contrate gente nova, não mostre a cara aos clientes, não trate diretamente com nenhum deles. Mesmo que se digam enviados por Churchill, De Gaulle ou Roosevelt. Não tenha mais do que um homem a seu lado. Ainda que de confiança, não o perca de vista. A prudência dorme de olhos abertos. Cuide-se, *Che*.

Me chamava *Che* porque eu tinha, ao chegar a Bogotá, todos os vícios da fala portenha: dizia *jo, cabajo, caje* e usava *vos* em vez de tu. Os colombianos, vaidosos, proclamam que só é castiço o castelhano falado no seu país. É terra de gramáticos e filólogos. Acontece que não sou uma coisa nem outra. Mas não me envergonho do meu espanhol. Nem do meu português. Aprendi o lituano, e depois o francês, ainda na infância, o que favoreceu o aprendizado de outras línguas latinas... Pouca gente sabe: o lituano é língua indo-européia. Uma espécie de primo-irmão do latim. Assim, estou em casa de parentes. E me dou bem com todos eles. Sob esse ponto de vista, não há espião que me vença.

O meu informante me disse que Heriberto cruzava o mundo em todas as direções porque dominava o russo, o alemão, o espanhol, o francês, o italiano, o inglês e o português.

E cutucou com vara curta:

— Espião que se preze deve dominar, no mínimo, cinco línguas.

Retruquei na hora:

— Juntando duas a essas cinco, ainda ganho dele. Guardo na memória o polonês, o lituano e um pouco do búlgaro. Este, de uma governanta de Sófia, que trabalhou na nossa casa.

Quando terminei a bravata, ele veio à forra. Não sei se para me provocar, me intimidar ou mostrar o perigo que me rondava. Atestou que os espiões da *Orquestra* me venceriam facilmente num torneio lingüístico: além da linguagem secreta, de praxe, ainda podiam recorrer ao hebreu, ao iídiche, ao ladino... Pois eram judeus. Em grande maioria (o que me fez compreender por que me mantiveram em acosso).

Sem mais a acrescentar, vi que não tinha outra saída: segui seu conselho. Mudei-me para a selva com o meu homem de confiança: o dedicado Tch'uan. Não precisava de capanga, jagunço ou guarda-costas. Estaríamos tão afastados do mundo em guerra que só tínhamos a temer os flagelos da natureza. Contra eles, não me bastavam os olhos da prudência. Eu precisava do sexto sentido do meu chinês. Só ele prenunciava, no balanço imperceptível das folhas, batidas pelo vento, a chuva do leste ou do oeste; só ele apontava, sem erro, onde o raio devia cair e descobria, no coleio invisível das cobras, no vozeio das aves e no miado dos felinos, onde se escondia o perigo e onde havia abundância de água e de frutas. Tendo-o a meu lado, não havia o que temer.

Como se tivesse aviso da mudança, Tch'uan já aprontara a bagagem: além do conforto de redes e mosquiteiros, juntara a indispensável provisão de sal, querosene e álcool, roupas, sabão, livros, quinina e outros remédios. Estávamos apetrechados para mais de oito meses de retiro absoluto. Ainda que deixássemos a barraca e nos arranchássemos sob a copa das árvores, conseguiríamos sobreviver. Passinho miúdo, Tch'uan ia e vinha entre o jipe e a casa. Quando viu cada coisa em seu lugar, anunciou, austero:

— Quando o senhor mandar, Tch'uan fecha a porta e não olha mais para trás.

Olhar para trás significava, no seu sentir, arrependimento, remorso, desejo de emendar o destino. A decisão tomada, não havia lugar para hesitação. Podíamos partir.

Deixamos o jipe no último entreposto do seringal e seguimos a pé com as mochilas. Encontrei junto de uma corredeira a canoa de que me utilizava para chegar a terra firme. Andamos uns quatro quilômetros, sempre rumo ao norte, evitando os lugares por onde eu passara ou me instalara na companhia de Brigitte. Embora duvidasse de que ela, ou qualquer outro branco, conseguisse situar-se naquele labirinto de águas, répteis, troncos e lianas, achei melhor não desafiar a boa sorte.

Depois de uma extensa depressão do terreno, com galharia espessa, demos com uma clareira natural de uns sete, oito metros. Era mais do que suficiente. Vasculhamos tudo à procura de formigueiros e ninhos de cobras, calcamos a folhagem seca, estendemos o emborrachado no chão e montamos a barraca. Antes de desfazer as mochilas, Tch'uan me perguntou onde devia armar a minha cama. Indiquei-lhe o ângulo mais próximo do vão da entrada.

Ele protestou:

— Tch'uan, o vigia, fica perto da porta. O senhor dorme no fundo.

— Se era esse o seu propósito, por que me perguntou?

— Criado pergunta sempre. Mas faz o que é melhor para o patrão.

Antes de armar as camas, ocupou-se de coisa mais importante: do pequeno altar votivo que sempre o acompanhava e tinha precedência sobre tudo. Vi que hesitava onde colocá-lo. Feita a escolha, antes de dispor sobre ele os incensários e as oferendas já desembalados, cobriu-o com a pequenina toalha de seda e, por último, desembrulhou a imagem de Buda, protegida por papel fino e um lenço de veludo. Reverente, levou-a ao altar. As mãos postas, o tronco inclinado e a cabeça baixa, fez as suas preces. Depois, ainda curvado e as mãos erguidas na mesma posição, afastou-se sem dar as costas ao altar.

O ritual repetia-se em todas as mudanças. E sempre o assisti com respeito e admiração. Precisávamos, os dois, da sua fé. E acredito que se Buda o protegia, me protegia também a mim.

Quem conhece um seringal sabe o que é a rotina do seringueiro. E nossa vida ali não era diferente. Tínhamos um certo conforto, é verdade. E comida não nos faltava. Tch'uan pescava, caçava e muita vez, estou certo disso, me fez comer coisas que cristão algum jamais provou. Mas tudo tinha bom gosto e eu preferia não ser informado sobre a procedência nem a espécie do que me servia. O molho que fabricava na vila, e que eu lhe proibia conservar em casa, fora a primeira das suas preocupações. Ele limpou algumas dúzias de peixes, deitou-os na salmoura e, passados trinta dias, chegado o momento de regalar-nos com o tempero mais usado na cozinha chinesa, ingrediente imprescindível em saladas e pratos requintados, uma cobra, metida na barrica, antecipara-se ao nosso prazer: deliciava-se, gulosamente, com o molho asiático. À vista de tão distinta clientela, Tch'uan desistiu da fabricação. Repreendi-o por ter matado a cobra. Ficamos sem saber se o molho poderia ser usado como veneno...

Tch'uan empregava o tempo livre remendando, costurando, lavando. Nossa biblioteca, de poucos títulos, não me permitia ler a meu ritmo. Tinha de limitar o tempo dedicado à leitura para não consumir, em duas semanas, todo o acervo. Bem que poderia ir a um dos seringais à procura de mais livros. Mas preferi a abstinência aos riscos do imprevisível. Atento às recomendações do meu amigo, não visitávamos as trilhas dos seringueiros, evitávamos, ambos, que nos vissem. Sabiam todos que Tch'uan jamais se aventuraria por aquelas trilhas se eu não me encontrasse ali.

Mas o homem põe, Deus dispõe e o diabo se interpõe. Tive de ceder à adversidade: uma infecção brava, após corte profundo no braço. Urgia descobrir as ervas usadas na cicatrização. Coisa que Tch'uan ignorava completamente: desde o nome da planta à sua forma e utilidade. Para meu sossego, sempre havia, nos barracões, boa provisão de ervas e medicinas para todos os males. E não havia, nem há, na selva, quem delas se abstenha. Como o chinês seria incapaz de nortear-se até o seringal mais próximo, decidimos desmontar a barraca e seguir, juntos, à procura de socorro. O melhor seria ir ao encontro do caboclo do Alto Purus. Eu conhecia a sua área de coleta e, sob os bons auspícios de Buda, poderíamos topar com ele.

Foi o que aconteceu. Obtivemos as ervas, mas a alegria de um pronto restabelecimento logo se dissipou. Uns gringos andavam rondando os meus seringais.

— Assuntaram e perguntaram por um tal Ostrovisco — informou o caboclo. — Nós explicamos que o patrão não tinha esse nome. Que era Ostrofe. Eles insistiram, insistiram e acabaram explicando que Ostrovisco e Ostrofe era o mesmo nome. Daí, a mesma pessoa. E como perguntaram se o patrão, Ostrofe ou

Ostrovisco, tinha embarcado uma partida de borracha, então me alertei. E já não disse coisa com coisa, porque então era pra eles o meu arranjo do caucho encruado. Acho que não engoliram o que inventei. E falaram em subir até os outros seringais, porque na vila o patrão não estava.

Muito atilado, o caboclo! Perguntei quantos eram eles, e como tinham chegado ao seringal. Me respondeu que eram dois e que não se pareciam com os primeiros — "os que tinham vindo com dona Brigitte".

Acrescentou:

— Vieram com um *rumbero* — um guia — da Venezuela. É gente acostumada à vida no mato. Tinham roupa pra isso: bota de couro, chapéu, mochila.

O meu destino estava nas mãos desse seringueiro. Justamente porque supunha estarem os gringos à minha procura depois do embuste que ele próprio pusera em prática. Havendo crime, ele seria fatalmente indiciado como cúmplice do patrão. Na ausência do patrão, sobre quem recairia a culpa? Sobre a parte mais fraca... O seringueiro, não o seringalista, seria detido e acusado do crime. Logo, ele teria todo interesse em que me encontrassem...

Esperto como era, acabaria me entregando para defender a pele. A questão tinha de ser resolvida ali mesmo. O mais depressa possível. Matá-lo? Por que não? Não havia testemunha. Num raio de quinze quilômetros, tudo era ermo. E o chinês me era fiel. Que digo?, fidelíssimo. Ignorando tudo sobre ele, salvo que era do Alto Purus, não me embaraçava qualquer escrúpulo. Era a minha vida contra a sua. E a minha, claro, pesava mais. Eu era o patrão. De mim dependia o sustento de umas oitenta famílias. Depois, eu não cometera qualquer crime. Pelo contrário: pregara uma peça na Gestapo e nos nazistas.

Estávamos em guerra. Eu, tão longe do cenário europeu, ia juntar-me aos Aliados na luta por um mundo melhor. Era a vida de um soldado da democracia que estava em perigo. A vida de quem continuaria a lutar contra Hitler. Não me passou pela cabeça, naquele momento, naquele exato e sagrado momento, nem o mais distante aceno de orgulho: nem de sangue, nem de origem.

O que pesava aos meus olhos era a minha gloriosa contribuição — veja só! — ao esforço de guerra. Já me considerava um estrategista! Conseguira bigodear os emissários do homem que fazia tremer a Europa e que se preparava para dominar o Ocidente! Que peso tinha, na guerra entre as grandes potências, a vida do caboclo do Alto Purus? Nenhum!

Não havia alternativa.

Convenci o caboclo da urgência do curativo. O corte sangrava e eu sentia dores. Tch'uan iria comigo ao seu barraco. Se eu conseguisse andar, seguiríamos para a vila. Se não, aguardaríamos a sua volta. Armado o plano, passei à execução. Depois de caminhar um quilômetro, ou pouco mais, disse ao chinês que eu não podia deixar de pedir ao seringueiro que guardasse segredo sobre a nossa passagem. Me esperasse ali. E nada temesse. O pretexto me livrava da companhia de Tch'uan. Podia desincumbir-me de tudo sem testemunha. Ainda que fiel. À minha volta, derivaríamos, os dois, para o leste, no rumo da Amazônia brasileira.

À medida que me aproximava da trilha do caboclo, só o pensamento da morte me dominava. Meu trunfo era a surpresa. Se calhasse, conseguiria abatê-lo sem que pressentisse a minha aproximação. Evitaria o mais difícil: o seu olhar esperto, risonho. Mas desaprovei o gesto infame: uma covardia.

Tinha de enfrentá-lo. Cara a cara. Gritava-lhe o nome e sacava a arma. Com um tiro, um apenas, me antecipava à sua traição.

E se errasse a pontaria? Deixava-o ali, a espernear?

E se a agonia se prolongasse? Um tiro de misericórdia? Bastaria? E se me arrependesse em seguida?

Quem mata não pensa. E quem pensa não mata. Lembrei-me da *Condição humana*, de Malraux. Matar esse pobre-diabo seria espoliá-lo de sua dignidade, sua única opção de livre-arbítrio. Eu ia apropriar-me do único privilégio que lhe garantia o domínio da desgraça: a própria morte. E sua agonia me penetrava e me fazia ver, com horror, que o meu gesto esvaziava de sentido o seu heroísmo anônimo, a sua luta diária contra o mundo cão. Era ali o seu campo de batalha, o seu combate contra a necessidade. Transtornado pela vergonha, pelo nojo e pelo súbito sentimento de fraternidade por alguém de quem ignorava tudo, tudo, até o nome, vi que não podia nem me cabia decidir qual de nós era, ou estava destinado a ser, soldado da liberdade e da democracia...

Não é à toa que sou polonês. A astúcia sempre nos salvou. E, afinal, que é que não se resolve com dinheiro? O caboclo entendera bem: era fatal que o indiciassem. Havia provas evidentes da sua cumplicidade. Quem tinha conhecimento da mercadoria avariada, imprópria para a industrialização? Ele. Quem se encarregara do transporte e do embarque? Ele. Claro que estava em maus lençóis. Era tempo de guerra. Crime contra um país estrangeiro é crime de guerra, da alçada da justiça militar. Sendo estrangeiro, eu tinha chance de defesa... Ele?, nem pensar. Só fugindo. Não se preocupasse comigo. Até poderia providenciar novo carregamento. Desculpava-me no seu nome e tudo se arranjava. Quando a guerra acabasse, ele voltaria... Liquidávamos ali, no ato, suas dívidas no armazém, acertávamos as contas e eu lhe adiantava mais dois contos de réis para as férias forçadas. Estava livre. Mais longe andasse, e menos falasse, menor o perigo. O futuro haveria de reunir-nos.

Nem o caboclo se expôs à traição, nem o futuro nos reuniu, nem a *Orquestra Vermelha* me deixou em paz.

Para mostrar que a teia do destino alastra seus fios por toda parte e que, da noite para o dia, a nossa vida passa a depender de um filho de Deus, da puta ou do demônio, que tanto está no Alasca como no Saara, encontramos, antes de Mitú, um velho seringalista que nos fez o noticiário completo de tudo quanto acontecia dum extremo a outro da Europa e da América. Graças a uma potentíssima instalação de rádio, nada lhe escapava. Isto é, ao seu ouvido. Porque a linguagem cifrada mais escondia que revelava. Acontece que o seringalista não era tolo. Sabia alemão, dominava o inglês. Um indício aqui, um descuido ali, acabara formando, para uso pessoal, uma boa coleção de chaves. Era o seu descodificador.

— Eu me sinto um verdadeiro Champollion — confessou-nos. — Como velho dorme pouco e aposentado morre de tédio, tenho distração para a noite e ocupação para o dia.

Entre a distração e a ocupação, ficara a par do empenho da Gestapo e da Abwehr em anular os concertos dos *pianistas* da *Orquestra Vermelha*. Que já atuavam, nessa ocasião, em muitos países da América do Sul, em prejuízo, diziam eles, dos grandes projetos do nacional-socialismo com vista à integração continental. Tendo "quebrado" alguns códigos dos inimigos, as duas organizações referiam-se, freqüentemente, aos obstáculos criados pelos *pianistas* à importação de matérias-primas. E havia gente importante que devia descer do México para acabar com a música.

Que depreendi de tudo isso? Que os nazistas estavam em marcha. Restava saber se o carregamento de caucho teria seguido ou não. Se ainda estivesse a caminho, eu me salvava da represália nazista mas não escapava dos *pianistas*. Se o embuste tivesse sido descoberto, uns e outros apostariam na minha desgraça. E de nada valia permanecer na região, colado às transmissões do Rio de Janeiro e do Rio Grande do Sul, de Bogotá e de Antióquia, para prevenir-me de alguma cilada. Tudo era aleatório. As comunicações dependiam muita vez de um encontro fortuito na Suíça, na Bélgica ou em Moscou, de uma mensagem fornecida por uma certa *Luci* ou procedente do alto comando alemão...

Agarrado a meras suposições, acabei perdendo tempo e expondo-me sem proveito. O melhor era prosseguir a jornada. O seringalista não queria que partíssemos. Pesava-lhe a solidão. Vivia cercado de mestiços, gente de pouca fala, *huraña*, como dizia. Os *campesinos* apareciam para descarregar os grãos colhidos, espalhavam pelas eiras o que devia secar, trabalhavam, sem descanso, de sol a sol. Terminada a colheita, não restava por ali alma viva. Exceto nos fundos da casa, onde uma *chola* se ocupava da comida. Era o seu cotidiano: o seu mundo.

Tch'uan, indiferente a tudo, chamou a si a obrigação de cozinhar para nós três, incluído o novo patrão. Que nunca, ao que parece, tivera tal privilégio.

— Muito se fala das excelências da cozinha chinesa — declarou ele depois da segunda refeição preparada pelo novo cozinheiro. — Acontece que eu nunca tinha posto à prova o que ouço em casa de gente endinheirada. O meu apetite não vai além da minha bolsa nem do meu estômago. Contento-me com o que me servem.

— Esqueça o estômago e a bolsa e passe a degustar o que come — foi o que lhe aconselhei.

— Para que transformar a necessidade em luxo? É um perigo!

Quando lhe anunciei a nossa partida, ele se referiu ao que me dissera.

— Não avisei sobre o perigo que é transformar a necessidade em luxo? E agora? Vou morrer de inanição. Depois de ter aprendido "a degustar" ovos podres, galinha-d'água no sal, *nai-yu-cai-xin*, que não passa de repolho cozido no leite — mas que repolho! —, como é que vou tolerar a sopa de batata, as empadas de milho, os espetos de coração de boi? E ainda me privam da boa companhia, dos serões à espera da *Voz da América*, das transmissões de Londres e de Berlim. Com quem vou comentar o que ouço? Quem vai me ajudar a entender o que não entendo?

— Que é isso, meu amigo? Se viveu aqui mais da metade da vida e nunca reclamou da solidão, logo que puder desfrutar do silêncio e da ordem, verá que recuperou o maior de todos os bens: poder conversar consigo mesmo.

— É o de que venho fugindo... Pensa que tenho rádio para informar-me sobre a sorte do mundo, para ser solidário com os que padecem os horrores da guerra? Nada disso. É para não ficar só.

— Pois saiba que quem fala sozinho espera falar a Deus um dia...

— Se esse monólogo se repete no paraíso, prefiro continuar a ouvir as vozes do mundo que chegam ao meu rádio.

Foi mais ou menos isso o que aprendi sobre o nosso seringalista. De quem eu sabia, naqueles dias, o nome completo. E não pense que é a idade que me faz perder a memória dos nomes. Nunca tive alma de colecionador. Fixo-me nuns quantos nomes — que me são úteis ou que significam muito para mim. Os demais? Vão para o refugo. Pode também ocorrer, isso não é comum mas ocorre, que gente que me passa despercebida tenha uma segunda chance, e, então, como por milagre, o nome fica gravado. É... sou homem frio que tem suas horas de ferro em brasa.

Lembra-me agora, nesse debulhar de desgraças, que a revelação da insensibilidade desse homem, confrontado, sob o teto da sua casa, com a violência da guerra, com o desaparecimento de populações inteiras sob bombas e torpedos, me deixou aniquilado, fora de mim. Ele não se aproximava do Outro por simpatia, mas por necessidade física de roçar-lhe a miséria, o sofrimento, para se sentir abrigado, para louvar a Deus por continuar vivo. Prefiro os grandes egoístas que, como eu, se comprazem em longos diálogos consigo mesmos. É assim que se começa a amar e a entender o próximo. Por isso lhe citei o verso de Machado — "*quien habla solo espera hablar a Dios un día*".

Deixei-o entregue à deleitação sadomasoquista. E quando me contaram que após a nossa passagem o seu PTX servira a um nazista, não me surpreendi: ele tinha as orelhas e a alma curtidas no caldo dos horrores.

Embora eu tivesse mantido sigilo absoluto sobre as verdadeiras razões de nossa travessia do Vaupés, sempre temi alguma inconfidência da sua parte. Coisa de somenos ou qualquer palavra lançada no ar sem cautela poderiam levar os malfeitores no nosso rasto. Para despistar, e afastar suspeita, justifiquei nossa presença com motivos que as nossas conversas iam criando. Por exemplo: que íamos ao encontro do proprietário de um seringal na região do Japurá, ou de um vizinho da pessoa que ele acabara de mencionar... ou que tínhamos a intenção de receber dívida velha ou... ou o que mais fosse.

Nenhum desses pretextos, inventados no corrupio de nossos serões, lhe parecia descabido. Ele chegou até a louvar a banda de terra a que me referi, pelos lados de Cujuim, no Japurá, e me desejou boa sorte na cobrança da dívida. Parti, não posso esconder, com um pouco de receio. Hoje, refazendo as contas, acho que ele nem teve tempo de me trair.

Sob fogo cruzado, a fúria paralela da Gestapo e da Abwehr não teria peso maior nem menor que o da *Orquestra Vermelha*, na balança do acaso. Deixei-me conduzir pelo instinto natural de conservação e detive-me a alguns quilômetros da fronteira: estaria mais seguro na Colômbia que no Brasil. Tinha ali excelentes relações; tinha posses. Ainda que nada se soubesse da minha origem, gozava da reputação de bons antecedentes. Salvo um Heriberto, um que outro polaco do banco, ou gente do meio financeiro, não havia quem suspeitasse de minhas ligações com a Wall Street de Buenos Aires. Era, portanto, seringalista e exportador honesto, com uma folha irreprochável de serviços à nação, excluído o malogro com o café fino. O que só me elevava na consideração dos que lutavam pelo conceito de qualidade na "cultura da rubiácea" — expressão muito usada nos discursos nacionalistas.

Paramos em Mitú. Para o que desse e viesse.

A constante migração de brasileiros e colombianos entre os dois países — que se fazem passar por fazendeiros, peões, seringueiros, garimpeiros, embora sejam, de fato, foragidos da justiça dos países fronteiriços, ladrões e assassinos, bandoleiros, traficantes, prostitutas, proxenetas, marginais de toda espécie e exploradores de índios, entre os quais se contavam inúmeros pastores de seitas americanas — não só nos deixava em alarme permanente, como nos impedia de distinguir, entre tão variada população flutuante, os representantes da espionagem e da contra-espionagem européia.

Tch'uan farejava de longe o perigo. Bastava assomar no horizonte uma cabeça loura, um par de olhos azuis, para que viesse prevenir-me. E nos postávamos, os dois, de sentinela. Eu alugara uma chácara afastada, que os vizinhos chamavam *una finca,* porque tinha boas pastagens, horta, gado leiteiro e um belo cafezal. Não era uma *estancia*, como as que se vêem no sul. Uma fazendinha, um retiro, isso sim.

Em meio à angústia partilhada com o meu chinês, devo ao café um período de serenidade nessa fuga febril que assumiu os sintomas de verdadeira mania de perseguição. Não fugi ao meu ideal: voltei à cultura do café fino. Visto que um homem prudente vale por sete, não cometi os enganos da primeira experiência. E ganhei bom dinheiro.

Até 1930, o Brasil era o grande fornecedor de algodão, café e borracha ao Terceiro Reich. À criação do Trampolim da Vitória no nordeste, seguida da instalação de uma base americana para apoio às forças-tarefas dos Aliados que se deslocavam nas costas do continente europeu, o país não ousaria prosseguir, após 1939, o jogo dúbio de acender uma vela a Hitler e outra à Europa dividida e ocupada. Em setembro de 1939, a dubiedade fez com que o embaixador brasileiro apresentasse suas credenciais a Hitler, enquanto o seu homólogo, o embaixador alemão, procedia de igual modo no Rio.

Mudado o jogo, e tendo de dar prova ao mundo de que, por bem ou por mal, as coisas tinham entrado nos eixos, e não no Eixo, o esforço de guerra imposto por Vargas à população levaria ao racionamento de trigo, de gasolina, de álcool, de querosene e de energia. No Rio houve *blackouts*. Tal como em Londres ou Paris. O café desapareceu dos armazéns. Chegara a minha vez. Na incerteza sobre o que se passava nos seringais, tinha de ganhar a vida onde morava. "O galo canta onde janta" era o refrão de uma marchinha brasileira da época. Foi o que também fiz. Esqueci a selva e a aventura; converti-me em roceiro.

A pouco e pouco, porém, as cabeças louras tornaram-se mais assíduas no meio das carapinhas e dos cabelos negros. Sofreei minhas aflições, pois acabaria louco se visse em todo saxão um inimigo pessoal ou justiceiro implacável. Uma pergunta aqui, uma curiosidade ali, o sotaque bizarro, furgões transportando volumes de vulto, uma antena camuflada num depósito de quintal, eis os indícios mais prováveis da presença da Inteligência alemã, pronta a instalar-se poucos quilômetros abaixo, bem no solo brasileiro. Para evitar atrito com as autoridades do país vizinho, atentas a todo desvio na política francamente favorável aos Aliados, os alemães tomavam por mirante os países do Pacífico antes de atravessar a fronteira. Embora se acreditasse, e talvez ainda caiam nesse engodo, que era a Argentina o pólo de atração da espionagem nazista, isso não é verdade. Dou testemunho do empenho da Abwehr e da Gestapo em estreitar relações com o Brasil. Relações muito especiais. Cabeça de lança e escudo de defesa das águas da

América, da África e da Europa, o Brasil oferecia plataformas naturais de observação para informações exatas sobre o movimento das tropas e sobre a localização dos submarinos inimigos no Atlântico. Mercê de espiões alemães, e brasileiros também — gente que suga hoje as maminhas do poder e recebe medalhas de honra ao mérito —, era do Brasil que partiam dados seguros sobre os recursos de que dispunham os Aliados.

Tudo se via, se ouvia e se transmitia do Rio, sobretudo, e da Colômbia. E havia, estou certo disso, comunicação entre todos os canais da espionagem. Entre o Rio e Buenos Aires, e mais Bogotá, Antióquia, Santa Cruz de la Sierra, muito provavelmente, e Corumbá. Salvo em situações muito especiais, e eu dei ensejo a uma delas, a *Orquestra Vermelha* não incluía o hemisfério sul nas *turnês* dos seus *pianistas*.

Passado algum tempo, aí mesmo, em Mitú, Tch'uan veio avisar-me: havia cara nova nos arredores.

— Cara nova, como? — perguntei-lhe.

— Cara nova, ora... cara nova! Cara que não parece com a cara do patrão nem com a cara do criado.

— Ariano?, quer dizer, louro, muito branco, de olhos claros?

— Não, não é branco, muito branco... Nem louro-louro, de olho claro. Também não é amarelo, nem índio, nem negro, como os que chegam da Venezuela, da Guiana e do Brasil. Acho que é diferente de tudo isso. Só que não deixa de ser branco.

Diante de mais uma etnia, e etnia branca, que os olhos orientais são incapazes de distinguir, fiquei alarmado. Alguns dias depois, um marchante de carne me contou que se encontrara na vila com um uruguaio.

— Uruguaio? — perguntei. — Então, anda longe de casa...

— Que casa, patrão? O mundo é mundo. E todo lugar é nossa casa. Fala meio esquisito mas dá para entender. E parece resolvido a ficar por aqui. Quer comprar casa grande, uma *finca*, se encontrar. E parece ter dinheiro...

Para arrematar a história, o tal uruguaio era branco, sim, tinha nome espanhol, falava castelhano, se apresentava como uruguaio, com domicílio em Montevidéu, mas... era russo! Isso mesmo. Russo vermelho. Engajado no exército popular que lutara contra os fascistas na Espanha. Aí aprendera castelhano e conseguira certidão e passaporte uruguaios. Tudo falso! Instruído pelo partido, assumiu a identidade de um herói cujo desaparecimento não fora comunicado às autoridades. De volta a Moscou, estava documentado e habilitado para as funções de espião da *Orquestra Vermelha.* Judeu!, o que há de mais judeu! Com tantas identidades, seria hoje acusado de "falsidade ideológica". Ficou alguns dias na campana, quer dizer, me espionando, e, não tendo tempo a perder, transferiu a um colombiano, também judeu, a incumbência de liquidar-me. A informação sobre o meu domicílio, não resta dúvida, fora colhida na travessia do Vaupés, onde o seringueiro que nos hospedara aparecera misteriosamente abatido após a passagem do russo e de um antioquenho. Como se tinha por certa a ligação do seringueiro com a Gestapo, o espião, que sabia tudo, não podia ignorá-la. Que fez? Eliminou primeiro o nazista do PTX e, ciente do meu paradeiro, veio terminar o trabalho encomendado: tirar do mapa o nazista que se fazia passar por príncipe em plena selva amazônica. Já pensou nisso? Que imaginação!

Não creia que assim terminasse o desfile de estranhos à nossa porta. Chovia a cântaros quando recebemos, numa tarde de domingo, a visita de um homenzinho ruivo, dentuço, perguntando se tínhamos sementes do *mild* à venda. O *mild* é um *arabica* rico e completo, aromático e meio frutado, mas leve, o melhor café das encostas colombianas. Só que não éramos comerciantes de grãos, não nos encontrávamos na região do *mild,* nem a compra se fazia de porta a porta.

A presença de um comprador, tão insólita quanto inoportuna, trouxe Tch'uan ao meu escritório. Fui ter com o homem. Convidei-o a entrar. Veio o café. Mas nosso diálogo não durou muito. Ele não entendia nem de café nem do seu cultivo. Não precisei testar-lhe os conhecimentos. Ao primeiro gole, disse-lhe que bebíamos o cauca. O homenzinho não deu sinal de vida. O cauca é variedade rara, rara e apreciada, um dos melhores cafés da Colômbia, ali introduzido no início do século XIX por missionários católicos. E ele não sabia que os grãos eram colhidos um a um! Em vez de responder-me ou prosseguir o diálogo, silenciou.

Vi que uma idéia fixa não lhe permitia avançar a conversa. Nada mais lhe interessava. Não era idiota, mas cumpria ordens...

Embora eu suspeitasse de que ele estava ali para matar-me, considerei-o com piedade, quase com admiração: das farripas ruivas da cabeça até os joanetes que lhe deformavam as botas, dos olhos espertos às mãos agitadas, tudo me fazia ver nesse corpo miúdo, frágil mesmo, o sacrifício por uma idéia e por uma pátria fictícia. Devia ter-se investido de força e de coragem para aceitar uma tal missão. Porque só podia ser essa a razão da sua visita...

Desafiei-o:

— E então? É mesmo o café que o traz aqui?

— O senhor sabe que não. Preciso de sua ajuda. E não há por aqui a quem recorrer. Os nazistas estão por toda parte. Se me descobrem, me obrigam a trabalhar para eles. Estudei nos Estados Unidos, tenho alguma experiência com tintas invisíveis e máquinas de redução de textos. Sei que o senhor é polonês. Por isso, aqui estou.

Logo a mim, sem uma gota de sangue semita, alvo de *pianistas* e nazistas, ele vinha pedir ajuda... A mim, que nele vira um assassino intimidado diante da vítima! Até começara a representá-lo no papel de um dos heróis de Malraux! O grotesco da cena aliviou a tensão. Se não fosse um pobre-diabo, que logo me lembrou o judeu Süss, de Feuchtwanger, talvez desse risada. Mas o sofrimento humano sempre me mereceu respeito.

Chamei Tch'uan e pedi-lhe para servir-nos uma vodca. O nosso hóspede — assim o identifiquei para tranqüilizar o meu chinês — precisava de um destilado duplo para escapar da gripe. A vodca operou o milagre: afugentou a gripe e o medo. Sua cama foi feita e ele ficou sob a nossa proteção.

O homenzinho chamava-se Manfredo. Manfredo Sikorski, como o célebre general polonês. Mas não era parente do herói. Jamais me revelou a sua verdadeira origem. Tinha cara de judeu, lá isso tinha. Era um gênio. Vivia inventando coisas. Transformou o quarto que lhe demos em laboratório. Tch'uan, que o provia de material para as experiências, vigiava-o sempre. E me alertava quando julgava que a casa pudesse ir pelos ares.

Sua estada entre nós não terminou em explosão; a casa continuou de pé. Voaram pelos ares nossas esperanças de paz entre os homens.

Foi numa noite de lua cheia. Eu me recolhera cedo para ler. Tch'uan continuou a zanzar entre a cozinha e a copa até meia-noite. Como era hábito seu, desde que Manfredo vivia conosco, levou-lhe água quente para o chá. Fechou portas e janelas e foi dormir. O quarto do hóspede dava para o jardim, e a lâmpada acesa permitia que fosse visto, de fora, absorto no trabalho. Tínhamos dois cães de guarda. Tch'uan disse ter ouvido o rosnado de um deles, o Tigre. Nada mais. Na manhã seguinte, ao passar diante da janela do quarto, ainda iluminado, Tch'uan viu Manfredo curvado sobre a mesa, o rosto metido numa espessa camada de sangue. Corremos para socorrê-lo. Um médico foi chamado. Em vão. Ele acabava de morrer.

Não houve luta. Tudo estava em ordem. O criminoso agira com rapidez e mestria: a vítima não tivera tempo de reagir à agressão. Um golpe certeiro, de arma branca, atingira-lhe a carótida, deixando-o agonizante. Essas, as conclusões da perícia. O crime nunca foi esclarecido.

A crer nos motivos que levaram Manfredo a bater à minha porta, a Gestapo estaria por trás da sua morte. Represália? Vingança?

A guerra terminada, obtive resposta a essas perguntas. Mas a perplexidade, meu pão cotidiano, não me faltou nem mesmo depois de 1945. Dava vontade de dizer: "Sucede que me canso de ser homem."

Esse cansaço, o desespero silencioso que destrói toda fé na humanidade, nós continuaríamos a sofrê-lo uns dez anos ainda, e cada dia nos trazia uma carga maior. Eu dizia, na Argentina, que não agüentava o país, que era impossível viver ali. Fui para a Colômbia. Nada mudou. Depois, no Brasil, não foi diferente. De que valia buscar novas terras, novos ares, novas paisagens? Eu não escapava dos homens. E nada há mais semelhante a um homem que outro homem. Não faço filosofia. Nem zoologia. É um fato. Hoje, que reduzi a humanidade a três pessoas, me sinto melhor. Os demais? São rostos, sombras na parede, que de vez em quando contemplo. Apenas isso.

Após a morte de Manfredo, mandei aferrolhar portas e janelas, trouxe para mais perto da *finca* uma família de lavradores. Tch'uan me acompanhava por toda parte. Era o meu duplo. Nas semanas que se seguiram à tragédia, ele punha um colchão à porta do meu quarto e não arredava dali a noite inteira. Meus protestos de pouco adiantavam.

— O patrão manda, mas é Tch'uan quem decide o que é melhor.

Sobrevivi. Graças ao seu zelo teimoso.

Até que nos surgisse o antioquenho, que eu confundira com o nosso infeliz Manfredo, e de cuja existência já começava a duvidar. Que ele existia, existia. E veio mostrar-nos a cara. Embora não fosse antioquenho de nascença, apresentava-se como colombiano. Podia prová-lo: tinha passaporte com indicação de domicílio, data de emissão e validade em curso. Ex-aluno da Universidade Livre de Bruxelas, disse-me ter lutado na Brigada Internacional durante a guerra civil espanhola.

Caramba! Aí está o preposto do uruguaio!, foi o alarme do instinto de defesa. Fiquei de sobreaviso. Os cinco sentidos, e mais o sexto, que nunca me abandonam.

É mais do que provável que a sua amizade com os "uruguaios" tenha começado na Espanha. As cidadanias espanhola e hispano-americana conseguiam-se nas trincheiras e nas morgues. Muitos milicianos que voltaram vivos aos países de origem tiveram os documentos roubados ou extraviados e reemitidos para uso de espiões, sobretudo de espiões soviéticos.

Insisto no que falei sobre "falsidade ideológica": Abelardo Sosa era mais um dos portadores de passaporte falso. Não veio procurar-me em desespero de causa. Nem se arvorou em comprador de sementes. Depois de breve introdução, anunciou, num castelhano impecável, que era meu conterrâneo. E, sem esforço, passou ao mais belo e castiço polonês.

Chegava de Buenos Aires e vinha tomar informações sobre uma fábrica de capas de chuva cuja sede, em Bruxelas, fora fechada pelos alemães, e que tivera na Argentina um representante entre 1939 e 1940. E como soubera que eu teria sido esse representante e que me encarregara de encerrar as atividades comerciais da Foreign Excellent Raincoat Company na Argentina, gostaria de saber se os proprietários não estariam interessados na venda da *griffe*.

Estava a par de tudo: das representações nos países nórdicos, do futuro incerto dos empregados e mais desgraças da guerra. Vinha, por isso, candidatar-se à compra da *griffe* para transferir a empresa para a América do Sul.

Toda a sua dissertação tinha bem fundados propósitos financeiros. Usando de filáucia, ele a dirigiu sem aparentar ansiedade. E caprichou no apelo insinuante:

— E se nos associássemos? O senhor tem a experiência do negócio, e nós, gente habilitada, bons químicos, que poderão cuidar da indústria... Não lhe parece muito mais lógico que a capa de chuva, um subproduto da *hevea brasiliensis* ou *guyanensis*, se implante na região amazônica — na Guiana, na Colômbia, no Brasil ou na Venezuela? Com a sede num desses países, estará no território da matriz: a seringueira.

Não sabendo aonde nos levaria o epílogo da sua peroração, porque ele falava discursando, e me dava a impressão de que me tomasse por auditório, ou assembléia, fiz sinal de assentimento com a cabeça mas continuei calado.

Ele não se abalou. E ia continuar, quando lhe perguntei se não aceitava um refresco. Enquanto Tch'uan nos preparava uma limonada, ele, incansável, retomou o tema e estaria, ainda hoje, a discursar sobre custos de fabricação e transporte, proximidade da fonte produtora da matéria-prima, mercado promissor...

— Mas estamos em guerra — objetei-lhe.

— Razão a mais! Quem pode comprar roupas? Se chove e faz frio no hemisfério norte, no hemisfério sul também chove! A capa é um verdadeiro tapa-miséria! Mesmo que nos expulsem de vez da Europa, a exportação prossegue. O mercado inteiro nos abre suas portas. Com as coletas da Indonésia destinadas à indústria de armamento, nada sobra para a roupa nem para o calçado. O petróleo? Nem se fala! É de uso restrito. Restritíssimo! Nada de subprodutos. Está todo dirigido para o combustível.

Deixei-o falar desabridamente. Não pretendia dar-lhe a conhecer minha passagem pelo escritório da Capas de Chuva Excelente, em Buenos Aires. Para ver se lhe restavam outros argumentos, insinuei, com maldade:

— Mas no sul faz calor, muito calor. Como resistir a uma capa de borracha sob temperaturas de 35 a 40 graus nas estações de chuva?

— Não se preocupe com isso, paisano; os nossos químicos já criaram capas leves que não retêm o calor.

Invasivo, o polonês. E aborrecido. Mas devia cozinhá-lo em fogo brando. Comecei, por isso, a moderar minhas tiradas derrotistas. Que ele me achasse inclinado a fazer sociedade ainda era o mais sensato.

Prometi pensar e ele se deu por satisfeito. Viria ver-me dentro de dois dias com os documentos dos sócios e as informações para o levantamento da ficha cadastral nos bancos de Buenos Aires e de Londres. Não pretendia subtrair-me qualquer informação. A idoneidade moral e profissional de todos os sócios era atestada por documentos oficiais, atas e registros notoriais.

Eu tinha quarenta e oito horas para fugir ou procurar defender-me do intruso. E precisava saber quem era ele. Peguei o jipe e parti com Tch'uan. Rumamos para o norte, até Puerto Inirida, onde funcionava um posto de saúde com instalação de rádio. Claro que recorri ao meio de persuasão universal: o dinheiro. Pude servir-me do rádio para comunicar-me com um amigo em Buenos Aires, Yan, polonês nato, mas portenho de coração. Acho que já assinava Juan. Juan García? Talvez... Parece-me, hoje, nome de personagem de novela... Faz tanto tempo! Enfim... era o que há de mais portenho. Como o tango. E queria ajudar-me. O diálogo, na nossa língua, recheado de alusões e meias palavras, deixou-me de cabelo em pé. Tanto eu podia estar diante de um homem da *Rote Kapelle*, vermelha mesmo, como da contra-espionagem alemã, do *Sonderkommando Rote Kapelle*. Nos dois casos, não havia defesa possível se eu não soubesse, quanto antes, com quem tratava. Só que...

Quando o seu tom de voz se abrandou e a essa alteração se seguiu uma pausa longa, retive o fôlego. Alguma coisa viera à lembrança de Yan. Não havia dúvida. Ele pediu para cortar e disse:

— Eu chamo dentro de alguns minutos.

Quase meia hora mais tarde, Buenos Aires entrava afinal no ar.

Nenhum fato novo. A *Orquestra Vermelha*, disso eu sabia, tinha colaboradores com identidade falsa — espanhola e hispano-americana. E muitos poloneses. Tomasse cuidado. Porque também tudo podia ser um engodo... Um engodo montado para agarrar quem tivesse ligação com o fabricante de capas... Eu seria o principal suspeito e alvo do engodo.

O meu informante não podia ir mais longe. Nem me podia aconselhar. A mim, só a mim, cabia a decisão quanto ao modo de enfrentar o desconhecido.

Pois é. Ele se dizia polonês. E sabia muito sobre a minha vida. O que me restava era rendê-lo à verdade. Não via outro recurso.

Voltamos para Mitú e fiquei à espera.

Sosa não faltou ao compromisso.

Muito bem vestido, um havana entre os dentes, abriu sobre a mesa cópias de contratos antigos cujos sócios eram os mesmos que se candidatavam à compra da *griffe*. Li tudo, com extrema atenção, fiz as perguntas que julguei pertinentes, ele respondeu a todas elas e, triunfante, indagou:

— E, então, acha que poderia servir de intermediário? Porque o senhor ainda tem interesses nas representações da Foreign Excellent Raincoat Company, não é? Se não lhe convém a participação no negócio, esteja certo de que lhe pagaremos uma comissão: pelo seu trabalho e pela solicitude com que me atendeu.

Procurei o tom justo para não deixar dúvidas nem criar embaraços. Com muita serenidade e até, digamos, uma frieza distante, ataquei:

— Agradeço-lhe as boas intenções. Mas, em tempo de guerra, e como o seu projeto inclui a implantação de uma indústria na região de produção da hévea, será importante saber: de que lado os senhores estão? A sociedade receberia subvenção alemã? Ou... da URSS? Seria controlada pelo olho de Berlim? Ou pelo olho de Moscou?

Sosa sorriu amarelo mas não perdeu o aprumo. Numa fração de segundo já havia recuperado a exuberância palavreira.

— Que é isso, paisano? Os extremos são perigosos. Somos homens de negócios. Façam eles a guerra, nós cuidaremos da paz.

— Não me venha com flores de retórica, meu senhor. Também faço parte dos que querem sobreviver. E minha escolha está feita.

— Pois é a nossa, paisano. É a nossa. No particular, claro.

Dito isso, calou-se. Seu olhar me atravessaria a alma, se alma tivesse. Enfrentei-o. Resisti à sua violência com a minha impassibilidade. Não éramos, os dois, poloneses?

A raiva pode cegar, todo mundo sabe. Mas pode também iluminar e fazer descer sobre a sua cabeça a palavra certa, na hora certa. Foi o que me salvou.

— Pois no particular e no coletivo, e não faço segredo disso, escolhi a Europa central. E dei procuração a quem poderá defender-me, defendendo o meu país. Não sei quem vencerá a guerra, mas minhas esperanças vão para os que lutam pela liberdade e pela democracia: pela resistência francesa no continente e pelos ingleses. Não me sinto eslavo. Tenho sangue lituano. Se o senhor tiver escolhido a bandeira vermelha ou a cruz gamada, lamento muito. Por mais paisano que seja, saiba que não posso compartilhar da sua escolha política.

O homem me saltou nos braços e me beijou. Acreditei que fosse encenação. Parece que não. Disse-me que era judeu.

— O que nada prova — retruquei. — Pois judeus são os espiões da *Orquestra Vermelha.*

— Que é isso? Vê-se que os anos passados na América do Sul o afastaram dos nossos problemas e das soluções encontradas. Não restava para nós, os indesejáveis do nacional-socialismo, outro caminho que esse. Stalin nos recrutou, nos aceitou e assistiu. Que podemos reclamar? A *Orquestra* é instrumento da paz.

— Por que andam à minha procura? Que paz é essa?

— Eu vim para esclarecer o que andava acontecendo por aqui. Muitos dos nossos tinham caído nas garras dos nazistas. Tivemos notícia da sua ligação com Heriberto e da venda da borracha ao Terceiro Reich após a passagem de um *pianista* pela Argentina. E foi em Buenos Aires que esse mesmo *pianista* se inteirou do encerramento das atividades da Capas de Chuva Excelente. Que fez? Passou a seguir seus passos. A par do homicídio de Manfredo, nosso químico, na sua *finca,* vimos que era preciso agir. Ele não era espião. Nem estava preparado para isso. Tinha conhecimentos técnicos excepcionais, ajudava nas pesquisas de campo e transmitia informações sobre todo esse nó político e econômico das fronteiras amazônicas. E morre justamente quando acabava de descobrir uma nova célula da Gestapo na região. Pensamos que alguém lhe tivesse armado uma cilada. E... para ser franco, com a sua cumplicidade. Por outro lado, ele nos assegurara, com vista de olhos, da sua isenção. Isto é, no caso da venda da borracha aos nazistas. Apenas isso. Pois se tratava da investigação de que se incumbia.

— Por que, então, me vem espionar?

— Disse-lhe e repito: Manfredo foi assassinado aqui. A suspeita mudou-se em certeza. O seu nazismo, irrefutável, e só negado por Manfredo, nosso enviado, ganhou nova e mais forte conotação após o assassínio do seu defensor. Entendeu? Soubemos que o senhor e o seu criado foram hóspedes de um dos mais respeitáveis colaboradores da Gestapo, proprietário da única PTX do interior, num raio de trezentos quilômetros. E então? Será que me fiz entender?

Eu entendia sem entender. Melhor: procurava convencer-me de que suas alegações eram sérias e ponderáveis. Era a minha desconfiança contra a sua palavra. Para que discutir? Ninguém passa indene por uma guerra. E muito menos pelo Partido. Eu tinha minhas culpas. Os franceses dizem que não há dois sem três. Era a terceira vez que eu me furtava ao convite ao homicídio. Ao primeiro convite, eu deixara vivo o caboclo do Alto Purus. Ali mesmo, no meu escritório, bem na mira da cabeça desse orador de rua, um fuzil ficara armado, pronto para disparar, nas suas duas visitas. Tch'uan só esperava o sinal convencionado — que não veio — para executá-lo. E outro não fora o nosso trato diante do apelo desconcertante de Manfredo. Era como se o anjo exterminador adiasse, a cada investida do mal, o ultimato contra a vida do próximo. Acontece que eu tinha muito bem aprendida a lição de Malraux — a vida não vale nada, mas nada vale uma vida.

Ouvi, e retive, as advertências de Sosa. Nada tão claro: eu era visado. Por uns e por outros. Talvez mais pelos nazistas. De acerto de contas a queima de arquivos e busca de bodes expiatórios, todo pretexto era bom para o homicídio. Eu não devia expor-me.

O Terceiro Reich dependia da Inteligência instalada na América para desequilibrar as forças que lutavam na Europa. E queria antecipar-se à entrada dos americanos na guerra, o que já se anunciava, pois eles teriam aqui, debaixo do nosso nariz, as bases para o estrangulamento do Eixo.

Estava patente: a repressão era grande, as rivalidades explodiam. Nenhuma das partes em conflito podia descuidar-se. Qualquer negligência redundava em avanço do inimigo.

— Saiba que não basta ter escolhido de que lado está — avisou Sosa. — O senhor terá de dar prova efetiva da sua escolha. Atos e não palavras. A fábrica de capas de chuva seria um bom começo. A primeira tentativa de instalação na América, que lhe foi confiada, sofreu as conseqüências da ocupação da Bélgica, quando a Gestapo meteu na cadeia mais da metade da nossa gente. Queremos recomeçar. É ainda a guerra que justifica esse nosso empenho. Teremos endereço fixo, domicílio fiscal, contabilidade e diplomas legais. À luz da experiência de 1940, vamos cercar-nos de outras defesas em caso de malogro. Perdemos nosso químico, mas não será difícil substituí-lo. Talvez alguém de Bruxelas... Não sei. O que sei é que não há tempo a perder. Para a sua participação na sociedade, bastaria que vinculássemos ao contrato o fornecimento da produção de um dos seus seringais. Não está tratando com nazistas... Fique ciente de que precisamos de borracha de primeira. É uma proposta. Que lhe parece?

Tudo me parecia irreal, falto de consistência. Nada me prendia a esse homem nem aos seus propósitos. E se tudo fosse mentira? Ele estava ali no seu papel. E eu, talvez, no do ingênuo — sua vítima. Pois um e outro completam o quadro clássico da espionagem. Embora o poder não estivesse nas suas mãos, e ele fosse uma marionete cujos fios se alongavam até Moscou, posava de dono da verdade. E me pregava o que aprendera num longo aprendizado, que lhe exigira fé e paciência. Eu não passara por esse aprendizado: o meu engajamento tivera outro objetivo. Tive pena de sua docilidade, de sua crença na revolução. Era ele, e não eu, o ingênuo. Como descobrir se era leal? E Manfredo? Teria pertencido, de fato, à *Orquestra Vermelha*? O melhor seria socorrer-me, uma vez mais, da rede de informações de Buenos Aires.

Já era tarde. A umidade não incomodava tanto. Os insetos e as aves noturnas tinham começado a zaragata do crepúsculo. Tch'uan fechara as janelas para impedir a invasão dos mosquitos. Tínhamos telas de arame que não protegiam dos mosquitos miúdos, os piores. Vendo-me completamente alheio à sua presença, Sosa comenta:

— Gosta daqui, não é? Parece bem aclimado no lugar. Não sente nostalgia?

— De quê?

— Ora... Da sua terra, da sua gente, da sua família... Viver no meio de bugres, tão longe da civilização...

— Nada me falta, meu senhor. Vivo melhor entre os bugres, que conhecem a liberdade, do que entre os civilizados, que praticam a tirania e fazem da deslealdade código de honra. Detesto a má-fé e a mentira.

Depois do desabafo, calei-me. Ele tentou retomar o diálogo. Pretextando cansaço, pedi-lhe alguns dias para refletir. Não lhe dei qualquer esperança. O momento era delicado. Com a produção vendida e tão longe de casa, eu sequer podia dar contraordens aos meus empregados. Tudo exigia tempo. Muito tempo. A longo prazo? Talvez... Só que a guerra não admitia espera. E... milagres não havia.

Isso dito, seria melhor que desistisse.

Ele desentendeu minhas razões. Voltaria dentro de uma semana.

Nunca pensei em aceitar a sua proposta. Nem a médio nem a longo prazo. Entretanto, gostaria de tê-lo por perto. Até que me chegassem novas informações de Buenos Aires.

Pusemos o jipe na estrada. Em Puerto Inirida, o funcionário do posto, meu conhecido, não se opôs ao uso do rádio. Sob condição: eu teria de esperar até as duas da manhã. Uma enchente levara a ponte na altura de Guaynía e haveria muitos chamados entre oito e uma da manhã.

Decidido a passar a noite a meu lado, Tch'uan sentou-se no chão à maneira oriental. Diante da disposição do chinês, o funcionário entendeu que íamos esperar. Ofereceu-me uma rede pequena, o *chinchorro*, e ignorou-nos. Não sei se Tch'uan terá dormido. Mas às duas da manhã já me avisava que o rádio estava livre. Eu podia falar com Buenos Aires.

Os últimos acontecimentos não pareceram de bom augúrio ao meu amigo. Notei, pelo seu tom de voz, que ele ficara apreensivo. Com o tal polonês atravessado na garganta, eu mesmo poderia ter influído no seu julgamento. Aversão natural, premonição... sei lá... Além disso, o que tínhamos de concreto era pouco. Pouquíssimo, disse o portenho. Não havia dúvidas quanto ao seu engajamento na espionagem. Mas... de que lado? Ele me citara uma pessoa viva, de carne e osso? Qual a sua ligação com a Foreign Excellent Raincoat Company? Era necessário que eu o forçasse a mostrar-me documentos autênticos de sua militância...

Dele mesmo, que é que Yan descobrira? Que era polonês, da Cracóvia, de uma velha família, os Sobieski. Mais nada. Que é que isso provava? Manfredo também tinha, ou teria, uma costela polonesa. Que poderíamos obter com esses dados?

Nada fazia sentido. Eu sabia, com conhecimento de vista e de causa, que todos eles têm passaportes falsos. Exibem as mais diferentes nacionalidades; ninguém porta documentos, papéis ou coisa escrita nos bolsos. Que validade teria qualquer prova de identidade? Contudo, Yan talvez tivesse razão num pormenor, sujeito à malícia da inteligência: a mentira propicia, de algum modo, a descoberta da verdade... Se ele não era polonês, devia ser russo. Russo ou alemão... Mas nisso, de conjectura em conjectura, perdíamos tempo e não chegávamos a parte alguma. O melhor para mim seria abandonar tudo e refazer a vida mais longe.

— Que loucura! Até quando você continuará a fugir? E... de quê? E... por quê? Ponha tudo em pratos limpos! Enfrente o homem!

Yan exaltava-se inutilmente. Eu não estava animado a combater moinhos de vento. Desaparecia de vez e não dava sinal de vida até que a guerra acabasse.

— E se vencem os nazistas? Ou os comunistas?

Yan me exasperava. Disse-lhe que a cabeça me doía. Ia ver o que poderia descobrir sobre o homem. Se falhasse... pior.

Despedimo-nos friamente. Parti insatisfeito. Tinha raiva do amigo e de mim também. Dele, por não ter avançado a investigação sobre a *Orquestra Vermelha*. De mim mesmo, por não encontrar saída nesse impasse tenebroso. Sentia-me ameaçado, mas não sabia de onde vinha a ameaça. Apertava-se o cerco e eu não conseguia ver quem me encurralava. Não sabia como nem de quem nem de quê defender-me. Um pesadelo.

— Melhor descansar. Amanhã, senhor ver tudo mais fácil. A morte faz seleção. Cada coisa na sua hora.

As sentenças de Tch'uan, aparentemente desconexas, me acalmaram. No dia seguinte estávamos em casa.

Passaram-se sete, oito, dez dias. Nenhuma notícia. O homem desaparecera. Mais dez dias de silêncio. E o mês se completou. Em lugar de me tranqüilizar, o seu desaparecimento irritava-me, inquietava-me. Eu temia que de um momento para outro me viessem anunciar a sua morte. Morte trágica.

Duas semanas se somaram ao primeiro mês: nenhum sinal de vida do Sosa. Nem da sua morte. Como não tinha a quem apelar, pedi a Tch'uan que visitasse o vizinho mais próximo, dono de uma fazenda que ficava a uns cinqüenta quilômetros da chácara. Deixei-o num descampado, de onde se divisava a casa de morada. Podia, dali, acompanhar-lhe os passos e ver se chegava, são e salvo, à porteira.

Um vulto magro veio recebê-lo. Gesticularam, gesticularam, o vulto apontou na direção do norte. Sempre de alcatéia, vi que o chinês se distanciava sem voltar sobre os próprios passos. Obtivera, nesse caso, alguma informação. Esperei alguns minutos e pus o carro em marcha. Sempre rumo ao norte. Um quilômetro depois, Tch'uan me fez sinal para indicar que seguiria uma trilha no meio da mata. Comecei a preocupar-me. Medroso como ele era, aventurar-se por ali seria uma temeridade. Buzinei, buzinei, ele não me deu atenção. Tornei a buzinar, acelerei, e quando vi que não era possível continuar, meti o pé no freio, deixei o carro e saí correndo para alcançá-lo.

— Se você se perde, como é que vamos fazer?

— O patrão procura criado. Se criado não pode ajudar, então não pode ser criado.

— Teve notícia do polaco?

— Notícia? Não. Mas tem gringo na fazenda do vizinho. Não custa perguntar.

— Vão logo saber que você é pau-mandado...

— Pau que pensa. Patrão não tem que se preocupar. Espera no carro e Tch'uan esclarece tudo.

Vivi duas horas de ansiedade. Quando me dispunha a ir à sua procura, um ponto negro começou a mover-se entre a folhagem. Era o chinês. Ao aproximar-se, vi que trazia um saco volumoso às costas. Fez compra?, perguntei-lhe.

— Com que dinheiro, patrão? É presente. Pobre não recusa. Ofende o rico que é caridoso.

Mais de quinze quilos de mandioca, batata e milho. Haviam tomado o meu chinês por mendigo de estrada. Admitido na intimidade da casa, ofereceram-lhe emprego. Ante a sua recusa, serviram-lhe café e deram-lhe o saco de sortimento para um mês de estrada. A fazenda tinha quarto de hóspedes. Recebia viajantes de passagem. E, naturalmente, muita gente de fala enrolada. Eram os gringos de que tivera notícia. O que aumentava a minha expectativa sem afastar as piores suposições.

A volta se fez em silêncio. Na chácara, o lavrador que morava conosco capinava a poucos metros da porta: onde nada havia a capinar nem a plantar. Logo nos informou que vira gente rondando e achara melhor ficar por ali. A enxada era para disfarçar. Fora a mulher que o chamara no pasto avisando que tinham visita. Uma coisa era certa: não estavam de visita. Notando a sua presença, não se aproximaram. Partiram como tinham vindo: num jipe grande, com rodas de caminhão. Desconfiado, ele montara guarda.

Nem entrei em casa. Dei marcha a ré e desci com Tch'uan à vila. Passamos pelo marchante e pelo vendedor de grãos. Mas foi no ponto de encontro da garimpagem que nos informaram sobre os dois brancos do jipe com rodas de caminhão. Era gente do comércio. Que andava fuçando veio de ouro, perguntando preços e regateando. Gringos? Como saber? Isso não estava escrito na testa... Falavam espanhol...

Menos de uma semana mais tarde, me aparece no retiro um *cholo* mofino, de uns dezoito, dezenove anos. Vinha a mandado do funcionário do posto de saúde. Conseguira carona até a vila, e dali viera a pé. Bom rapaz! Dez quilômetros de marcha para avisar que o correspondente de Buenos Aires tinha chamado. Era caso de urgência. Coisa grave, com risco de vida. Por isso, o chefe mandava aviso. O que não era costume.

Não me fiz esperar. Queria partir sozinho, com o *cholo*, mas Tch'uan foi o primeiro a subir no jipe. Como os dois eram de poucas palavras, a viagem se fez em silêncio. Roído pela ansiedade, a Gestapo e a Abwehr não me saíam da cabeça. Criei as mais absurdas razões para o chamado urgente: que eu estava prestes a ser morto, que a Gestapo tinha ordem de prisão contra mim, que o governo argentino, aliado a Hitler, iria entregar-me aos SS. Visto que eu ainda devia obediência às leis do país, pois circulava com um passaporte argentino, informariam que... tendo traído a boa-fé dos emissários do Terceiro Reich, a extradição não tardaria...

Esquecido, já, da *Orquestra Vermelha*, o que me atemorizava, deveras, eram os nazistas. Até supus que o próprio Goebbels tivesse dado ordem para capturar-me. Pensaria, com certeza, que eu era judeu...

Perdido num maranhão de intrigas, espionagem, perseguições e ciladas, nem sei como dirigi. Sei apenas que choveu muito. Eram três e meia da madrugada quando descemos em

Puerto Inirida. O funcionário do posto, sempre atencioso, solícito mesmo, pediu desculpas por ter de cobrar-me taxa de deslocamento. Para justificar o aviso a domicílio e a autorização para a chamada externa, dissera ao seu chefe que eu tinha negócios com o governo e que as comunicações com a Argentina, altamente sigilosas, tinham a ver com a segurança nacional...

Claro que paguei a tal taxa com um bom acréscimo para ele mesmo e para o *cholito*. E ainda fiz questão de registrar, por escrito, que o chamado tinha a ver com a paz na América e, portanto, "com a segurança nacional". Não faltei à verdade. Porque acredito que foi graças às investigações de Juan García em Buenos Aires que acabaram descobrindo a identidade de alguns nazistas que freqüentavam a rota do caucho na América latina.

Levamos cerca de uma hora para sintonizar Buenos Aires. Logo que ouvimos a voz de Juan, o funcionário me deixou só. Trocávamos, sempre, algumas palavras em castelhano. Quando o diálogo ganhava importância e gravidade, o polonês dominava. E empregávamos vocabulário especial, cifrado. Quem nos ouvisse jamais suspeitaria do que falávamos. Entremeávamos as frases com termos de culinária, de química e de economia. Mas tudo que se referia a música estava proibido. Óbvio.

Que fiquei sabendo naquele dia? Que um tal Enrique, com passaporte colombiano, acabara de chegar a Buenos Aires, via Rio de Janeiro. Que tinha ido ele fazer no Rio? Espionar...

Após o ataque de Pearl Harbor, já não era possível que a América assistisse, de camarim, à ruína da Europa. A entrada dos Estados Unidos no conflito acabaria por arrastar o mundo à guerra total. Urgia fazer alguma coisa.

Convocados por Tio Sam, os chanceleres americanos tinham discutido no Rio a forma de engajamento do continente na luta contra a Alemanha, a Itália e o Japão.

Se Enrique viera ao Brasil em missão *top secret*, era porque os alemães temiam a formação de um bloco coeso, aliado à Grã-Bretanha. Sob disfarce, ele conseguira introduzir-se no Itamarati. E não fora essa a sua única astúcia. As boas relações no mundo político permitiram-lhe o acesso aos simpatizantes e fanáticos do Terceiro Reich: gente graúda, metida a intelectual, e racistas...

Depois da conquista do Rio, que outra cidade poderia tentá-lo? Buenos Aires! Com que orgulho o colombiano fazia voar do Atlântico ao Prata o belo condor dos Andes! A senhora não sabia? *Cóndor* era a rede nazista da América latina. Em Buenos Aires, Enrique manteve encontros sigilosos com membros do grupo, visitou a embaixada da Venezuela e obteve visto para entrada e permanência no país.

Era fácil supor: grande produtora de petróleo, estrategicamente situada no Mar das Antilhas, a Venezuela representaria papel principal no abastecimento dos países em guerra. Mas sua dependência política e econômica aos Estados Unidos desencorajava qualquer pretensão alemã. Quer dizer, desencorajava a disputa pelo mercado. Não as tentativas para prejudicá-lo ou mesmo impedi-lo. Para isso, Hitler contava com a espionagem, com o terrorismo, com a sabotagem e com a pirataria. O condor voava alto...

Às escalas de Enrique no Atlântico e no Prata, seguem-se outras, no Pacífico: a primeira, no Chile, onde o condor já tinha o ninho. Depois, não se sabe bem, ele teria ido ao Equador e à Colômbia...

Aí estava o perigo. Ele contava, ao que se dizia em sigilo, com um fornecedor "seguro". E fornecedor "seguro", na Colômbia desses dias, não era nem fornecedor de petróleo nem de droga; era de caucho. E quem poderia ser esse fornecedor "seguro" senão eu?

Era a razão do chamado urgente de Juan García. E... quem é Enrique? Como irei identificá-lo?

— Você está prevenido. Não posso dizer mais nada.

Foram suas últimas palavras. Esse alerta custou-lhe a vida. Vim a saber, um ano mais tarde, que Juan García fora assassinado à mesa do seu transmissor. O *Cóndor* operava um aparelho — sigla PYL — infinitamente mais possante que o dele. Os nazistas devem ter captado suas conversas comigo. Comigo e com outros que tentava proteger.

Trinta e cinco dias depois, nem um dia mais, nem um dia menos, Sosa estava de volta. Com a mesma cara e o mesmo polonismo de fachada. Tinha sofrido crise de malária e *cositas más*. Olhando-me nos olhos, deu a entender que as *cositas más* eram ultra-secretas. Trazia boas notícias sobre a instalação da fábrica de capas de chuva. Não só favoreciam os nossos interesses, como resultariam, num futuro próximo, em proveito financeiro. Tudo reverteria para a causa.

— E então?

Sempre reticente, respondi que o momento era grave. Eu não tinha intenção de permanecer na região caucheira.

— Que é isso? Não é hora de desertar! Além do que, para onde ir?

Respondi por evasiva: sairia do mapa.

— Aí está: pode meter-se na selva, sair do mapa e ainda colaborar conosco. Chegou a hora da decisão. Tenho notícia precisa de que o destino do mundo se resolverá rapidamente. Os americanos não entraram no conflito para brincar. E a América inteira deverá participar do esforço de guerra. Decida-se!

Fazendo-me desentendido, perguntei-lhe por que a América inteira. Só os ianques tinham sido atingidos pelas bombas japonesas.

Ar misterioso, o espião levantou-se e veio falar-me, quase ao ouvido:

— E como não? Estive no Rio e soube que os ministros do exterior do continente prestaram solidariedade aos Estados Unidos e deverão firmar, após consulta ao executivo, uma declaração conjunta de repúdio ao Eixo. É quase uma declaração de guerra. Com todos os prejuízos e tormentos que isso poderá acarretar.

Era ele! Não havia dúvida! Era ele o tal Enrique! Levara longe demais o seu jogo... Mas... quando e como deixaria cair a máscara para apresentar-se sob a verdadeira identidade? Se é que possuía identidade própria...

Tenso, eu me preparava para o pior, certo de que, dessa vez, o gatilho da espingarda, nas mãos do chinês, cumpriria sua função. Diante da minha relutância em aceitar a sua proposta, ele se assenta, endireita-se na cadeira, passa as mãos nos cabelos e, em bom e claro polonês, me declara:

— A última vez que nos vimos, o senhor me disse que sua escolha estava feita. Eu lhe expliquei que a minha, também, não estava por fazer. O mundo divide-se agora em dois blocos. Nós, os que lutávamos sozinhos, temos a nosso favor, além da boa causa, o respaldo das nações mais poderosas da terra. Não estamos com a cruz gamada nem com a foice e o martelo! Não era o que o senhor aborrecia? Estamos com a América!

— Por conveniência! Amanhã farão guerra à América!

Eu tinha certeza do que dizia. E falava para ofender. Só não ofendi os pobres judeus. Porque não acredito que tenham obtido qualquer benefício da *Orquestra Vermelha.* Os interesses do Kremlin vinham, sempre, antes de tudo. Do alto da suficiência marxista, Moscou ditava ordens. E Stalin ia vencendo, um a um, os obstáculos que o impediam de cobrir o globo com a sigla dos sovietes — URSS.

Eliminados os nazistas, confundida e mistificada a esquerda bem-pensante, ele desintegraria a democracia ocidental com pequenos focos de irradiação "socialista". Se a guerra fria não tivesse congelado os dois blocos, cada qual no seu canto, eu não responderia pela sorte do mundo.

Dizer que pressenti tudo isso há mais de cinqüentanos!

Era, naquela volta do parafuso, o que me vinha à cabeça e eu tentava explicar ao Sosa. Ou Enrique... sei lá. Mas ele não esperou pela explicação.

— Se é assim que pensa, nada mais tenho a fazer.

Pela primeira vez, notei que não representava. Pediu licença e partiu.

Tch'uan respirou aliviado.

— Ainda não foi desta vez, patrão. Mas é bom não recomeçar.

Não recomeçamos. Algumas semanas depois, um boato insistente circulou pelo Cauca e chegou aos meus ouvidos: o nazista Schwartau Eskildsen fora assassinado.

Quem era Schwartau?

Sabe que significa *imbroglio*? Pois me meti num embrulho italiano, num legítimo *imbroglio*. Se foi difícil sair dele, mais difícil é desfiar as malhas da rede *Cóndor* e tentar ler as partituras da *Orquestra Vermelha.*

O *imbroglio* não foi desfeito. Sequer para mim. Porque continuei a ignorar o envolvimento do *Prince* com a *Orquestra Vermelha* e com o *Cóndor*. Quis contudo o acaso que de volta a Munique, eu lesse num jornal de Hamburgo, de circulação restrita, que um cidadão da cidade, filho de hamburgueses, tinha sido assassinado na Colômbia.

Seu nome? Schwartau, Schwartau Eskildsen. Tratava-se de notícia histórica, reproduzida num *box* sob o título "Há 50 anos". Recortei-a e guardei-a. Dois anos depois, o mesmo jornal, no mesmo *box* "Há 50 anos", trazia nova notícia sobre o mesmo Schwartau Eskildsen. Dessa vez, com o nome completo, Heriberto Schwartau Eskildsen, nascido na Colômbia, filho de cidadãos de Hamburgo, cuja certidão de nascimento fora lavrada no consulado alemão de Barranquila — o que lhe assegurara, duplamente, o direito de cidadania alemã.

Schwartau não morrera nem tinha sido assassinado conforme se divulgara no obituário de "Há 50 anos". A polícia colombiana e a contra-espionagem americana haviam descoberto que tanto o boato sobre a sua morte como a suspeição de crime tinham sido forjados pelos nazistas a fim de propiciar ao seu agente maior liberdade de ação.

A embaixada dos Estados Unidos na Colômbia enviaria a Washington provas da atuação, no continente, do espião Enrique. Graças a essas provas, Heriberto Schwartau, aliás Enrique, a quem Ostrov cedera a partida de látex imprestável, fora extraditado e cumprira pena de detenção no Texas, em Crystal City.

Numa das minhas últimas viagens à Amazônia, como membro da Organização de Defesa do Meio Ambiente — a ODMA —, com sede em Bruxelas, levei para Ostrov fotocópias do jornal de Hamburgo e uma pequena nota sobre o aparecimento de um livro sobre o nazismo na Colômbia.

Ele limitou-se a exclamar:

— Não lhe disse? Não lhe disse?

Constrangida, nada lhe perguntei. Os seus belos olhos azuis haviam perdido o brilho intenso, que me fascinara. Sua voz, antes metálica, cortante, ganhara tom menor, muito de longe, em surdina. O *Prince* era uma sombra do aristocrata que eu conhecera.

Sem o meu ponto de referência, busquei, com os olhos, alguma lembrança que, fiel ao passado, me ligasse ao lugar, à casa e ao fantasma em que Ostrov se transformara. Notei, então, que os retratos de Frederico II, o Grande, e de Frederico Guilherme, príncipe da Prússia, não mais se encontravam sobre a escrivaninha da biblioteca. Num eco prolongado, uma frase de Malraux, ali ouvida, veio ao meu espírito: "A velhice traz consigo a sua lâmpada..."

Ao deixar a casa, decidi-me a recuperar de todo esse naufrágio, custasse o que custasse, a vida de Vladslav Casimir Ostrovski, ou Vladslav Ostrov, príncipe Olsztyn. Não porque soubesse de sua curiosidade de escritora — movida por despeito ou por capricho —, sobre a vida de quem passara ao largo do seu romance, mas por causa do homem, a quem eu aprendera a admirar e a estimar. Era preciso reabilitar-lhe o nome. E ainda que isso só interessasse a mim mesma, haveria de dar solidez e nobreza à sombra do cavalheiro que tão grande impressão me havia causado.

Como o trabalho em qualquer ONG é coisa aleatória, ora de absoluta acalmia, ora de extrema agitação, sempre pude dedicar-me aos meus estudos sem prejuízo da atividade às vezes intensa, mesmo intensiva, de visita a países distantes, preparação de relatórios, congressos e encontros.

Fiz a minha escolha. Todos os meus ócios passaram a dedicação exclusiva: o levantamento da bibliografia sobre a espionagem nazista e sobre a contra-espionagem durante o período do nacional-socialismo. Como me restringia a uma duração determinada, contida num tempo histórico e político, e a uma região da América — que conheço bem —, não encontrei maiores dificuldades. O impasse surgiu quando me defrontei com o sigilo que ainda pesa sobre certos documentos. É esperar o século 2000...

Comecei pelo nazismo e passei, em seguida, à documentação sobre a *Rote Kapelle*. Embora se aplique, também à *Orquestra*

Vermelha, a apelação genérica de espionagem, por tratar-se de departamento especializado do Kremlin, no caso que me interessa — a conduta do *Prince* — os dois grupos se antagonizam, cabendo à *Rote Kapelle* as tarefas de contra-espionagem (termo que os entendidos aplicam hoje apenas ao FBI, à CIA, à Scotland Yard e, muito especialmente, à BSC — Coordenação da Segurança Britânica —, organização ultra-secreta estabelecida em Nova Iorque em 1940).

Há uma troca de represálias, revanches e pequenas vinganças entre o grupo comunista e o nazista. Em virtude do ódio que os rivalizava, o setor da Abwehr encarregado da investigação da *Orquestra Vermelha* aparece com o nome de *Sonderkommando Rote Kapelle*. Uma ironia...

Nos anos em que Ostrov viveu na Colômbia, os Estados Unidos gozavam da excepcional prerrogativa, concedida pelo executivo, de invadir o país sempre que houvesse ameaça à ordem no Canal do Panamá. A presença eventual do exército americano não parecia intimidar os serviços de inteligência: nem nazistas nem comunistas. Pelo contrário. Atiçava-os a investigar sobre os avanços da estratégia militar e a avaliar o uso que ali se fazia de novas armas e técnicas bélicas. Tal como aconteceria no norte e no nordeste do Brasil quando da instalação da base americana em Natal e da autorização para abastecimento e reparos de embarcações nos portos de Salvador e Recife.

Qualquer movimentação de *marines* determinava, em Moscou como em Berlim, um corre-corre às salas dos serviços de inteligência.

Assim, tudo quanto se fale ou se escreva a propósito da atuação desses grupos de espionagem na região central da América do Sul — a imensa *no man's land* que era, e ainda é, o território ao longo das fronteiras entre o Brasil, a Colômbia, o Equador, o Peru e a Venezuela — nunca será inteiramente descabido. Daí, o crédito que dei ao que ouvi de Ostrov. Ainda que a sua biografia se emparelhe com a de alguma personagem de ficção, ele não viveu uma vida fictícia. Defrontou-se com o bem e o mal em situações reais, pungentes, num dos momentos mais graves da história do nosso século.

Heriberto tem a sua militância nazista registrada no FBI com nome e sobrenome, por extenso, e codinome. Chamava-se Heriberto Schwartau Eskildsen e era conhecido, na espionagem, como Enrique. Foi o que escapou a Ostrov. Há, no seu relato, a duplicação de uma mesma pessoa, Heriberto, a quem enganou na venda da borracha encruada, e Enrique. Mas isso não se comprovou. Sosa, "o orador de rua", de quem me falou longamente, e que ele julgava, numa segunda aparição, ser Enrique, dizia-se polonês e membro da *Orquestra Vermelha*. Como Enrique era, de fato, espião nazista, e já o havia procurado na companhia da noiva e de Nikolaus, não foi ele quem o visitou para propor-lhe a sociedade na fábrica de capas de chuva. É provável, mais do que provável, que Abelardo Sosa estivesse ligado ao grupo *Cóndor*, e toda a história da fábrica não passasse de logro para captar a confiança do *Prince* e levá-lo a revelar o que queria saber. Isto é, que era membro da *Orquestra Vermelha*.

Sabe-se que a esposa de Heriberto, ou Enrique, era cubana, e não lituana, conforme fizeram crer a Ostrov. No entanto, Heriberto, ainda jovem, pode ter tido não uma, mas várias ligações amorosas antes do casamento com Nicolasa Abreu, que o prontuário do FBI chama "mulher superficial e de escassa virtude". E por que não com a lituana Brigitte, loura e bonita. *Warum nicht?* Por que não?

Não se pode negar que Heriberto tivesse excelente formação agrícola. Seus estudos de agronomia, feitos na Alemanha, habilitaram-no a ocupar-se, no regresso ao Cauca, da administração da fazenda do pai. Fazenda de café. Até aí, tudo coincide. À breve notícia biográfica, do conhecimento de Ostrov, faltam, porém, suas inúmeras viagens à Alemanha, ao Japão e à Rússia, ao Rio, ao Chile e à Venezuela, mencionadas, as três últimas, na comunicação urgente, pelo rádio, do correspondente em Buenos Aires. O que confirma a existência da célula nazista na Argentina e, paralelamente, a atuação da rede em vários pontos do hemisfério sul. A polícia encontraria componentes eletromagnéticos de marca alemã numa fazenda de Heriberto e farta bibliografia sobre transmissores e sistemas de transmissão.

Se a agronomia, a radiofonia, as viagens e o domínio das línguas instruíram Heriberto no trato da terra, nas ciências técnicas e no conhecimento dos homens, as artes bélicas e o nacionalismo o transformaram em nazista fanático. Ele jurava por Hitler e pela Alemanha. Se fez curso de espionagem, especializando-se no uso de chaves secretas e no emprego da tinta invisível, foi para melhor servir a ambos. Sua mãe, que só tinha olhos para as suas virtudes, pedia ao marido, que via com temor a exaltação nacionalista do filho, para "não ser agressivo com ele, pois ele fazia tudo o que podia pela Pátria".

E é esse patriota convicto, altamente preparado pelos serviços de espionagem da Abwehr, a quem o *Prince*, além de cornifrontear, mantém iludido, por quase um ano, na expectativa de uma partida de látex. E que, entregue e despachada, não se prestará ao uso a que se destinava. Duplamente traído, o "Heriberto de dois pêlos", como Ostrov o chamava, deve ter procurado vingar-se do polonês orgulhoso. Mandou à sua chácara o químico especialista em máquinas redutoras e tinta invisível, que se fez passar por vítima da Gestapo, e, mais tarde, o Sosa. Ostrov preferiu ocultar-me o trágico desenlace que marcaria a passagem por Mitú de um terceiro visitante, um homicida mercenário, contratado pela Abwehr.

Pela Abwehr? Ou por Georg Nikolaus, responsável pelo contrabando de petróleo mexicano para a Alemanha? Veterano da primeira grande guerra, ex-major do exército, capaz de quebrar o bloqueio britânico com sucessivos carregamentos de petróleo, como é que caíra na lábia de um "polaco"? A sua honra sofrera golpe mortal: fora ludibriado por um comerciante de chicle... Impossível que não pensasse em represália.

A exemplo de Manfredo e de Abelardo Sosa, Miranda, o terceiro visitante, fazia-se passar por membro da *Rote Kapelle*. Conhecida a inclinação política do interlocutor, curvava-se à emergência: em casa de gente simpática aos Aliados, dizia-se a favor dos ianques; em situação adversa, ora se fazia passar por nazista, ora por comunista. Assim costumava proceder tanto no México como na Colômbia. O que lhe importava era cair nas boas graças da futura vítima ou colaborador. Não deve ter agido de outra maneira ao tratar com Ostrov. O que não podia prever é que a simpatia do criado lhe fosse mais necessária que as boas graças do *Prince*...

Não obtive pormenores sobre os acontecimentos que marcaram a visita do mercenário à chácara. Só me posso valer do texto do inquérito policial que consultei na delegacia do departamento. De quanto me referiu Ostrov desse período lembro-me que depois da morte trágica de Manfredo, e dos constantes sobressaltos ao anúncio de represálias, Tch'uan colara-se à sua sombra. Velava dia e noite e não permitia que saísse sozinho. Foi ele quem abriu a porta da casa a Miranda e o acompanhou ao escritório, onde Ostrov o receberia. Depois, como sempre fazia, deve ter ficado à espreita. Na condição de representante de uma seguradora americana, Miranda oferecia os produtos da sua empresa: desde seguro de vida a seguro de cargas e transporte, por via marítima, de grandes remessas de caucho, petróleo, madeira, salitre, platina, esmeraldas, ouro e até guano, o riquíssimo fosfato de cálcio extraído do excremento das aves marinhas que nidificam ao longo das costas andinas.

Em tempo de guerra, esses seguros tornam-se imprescindíveis. E a demanda, enorme. As cargas que procediam da Colômbia atravessavam o Canal do Panamá antes de chegar às águas belicosas do Caribe, freqüentadas pelos Aliados e vigiadas pelos nazistas, que recebiam, do Rio, de Buenos Aires e de outros postos do continente, notícias exatas acerca das rotas praticadas com destino à África e à Europa. Nada lhes escapava. Os nazistas brasileiros, que apostavam na vitória de Hitler, eram os mais solícitos informantes com que contavam os submarinos da cruz gamada, postados no Mediterrâneo e no sul do continente africano.

Havia, por isso, um bom mercado a explorar.

Quem veria um espião ou mercenário cruel num modesto corretor de seguros? Quem? Ostrov discutiu preços e condições e chegou a subscrever quatro propostas para quatro seringais exportadores. Depois de tudo explicado, iniciou-se uma discussão em torno da escolha do foro e da avaliação dos danos e perdas para o pagamento do prêmio. A seguradora não aceitava alteração nem mudança do foro. Além da jurisdição da matriz, em Nova Iorque, só admitia como alternativa o foro de Londres. Ostrov protestou. Não tinha domicílio nos Estados Unidos nem na Inglaterra. Exigia que tudo se fizesse na América do Sul. Intransigente, o corretor defendia, "aos berros, e de modo despropositado", conforme o inquérito, as cláusulas do contrato. Dando mostra de grande irritação, parecia determinado a provocar a ira do cliente. Ostrov, comedido, calara-se. Esperava, sem outra reação, que o homem dominasse a cólera. Injustificável e injustificada. Ele, no entanto, mais se enervava. Como se tomasse por ofensa a calma olímpica do *Prince*.

Gesticulando e vociferando, saca de uma arma e, de impropério a impropério, avança na direção do dono da casa. No fulgor de um raio, Tch'uan interpõe-se entre ele e o patrão. Ouve-se um tiro. Tch'uan é abatido. Ostrov agiganta-se diante do assassino, arranca-lhe o revólver da mão e despeja sobre o seu corpanzil toda a carga do tambor.

Na delegacia, refere o que se passou e termina o sumário, lido e assinado, com a seguinte declaração:

"Mais balas houvesse e todas estariam dentro daquele saco de esterco! Foi legítima defesa. Mas podem registrar que me orgulharia, em qualquer circunstância, de confessar-me culpado. Bani do reino dos vivos quem desonrou a humanidade roubando-nos um puro. O meu gesto apenas apressou a sua apresentação ao tribunal supremo. *Vade retro!*"

A exemplo do que ocorrera quando do assassínio de Manfredo, a polícia encerrou o caso sem descobrir a verdadeira identidade do corretor de seguros. A Confidence, empresa com sede em Nova Iorque, e da qual se dissera representante credenciado, informou não constar do registro do pessoal em exercício na América do Sul o nome do corretor Raul de Miranda.

Ninguém apareceu para reclamar-lhe o corpo. Enterrado sob falsa identidade, uma vez que ninguém o conhecia, Miranda não deixou memória. Nem Ostrov lhe pronunciava o nome. Foi a forma que encontrou de preservar, sem mancha, a vida do amigo e criado fiel. Que digo?, fidelíssimo.

Tenho, para mim, que Miranda cumpria ordens. E que devia obediência a Nikolaus. Esse nome de família aparece numa lista de empregados do barão Karl von Kchleebrügge, representante, no México, da indústria bélica pesada dos países nórdicos. Depois de curta ausência, Von Kchleebrügge apresenta-se, em 1939, não mais como vendedor de tanques suecos, mas como *expert* em aparelhos de rádio "inalâmbricos". Isso mesmo. É o termo que está no certificado que lhe foi concedido pelo governo mexicano, graças, certamente, à interferência de um primo seu, ilustre, embaixador alemão em Viena e que se chamava... que se chamava... — quem poderia imaginá-lo? — Franz von Papen. Nem uma letra a mais ou a menos...

Em 1940, depois de dez anos de leais serviços ao Banco Alemão Antioquenho, Nikolaus recebe convite para juntar-se a von Kchleebrügge, que já responde pelo codinome Morris, nos serviços de inteligência do México. Os rádios "inalâmbricos" eram título de fachada para a central do hemisfério norte. Miranda — que voltara a trabalhar para o ex-patrão — travaria amizade com Nikolaus, isto é, Max. O resto? Bem... o resto é literatura... E correrá por conta da imaginação dos aficionados à espionagem.

Como deve ter também corrido por conta da imaginação de Ostrov a presença dos agentes da Gestapo na Colômbia, na Argentina, no Brasil e até em sua casa. Pois a verdade verdadeira é que coube à Abwehr — serviço de informações e contra-espionagem alemão —, e não à Gestapo — a polícia política do Terceiro Reich —, o setor de inteligência militar durante a Segunda Grande Guerra. Dirigia-a o comandante Wilhelm Canaris, que sempre negou qualquer ligação com a Gestapo, vangloriando-se, na intimidade, de um tempestuoso romance com a célebre Mata Hari, espiã e aventureira holandesa...

Dizem que Canaris era a Abwehr, e a Abwehr era Canaris. Não só porque lhe imprimira a sua marca militarista, quadrada, burocrática, como porque a pusera a serviço do Terceiro Reich. Com o seu QG em Berlim, a Abwehr infiltrou-se em toda a Alemanha e, mais tarde, na Europa e nas Américas. Em vinte e um distritos militares freqüentados pelas botas alemãs, os agentes de Canaris colhiam informações de interesse bélico e estratégico. Eram as Asts — Abwehrstellen. A mais importante delas se encontrava justamente em Hamburgo, de que era cidadã, e habitante, a mãe de Heriberto. Foi aí que Enrique, ou Heriberto, a visitou inúmeras vezes a partir de 1941.

No Instituto de Tecnologia de Dresden — preste muita atenção — é que se criou o *Mikropunkt*, que os ingleses chamam *microdot*, o aparelho de redução fotográfica que reduzia uma folha de papel ao tamanho de um selo de carta. E havia mais: um microscópio especial fotografava o selo e o encolhia até que coubesse na letra *i*. Letra minúscula! Era assim que as informações secretas circulavam mundo afora: numa letrinha de nada que nem se precisava camuflar. Elas eram lançadas, aleatoriamente, nas cartas, jornais, sobrescritos... até em rótulo de papel higiênico ou numa marca de cerveja... Em qualquer lugar.

E... que foi mesmo que disse Manfredo, o judeuzinho ruivo, a Ostrov? Lembra-se? Que tinha estudado nos Estados Unidos e que tinha "alguma experiência com tintas invisíveis e máquinas de redução de textos". Blefe puro! Quem dominava essas máquinas era a Abwehr, não a *Orquestra Vermelha*. E se o gênio soubesse alguma coisa, se é que sabia, devia engatinhar na redução de texto. No uso das tintas... é possível que se saísse bem. Os espiões russos já dominavam a técnica: misturavam álcool com piramido e escreviam a mensagem invisível a transmitir. Mas a dona do *know-how* da microletra — será que posso inventar essa palavra? — era a Abwehr.

Que é que isso prova? Que Manfredo não podia ser da *Orquestra*. Era espião a soldo. Da Abwehr. Se me pergunta quem o matou, prefiro não "palpitar". A delegacia que se ocupou do crime encerrou rapidamente o processo, como se temesse avançar o inquérito. E não faltaram declarações, claras e exatas, tanto de Ostrov quanto do chinês. A má vontade corre por conta da polícia colombiana, comprometida, certamente, com a espionagem alemã. Que Canaris nunca chamaria "espionagem nazista". Em situação muito especial, talvez aceitasse nomeá-la "contra-espionagem". Orgulhoso, seguro de si, jamais se confessou nazista. Só admitia chamar o seu serviço, "Serviço de Inteligência"... "germânico".

Esse era o homem a quem deviam obediência Enrique e também o major Nikolaus, que já conhecemos, além do ilustre barão Karl von Kchleebrügge e Ludwig von Bohlem, ou Bach, *dirigente* do *Cóndor*, no Chile. E todos eles estavam empenhados em desenvolver uma extensa e poderosa rede de informações por meio da radiodifusão. Por quê? Porque projeto pessoal de Canaris. Quem controlava tudo, desde Hamburgo, sempre Hamburgo, graças à tecnologia de ponta da Telefunken, era o coronel Werner Trautmann.

Enrique, hóspede assíduo da cidade, aí aprenderia a lidar com o transmissor *Agenten-Funk* — *Afu*, na gíria dos agentes —, que não pesava nem trinta quilos e podia ser carregado numa maleta de viagem. Pois foi nesse *Afu* que Enrique pôde informar tudo quanto viu e observou na presença e na ausência de Ostrov enquanto aguardava a carga de caucho.

Vingava-se do sedutor da noiva nos relatórios acerca da situação, produção e rentabilidade dos seringais, demorando-se na análise do proprietário, polaco vaidoso, meio lituano, meio russo, com falso fumo pangermanista, ligado à oligarquia argentina e aos capitais de origem escusa que se manipulavam no extremo sul da América Latina.

Esse, o breve sumário do relatório enviado ao chefão de Hamburgo. Daí, a facilidade com que depois haveriam de seguir, selva adentro, as pegadas do *Prince*. Só Enrique conhecia, com vista de olhos, e de ouvido também, porque tinha acesso a toda a radiofonia da região, o lugar exato do seu esconderijo.

Tudo isso se registra nos prontuários cuja versão integral virá a público no ano 2000. É ver para crer.

À míngua de esclarecimentos que me permitissem desenredar o *imbroglio* em que se metera o meu amigo, julguei que o melhor a fazer seria voltar a vê-lo. Bastava ir ao Juruena. Deveria participar, em Caracas, de um encontro sobre a cidade e a periferia — "Projeto de integração social ao espaço urbano". Aproveitaria para visitar Ostrov e saber como andava de saúde. Então, tentaria convencê-lo a vir tratar-se na Europa.

Foi o que fiz.

Com o coração agitado, anunciei-lhe a visita sem reserva de data. Não queria que se preparasse para receber-me. Para minha surpresa, encontrei-o bem-disposto e menos pessimista. Após um período de absoluta abstinência de álcool, retomara o hábito da vodca. Comedidamente. Bebia pouco, degustava. E não fazia queixa de falta ou privação. Malraux estava certo: a lâmpada da velhice iluminava-lhe a noite dos sentidos.

Levei-lhe de presente a tradução alemã de *A Orquestra Vermelha*, de Gilles Perrault, best seller francês de 1967, publicado em Hamburgo em 1969. Ostrov tomou o livro nas mãos, me olhou com extrema complacência, abraçou-me, agradeceu-me a lembrança e declarou:

— Não pense que vivo retirado do mundo porque moro na Amazônia, minha filha! Já conheço o livro de Perrault. Logo que saiu, em Paris, o meu livreiro se encarregou de encomendar-me um exemplar.

— E então? Que me diz sobre as revelações do autor? — indaguei, constrangida.

— Ora... Revelações de um francês...

Vi logo que o livro não lhe agradara. A birra com os comunistas comprometia o seu julgamento: teimoso como ele só, nunca irá admitir que a *Orquestra Vermelha* tenha desempenhado papel importante na luta contra o nazismo. Que remédio? Nem por isso deixarei de gostar dele nem de me divertir com suas ranhetices.

— O senhor quebra mas não torce, não é?

— Na minha idade, não se quebra nem se torce. Fico onde sempre estive: contra nazistas e comunistas. Se até aqui me alcançaram... Imagine se andasse no meio deles... O que não sofri na minha pele, sofreram aqueles que amei. E a experiência deixou ferida aberta. Sangra ao mais leve toque. Por isso, quero distância: de uns e de outros. Essa verborréia inesgotável que escarram sobre nós, tentando impor como única e verdadeira a sua versão da guerra, guerra que eu vivi e sei muito bem como foi, me aborrece e me dá nojo. Os judeus desenterram os mortos, os comunistas, que agora são socialistas, dizem que salvaram o mundo do nazismo, os nazistas ressuscitam Hitler e o ódio entre os povos e... tudo recomeça. Até quando?

Pedi-lhe desculpas pela gafe cometida. Estendendo-me o livro, num fio de voz, quase em confidência, murmurou:

— A senhora é que vai desculpar-me. Nem olhos tenho para essas letrinhas de pata de mosca. E... não se preocupe. O que sangra, ao mais leve toque, não são as mentiras impressas: são as lembranças. Além disso, a língua alemã deve conferir ao heroísmo dessa gente o tom patético da lenda de Siegfried. Vai além da minha imaginação. Preservo a fantasia para os milagres da natureza. Não acha que saio ganhando?

Concordei com ele. E como não havia de concordar? Se só a natureza dá sentido à minha vida... Peguei o livro e atirei-o pela janela. Ele sorriu, mas protestou.

— É esse o bem que quer à natureza? Devia tê-lo lançado ao fogo!

Eu me levantei para ir ao jardim, mas ele me segurou a mão.

— Que é isso? A Augusta se encarrega de consumi-lo. Não me prive da sua companhia. Se me deixa só, não terei pretexto para beber.

Nesse dia, o passado não se intrometeu na nossa conversa. Falamos de política, da Europa, das minhas esperanças e desesperanças na luta em defesa do meio ambiente, da destruição da Amazônia, dos rios saturados de mercúrio e da seca, isso mesmo, da seca, que já começava a ameaçar a região mais úmida do planeta!

Fizemos, no dia seguinte, o mesmo itinerário da minha primeira estada no Juruena. Notei diferença. E não foi apenas no meu amiguinho, João, que havia crescido e exibia uma barba preta, de fazer inveja aos caboclos de cara lisa. A mão preparada para cumprimentar-me logo se alongou quando ele viu que eu lhe estendia os braços. Beijei-lhe a testa. Ele, desconcertado, apenas me roçou os lábios no rosto.

— Quanta saudade, hein!? — exclamou Ostrov.

E, virando-se para mim:

— Pois fique sabendo que o João nunca deixou de perguntar quando a teríamos de volta. Foi amor à primeira vista, não é, João?

Um tanto embaraçado, João fez que sim com a cabeça. Aos poucos, porém, o nosso trato recuperou a confiança de afeto amistoso, sem sombra de cerimônia. Eu lhe queria bem e ele me pagava na mesma moeda. De quando em vez, Ostrov nos observava com o rabo do olho, como se diz ali, e eu notava, bem na pontinha, um cisco de ciúme. Não da estima que eu tinha pelo rapaz. O que ele via, e ressentia, é que a nossa ligação, espontânea e informal, tinha muito de camaradagem. Coisa impossível entre os dois: João o venerava. Como é que iam entender-se de igual para igual?

Fomos à Cacunda do Jabuti, visitamos o orquidário e o depósito de madeira. Ao passarmos por um atalho, Ostrov apontou na direção de uma capoeira e revelou:

— Foi ali que me prenderam e me torturaram. Havia uma cabana sem janela, com uma porta de ferrolho, que dava para o rio. Depois de me esfolar, exigindo que contasse a posição da rádio nazista, me amarraram as pernas e os braços, colaram um esparadrapo na minha boca e me largaram sem comida e sem água dois dias seguidos. Acho que foram dois dias. Dormi e vi o sol raiar duas vezes. Ninguém deu pela minha falta. E... quem haveria de dar? Já tinham matado o Tch'uan e eu estava de mudança para estes lados da selva. Não fazia a mínima idéia do lugar onde estava. Morava bem além de Utiariti, a mais de setenta quilômetros...

— Acho que mais de cem... — arrisca o João.

E Ostrov prossegue:

— Pois que sejam duzentos. Passadas quarenta e oito horas, me apareceram os bandidos. Não queriam que eu morresse. Vieram me dar de comer e de beber. Mal me empurraram, goela abaixo, peixe com mandioca, mais uma sessão de tortura: dessa vez, com afogamento no rio. Só que vomitei a maçaroca e quase morria mesmo, asfixiado. Engoli água, vômito, folhas podres, insetos, lama, tudo que havia na margem do rio. O mais terrível é que não perdi a consciência. Isso deve acontecer a quem se defende da morte por asfixia. Lúcido, assistia a tudo, embora não pudesse reagir.

Via-se que Ostrov contava tudo aquilo como se assistisse à cena de tortura. E divertia-se ao recuperá-la como espectador. Ria-se, de bom gosto, tanto que teve de interromper a descrição para tomar fôlego. Secou os olhos, por causa do riso, e referiu com humor:

— No meio de toda aquela desgraça, o que mais me espantava era o desespero dos *pianistas* tentando me reanimar com um boca-a-boca frenético e massagens no ventre a fim de que a imundície fosse expelida do estômago e dos pulmões. Eles acreditavam, deveras, que eu soubesse tudo sobre a rádio clandestina dos nazistas. Assim, eu devo a minha vida aos alemães. Não fossem eles e aquele teria sido, para mim, o último concerto da *Orquestra Vermelha.* Morto, eu não seria de qualquer préstimo nem para eles nem para ninguém. Como não serei de qualquer préstimo para a senhora... Enquanto que para o João...

Embora me falasse em alemão, Ostrov não completou a frase, para mim transparente. Era claro que se referia a bens ou herança ou direitos que deveria legar ao rapaz. Dei-lhe a entender que compreendera a alusão e ele concluiu:

— Ainda lhe conto como tudo terminou. E a senhora verá que não foi apenas com heroísmo que se escreveram as partituras da tal orquestra...

Ostrov sabia que minha estada não seria longa. Propôs-me, por isso, uma visita à passarinhada, ainda mantida em cativeiro, mas para reprodução. Era uma novidade, uma grande novidade! Tive vontade de manifestar-lhe o meu contentamento. Ocorreu-me, contudo, que seria provável, bem provável, que assim tivesse agido após a minha passagem e me fizesse agora uma surpresa: dominei a emoção e acompanhei-o.

À porta do viveiro, ele me pede licença porque tem outros afazeres. E a quem encarrega de introduzir-me na arte da captura e na ciência do acasalamento de aves ariscas? Ao João, meu amiguinho.

Antes de começar a visita, chamei-o à parte e perguntei-lhe quando o *Prince* começara aquela criação. Certamente instruído para revelar-me o segredo de polichinelo, falou baixinho:

— *Seu* Ostrov não conta... mas todo mundo sabe que foi depois que dona Ursula veio aqui.

Apertei a mão do João e ele entendeu tudo. Como eu também entendi, depois do seu comentário — "Que bom, que bom que a senhora gostou! O *seu* Ostrov vai ficar mais orgulhoso ainda!" —, que havia entre eles uma bem planejada cumplicidade para dar-me a provar essa "secreta" e tão bela prova de afeto.

Supondo que eu já estaria informada sobre a inspiradora do projeto, Ostrov reaparece.

— E então? Que tal? E o João lhe contou qual é o nome do viveiro?

Feliz por participar daquele pequeno teatro, e ansioso por revelar-me o principal segredo, João se esquecera da surpresa, a grande surpresa, que acabou dando à encenação um prodigioso epílogo: a entrega da placa à homenageada — *FRAU BOCK*.

Na ausência do Chico, encarregado de afixar e parafusar a placa de madeira à porta, João prendeu-a com um arame à cerca. Constrangida, não me ocorreram expressões de louvor nem de gratidão para agradecer, em português, a maravilhosa homenagem. Gostaria tanto de poder exprimir, com palavras, a minha emoção, associando os dois amigos à grandeza do projeto. Infelizmente, só consegui dizer meia dúzia de lugares-comuns.

Abraçamo-nos, beijamo-nos e pronto. De mãos dadas com o João, fui conhecer o viveiro que hoje leva o meu nome.

Para compensar a perda da liberdade, Ostrov fez instalar o viveiro numa vasta área de trinta mil metros quadrados, com água nascente e copiosa vegetação nativa. Cercado de redes firmes, de material plástico, as tramas estreitas impedem, sem dano físico, a fuga das aves. Animais de pequeno porte também ficam aí confinados. Um pequeno zôo. Há água e alimento em abundância para as diferentes espécies. E árvores, muitas árvores, arbustos, lianas, tudo o que a natureza pôs ali. Nada construído pelo homem. Só a rede. Que tem uns vinte metros de altura, sustentada por uma sólida estrutura metálica. A altura de um prédio de sete andares. Não é, portanto, uma prisão. A permanência é livre embora tenham sido previstas condições ideais de subsistência. Sempre haverá meios de escapar ao cativeiro: as aves fogem ou aí permanecem, a seu instinto e prazer. Se não, quando lhes faltem asas para tão alto vôo.

Ostrov reprova, mas João confirma que se oferecem de vez em quando agrados especiais aos habitantes. Há quem, como ele, desobedeça ao patrão e saia à caça de insetos, minhocas e mais delícias para reforçar o cardápio nativo.

— Na natureza isso não acontece. Vocês estão habituando a passarada a um regime artificial — corrige o *Prince*.

— Mas a rede também é artificial — retruca o rapaz.

— Em termos, em termos. Porque o espaço foi muito bem calculado para o número de habitantes. Não lhes impusemos nada diferente daquilo que enfrentam fora das redes.

— Aqui também me cabe... mas se me dessem o Amazonas inteiro e me pusessem num cercado de porteira fechada, eu tratava logo de escapulir. O senhor é que gosta de ficar trancado em casa. Passarinho não gosta não, *seu Prince*. Aposto que Dona Ursula pensa como eu.

— Que é isso? Quer dizer que eu formo bloco à parte? Não se defenda tomando *Frau* Ursula por escudo, menino! A senhora está vendo?

— Ele toma a defesa dos passarinhos, *Herr* Ostrov. E como sabe que o meu voto é da natureza, buscou apoio seguro. Mas ninguém vai admitir que forme bloco à parte, não é, Joãozinho? Perderíamos tudo!

— É o que se chama sabedoria. Ainda que regida pelo egoísmo.

— Pode ficar tranqüilo, *Herr* Ostrov. Joãozinho ainda aprende que essa é a regra da vida.

Eu descobria em ocasiões fortuitas como essa que Ostrov estava realmente preocupado com o menino, com o seu futuro, com a sua conduta. E mostrava-se sensível, muito mais sensível, às suas reações, às suas palavras, aos seus juízos. Era evidente que a idade começara sua lenta erosão: rompia-se a impermeabilidade dos sentidos, desfazendo-se, com ela, a couraça que o resguardava das estocadas e dos embates. Até no seu olhar, enternecido às vezes, eu notava a síncope da vigilância. A frieza, o cálculo, a vontade inquebrantável iam sendo minados pela emoção. Provas sucessivas de fraqueza. Que há quem confunda com bondade. Ou abundância de coração...

Uma nuvem de melancolia pareceu-me empanar-lhe os olhos. Era o Ostrov que eu vira na última vez: velhinho, desamparado. Observei-o com mais atenção. Ele se aprumou, mirou um ponto distante na estrada e ficou em silêncio. Quando nossos olhares se cruzaram novamente, o azul duro, de têmpera, já respondia ao meu apelo: era o mesmo do *Prince* que eu conhecera na primeira viagem e que tinha, na parede, o retrato de Frederico II, o Grande e, na mesa de trabalho, o retrato de Frederico Guilherme, príncipe da Prússia.

A senilidade ensaiava tomar de assalto aquela fortaleza. Mas ela resistia. E talvez tivesse força bastante para vencer a disputa.

À noite, achei-o dono de si, em plena forma. Não se agarrou à vodca. Não precisava, ainda não, dessa tábua. Adiara-se o naufrágio. Conversamos mais de duas horas, ininterruptamente, sem que ele reclamasse o aperitivo. Passamos à mesa; Augusta me ofereceu vinho, que recusei, e Ostrov, alheio à bebida, comeu com apetite. Só às dez da noite pediu a garrafa de vodca. Veio um conhaque para mim. Retomamos a conversa. Sem transição, ele me pergunta à queima-roupa:

— E se eu lhe contasse o que se passou depois do afogamento? Quem sabe mudará a sua opinião sobre o livro de Perrault?

Respondi-lhe que não tinha, de modo algum, opinião formada sobre o livro nem sobre o autor. Eu não fora, como ele, testemunha nem vítima dos atos cometidos pelos agentes da *Orquestra Vermelha*... Tudo quanto sabia era fruto de leituras e de ouvir dizer. Mais nada.

— E tudo passível de engano. Até mesmo o que vai ouvir nesta sala. Cada cabeça, uma sentença. Não é o que dizem os protestantes? Mas o engano também se corrige: ou na orelha do primeiro ouvinte ou nas orelhas da posteridade. As tradições e as lendas nada mais são que episódios e fatos corrigidos pelo tempo e que a história vai afeiçoando. E por fim acabam fixando-se segundo o gosto e sensibilidade do povo. Só isso. Tudo depende da maneira de ser e de pensar de cada um. Acho até que a história das nações se escreve desse modo. O fato histórico tem muito a ver com a zoologia, com a antropologia, com a genética. A pata do cavalo não se conformou à necessidade?

— Nesse caso, não podemos reclamar da verborréia daqueles que tentam divulgar a sua versão da guerra, que é fato histórico, porque, ao fim e ao cabo, estarão colaborando na construção da verdade. Mesmo errando.

— Já não se trata de versão, da versão de quem viveu, assistiu, participou e pode dizer "Meninos, eu vi!". É versão do intérprete da história ou daquele que corrige o intérprete e passa a intérprete do intérprete. E tanto corrigem, reduzem e buscam razões próximas e distantes para as guerras e para os males das nações que acabam chegando ao nariz de Cleópatra.

— Tenho de concordar. Venho lendo tanta coisa que nem sei mais com quem está a verdade. Fico sempre com o último que li. Até que apareça outro, que irá alterar tudo e me apresentar mil e uma razões, como o senhor diz, para corrigir o que o último afirmou.

— O que tenho para contar não vai mudar a sua visão da guerra. Não passa de um episódio que vai ajudá-la a ver e entender que a guerra não se trava apenas no *front*, de onde se lançam bombas e torpedos. Ela decide-se, também, longe do campo de batalha... O que não quer dizer que seja menos cruel ou menos sangrenta...

Lembrei-me nesse momento de que Ostrov tivera a grandeza de acusar-se de vaidade ao estimar que a sua vida valia mais do que a vida de um caboclo do Alto Purus. E chegara a essa conclusão porque se jactava de ter contribuído para o "esforço de guerra" ao enganar a Gestapo. Não recairia agora no mesmo pecado?

Como parecesse decidido a falar por longo tempo, serviu-se de vodca, acomodou-se na cadeira e, tomando-me por testemunha, começou:

— Pelas suas reticências, e também pelas suas observações, noto que não acredita que eu tenha sofrido perseguição por parte dos espiões de Moscou. Na verdade, a *Orquestra Vermelha* não me visava a mim: o que visava, na América do Sul, era impedir, ou mesmo prejudicar, a ação dos nazistas. Se me procuravam, é porque queriam chegar aos nazistas.

— Os transmissores...

— Não, não. Isso não bastava. Precisavam localizar a onda em que operavam para interceptar as mensagens e decriptá-las. Os agentes da *Orquestra* queriam obter informações diretas sobre a movimentação das forças americanas no Caribe. Moscou controlava, da distância, nazistas e americanos. Porque a senhora não é tola de acreditar que os bolcheviques morressem de amores pelo Tio Sam... O que Stalin queria era assistir ao confronto entre Hitler e os Aliados. Para isso, poupava-se. E fazia jogo duplo. Aniquiladas a resistência da França e a obstinação temerária da Inglaterra, nada impediria o seu domínio no Ocidente. A Alemanha em ruína, economicamente falida, seria a sua primeira presa. E a Europa? Exaurida pela guerra, à míngua de indústrias, de combustível, de estradas, de material de recuperação, de exército, de mão-de-obra e de alimento, tudo que havia, de sobejo, na URSS. Ele aguardava, impassível, esse *grand finale*. Seria a sua hora de pôr as cartas na mesa. E teria todos os trunfos para negociar com a potência americana. E sabe como Stalin contava despertar Leviatã, o monstro do caos? Açulando uns e outros, uns contra os outros, esgotando-lhes as reservas de homens e de armas.

Comprove-o, *Frau* Bock: que faz ele em 1939? Assina o pacto germano-soviético e avança na direção do Báltico. E entre 41 e 45? Apressa a destruição da Alemanha. Consolidado o seu império na Ásia e na Europa "socialista", que é que lhe faltava? O resto do Ocidente. Para conquistá-lo, tinha a seu favor o apoio unânime da esquerda bem-pensante do mundo civilizado. Mais cedo ou mais tarde, os povos todos da terra buscariam abrigo debaixo do manto hospitaleiro do paraíso comunista — a valente, nobre e poderosa URSS. Nem Marx sonhara tão alto.

Que memória!, pensei comigo. E quanta ciência das coisas humanas! Recluso, em plena selva, Ostrov teve, e ainda tem, descortino absoluto sobre a carta política do globo.

Apercebendo-se de que eu divagava, encontra meio de recuperar a sua ouvinte:

— Por tudo isso, minha senhora, a *Orquestra* multiplicava concertos e recitais. Um chefe como Trepper, o herói de Perrault, comunicava-se diretamente com o Kremlin. Ouça bem: recebia ordens de Stalin! Do próprio Stalin! Mas para realizar as proezas que realizaram, os *pianistas* eram poucos. Recorriam, então, a informantes — gente que odiava Hitler e que fazia qualquer coisa para impedir a expansão do nazismo. E sacrificavam-se! Arriscavam a vida sem qualquer interesse! Ao ver que, embalados pela paranóia do nacional-socialismo, muitos brasileiros, argentinos, chilenos e colombianos se dispunham a trair a pátria, a decretar a morte dos próprios irmãos, apontando a localização dos navios que cruzavam as águas do sul, cresceu, também aqui, o ódio ao nazismo. O que é normal. Só que a *Orquestra* tinha fim preciso para esse ódio: transformava-o em energia vigorosa nas campanhas de exaltação ao "grande Osseta", isto é, Stalin, e da URSS.

Sempre atento ao seu reduzido auditório, Ostrov insiste em manter-me pendente das suas palavras:

— Preste atenção no que lhe digo, *Frau* Bock: ainda que os *pianistas* tenham indiretamente contribuído para a derrota do nazismo, não aprovo nem os meios que utilizavam nem os fins aos quais visavam. Não pense que essa canalha, obediente a Moscou, perseguisse os alemães e os trucidasse para servir à causa dos Aliados. Nada disso! Juravam pela cartilha de Marx. Se o ideal de Stalin tivesse triunfado, responderíamos, hoje, pelo mesmo nome: seríamos, todos, parte da União Soviética. Não creia que estivéssemos melhor do que na Alemanha de Hitler! Pergunte aos que purgaram pena nos *gulags*!

Não pense, minha senhora, que perdi o fio da meada e que meu ressentimento contra os bolcheviques não me deixe raciocinar. Bem que isso pode acontecer. Sou velho, a emoção me leva, às vezes, por outros caminhos. Mas ainda sei o que digo. E volto logo ao meu assunto.

— Por mim, abandone sua inquietação. Tudo quanto conta é fascinante, *Herr* Ostrov.

— Nada de diplomacia, *Frau* Bock. Vi, nos seus olhos, a nuvem da impaciência...

Aí estava Ostrov, na força da idade e da inteligência. Nada lhe escapava. A menor quebra de atenção, um olhar, um gesto lhe denunciavam a perda de interesse do interlocutor. Lia nos olhos, interpretava a linguagem silenciosa do corpo. Tinha mais de espião que de banqueiro, mais de psicólogo que de seringalista, mais de psiquiatra que de príncipe. Uma orquestra inteira de *pianistas* não o venceria na malícia e na sagacidade. Por isso, não conseguiram rendê-lo. Bem que tentaram...

— O seu autor...

— Meu autor?

— Sim, o tal Perrault. Ele diz que os *gentlemen* da oposição, ou coisa parecida, tinham tendência em situar a sua ação "no plano metafísico". Para ele, esse "plano metafísico" seria a recuperação moral do povo alemão. Ou coisa que o valha. É claro que eu, se tivesse de fazer espionagem, pensaria desse jeito. E faria oposição, dentro da Alemanha, aos nazistas. Se fosse alemão. Mas isso nada teve de metafísico. Muito pelo contrário! O que ele quer é aclamar os *pianistas*, dizer *bravo! bravo!* e pedir *bis! bis!*. Pois que o faça! Acontece que eu estava na platéia. E a platéia também tem o direito de vaiar. Prepare-se para assistir ao recital que me obrigaram a assistir e de que participei, pois me levaram para o palco. Mas não foi para tocar piano...

Dedilhou um teclado imaginário, sorriu e continuou:

— A estação das chuvas tinha começado. Burramente, eu escolhera a pior época do ano para procurar nova moradia. Quer dizer, eu estava considerando a possibilidade de mudar-me. Queria deixar a Colômbia não só para livrar-me das más lembranças, como para começar vida nova neste lado da selva. Nada de borracha, nada de comércio com os donos do mundo. O que eu queria era dedicar-me à farmacopéia: fundar um laboratório na selva. Se havia quem aqui se estabelecia para fabricar cocaína, eu ia fabricar remédios. Eu sei que a cocaína também é remédio. Mas eu conhecia os males do vício. E não era o que me tentava... Convidei um amigo, polonês, para trabalhar comigo. Ele entendia de plantas, tinha um doutorado em farmacologia e, o que era principal, gostava da mata. A experiência foi frustradora. O infeliz caiu doente, os nossos coletores nos enganaram e tudo quanto amealhamos foi por água abaixo com a inundação. Para recomeçar sem capital eu não podia recorrer a terceiros. Parti do nada. Sozinho. Foi assim que as flores, as sementes, os animais silvestres e, mais tarde, a madeira me salvaram da miséria. E quando dava os primeiros passos, com o negócio sob bons auspícios, quem é que me aparece naquele ponto perdido do mapa?

E, voltando-se para mim:

— Sabe onde eu morava? Numa cabana de madeira, dessas que se equilibram beira-rio, meio palafita, meio barraco de favela. Pois não é que me aparece aí um comprador de orquídeas? Dizendo-se representante de uma sociedade orquidófila de Bruxelas, exibiu documentos timbrados, carteira profissional, licença de importação. Se me procurava, era porque queria adquirir os mais belos e raros espécimens da flora brasileira. Que mais podia eu desejar? É por alguém assim que o coletor de plantas espera: alguém que entenda do ramo e possa abrir-lhe um mercado. Ele caía do céu.

Quem não acredita em milagre, *Frau* Bock? Milagre, a gente aceita e não pergunta por quê nem de onde vem. Surpreendeu-me, porém — o que era natural, mas que o milagre ignora —, que em tempo de guerra houvesse compradores para orquídeas. Mas ele me convenceu de que as pessoas buscam o supérfluo, o inatingível, o sonho, a quimera, por ocasião das maiores tragédias. O gesto gratuito, a arte pela arte, o absoluto são a melhor e mais eficaz forma de evasão aos horrores da guerra: a válvula de escape.

A senhora acha que eu devia demonstrar desconfiança? Se a teoria da arte pela arte vinha em meu proveito, tanto melhor. Se se salvassem eles da depressão, eu me salvaria da falência. Fizemos a escolha das plantas e acertamos o preço. O belga, pois ele se apresentou como belga, ficou de voltar para fechar negócio. Ia informar-se na alfândega sobre as exigências a cumprir. Tudo declarado e dentro da legalidade. Como se tratava de remessa volumosa, ele seguiria no mesmo navio. Eu me encarregaria do acondicionamento das orquídeas contra os riscos da longa viagem. Incluídos os torpedos. Mas nem tinha terminado o meu trabalho e quem vejo à porta da cabana? O mesmo belga, dessa vez acompanhado de mais um belga. Fora do último, entendi, que partira a decisão de cancelar a encomenda. Não podiam prescindir do seguro. E o seguro de plantas ornamentais para a travessia do oceano era impraticável. Ninguém pagaria preço tão vultoso, mesmo que viesse, no lote, a orquídea negra! A solução era aguardar o fim da guerra... E... com a vitória dos nazistas tudo seria mais fácil... Derivando a conversa para esse tema, fiquei inquieto. E poupo a senhora de uma longa exposição de motivos que deles ouvi. Era notório que experimentavam o terreno para avançar. Não demorou muito para que me declarassem a verdadeira razão da visita: precisavam comunicar-se com Munique. Como sabiam de minha ligação com "a rede", eu devia acompanhá-los até o transmissor mais próximo. Disse-lhes que não tinha ligação com qualquer rede nem sabia da existência de transmissores na vizinhança. Nem na vizinhança, nem no Amazonas, nem em Munique. Em parte alguma. Vieram, então, com as notícias da minha passagem por Mitú, quando me servira de um dos mais possantes aparelhos da região e, também, por Inirida, de onde eu falara várias vezes com Buenos Aires. Não me perturbei. A casa do seringalista, pouco antes de Mitú, tinha, sim, um transmissor. Mas o dono do aparelho não passava de radioamador... Pelo menos enquanto eu lá estivera, nenhuma comunicação fugira à convenção do radioamadorismo. Nós nos divertíamos ouvindo mensagens que não podíamos decriptar porque não conhecíamos as chaves. Quanto ao posto de Inirida, eu ali falara com um velho amigo de Buenos Aires. Nada mais.

Só que nem eles se convenceram da veracidade do que eu dizia, nem eu mesmo consegui imprimir às minhas palavras tom convincente. Eu sabia que o transmissor de Mitú estivera nas mãos dos nazistas. Por isso, não me sentia seguro. E o meu amigo de Buenos Aires? Eu não tinha dúvidas quanto à sua ligação com a clandestinidade: com pobres imigrantes sem visto de permanência, com gente perseguida pela Gestapo..., talvez mesmo com comunistas e com a contra-espionagem. Claro que isso não se provava nem se comprovava ali. O que eles tinham por certo é que eu me comunicara com alguém pelo transmissor de Inirida. E bastava. Embora tivesse arma em casa, nem pensei em usá-la. Os mequetrefes agiram rápido: espancaram-me, esfolaram-me, como lhe contei, e me arrastaram até uma cabana afastada — lembra-se? nós passamos por lá. Quando voltaram, foi o afogamento, a luta para me salvar da morte... O que eu também já contei. Se bem que vivo, eu continuava incapaz de fornecer-lhes qualquer informação. Inventar não podia. Então, me fizeram entrar numa caminhonete e rumamos, os três, para a vila mais próxima. No meio do caminho me explicaram o que queriam de mim. Que eu fizesse publicar, num jornal de Manaus, dois anúncios com o mesmo texto, um em português e outro em castelhano, dirigidos aos radioamadores de toda a região amazônica, sobre a venda e comércio de plantas e animais silvestres. Ao pedido de publicidade, com o texto do anúncio, sucederiam, em negrito, a frase "Paga-se bem" e o meu endereço completo, com o número do telefone. Tudo de forma clara, para que não houvesse dúvida quanto ao serviço solicitado.

Quando declarei que nada disso fazia sentido, porque os meus clientes estavam em São Paulo, no sul do país e na Argentina, e que nem telefone eu tinha, o primeiro belga me declarou que eu não estava em condições de dizer o que fazia ou não fazia sentido.

Tudo ficou por conta deles, inclusive o telefone. E as ordens foram cumpridas à risca.

Nem uma semana tinha passado quando um vizinho meu, que descia à rua toda sexta-feira para vender peixe, me veio com um recado do Neca, da agência dos correios: tinha carta pra mim. Passasse por lá.

Meti o pé na estrada e fui à rua — que é como todo mundo chama a vila. O Neca, que cumulava a função de agente dos correios com a de comerciante de secos e molhados, me entregou a resposta de um radioamador com proposta de serviços. A carta, em castelhano, vinha de Leticia. Avisados por telefone, pelo mesmo radioamador, os dois belgas vieram procurar-me naquela mesma tarde. Foram entrando e me intimando a acompanhá-los. Íamos a Leticia. E não tínhamos tempo a perder.

Moído ainda pelas pancadas, obedeci calado. Vesti-me e saímos. A senhora há de espantar-se por eu não ter fugido. Mas... para onde? Quem eu conhecia por ali? Ninguém! Não tinha onde cair morto nem vivo. Então, era esperar para ver.

Chegamos a Leticia quatro dias depois. Tudo tinha sido muito bem tramado pelos *pianistas*. O radioamador, colombiano, já tinha o anúncio redigido. Disse que ia pôr no ar a publicidade sobre as minhas plantas. Logo-logo teríamos resposta. Sua voz chegava longe... Era ouvida até na Patagônia.

— O moço transmite o anúncio e, depois, você nos mostra as faixas em que operam os seus companheiros.

O colombiano não disse palavra. Fez a transmissão e ficou à espera de nova ordem. Os belgas me fixavam como se ditassem minha sentença de morte. O colombiano, calmo, me dirigia um olhar opaco, não sei se de selvagem ou de boi sonso. Para não prolongar a sessão em que eu figurava o papel principal, mencionei, como por inspiração mediúnica, a faixa de Yan, em Buenos

Aires. O colombiano tentou uma, duas, três vezes. À quarta tentativa, ouviu-se uma voz de sotaque carregado que anunciava, em castelhano, "*Acá, Caminito, cambio. A escucho*". Pura dicção russa. Russa, ou de falante de língua eslava.

O rosto contraído numa careta, o colombiano virou-se para os belgas. Não era o que esperavam. Alguma coisa saíra errado, claro que saíra. Convenci-me, só então, de que os três estavam de conluio. O boi sonso trabalhava para os belgas. Nesse caso, eram, todos, comunistas. E eu lhes havia dado a faixa da rede bolchevique...

O acaso me favorecia. E... Yan? Ou ele me ocultara a filiação à *Orquestra*, ou fora vítima, como eu, dos *pianistas*, antes de ser morto pelos nazistas...

— De onde o senhor tirou essa faixa? Não é, como ouviu, a dos seus companheiros da Abwehr...

— Se é, ou não, da Abwehr, cabe aos senhores, espiões, descobrir. Mas como estou habituado ao sotaque eslavo, posso afirmar que a voz aí é de um camarada do Kremlin...

— E com quem o senhor esperava falar? Com Stalin? Qual era o nome do seu interlocutor?

— Yan, ou Juan, Juan García, o mesmo com quem mantive contato desde Puerto Inirida.

— Por que não nos revelou isso há mais tempo? Pode dizer qual a cidadania de Juan?

Disse-lhes tudo que sabia sobre o meu amigo e conterrâneo. Foi aí que me certifiquei de que Yan tinha colaborado com esses mequetrefes. Só não me revelaram o mais grave: que o haviam forçado a isso. E que foram eles os causadores da sua morte. Para salvar a pele, insinuaram aos agentes da Abwehr que era ele, Yan, o *pianista* da *Orquestra*. E escaparam ilesos. Por onde passavam, deixavam um rasto de sangue. E foram eles, eles ainda, que estiveram em Mitú, à minha procura, e mataram o seringalista. Hoje, tenho minhas dúvidas quanto à sua conversão ao nazismo. Para justificar o assassínio, acusaram-no de colaborador.

Não gosto dessa gente. São tão ou mais cruéis que os nazistas. Fingem-se de democratas, dizem-se antifascistas e defensores do mundo livre mas servem à tirania, vestem a camisa-de-força das idéias feitas, pregam como doutrina o que é fanatismo. Como é que me torturaram sem prova? A venda de uma carga de caucho (ainda que industrializável) incrimina o exportador? Qualquer exportador? É a ideologia marxista que lhes dirige o pensamento. Esquecem-se de que vivemos, deste lado do Ocidente, à luz do capitalismo. Eu fiquei feliz porque dei prejuízo aos agentes de Hitler, e eles a me castigar porque fiz negócio com eles...

Mas a coisa não terminou aí. Os *pianistas* estavam diante de um dilema: se me poupassem, não teriam justificativa louvável para a permanência na América (e já tinham feito crer a Moscou que estavam na pista certa, que logo interceptariam as mensagens enviadas pelo mais importante colaborador da Abwehr do hemisfério); se me liquidassem, voltariam para casa com um terceiro morto nas costas e nenhum resultado positivo. Como fariam se descobrissem que eu estava ligado ao Yan? E se soubessem que tanto a morte do Yan quanto a morte do seringalista poderiam ter sido evitadas? Nunca soube que existisse, no Kremlin, qualquer moção de defesa dos direitos humanos. Mas, nesses dois casos, eles tinham metido os pés pelas mãos... Fora burrice!

Que é que fizeram? Me tomaram para saco de pancada, ali mesmo, diante do colombiano, exigindo que lhes revelasse a localização dos transmissores nazistas. Coisa impossível. Desesperados, me abandonaram na estrada. Eu era sangue só. Foi um índio que me recolheu e me tratou na sua aldeia. E o tal colombiano, que era mestiço e aparentado com os índios, apareceu para visitar-me! Não como informante, mas como homem! Veja o que é a humanidade...

Desses mequetrefes nunca mais ouvi falar. Mas o colombiano veio ver-me umas duas vezes no Juruena. Não lhe posso dizer que sejamos amigos. Mas ele me quer bem. Viu-me tão diminuído, tão humilhado, que a única reação ao seu alcance foi a da solidariedade. Sentimento que só o dignifica. E que a mim me elevou naquele momento à condição de ser humano. Dizer que tudo isso se passou entre europeus, ditos civilizados, com um mestiço por testemunha e uma tribo de índios empenhada em curar as feridas de um branco...

— E príncipe...

— O que não vem ao caso. Enquanto os belgas obedeciam à rígida disciplina que os havia convertido em espiões, os índios agiam com o coração. Fizeram o papel do bom samaritano. Se eu tivesse o dom das palavras, transformaria essa experiência numa lição. À maneira de Malraux...

Tive pena de que tampouco a mim me ocorressem palavras para reproduzir tudo o que Ostrov me contou. Ainda assim, tentei. E rabisquei este resumo. Quem sabe não é ele, de verdade, a personagem que deveria estar no seu romance e que lhe escapou por pouco?

Cada vez que volto da Amazônia, preciso de uns sessenta dias para readaptar-me à rotina. E trabalho, permanentemente, com problemas semelhantes aos que afetam a selva brasileira. Quer dizer, continuo em contato com a natureza. Mas falar, discutir e procurar soluções para os habitantes de Bornéu ou do Amazonas ou do Pantanal é uma coisa. E viver aí, nesses lugares, partilhar do dia-a-dia dos ribeirinhos, comer o que comem, rir e chorar com eles é muito diferente. E há, também, o choque de hábitos, de cultura, da forma de ver e de sentir o mundo...

É difícil. E dói muito.

Ao chegar em casa, encontrei, entre a correspondência acumulada, livros recentes sobre o nazismo e a espionagem na última guerra. Revi o que tinha escrito e anotei as divergências mais notáveis entre a versão de Ostrov e a dos relatórios e documentos citados pelos autores. Não sei se devemos dar fé à versão oficial. Nem sempre esses "intérpretes", como diz o *Prince*, estão mais próximos da verdade. Faça o uso que bem entender dessas duas versões. Não tenho, sequer para a primeira, melhor emprego que este: levá-la ao seu conhecimento.

É bom que saiba: já está mais do que provada a existência da "Alemanha do interior" ou da "outra Alemanha" que resistiu a Hitler e ao nacional-socialismo, inspirada nos valores da direita. Ao lado dessa resistência conservadora, em torno do general Beck, havia lugar para a resistência da esquerda, de origem proletária, que sonhava com "o paraíso comunista", ao qual Ostrov se refere com pontadas de alfinete. O herói do atentado frustrado contra Hitler, o conde von Stauffenberg, estava disposto a negociar com Moscou. Para isso, ele fez contato com agentes comunistas poucos dias antes de lançar-se à aventura mal planejada. E houve também quem corresse risco de vida subtraindo segredos militares de que dificilmente os Aliados teriam conhecimento não fosse a colaboração absolutamente gratuita dos alemães "do interior".

Ostrov é injusto quando afirma que Perrault só tem louvores para os *pianistas*; ele não deixou de mencionar as tentativas desesperadas desses verdadeiros resistentes, além daquelas que ele critica, de natureza "metafísica", para livrar-se de Hitler. Mas... o livro dele é sobre a *Orquestra*. Então... o grande mérito fica, mesmo, com os comunistas. Judeus, principalmente. É o sermão da montanha na prática...

A Europa em guerra não ignorava que a Alemanha dispunha das mais avançadas técnicas da radiofonia. Sob o controle da Funkabwehr, os serviços de contra-espionagem promoviam varreduras de países inteiros numa caça ferrenha aos transmissores clandestinos. Depois de localizar a região em que atuavam, isolavam-na e transferiam a aparelhos vizinhos a incumbência da situação exata da zona de freqüência. Caso os localizassem, por exemplo, na selva amazônica, competiria a um transmissor de Antióquia, ou de Quito ou Valparaíso, mesmo do Rio, na ausência dos demais, a busca imediata. Em qualquer ponto do hemisfério haveria a quem delegar poderes: fosse a Heriberto, ou Enrique, com quem Ostrov fez negócios, fosse a Albert Gustav Engels, ou Alfredo, dirigente da rede *Bolívar*, mais extensa que a *Cóndor*, com ramificações nas três Américas — em Maryland, Los Angeles, Nova Iorque, México, Quito, Valparaíso, Buenos Aires e, muito principalmente, Brasil.

Para essas tarefas, de êxito freqüente, os homens de Canaris recorriam à ciência e experiência técnicas que a firma Loewe-Opta-Radio punha a serviço da inteligência alemã. E havia quem declarasse que até na Patagônia seria possível rastrear a escuta dos *pianistas*.

A *Orquestra* atuava clandestinamente. Era sua forma de competir. Não dispondo de recursos, nem de aparelhagem nem de pessoal para rastreamento, infiltrava seus agentes nos meios de comunicação, de produção e de direção. A própria Loewe-Opta-Radio tinha, entre os seus funcionários, três *pianistas*. Um deles, no cargo de diretor, recebia ordens de um oficial do Instituto de Pesquisas Hermann Goering! Nas barbas da mais perfeita radiofonia do mundo estavam portanto a par do que se passava do outro lado do Atlântico, e... quem sabe?, na solidão da selva, em Puerto Inirida, em Mitú, em Buenos Aires, "até na Patagônia"...

A *Orquestra* não se deixava intimidar. Muito pelo contrário. Suas pegadas sobem às ante-salas do poder. O que se confirma, quanto à sua ousadia, no juízo de Canaris: "As atividades da *Orquestra Vermelha* custaram à Alemanha a vida de duzentos mil dos seus soldados." Quanto à ousadia, parece certo. Mas... duzentos mil!? Será? Me parece exagero.

É provável, mais do que provável, que se deva à sua indignação o empenho de Himmler em destruí-la. Conta-se que, num acesso de raiva, o Reichsführer SS teria lavrado o seu fim nesta sentença: "Acabem com essa carniça judia do Ocidente!"

Para o *Prince*, não era a carniça dos judeus que contaminava o Ocidente; era a dos comunistas. Tinha suas queixas contra o nazismo, é verdade, mas nunca tão duras quanto as que proferia contra os comunistas.

É fácil entendê-lo. Polonês, meio russo e meio lituano, a desgraça que o atingiu não cessou com a queda da Alemanha. Maquiados, disfarçados, ou ignorados no Ocidente, os horrores do comunismo multiplicaram-se durante a guerra fria. E continuaram a persegui-lo na selva. Já não se tratava de espiões, nem havia motivo para que continuassem a caçá-lo. Acho que não. Quando o vi pela última vez, ele me contou que os raros membros da sua família que haviam escapado dos nazistas apodreciam nas prisões e nos hospícios da KGB. E então? O ódio aos algozes dos parentes, ele os transferia à *Orquestra Vermelha*. Natural. Além da desgraça de pessoas do seu sangue, ele julgava ter experiência física e moral dos seus malefícios...

No rigor com que julga os comunistas, há coisas que me intrigam, apesar da certeza de que tudo de ruim que lhe aconteceu foi obra da espionagem alemã. Em todo caso, ainda vislumbro pontos obscuros. Obscuros ou mal explicados. Por ele próprio, talvez...

Intriga-me, por exemplo, que os agentes da Abwehr enviados à América do Sul estivessem, já em 1940, tão bem informados sobre os *pianistas* do Kremlin. Porque se assim não fosse, Ostrov não me falaria dos uruguaios nem dos belgas, membros da rede.

Logo que ouvi a relação sobre os "uruguaios" e sobre os "belgas", pensei comigo: ou a Abwehr tem pessoal infiltrado na *Orquestra*, ou conta com agente duplo ou já deteve alguns dos seus membros. Porque sempre me pareceu coisa de milagre que os espiões nazistas conseguissem fazer-se passar por agentes comunistas e dispusessem de tão precisas informações sobre suas identidades.

Mas não tenho fatos concretos para comprovar o que imagino. Nesse caso, também faço ficção: estou criando situações fictícias a partir da realidade. O contrário do que aconteceu à sua personagem, que saltou do livro para a vida real. É isso mesmo: a vida "só é possível reinventada".

O que eu sei, e até o cinema já explorou o tema, é que a Bélgica foi um dos principais centros da inteligência soviética na Europa. A indiferença das autoridades locais propiciou o fortalecimento da rede. Trepper, o chefe todo-poderoso, tinha em Bruxelas sua cabeça de peão. Treinavam-se e formavam-se aí, sem qualquer reserva, os futuros espiões. E era na capital que se aliciavam novos membros para a rede. Não lhe disse que a fábrica de capas de chuva teve sua origem na Bélgica? Tudo quanto me referiu Ostrov corresponde, exatamente, ao que aprendi sobre a *Rote Kapelle* e sua difusão no mundo. Tampouco os agentes da Abwehr ignoravam a procedência nem a origem dos *pianistas*. E podiam assumir a identidade de muitos deles... Por que não? Comunistas já se fizeram passar por fascistas. Todo espião é histrião e representa melhor que os *007* de Hollywood...

E o *Prince*? Não teria sido um deles?

Depois de algum tempo com essa pergunta me roendo a memória, consultei minhas notas, reli tudo. Minha intenção era descobrir um engano, um equívoco, mínimo que fosse, nas várias versões de um mesmo episódio, ou fato, para confrontá-las com o primeiro depoimento — espontâneo e menos conclusivo. O que tampouco traz garantia de verdade...

Apesar das dúvidas, não me rendia. Tal como procedem os detetives quando investigam um crime, verifiquei a fidelidade dos relatos a um certo número de pormenores. Um descuido, um lapso qualquer me pareciam altamente denunciadores. E a "intuição feminina" me obrigava a novo recuo, a novos confrontos.

E acho que porque pensei desse jeito é que tive a temeridade de levar avante o resgate da biografia de Ostrov.

Se não me ajudou a intuição, valeu-me, justamente, um lapso. Meu, por enquanto. Eu jamais dera atenção a um trecho em que Ostrov discorria sobre a Catalunha e o governo republicano. Tampouco despertara a minha atenção a referência feita, nessa época, aos republicanos exilados que viviam na Argentina. Cerca de quinze. Que a polícia não perdia de vista. Atenta, também, aos seus afetos e desafetos. Ostrov não escapou ao zelo dos detetives de plantão: foi intimado a prestar depoimento. Que fez? Confessou o que queriam.

Não preciso explicar mais nada. Só os brasileiros têm verbo sugestivo para isso: Ostrov *dedurou* todo mundo.

Depois de justificar-se um tanto grosseiramente, ele citou um nome, nome importante, que ouvi, e também li, noutras ocasiões sem maior curiosidade: o de Andreu Nin, do POUM. Agora, só agora, me convenço de que talvez esteja aí o *hic* da história. Ele me falou na extraordinária ressonância dos discursos e da posição assumida por Nin no desenrolar da guerra civil espanhola e no ódio concebido pelos seus camaradas contra aqueles que haviam colaborado para a sua detenção e morte.

Como se acreditava que fossem nazistas os seus assassinos, e sendo ele, Ostrov, tido e havido por simpatizante ou, quem sabe?, espião a soldo do governo de Hitler, converteram-no em homicida ou cúmplice de homicídio.

Nessa acusação absurda, Ostrov apontava a principal causa da perseguição que lhe movia a *Orquestra Vermelha*.

Repito o que dele ouvi e que, acredito, lhe assinalei. Mas não cheguei a encarecer a importância dessas revelações; faltava-me o conhecimento que hoje tenho do mapa político da guerra e, também, de como a vida de Ostrov cruzou os seus limites.

Outra coisa: sempre aceitei, sem questionar, o que ele me contava. Jamais lhe perguntei sobre os anos que antecederam a sua chegada à Argentina. Era como se tivesse nascido ali, em 1939. Mas... a guerra civil espanhola é anterior ao seu exílio. E ainda que não fosse cúmplice do homicídio de Nin — e não há fundamento para essa alegação —, seria preciso indagar que tipo de relação ele mantinha com os anarquistas: amizade íntima? Meros encontros sociais? Qual a sua raiz? De onde? Desde quando? Sem mais nem menos, o convívio, ou diálogo eventual, chegaria a deteriorar-se a ponto de justificar a acusação sem apelo de crime de morte? Com que intuito? Não estariam tentando salvar a pele de um parceiro?

As respostas a essas questões estavam ao meu alcance: bastava que eu as fizesse ao *Prince*. No entanto... eu hesitava. E ficava na intenção. Além de me violentar, porque se há coisa que detesto é fazer perguntas pessoais, sempre tomei por injúria qualquer tentativa de devassar a vida alheia. E se ele quiser mantê-la sob sigilo, pois parece ser esse o seu propósito, é direito seu.

Não saí da intenção. Ao vê-lo pela última vez, internado num hospital de Cuiabá, após um acidente de automóvel que o imobilizou por mais de três meses, falamo-nos pouco. Embora as visitas estivessem proibidas, os médicos me autorizaram a vê-lo e falar-lhe. Poucos minutos: o tempo de desejar-lhe pronto restabelecimento e prometer-lhe breve retorno. Para "matar as saudades", acrescentei em português.

Quando nos despedimos, senti que aquele seria, talvez, nosso último encontro. Doeu-me deixá-lo. Sabia que não tinha ninguém, salvo a Augusta, o Chico e o João, com quem pudesse contar. Mas... e eu mesma? Que serviço lhe prestaria se me permitissem visitá-lo?

Perguntei-lhe se precisava de alguma coisa. Ofereci-lhe meus préstimos: para ocupar-me dos seus negócios, telefonar à clientela, ir aos bancos, fazer pagamentos, trazer-lhe livros e jornais...

Ele sorriu agradecido. Tudo estava em ordem. Tinha um contador que se incumbia dessas miudezas. Leitura não lhe faltava.

Apontou-me meia dúzia de livros sobre a mesinha-de-cabeceira. A clientela? Os negócios? Esperariam...

Atenta às restrições médicas sobre visitas a doentes, mantive-me afastada de sua cama. Foi ele quem me estendeu a mão quando me viu prestes a partir. Procurei esquivar-me, mas ele segurou os meus dedos, puxou-me para mais perto de si e cerrou a minha mão entre as suas.

— Prometa que voltará. Prometa. Ainda tenho tanto para lhe contar! É preciso que alguém fique a par do que me aconteceu... Não posso escrever. E não tenho confiança em ninguém. Volte logo. Pergunte ao Dr. Xavier quando terei alta ou... então... quando poderei receber visitas sem limitação de tempo. Diga-lhe que é urgente.

Como o náufrago em desespero se agarra ao lenho que passa, Ostrov se agarrava a mim para salvar-se, salvando da morte os segredos que jamais ousara revelar. Foi triste. Muito triste. Só a proximidade da morte inspira tamanho apego ao vivido.

Não quis decepcioná-lo. Comprometi-me a fazer o que me pedia. Vi o médico. Numa figuração de longos meses de espera, o Dr. Xavier fez um gesto largo, dubitativo. Aconselhou-me paciência e, entregando-me um cartão, disse-me para telefonar-lhe. Dentro de dez, quinze dias...

— Quem sabe? Mas ponha o coração à larga...

Não conhecia a expressão — pôr o coração à larga. Mas senti que nada prenunciava de bom.

Telefonei-lhe dez dias mais tarde. Ostrov continuava internado. O mesmo quadro. Só a determinação do paciente justificava a extraordinária resistência das funções vitais. Ele queria viver. O médico acrescentou:

— Acho que a senhora tem muito a ver com isso. O senhor Ostrov pergunta diariamente se temos notícia da sua vinda ao Brasil...

Percorri nossa agenda do Atlântico ao Pacífico. Nada que reclamasse a minha presença na América do Sul. E o trabalho na Indonésia não me permitia deixar a Alemanha. A situação era gravíssima. A qualquer hora eu seria convocada para prestar serviço ali. Algumas ilhas ardiam há meses. Mesmo após a extinção do incêndio nas matas. A autocombustão surgira após uma série de queimadas criminosas: uma espécie de incandescência subterrânea, de conseqüências imprevisíveis. E que poderá, mais cedo ou mais tarde, também ocorrer na Amazônia...

À ansiedade que sempre me domina quando recebemos pedidos de socorro vinha juntar-se a angústia de saber que Ostrov estava à minha espera. Dominada pelo temor do mau presságio, não levava trabalho para casa: sabia, de antemão, que não escreveria sequer uma linha. Era inútil tentar. Nem a leitura me absorvia. Só os documentários da televisão me prendiam alguns momentos. Eram minha higiene diária, seguida, sempre, de irresistível convite ao sono. Meia hora me bastava.

Certa noite, quando já cochilava diante de uma emissão sobre a Espanha, ouço falar da Catalunha e da *Operação Nikolai*. Levanto a cabeça da almofada e tenho ainda tempo de ler: DOCUMENTÁRIO CATALÃO DE RICHARD BELES.

Fico então sabendo que os autores do documentário tinham tido acesso aos arquivos da KGB. Munidos de autorização para consulta e posterior divulgação de parte do acervo comunista sobre a guerra civil espanhola, os jornalistas se haviam debruçado sobre a figura do líder marxista Andreu Nin. Visto que a imprensa catalã abordava com freqüência a sua ligação com Moscou e havia acompanhado, passo a passo, os episódios do fechamento do POUM, um dos atos da tragédia da sua detenção e execução, concentraram o interesse da pesquisa nos arquivos de 1921 a 1930 e nas pastas de 1937, identificadas pelo carimbo *TOP-SECRET*.

Não, não fosse a referência de Ostrov a Andreu Nin e aos comunistas catalães, eu jamais teria a minha atenção voltada para a *Operação Nikolai*. Pus os óculos, sentei-me e não lamentei as horas roubadas ao sono.

Aperta-se o cerco em torno do meu amigo e sua "quase" personagem. Agora, com um Orlov. Porque foi um Orlov — com *v* — o autor do complô contra o Partido Catalão da República Espanhola. O seu alvo, porém, não era outro que o célebre Nin.

O diabólico general Orlov — pois era general — tramou, com capricho eslavo, a desgraça do POUM (Partido Obrero de Unificación Marxista), criado por dissidentes do partido comunista da Catalunha. Para isso, Orlov divulgou a sua ligação espúria com Franco e com os fascistas. A traição ao comunismo e a colaboração com a Falange foram, portanto, a causa primeira do complô. Infiltrados na Falange, os russos forjaram documentos irrefutáveis sobre a ligação do líder do POUM com os fascistas.

Remetidas a Moscou, as provas "comprometedoras" retornam, com ímpeto de bumerangue, sobre o chefe catalão: a KGB não só autoriza como determina a eliminação de Nin.

Adverte, porém:

"Tudo deverá ser feito com extrema discrição e cautela, de modo a recair sobre a República o ônus da eliminação do compatriota."

Os documentos foram entregues à autoridade competente para a inculpação de Nin. Agentes da confiança de um certo Ortega, preposto de Orlov, são enviados a Barcelona.

Colaboradores mais chegados a Nin vêm preveni-lo do perigo. Contam-lhe que há gente interessada na sua perdição. Que o Kremlin recebera relatórios "inomináveis" sobre a sua adesão ao fascismo. Que a KGB já lhe decretara a morte. Que de um momento para outro a sua cabeça cairia. Tomasse tento. O futuro do partido, tanto como o futuro da República e, também, o próprio destino da Espanha, enquanto nação livre, estavam em jogo.

Marxista convicto, trotskista da primeira hora, fidelíssimo ao partido, Nin desautoriza a informação.

— *¡Cháchacaras!* — teria dito. — E conclui: — *Ya veremos. Ya veremos.*

O que se viu foi que os agentes de Orlov vieram a Barcelona em cumprimento de missão: desarticular o POUM e prender o líder trotskista. Após a última reunião do partido, Nin é detido. O partido é fechado; o seu jornal, empastelado. Onipresente, a prepotência soviética anula toda reação. Ninguém ousa discutir as ordens de Moscou. Nin parte com os russos, de carro, para Madri. A notícia da sua traição tem a força de um ciclone sobre a debilitada esperança dos republicanos: consomem-se, entre lágrimas e rancor, as derradeiras resistências.

Embora se proclame, alto e bom som, a deserção democrática de Nin, mantém-se sigilo sobre a sua prisão. Observa-se o pedido de discrição do Kremlin. Na prisão, Nin faz quatro depoimentos. E declara que tudo não passava de "mascarada comunista".

Nada mais verdadeiro.

Um carro vem à sua procura em Alcalá de Henares. A *Operação Nikolai* estava em curso. Sabe-se que eram dois os seqüestradores: ambos, espanhóis. Arrancam-no da cela. Deixam-no, em seguida, sob os cuidados e vigilância de um casal comunista que tinha laços de amizade com Stalin. Torturam-no repetidamente. Nada tendo a confessar, Nin mantém-se calado. Os *soviets* resolvem dar fim à tortura.

Sob nova identidade, Orlov apresenta-se no momento do desenlace. É *Sviet*, agente de Moscou. Cabe-lhe a decisão final. Um brasileiro, de nome ignorado, cuida dos procedimentos legais. Tudo se cumpre dentro da boa ordem bolchevique.

Decidido a suprimir Nin sob a alegação de espionagem, Orlov faria divulgar o boato de que a Gestapo seria responsável pelo seqüestro. Foge, portanto, à recomendação de que o ônus deveria recair sobre os espanhóis. Enquanto além-fronteiras Duhamel e Mauriac protestam, na própria Espanha, os intelectuais — comunistas e simpatizantes — optam pelo silêncio. A única manifestação oficial — do primeiro-ministro — considera "rocambolesca" a versão da imprensa. Ponto final.

Negrín, o primeiro-ministro, não moveria uma palha para elucidar a ocorrência, nem demonstrou qualquer empenho em localizar a vítima. Só a pressão internacional obrigaria o governo a abrir inquérito. No entanto, nada se fez de coerente. Ninguém se deslocou até Alcalá de Henares, nem houve rigor na análise das provas circunstanciais. Pareciam enredados nas teias de uma novela de Ponson du Terrail. De infinitas malhas e nós e embaraços. A polícia, à qual não convém a transformação de Nin em mito, socorre-se da cumplicidade dos agentes comunistas para embargar o processo. Compromissos e barganhas políticas, de ambíguas alianças, pois uniam nacionalistas e soviéticos, acabariam prevalecendo sobre a verdade. Não fosse a ruína do Império Soviético, Andreu Nin ainda mastigaria a viçosa injúria do Kremlin.

Temeroso de represália por parte dos republicanos, Orlov foge da Espanha. Para não perder a face, Stalin condena-o à morte. Mero aceno de reconciliação com a República traída. Ou com a Espanha de Franco, ao qual havia planejado associar o trotskista indesejado. Chega tarde demais. Orlov já se salvara das garras de Moscou e vivia tranqüilo nos Estados Unidos. Ali falece em 1973 sem fazer qualquer confissão.

Grosso modo, foi o que ouvi e aprendi sobre esse episódio tormentoso da guerra civil espanhola. Bem provida de informações para uma conversa com Ostrov, queixei-me a uma colega de não poder ir a trabalho à Amazônia. Tinha tanta coisa para fazer ali!

— Quer ir no meu lugar? — perguntou-me. — Houve uma matança de índios em Chiapas e devemos denunciar o governo. Pediram-me para instruir o processo. Se quiser incumbir-se da missão, fique com as passagens. Basta solicitar a alteração do roteiro. Eu cuido do resto. Isto é, da assistência aos nossos colegas na Indonésia.

Não hesitei. Seriam uns sete dias no México e uns cinco no Juruena. Não haveria despesa extra. Tudo favorecia os meus propósitos: a visita a Ostrov, com seus longos serões de monólogos, não deixaria sem ajuda o grupo de trabalho na Indonésia.

Tudo correu como planejáramos. Exceto na condução do processo contra o governo mexicano. Tivemos de recorrer à Corte Internacional, o que significa perda de tempo e nenhum resultado imediato. Claro que se ganha muito com a repercussão na mídia. Mas o indiciamento se faz a duras penas e não se pode prever a data de julgamento dos responsáveis... Tampouco nos agrada o deslocamento do processo. Tudo se torna vago, filosófico mesmo. Fala-se de ética, de direitos do homem, grandes idéias sem qualquer raiz dentro da nacionalidade. O que esperamos dessa gente é que reconheçam no índio um ser humano, digno de respeito e de consideração. O preconceito racial envenena as relações sociais, causa sérios prejuízos às populações indígenas e mestiças. É difícil, talvez impossível, que a justiça, principalmente a justiça que se prega e se pratica na Corte Internacional, tenha aplicação em Chiapas...

De qualquer modo, fiz o que estava ao meu alcance: instruí o processo, juntei documentos e consegui, apesar de perseguições e medo de represálias, que algumas pessoas se apresentassem para testemunhar. Não sei se manterão até o fim a tímida intenção inicial. Paciência.

Amargurada, desci à Amazônia com uma frase de Cocteau na cabeça: "*J'ai mal d'être homme.*" Também eu carrego como peso a dor de pertencer à humanidade. Como é que pode haver tanta gente ruim no mundo? Será que pertencemos, todos, ao mesmo gênero humano? Ao fazer essa pergunta a Ostrov, já em convalescença, e em casa, ele me respondeu:

— Tenho minhas dúvidas. Não conhecendo a frase de Cocteau, contentava-me em repetir o verso de Neruda — "*Sucede que me canso de ser hombre*" —, bem próximo, no seu pessimismo, da frase que me citou. Mas não creia que alguém escape da miséria humana. Ninguém é perfeito. A ruindade, os vícios, o crime são nosso patrimônio comum. Apesar de tudo, ainda nos restam motivos de alegria...

Seus olhos faiscaram como se buscasse, ou perscrutasse motivo de alegria. E sua voz, vinda de longe, trouxe do passado a revelação que devia fazer-me.

— Alguém me disse que podemos escapar da miséria... Creio que ouvi o que lhe vou dizer de um espanhol. E se não foi de um espanhol, que conheci de perto, deve ter sido Malraux quem dele me falou quando fazíamos a guerra na Espanha. Ele, o espanhol, dizia que só o orgulho salva da miséria. Porque o orgulho destrói a humilhação. E aquele que sobrevive à humilhação sabe que o orgulho de ser homem nos salva da desgraça, da covardia e do medo. O homem sem orgulho não se recupera. Jamais. Na miséria da guerra, eu vi gente a quem a couraça do orgulho defendia da fome, da sujeira, da tortura, do desprezo e do nojo. Preservavam na lama a dignidade do fidalgo. Esse é, eu creio, um bom motivo de alegria.

Como que tocado por uma daquelas línguas de fogo que os apóstolos receberam do Espírito Santo, Ostrov acabara de referir-se à guerra civil espanhola... E ali, a poucos metros da selva, eu ouvi, dele mesmo, a revelação de que fizera, com Malraux, a guerra na Espanha.

Eis, para mim, um grande motivo de alegria: começavam a dissipar-se as nebulosas que encobriam os anos cruciais da sua vida antes do exílio na Argentina.

Devo ter deixado transparecer a minha surpresa ou, então, a minha ansiedade, pois Ostrov interrompeu o que dizia para perguntar-me:

— Não está de acordo? Pode protestar...

— Protestar?! Por quê?! E... como? Que sei eu sobre a guerra civil espanhola... Pois foi na Espanha que esteve com Malraux, não foi?

— Eu não disse isso. Tanto poderia ter estado com ele em Madri como em Paris... Nem Malraux nem eu tínhamos domicílio permanente.... Andávamos, os dois, acorrentados a uma idéia, a uma utopia... Que os manipuladores comunistas tinham tratado de dourar. Como à pílula... A senhora sabe, a pílula... — *no la dorarían si fuera buena*... Pagamos todos, hoje, a conseqüência desse equívoco...

Os lábios apenas entreabertos, por onde a voz se escapava sem cor, completou:

— Tripudiaram sobre os nossos sonhos, arruinaram a utopia pela qual nos batíamos. Aviltaram nosso ideal de liberdade e de fraternidade. Aqueles que não deixaram seus despojos nos campos de batalha deixaram a alma nos catecismos de Marx, de Lenin, Bakunin, Trotski e Stalin. Saímos todos, da Espanha, com uma pedra no lugar do coração. Que é que provamos? Que éramos ingênuos... E... mortais.

— Mas sonharam e procuraram realizar o seu sonho! Isso é bonito!

— Bonito? A senhora diz "bonito"? Bonitos foram os versos escritos por Neruda, em *Con España en el corazón*, e por César Vallejo, em *España, aparta de mí este cálix*... Mas o homem não luta pelo que é bonito. Nem pelo que é feio. Quer dizer, pela aparência. Lutamos por aquilo em que acreditamos. E que é justo. Lutamos para ser. As coisas não se passam como se pensa aqui fora. Ai de quem luta para parecer ou aparecer! A vida não é moeda de troca. No momento mesmo em que arrisca a vida, o soldado, ou legionário, não visa à glória. Os seus gestos se cumprem num estado de exaltação absoluta: ele está alienado ao combate. E essa exaltação exclui todo pensamento que o afaste da vitória. Isto é, que o impeça de alcançá-la. O obstáculo tem de ser eliminado: homem, muro, muralha ou carro de assalto. Nada mais tem importância. Nenhuma importância. Terminado o confronto é que se volta a pensar, a agir e reagir normalmente. Na hora do perigo, quando o medo nos acua, a adrenalina se dirige ao órgão ou membro mais necessitado: os braços, as pernas, a laringe, os olhos, os ouvidos. Tem gente que ganha força e destreza de leão, pernas ligeiras e ágeis de ema ou de avestruz, olhos de lince, grito de elefante. Nessas situações, o homem é puro instinto. Responde à zoologia. Se assim não fosse, poucos se salvariam. Os meus camaradas mostravam-se surpresos diante das façanhas por eles mesmos cometidas. Ninguém parece apto, a sangue-frio, ao heroísmo.

— Mas numa guerra tudo obedece à estratégia.

— Longe dos campos de batalha... Pois a estratégia se compõe à vista de mapas e regras bem definidas. E foi a ausência de estratégia o que pôs a perder a República Espanhola. O peito aberto, o sonho da utopia na cabeça, marchamos para morrer em Madri. Que encontramos pela frente? A estratégia fascista. Nas mãos de Franco, o caldo grosso do fanatismo nacionalista temperou-se de fascismo e ganhou ordem, determinação e vigor. E do nosso lado, que havia? O caos. Os anarquistas juravam por Bakunin e desentendiam-se com os comunistas, que, por seu turno, juravam por Stalin e recebiam ordens de Moscou. Stalin a tudo assistia e tudo controlava desde o Kremlin. Via cumprir-se, com satisfação, o primeiro dos seus votos: o enfraquecimento daqueles que poderiam ser, no futuro, seus mais ferrenhos opositores. Enquanto se engalfinhavam todos numa guerra sem trégua, a URSS se resguardava para a decisão final. Quanta traição! Quanta mentira! Embora frustrado, dou-me por feliz: sobrevivi. E ainda posso desmenti-los. Os demais? Bem... morreram em Madri. E morreram também em Toledo e em Barcelona; morreram em Guernica e em Santa Maria da Cabeça. Morreram em toda parte. Foi genocídio mesmo. A tragédia encontrou na Espanha sua melhor moldura. E não precisaram de fornos nem de câmaras de gás. Enterravam gente viva, afogavam, crucificavam, retalhavam os corpos e deixavam os moribundos pelas calçadas. O quadro de Picasso, *Guernica*, é alegoria para criança de colo ante o que presenciei.

— Mas... ao que se conta, nacionalistas e republicanos competiam em violência.

— Só que os republicanos se renderam, e os nacionalistas passaram a impor, a seu prazer, uma nova ordem. Então... a vingança foi terrível. E fora dos campos de batalha, não custa advertir, toda vingança se converte em crueldade. Lembra-se da fábula do lobo e do cordeiro? Até a água passou a correr para cima...

Enquanto Ostrov se referia à nova ordem, imposta por Franco, lembrei-me da *Operação Nikolai* e das contradições comunistas nos desdobramentos do suposto processo contra Andreu Nin. Seria verdade o que eu vira na televisão? Bem que gostaria de conhecer a sua versão desse episódio, mas... como?

— ... e a ofensa que o lobo atribuiu ao cordeirinho, quando ainda não tinha nascido, foi inculcada a alguém da sua família... Os nacionalistas faziam o mesmo. Não podendo provar o crime cometido por um republicano, diziam que o seu avô era comunista ou que sua irmã fora colega de turma da *Pasionaria* ou que ele fora visto com o livro de Neruda, *España en el corazón*, debaixo do braço... A amizade com um intelectual de esquerda podia levar à morte ou à prisão. Ai de quem caísse em desgraça! Os amigos desapareciam e até os parentes passavam a evitá-lo. Julgavam assim salvar a própria pele. Outros, mais atormentados, livravam-se de suspeita denunciando amigos, parentes, conhecidos e desconhecidos, quem quer que fosse... As bruxas cruzavam os céus da Espanha em todas as direções. E fizeram muito maior número de vítimas que durante a Inquisição!

— Não foi dessa maneira que conseguiram incriminar Andreu Nin?

À minha questão, Ostrov olhou-me com espanto. Alguns segundos depois, sem transição, a voz firme, perguntou-me:

— De onde a senhora tirou isso?

— Como não sou de mágicas, não foi da minha cartola. Eu assisti, há pouco, a uma emissão na televisão alemã sobre a *Operação Nikolai.*

— Com depoimentos? De gente conhecida? Quem assinou a matéria?

Referi-lhe o que vi e ouvi, citei-lhe o nome do autor do documentário, falei-lhe da consulta aos arquivos da KGB, de 1921 a 1930, e das pastas de 1937, nas quais, ao que parece, se concentrara a pesquisa dos jornalistas. Depois de demonstrar-lhe que nem tudo me parecera digno de fé, contei-lhe que havia lido em algum lugar que ainda havia muita coisa sob sigilo.

— Muito mais do que se imagina! — completou ele. E acrescentou: — Há gente a quem esses segredos iriam causar sério prejuízo. E não apenas moral... Não lhe contei, há muito tempo, que me vi às voltas com os anarquistas da Argentina?

— E que foi intimado a prestar depoimento na polícia?

— Tem boa memória. Só não sei se lhe contei que me defendi acusando. Mas não fiz mal a ninguém. Tive o cuidado de dar nomes de republicanos falecidos ou que já tinham deixado o país...

— Ainda bem.

— A senhora pensou que eu pudesse agir de outra maneira?

Não o contrariei. Mas tinha certeza de que no depoimento feito à polícia Ostrov não procurara, de modo algum, livrar-se da pecha de "dedo-duro". Até me parecera satisfeito consigo mesmo por ter conseguido "salvar a pele". Não o julgava capaz de agir "dessa maneira", e não "de outra"...

Enfim... não é só a mulher que muda de opinião... É preciso escrever uma nova versão de *La donna è mobile.*

Como eu demorasse a responder-lhe, Ostrov levantou-se e veio postar-se diante de mim. Não me intimidei. Nem me mostrei intimidada. Um silêncio austero, de graves insinuações, levantou-se entre nós. Mas quando avaliei a distância que nos separava, caí em mim. Aquele velho aprumado, de riso franco e olhar límpido não fugira a nenhum desafio do destino. Que contas tinha ele a ajustar comigo? Arriscara a vida nos momentos tormentosos do nosso século, tomara parte na história, atravessara a Europa e a América, refizera, sob ameaça, o caminho dos conquistadores: conhecera a solidão, o ódio, o rancor, o despeito. Quem era eu para julgá-lo?

Firme nos dois pés, ele me olhava do alto da sua ciência dos homens. Eu me senti pequena, *pequenininha* — com a mesma entonação redutora que só o português tem para figurar a mais diminuta das grandezas diminuídas. Estendi-lhe a mão e me levantei. Nenhuma palavra me ocorreu. E que poderia ocorrer-me? Qualquer justificação faria transbordar a vaga de remorso que eu dominava a custo e começava a me afogar. Então — não sei como isso aconteceu — o dique se rompeu e eu me vi nos seus braços, as lágrimas em ressaca. Chorava como adolescente ingênua. Ingênua e desajeitada. No papel do príncipe compassivo, Ostrov me afagava a cabeça: docemente...

Que cena! Recordo tudo com gratidão, é verdade. Mas não deixo de experimentar uma certa vergonha. Uma ponta de vergonha. Melhor: mais constrangimento que vergonha.

Não, não representamos um melodrama. Ostrov não permitiria que eu caísse no ridículo. Foi coisa de corte rápido. Logo me recompus. Ele se manteve em silêncio. Foi até o aparador, encheu dois copos com vodca e água gasosa e entregou-me um deles. Voltou à poltrona que ocupara a noite inteira, sentou-se, bebeu um bom trago, olhou-me com extrema ternura e disse:

— Eu sei que não foi assim que tudo se passou. E a senhora, também. E não me envergonho de repetir o que lhe confessei. Revelei, sim, e sem escrúpulo, a identidade dos anarquistas meus conhecidos. Embora estivesse certo de que não os encontrariam, pois não estavam no país, pouco me importava se fossem localizados, detidos e extraditados. No fundo, no fundo — não da alma nem do coração, mas da vontade —, eu torcia para que isso acontecesse. E continuaria a torcer pela punição da justiça se não tivessem passado dessa para pior. Porque não os perdoara. Nem os perdoei. Agora, ouça o que digo: os arquivos da KGB arquivaram o que se escreveu. Só isso. Não se fazia ainda o registro em fitas magnéticas nem as máquinas de filmar eram utilizadas nos interrogatórios. Bons burocratas, os comunistas empenharam-se na preservação da papelada. Isto é, toneladas de processos, inquéritos, relatórios, delações, confissões, atestados, requerimentos, ordens e decretos de detenção, prisão, execução, internamento psiquiátrico, confinamento, exílio, o que mais seja. Os "seus" jornalistas não foram os únicos a divulgar o que se mantinha sob chave. Ingleses e americanos, funcionários dos serviços de inteligência, tiveram, antes deles, acesso a esses mesmos arquivos. Mas nem tudo pôde vir a público. Os antigos aliados se opuseram à abertura indiscriminada dos dossiês. Tudo passa pelo crivo da censura antes de chegar às páginas impressas e ao noticiário da televisão. Enquanto isso não acontece, os pesquisadores continuam à procura de sobreviventes para reescrever a história, enquanto os jornalistas, a exemplo dos que assinaram o documentário *Operação Nikolai*, correm o mundo tentando descobrir algum velhinho que se disponha a contar-lhes sua epopéia... Tive notícia de que os heróis da carnificina nacionalista e também os valentões que engrossaram as marchas da retirada, todos ex-combatentes, das Brigadas, como da Falange e da *Esquerra*, fascistas e republicanos da primeira à última hora, foram convocados para entrevistas. É o que chamam "memória popular". Ou coisa parecida. Uma vez gravadas, as entrevistas seriam utilizadas como fontes de consulta. É assim que se escreve a história: a partir do depoimento dos protagonistas. Mas já eram raros, nessa ocasião, os sobreviventes. E mais raros os que tiveram a coragem de falar. Dentre esses gatos pingados, contam-se nos dedos os que ainda se lembravam da guerra! Quarenta, cinqüenta, sessenta anos eram passados, e muitos deles tinham mais de oitenta! Não se faça ilusões, *Frau* Bock! Tudo quanto se divulgue não passa de simulacro, de versão aproximada do que vimos e vivemos. No meu caso, o que vivi. E garanto: o que eu vi com estes olhos que a terra há de comer, tal como se jura por aqui.

Ostrov calou-se, levantou os braços e deixou-os cair pesadamente sobre as pernas. Depois, sereno, prosseguiu:

— E dou-lhe conhecimento exato do que aconteceu em Barcelona. Embora comprometa os russos, o documentário da televisão andou longe da verdade. O que agora interessa aos esquerdistas e simpatizantes é denegrir Stalin e salvar o mito da utopia, frustrada na prática. Mas eu sei, porque também me deixei iludir pela fantasia marxista, que tudo acabou e que sempre acabará em naufrágio. A práxis nos ensinou que não é possível levar ao mar uma canoa furada. A obra de Marx é pasto sem fim para lucubrações universitárias. E nós precisamos desses desafios para pôr as meninges dos moços em funcionamento. Enquanto intelectual, Marx fica muito bem na história das idéias, ao lado dos pensadores e filósofos dos dois últimos séculos. Será objeto de teses, congressos, simpósios e debates. Isso basta. Se a revolução russa e a famigerada União Soviética não tivessem existido, sua obra não teria chegado à rua e não teríamos sido vítimas dos desatinos cometidos em seu nome. Dou-lhe testemunho, pois os presenciei: estava comprometido, corpo e alma, com a malfadada práxis.

Ao proferir a última frase, Ostrov empalideceu. Notei que respirava com dificuldade, com grande dificuldade. Com dois passos, já estava a seu lado. Perguntei-lhe se estava bem, se precisava de algum remédio, se queria que eu chamasse a Augusta.

— Chame a Augusta. Ela sabe o que fazer. É angina. Angina de esforço, segundo o cardiologista. Não se preocupe. Passa logo.

Augusta trouxe-lhe um comprimido sublingual, à base de digitalina, e poucos minutos depois Ostrov já respirava normalmente. Insistiu para que ficasse na sua companhia, na biblioteca.

— Vamos passar a noite na Espanha, que tal?

Entendi muito bem o propósito do convite, mas a crise cardíaca varrera para longe a minha curiosidade. Atemorizava-me a idéia de uma nova angina. Se ele se excedera, cabia-me a culpa. Claro que sim. Augusta, aflita, parecia repreender-me com o olhar. Julgava, com certeza, que eu lhe tivesse recordado o passado... Ela conhecia as tormentas que o envolviam...

Encontrei bons pretextos para adiar o serão.

— A Espanha não foge do mapa. Ficará à nossa espera. No mesmo lugar. Augusta está cansada, e eu, com muito sono. O de que precisamos, os três, é de repouso.

Ostrov não se irritou com as minhas palavras. Com o cotovelo em ângulo, o antebraço erguido e a mão espalmada, fez o gesto de capitulação, uma espécie de que-é-que-se-pode-fazer e desejou-me boa noite.

Deitei-me em seguida. Lá pelas quatro da manhã, fui despertada por um som agudo, prolongado. Não pude atinar, ao ouvi-lo, se era nota musical, voz de pássaro ou ruído de máquina. Concentrei toda a atenção no ouvido, procurando localizar a qualidade e origem do som. Notei, então, que era, mesmo, uma nota musical. Som de instrumento de sopro. De flauta! Uma flauta! No meio da selva! Quem, meu Deus, quem estaria tocando?

Não hesitei. Levantei-me, enfiei um quimono, calcei as sandálias e saí do quarto. Já no corredor, comprovou-se a minha suposição: o som era de flauta e procedia do corredor oposto, bem em frente. O corredor onde estava o quarto do dono da casa. Seria Ostrov o flautista?

Recolhi-me em silêncio, mas tive o cuidado de deixar entreaberta a porta do meu quarto. Queria saber quem era o músico e se tocava bem.

Não se tratava de simples exercício. Devia ser uma composição de caráter elegíaco — uma pavana, coisa assim. No entanto, por mais que me empenhasse, não associava a melodia ao estilo de qualquer compositor conhecido. Quer dizer, europeu. As frases se sucediam, em tom menor, sem grande variação. E despertavam, por isso mesmo, uma grande, uma enorme tristeza. Após alguns compassos em *sostenuto*, seguiam-se notas e pausas, como soluços repetidos. E o artista dominava à maravilha o sopro, o instrumento. Tocava muitíssimo bem. Embora a música não me agradasse, isso eu tinha de reconhecer. Como é que, mal saído do sono, um homem vital como Ostrov interpretava, ou criava, não sei, uma melodia de tristeza tão mórbida?

Quando ainda me fazia essa pergunta, vi que Francisco, o Chico jardineiro, saía do quarto do patrão, a flauta ainda nos lábios.

Era ele, o pai do João, meu amiguinho, o flautista da casa. E tocava flauta de bambu. Um tipo de quena. Durante o dia, a minha curiosidade foi satisfeita. Chico aprendera a tocar com um nativo da fronteira com a Bolívia. Quando sofria suas anginas, o *Prince* exigia a presença do flautista. Desse modo, acalmava-se.

— Não só me acalmo, como me preparo para a grande viagem — revelou Ostrov. — Depois que uso o comprimido, tenho uma enxaqueca terrível e o sono não vem. Como preciso dormir para o coração ficar em paz, a música do Chico me embala.

Uma segunda crise de angina fizera Augusta socorrer-se dessa terapia. Das três às quatro e quinze da manhã, a flauta desempenhara o papel de tranqüilizante, depois de mais um comprimido sublingual. Eu só alcançara o fim da audição.

Ostrov desculpou-se por interromper-me o sono. Não pude deixar de manifestar-lhe a minha estranheza ante o poder relaxante de melodia tão acabrunhadora.

— Mais parece música fúnebre! Para a festa de todas as almas — observei-lhe.

— Pois é isso mesmo! É a minha maneira de dizer "Vem, doce morte". A senhora não conhece a canção de Bach? O tom menor ajuda a morrer.

— Então, por que o remédio?

— Porque o remédio me livra do sofrimento. As dores da angina sufocam, asfixiam. Abraçam o peito e sobem até o maxilar. Não lhe desejo nada parecido. O comprimidinho me dá alívio imediato. Mas da queda súbita da pressão resulta a dor de cabeça. Que é, dos males, o menor. Mal que me prende à vida. O pensamento da morte não é inoportuno. E a doce morte me livrará tanto das grandes quanto das pequenas misérias... A música está, para mim, tão ligada ao imaginário que no dia em que me canse da sua presença, *in extremis*, talvez, é porque estou também cansado da vida. Porque a vida não se sustenta sem o imaginário, não é mesmo?

Respondi-lhe que sim. No entanto, levei tempo para entender-lhe as razões. Foi a memória insistente, doída, daquelas frases monocordes, ora longas ora sincopadas, que me trouxe a explicação para a resposta de Ostrov: se partia sem inquietude e sem remorso, no seu "Vem, doce morte", é porque dizia adeus ao imaginário — graças, ilusões, beleza — que a dor lancinante tornaria impossível. O cansaço, ou tédio, da música significava o termo presumido, e necessário, da vida.

Apesar da crise cardíaca, Ostrov não ficou de repouso. Procurou não exceder-se, apenas isso. Fomos ao jardim e descemos à horta antes do almoço; à tarde, saí com o João, enquanto ele ficou em casa para cuidar da correspondência.

Ao voltar, encontrei-o na biblioteca. Ainda escrevia. Perguntei-lhe se a viagem à Espanha estava de pé.

— E por que não? Peça a Augusta para fazer o nosso farnel.

Homem idoso, essa rapidez de contrapartida era o que mais me admirava em Ostrov. Principalmente depois de um acidente grave e da crise cardíaca. Atento ao vocabulário, tanto quanto às idéias, nada lhe escapava. Rebatia na hora. E socorria-o igual presença de espírito em português, espanhol ou alemão. Invertia as sílabas, à maneira dos portenhos, e se o interlocutor falava outras línguas, criava armadilhas com os "falsos amigos" — como *embaraçada*, que é grávida nos países da América espanhola, ou largo, que em espanhol não é *largo* mas longo, ou *brincar*, que não é brincar mas saltar...

Enfim, veio o farnel. O calor não convidava a comer. Aceitei um suco de graviola, comprometendo-me a pedir, mais tarde, uma fruta ou um pedaço de bolo. Ostrov recusou tudo que Augusta lhe ofereceu. E arrematou com riso malicioso:

— Não fosse a cara feia da Augusta, eu beberia uma dose de vodca...

Mas ficou no condicional. Augusta, trombuda, deixou-nos sem uma palavra.

O silêncio continuou. Não me atrevi a reiniciar a conversa: o tema fora sugerido por ele na noite anterior e eu já o retomara. Era esperar.

— Incomoda-se se fizermos um desvio por Paris?

— Como recusar um convite à viagem com direito a escala em Paris?

— Se está de acordo, começarei pelo começo...

Não me é possível reproduzir, com fidelidade, as palavras de Ostrov. Já me desculpei por isso. Acontece que nesse novo itinerário — que vai da França à Espanha — tudo se complica. Não só porque o cenário é outro: outros são os seus interlocutores, e outro, bem outro, o interesse da sua aventura. Porque foi, deveras, uma aventura. Aventura de moço idealista, mal saído da adolescência. As peripécias vividas por Ostrov na América tiveram aqui a sua causa e origem. E se alguma coisa do que lhe contei descambava para o absurdo ou para a invencionice, cabe à memória desses anos os elos que faltavam. E como ouvi do próprio protagonista a versão pessoal de sua participação em certos episódios da história política do nosso século, acho impossível repetir, tal e qual, o que me referiu. Nem sou capaz de recordar, ainda que me esforce, as expressões usadas em todas as línguas que praticou entre Paris, Madri e a Catalunha.

Não pense que a versatilidade prodigiosa do príncipe Olsztyn seja uma exceção entre os povos nascidos na esquina do continente. Na encruzilhada freqüentada por indo-europeus, eslavos e falantes das línguas romances, vencido o húngaro, que nenhum de nós aprende, essa gente da Europa central atravessa, imperturbável, todas as estradas da Eslovênia e mais os mares da Saxônia e do Lácio para emergir, longe de casa, nadando e falando o basco. Dialeto algum os intimida. Por isso, prefiro traduzir, a meu modo, o que dele ouvi. Não fique frustrada. Sempre que me ocorra um dito seu, original, tentarei enxertá-lo no que vou contando. Não se preocupe! Sei o que é alho e o que é bugalho. Em português mesmo...

Pois é. Ostrov anunciou que começaria pelo começo. E esse começo, por volta de 1930, corresponde ao desvio por Paris. Coincide com a revolta de Yen-Bay, na Indochina, entre 9 e 10 de fevereiro, violentamente reprimida pelos colonizadores franceses.

Que vinha fazer em Paris o jovem Vladslav, com pouco mais de vinte anos? Política. Era um rebelde. Jurava por Trotski, sonhava com revoluções e lutava para que os seus sonhos se tornassem realidade. Passou a freqüentar o meio estudantil, fez camaradagem com o grupo da Escola Normal que assistia às reuniões dos comunistas dissidentes, da linha de Souvarine. Foi aí que conheceu Simone Weil, a filósofa, que o protegeu e se prontificou a abrigá-lo num apartamento da família, vazio na época. Talvez o mesmo em que Trotski se hospedaria em dezembro de 1933, quando, depois de uma discussão com Simone, ele, ofendido, disparatou: "Você é do Exército da Salvação?"

A amizade com Simone levou Vladslav a rever a adesão ao trotskismo. Convencido da dubiedade dos princípios da Terceira Internacional, aproximou-se, em 1932, de um pequeno grupo de comunistas independentes que se diziam "os autônomos da zona oeste" (subúrbio de Paris).

Numa conferência de 1933, no dia 9 de abril, proclamou-se a cisão definitiva: depois de acompanhar o voto de Simone, registrado por escrito, Vladslav desligou-se, com sete companheiros, da ortodoxia trotskista. Entre os motivos alegados para justificar a dissidência, estava a destinação da burocracia soviética, alienada ao poder absoluto do Estado. Ao subordinar os trabalhadores ao meio material do trabalho, acorrentava-os ao capital, sua propriedade privada. Para os dissidentes, a Terceira Internacional deixara de representar o comunismo de inspiração marxista, comprometido com os interesses gerais e históricos do proletariado.

Livres da tutela infiel, sentiram-se donos do próprio destino. Resgataram, intacto, o ideal de solidariedade e de justiça. Que não tinha bandeira nem fronteiras. Foi assim que se dispuseram a participar da luta do velho coronel Francisco Macía, exilado em Paris pela ditadura de Primo de Rivera. Atropelados pelo êxito dos republicanos nas eleições de 1931, depõem as armas antes mesmo de usá-las. Mais cinco anos, e o pleito de 1936 consagraria a vitória da Frente Popular. Exultantes, Vladslav e os amigos — reduzidos a três — seguem para a Espanha. Queriam unir-se à *Esquerra* catalã, de Francisco Macía, na celebração festiva, e conhecer, por dentro, a jovem República.

A *Esquerra* — esquerda, em catalão — nada tinha a ver com a *Lliga*, o partido dos comerciantes ricos, interessados na comercialização dos seus produtos e alheios, por isso, a escrúpulos ideológicos. Doesse em quem doesse, transferia-se ao mercado os problemas do capital e do trabalho.

A estratégia eleitoreira de Moscou não era diferente da que se praticava no reduto da Liga. Como o Kremlin visasse a preservar o bom entendimento com os futuros aliados, tendo à mira o regime nazista, optou pela formação de uma Frente Popular ampla, capaz de atrair todas as tendências de esquerda mais os partidos da pequena burguesia. O importante, naquela emergência, era vencer as eleições. Preservou-se, para inglês ver, a democracia burguesa, até que a revolução pudesse impor a democracia bolchevique, de origem e vocação proletárias.

O pacto firmado na Espanha teve resultado surpreendente. Mas a promiscuidade arruinou a República e acabou por entregar o país aos fascistas. Os gritos eufóricos da multidão que exigia Anistia! Anistia!, após a vitória da Frente ampla, insuflaram a chama que incendiou, no seu rastilho, o orgulho dos militares.

Sucediam-se festas e aclamações à abertura dos cárceres e à saudação dos militantes comunistas, aclamados como heróis. Na Catalunha, os deputados foram autorizados a eleger o governo. O Estatuto Catalão, tão esperado por Macía, voltaria a vigorar. Os trabalhadores despedidos pelas greves teriam a demissão anulada e seriam indenizados por perdas e danos sofridos. Como a boa prática da justiça condenava a demissão, os empregados que os haviam substituído deveriam ser mantidos nos seus cargos. Decisão magnânima mas de impossível execução, pois condenaria à falência todos os empregadores...

O torvelinho nada deixa de pé. Transtorna-se a ordem, o caos ameaça as instituições. Impedida de dar cumprimento a leis e decretos de dupla e dúbia intenção protecionista, a indústria defende-se como pode: fecha as portas e abandona o país. Com ela, emigra, também, o capital. Diante do inevitável, as centrais sindicais se desentendem e, à falta de melhor emprego para os braços ociosos, os seus líderes julgam chegada a hora e vez da revolução. Até aparece alguém que se toma por Lenin, o Lenin espanhol. Seu nome? Largo Caballero.

À desunião das esquerdas, a direita responde com a coesão. Acuada, atrai os monarquistas, remenda acordos, socorre-se das boas graças de Canaris, o chefe todo-poderoso da Abwehr. A península não lhe era desconhecida nem indiferente. Na Primeira Guerra Mundial, as costas da Espanha tinham servido de base para os seus submarinos. Lisonjeado pela confiança dos nacionalistas, promete-lhes armas e apoio logístico.

A disputa entre fascistas e comunistas não se travava apenas nos campos de batalha. Mais do que a imprensa escrita, o serviço regular de radiodifusão levava a sua voz à América, à Ásia e à África, convencendo, convertendo, convocando. Constantemente patrulhado pelos alemães, o espaço radiotelegráfico era território de risco. De risco e cobiça. Postos avançados das rádios de Canaris passaram a varrer a península para interceptar as emissões de Moscou.

O acesso à palavra instituiu como arma de duelo a propaganda. E coube à propaganda — termo comum às línguas de audiência em cinco continentes — divulgar e popularizar a guerra civil espanhola, logo bafejada pelos bons auspícios da literatura, das artes plásticas e do cinema. Desde a revolução francesa, nenhum outro país fez convergir com tamanha unanimidade a atenção, o interesse e a simpatia das nações às suas divergências internas.

O endosso dos intelectuais — poetas, escritores, filósofos, professores, magistrados — uniu a palavra à ação. Foram eles os primeiros a ouvir o apelo patético das comunidades em conflito. Movidos por alto sentimento político, engrossaram as brigadas estrangeiras para responder a um desafio insólito: morrer, em solo estrangeiro, por uma utopia — a República.

Numa posição privilegiada, a dois passos da ponta extrema da Europa, a península ibérica representaria papel preponderante na hegemonia política do mundo. Imantada pelo fascismo ou pelo comunismo, arrastaria, fatalmente, o país vizinho, Portugal, o que bastaria para perturbar o equilíbrio de força e poder entre as "grandes nações". Foi o que aconteceu. Decididas a dirigir o curso da história no século XX, dividiram entre si o império do mundo. Feita a partilha, cada qual para o seu lado, o fim do século assiste, tal como ocorreu a Roma, à desintegração, às invasões bárbaras, ao derramamento de sangue...

Não há mesmo nada de novo sob o sol... Os bárbaros de hoje são os turcos, os africanos, os albaneses...

Enquanto Ostrov revisitava o passado, dando o seu juízo sobre a guerra civil espanhola, que acontecia a Vladslav e seus camaradas da Normal Superior?

Surpreendidos em Madri pela insurreição militar dos nacionalistas, não tomaram o trem de volta. Munidos de uma recomendação especial de Souvarine para Joaquín Maurín, seu cunhado, fundador do POUM, seguem para Barcelona. Inútil precaução: na secretaria do partido são informados do desaparecimento de Maurín nas primeiras horas da guerra civil. Mas nem tudo estava perdido. Julián Gorkin, insurrecto de 1934, que também se exilara em Paris, vem recebê-los de braços abertos. Era o convite às armas. Por uma boa causa.

Vladslav escreve a Simone. Encarece a necessidade de pôr-se ao lado dos escravos. Fala de esperanças e temores, instiga à práxis. Quem quisesse viver com dignidade não podia adiar esse encontro com a história. Visionários, idealistas, marxistas ortodoxos, dissidentes, estudantes, artistas — acorriam todos à Espanha. Alguns com a roupa do corpo e a fé no futuro. O combate era desigual, mas a revolução operária estava em marcha. Mais de trinta mil trabalhadores tinham sido mobilizados só nas Astúrias. A admiração por Macía ligara-os, em Paris, à Catalunha e ao POUM de Maurín e de Gorkin. A hora era chegada. E seria de Barcelona, estava certo disso, que se irradiaria, por toda a península, a luz da liberdade.

Embora soubesse quanto desagradava a Simone o uso do jargão comunista, não usava de parcimônia. Contagiado pelo entusiasmo dos apóstolos da justiça social, Vladslav sentia-se chamado a cumular o papel de apóstolo — pregador e divulgador — com o de militante da nova ordem.

Tampouco Simone se faz de rogada: convence os pais de que partia como jornalista para cobrir o levante de Madri mas segue para a Catalunha. Vai ao encontro dos amigos. No dia 10 de agosto de 1936 já estava em Barcelona. Apresenta-se a Gorkin com uma missão definida: introduzir-se na zona nacionalista para localizar Maurín. Gorkin recusa-lhe a autorização. Sem falar uma palavra de castelhano, como é que conseguiria atravessar o país? Impossível. Seria um suicídio! Vladslav assume o risco. Dominava a língua, conhecia a Galiza, onde Maurín fora visto pela última vez, e...

Gorkin não lhe permite terminar a frase. Jamais passaria por galego; não tinha nem o físico nem o sotaque da região. E um estrangeiro entre os nacionalistas acabaria prejudicando a situação de Maurín, se ainda vivesse... Nem pensar!

Vladslav mantém sua proposta. Nunca pensara em passar por galego. Iria apresentar-se como oficial alemão. A serviço de Canaris.

Gorkin não se contém: "*¡Caramba, hombre! Ya eres de los nuestros.*"

Simone parte para Lérida com os três colegas. Dois deles aí permanecem. Ela segue com o terceiro, Carpentier, até Aragão, às margens do Ebro. Apresenta-se à coluna de Buenaventura Durruty. Aprende a manejar um rifle e insiste, em assembléia geral, que não viera como observadora, mas como combatente. Devia e podia arriscar-se como os demais.

Isenta de privilégios, expõe-se como qualquer voluntário. Após alguns reconhecimentos, um imprevisto infeliz afasta-a da luta. Sem aperceber-se de uma enorme frigideira, colocada rente ao chão sobre um braseiro, Simone põe o pé no óleo fervente. Protegido pelo sapato, o pé não seria atingido pelo óleo. A perna, porém, e também o tornozelo sofrem queimaduras profundas. Ao ajudá-la a descalçar o sapato e a meia, Carpentier vê a pele desprender-se com o couro e o tecido. Simone teimava em banalizar o acidente, recusando-se a admitir a necessidade de internação e tratamento. Embora sofresse dores atrozes, hospitalizam-na contra a sua vontade.

Vence o bom senso. O bom senso e a autoridade do pai e da mãe que atravessam a Espanha em guerra para levá-la para casa.

A luta terminou para a filósofa; não para Vladslav, engajado na dissidência anarquista da Catalunha com missão nas frentes de combate: atuaria como agente da Abwehr. O passaporte e os papéis que lhe assegurariam a entrada nas zonas franquistas nada tinham de falsos. Eram documentos originais, e legítimos, de um tio, homônimo seu, russo de nascimento mas cidadão prussiano, exilado na Polônia antes de 1918. À reintegração de Dantzig pelo Estado polonês como Gdansk, Vladslav Ostrov optara pela República de Weimar. Era o militar da família. Morto nos primeiros anos do nazismo, já oficial, tivera a promoção revalidada pelo regime do presidente e chanceler Adolf Hitler. Sem herdeiros diretos, os seus minguados haveres, porque não era rico nem príncipe, tinham passado a Vladslav. No pequeno baú destinado ao sobrinho, os papéis que atestavam a sua qualificação e graduação militares habilitariam o novo portador, mediante pequena alteração de datas, a incumbir-se da missão que lhe confiassem os anarquistas catalães.

No entanto, reunidos em assembléia, os líderes do POUM não permitiram que recaísse sobre um estrangeiro a incumbência da busca, já tardia, para a localização e libertação de Maurín. O tempo conspirara contra qualquer tentativa de resgate. Nem havia justificativa para a presença de um agente de Canaris na região. A intervenção seria inoportuna. O que não os impedia de recorrer "oportunamente" aos serviços de Vladslav. Por suas excepcionais qualidades, era certo que não ficaria ocioso. Provido de credenciais para representação oficial junto dos nacionalistas, poderia incumbir-se de missões compatíveis com as funções de um oficial alemão...

Uma semana depois, surgia a ocasião "oportuna": uma missão entre Irún e San Sebastián, onde, segundo informações sigilosas, os alemães se preparavam para atacar as colunas republicanas.

Ali chegando, Vladslav é surpreendido pelo número de homens em alerta: mil e quinhentos. Pois com esse efetivo da região, sem qualquer socorro especial, Beorlegui assalta Irún e recaptura a aldeia de Behobia. À míngua de armas e de soldados, os defensores da cidade fogem para a França. Os anarquistas, a que se haviam aliado franceses e belgas, sob as ordens de oficiais catalães, são os últimos a retirar-se. Deixam o país semeando ódio e vingança: incendeiam, saqueiam e matam, antes de cruzar a fronteira. Os legionários, alguns deles da coluna de Durruty, aos quais a batalha perdida incitava a continuar lutando, retomam o caminho de Barcelona.

As credenciais que justificariam a presença de um oficial alemão na frente de combate sequer saíram da carteira de Vladslav. Não se impunha ali qualquer ajuda nazista. Embora ferido num choque com comunistas franceses, Beorlegui soubera valer-se do seu pequeno efetivo. A atuação dos anarquistas fora desastrosa. Desastrosa, desastrada e de crueldade gratuita. Sem disciplina e sem comando, dispersaram-se atropeladamente, em prejuízo da estratégia de defesa. Vladslav tentara em vão dar cobertura a um punhado de combatentes que não conseguiram alcançar, tal o desatino, a ponte que, a poucos metros, os separava do território francês.

Diante da cidade recapturada, vista do trem para Barcelona, ele ainda se perguntava a razão de tantos e tão grosseiros equívocos. Por que os anarquistas não se haviam preparado para a defesa da cidade, se estavam informados do reforço alemão?

Gorkin explica-lhe as causas do despreparo. Autorizado por mensagem sigilosa, um agente russo argumentara que o objetivo dos inimigos era provocar o deslocamento da defesa para o norte deixando o sul desguarnecido. Boato grosseiro, balão de ensaio.

— Nesse caso — questiona Ostrov —, qual a finalidade da minha missão?

— Mero escrúpulo do POUM...

E nada mais lhe foi dito.

Corria o mês de agosto de 1936. No início de abril de 37, uma rádio de Lisboa informa que o acordo de cooperação entre Franco e os alemães garantia, além da transferência de *know-how* e de recursos humanos aos seus comandados e correligionários, o fornecimento regular de aviões e armas de grande porte. De prontidão num transmissor de campanha, às margens do Ebro, Vladslav capta, numa emissão clandestina, um aviso de sobrevôo de aviões Junkers na costa basca.

Vôo de reconhecimento? Para quê? Intrigado, Vladslav pede licença para ir a Barcelona. Devia entrevistar-se com Gorkin.

Mas nem Gorkin nem o seu secretário atribuem qualquer importância à presença dos velhos Junkers no norte do país. Falam de política, referem-se ao pacto de não-intervenção, a ser assinado pelas grandes potências, e contam que Von Scheele, responsável pelo cumprimento do acordo com a aeronáutica, se desentendera com o general Kindelán...

— E que tem isso a ver com a República? — indaga Vladslav.

Gorkin olha-o com a superioridade de um comandante que tornasse pública a ignorância do soldado raso.

— Von Scheele é quem decide sobre o emprego do armamento cedido a Kindelán! E o boboca teimava em entregar a direção dos aviões Heinkels aos seus pilotos. Claro que Von Scheele não admitiu essa ofensa à máquina alemã! Que tem isso a ver com a República? *Caput!* Devemos a Kindelán o fim da cooperação nazista! Nem pilotos nem Heinkels. Estamos salvos de sobrevôos.

— E os Junkers?

— Qual! Estão aposentados! Nada há a temer.

Vladslav pergunta se o "nada há a temer" procedia de algum informante russo. Gorkin irrita-se. Estava proibida a divulgação de dados estratégicos: a contra-espionagem não ficava a cargo de informantes mas de agentes da inteligência catalã...

Vladslav acha melhor não insistir. Desculpa-se e pede permissão para voltar ao seu regimento. Mas toma direção oposta. Queria verificar, com vista de olhos, se o boato voava. Chega a tempo de avaliar, em Biscaia, a extensão das perdas sofridas pelos bascos, dois dias antes — em 20 de abril —, após avanço nacionalista. Numa reunião no "anel de ferro", as trincheiras onde se refugiavam os comandantes, fica a par do que se dizia à boca pequena: não havia justificação, nem explicação, para a mancada do estado-maior. A melhor arma com que os nacionalistas tinham contado, outra não havia, fora a traição.

Quatro dias mais, cessavam os combates. O general García Valiño, fiel a Franco, toma posse da parte alta do povoado de Elgeta, de cujas colinas partiam os últimos tiros da resistência republicana.

Nada mais tendo a fazer, Vladslav desce ao mar, visita em Bilbau a frente de defesa e acampa ali mesmo na companhia de um basco, Mario Urruty, que tinha resistido em Elgeta com o major Beldarrán.

Tarde da noite, o basco mergulhado em sono profundo, Vladslav pressente um ligeiro movimento na lona. Vento não era. Após alguns minutos, já não tem dúvida: alguém tateava a lona à procura da fenda de passagem. Graças à claridade da lua, ele percebe que quatro dedos miúdos, dois de cada lado da abertura, acabavam de afastar as duas bandas de tecido. Surge, então, uma cabecinha, logo seguida de pescoço, braços, tronco, nádegas e pernas, tudo isso num corpo franzino, de criança, que avança, de gatinhas, para dentro da tenda.

Procurando reter a respiração, Vladslav espera que atinja o meio do abrigo, a poucos centímetros da cama de campanha de Urruty. No temor de uma reação estabanada do companheiro, desperto de sono pesado, põe-se de pé, alcança o intruso pelas costas, envolve-lhe o tronco com o braço direito e, mantendo-o cerrado contra o peito, tapa-lhe a boca com a mão esquerda. O menino esperneia, solta vagidos desesperados que acabam acordando o basco. Arma em punho, o hábito da vigilância faz com que se levante pronto para atacar. Estremunhado, depara-se com Vladslav. Esfrega os olhos e pergunta:

— Que fazes, homem de Deus? Chegas da caça? De onde vens com esse coelho?

Ainda sob a pressão do braço de Vladslav, o coelhinho não movia senão as pernas. Mas podia falar. Suplicou que o soltasse. Vinha por bem. Andava à procura do pai, soldado de Beldarrán.

Urruty entrega a arma a Vladslav, agarra o menino e arrasta-o para fora da tenda. Pondo-o de pé no chão, ajoelha-se, toma a sua cabeça entre as mãos, afasta os cabelos que lhe caíam sobre a testa e sobre os olhos, abraça-o e chora.

Vladslav, que presenciara a cena, não ousa manifestar-se. Aos gritos do menino — "Eu quero o meu pai! Onde está o meu pai?" —, supõe o pior. E continua em silêncio.

Quando Urruty consegue, enfim, dominar a emoção, conta-lhe tudo. Filho de um amigo, camponês como ele, e seu vizinho, a cuja morte assistira na trincheira, o menino permanecera na parte baixa da aldeia, com uma tia. A mãe e os irmãos tinham sido sacrificados pela Falange em agosto de 36. O pai não pensara duas vezes: apresentara-se voluntário para lutar em Elgeta. Quem teria posto na sua cabeça que o pai continuava vivo? E agora? Também ele não tinha família... Em Elgeta, era certo, ninguém se salvara: os nacionalistas não perdoavam os parentes dos inimigos...

Voltam, os três, a recolher-se, mas os soluços do menino não lhes permitem reconciliar o sono. Na manhã seguinte, bem cedo, Vladslav informa o companheiro de que rumaria para Guernica, a legendária Guernica. O basco pergunta-lhe se podia acompanhá-lo. Desnorteado, sentia-se incapaz de orientar-se. Tinha intenção de seguir para o sul, onde se juntaria aos anarquistas. Pelo caminho, haveria de encontrar alma caridosa que desse um lar ao órfão.

No entanto, até Guernica essa esperança não se cumpre. Depois de bater à porta de várias fazendas habitadas, mas sem caridade e sem teto para o pequeno refugiado, atravessam Bermeo. Ao longe, desde o molhe do porto, a ruína imponente da torre dos Ercillas continuava a desafiar maremotos e ressacas. Vladslav pergunta a Urruty se conhecia Alonso de Ercilla, descendente da família famosa. Político? Não! Poeta, grande poeta.

Chegam a Guernica numa segunda-feira — dia 26 de abril. Era primavera. E dia de feira. A partir da segunda quinzena de abril, as frutas e os legumes dão a nota alegre, colorida, às bancas na praça. Os demais produtos do campo espalham-se pelo chão, em caixotes, e sobre estrados de madeira.

O menino reluta em confessar que tem fome. Diz que as frutas ainda não estão maduras. Mas acaba por aceitar um pedaço de torta.

Urruty entretém-se com a gente do lugar, obtém informações sobre a movimentação de militares e civis. Atento à recomendação de Vladslav, observa silêncio absoluto sobre o combate nas trincheiras e sobre a filiação ao Partido Comunista. Iam à procura de parentes, dos quais não tinham notícia há meses.

Empenhado em encontrar um lar para o menino, que não lhe largava a mão, Urruty entra na primeira igreja que vê. Entendendo-lhe as razões e lamentando a falta de recursos, o padre encaminha-o à casa de uma paroquiana, *Doña* Gracia Justo, capaz de orientá-lo e, talvez, quem sabe?, de providenciar a adoção do órfão de guerra.

Doña Gracia promete falar a amigos influentes, provedores de orfanatos e creches, quase todos à míngua de vagas e com número cada vez maior de excedentes. Enfim... restava a esperança de adoção. Mas seria preciso paciência... muita paciência. Uma semana? Impossível! As comunicações estavam cortadas, o pânico se instalava da noite para o dia... não se podia fazer qualquer previsão...

— Que é que o senhor quer? Estamos em guerra e o tempo não conta! Só se contam os mortos, e de mortos já se perdeu a conta na Espanha!

No momento mesmo em que *Doña* Gracia dizia terem perdido a conta dos mortos, ouviu-se o sino da igreja mais próxima. E de outra, outra mais, muitas outras, a responderem da distância com uma única badalada. Ataque aéreo. Ataque aéreo. Ataque aéreo...

Vladslav vem correndo para alertar o companheiro e fazê-lo abrigar-se com o menino. Acompanham *Doña* Gracia ao porão da casa onde se amontoavam ferramentas, tonéis, garrafas de vinho, sacos de trigo e grãos de vária espécie.

Eram quatro e meia da tarde. Antes das cinco já se ouvia o ronco dos aviões. Contrariando a dona da casa, Vladslav pega uma escada, sobe até a altura de um pequeno óculo na parede e consegue divisar, de passagem, três Heinkels 11 seguidos pelos famigerados Junkers 52. O som sincopado das metralhadoras, de torneira de água corrente, em cascata, não cessava. Ao seu martelar se entremeava o estrondo das bombas que pareciam cair em seqüência alucinante. Em pouco tempo, o cheiro forte das bombas mistura-se ao de incêndio, de coisas queimadas, e a fumaça chega ao porão. *Doña* Gracia quer subir para ver o que há, temendo que o fogo se propague e tudo destrua. Ouvem-se gritos. Vladslav convence-a a ficar ali com o menino enquanto ele e o companheiro revistam o andar de cima. Encontram, no quarto dos fundos, duas mulheres, três crianças e um velho deitados no chão. Eram vizinhos de *Doña* Gracia. Tinham vindo à sua procura, e o bombardeio os impedira de sair. A porta da sala fora destruída, as janelas arrancadas pela força de um verdadeiro tufão, mas a casa estava firme e escapara do fogo. Ao lado, numa varanda, abrigavam-se algumas crianças. Um pouco além, três casas ardiam e as labaredas lambiam as paredes da igreja que Urruty acabara de visitar.

Eram sete horas da noite. As bombas continuavam a iluminar o céu com brilho funesto. O incêndio iluminava a cidade, tornando visíveis a destruição e a ruína. De Guernica não restavam senão escombros.

Os vizinhos descem ao porão para abrigar-se. Aí permanecem até as nove horas, quando Vladslav vem informar que tudo terminara. Até a manhã do dia seguinte, ajudado por Urruty, anda à procura de sobreviventes. Participam da organização de grupos de socorro, do transporte de camas, da coleta de remédios, desinfetantes e ataduras. Enquanto o basco apagava focos de incêndio, Vladslav recolhia cápsulas de balas e fragmentos de bomba, para identificar, posteriormente, a procedência do armamento utilizado.

Não foi preciso convocar *experts* em material bélico. Os destroços patenteavam a marca de origem: eram de fabricação alemã.

Concluído o trabalho de socorro às vítimas do genocídio — cerca de dois mil óbitos —, com mais de oitocentos feridos, Vladslav comunica a Urruty que nada mais o prendia a Guernica. Se ainda pretendesse descer à Catalunha, era hora de aviar-se. Diante das terríveis conseqüências do ataque aéreo e do completo desvalimento dos habitantes da cidade, o menino os acompanharia até Barcelona, onde algum comitê sindical cuidaria do seu destino.

A República escolhera para sua pátria a terra catalã. E à medida que se aproximavam da capital, Vladslav notava a grande agitação que dominava aldeias e subúrbios.

Ao longo da estrada, milhares de pessoas, a pé, de bicicleta, de carro, em charretes e carroças ou arrastando atrás de si toda a tralha doméstica, até aves e animais — galinhas, cachorros, carneiros, cabras, bois, burros e cavalos. O medo enxotava para longe da batalha final os moradores das aldeias, das cidades e do campo.

Era o êxodo. Todos, ou quase todos, pareciam endereçar os passos rumo à fronteira: queriam deixar o país, fugir da pátria que outros tentavam construir. Foi o que mais doeu ao russo de nascimento, cidadão polonês, filho de exilados e também ele exilado aos nove anos de idade. Pensar que os retirantes deixavam para trás a terra regada pelo suor dos pais durante anos de sofrimento, de trabalho e também de guerra! Esgotavam, no derradeiro gesto de desespero, a esperança de quantos haviam lutado e ainda lutavam... Apagavam, sem remorso, no chão que pisavam, o sangue do sacrifício de vidas inumeráveis; menosprezavam, no atropelo da fuga, a coragem dos que ainda resistiam e morriam por uma certa idéia de liberdade e de justiça...

Será que valia a pena? Vladslav olha para Urruty, observa longamente o meninozinho que os acompanhava como cão sem dono e cujo nome ele ainda ignorava... O passado e o futuro... E os dois representavam a nobreza imemorial da Vascônia, a terra de Alonso de Ercilla y Zúñiga — o poeta épico da conquista da América, autor de *La Araucana* — e de Unamuno, o filósofo, cuja morte libertara de pena domiciliar imposta pelo caudilho.

Se dez justos teriam podido salvar Sodoma e Gomorra da cólera de Deus, por que ele, pobre mortal, não atribuiria, no seu rol de favores, algum preço aos que ficavam, e resistiam, em vez de avaliar com mágoa o número dos que desertavam?

A esses dois bascos atava-o a posse do absoluto. O ímpeto inexplicável, que nos faz enfrentar a fatalidade, para dar sentido à vida, poderia vir, para ele, desse homem tosco, forrado de fortaleza, de abnegação e de coragem, ou dessa criança a quem tinham tirado tudo, salvo o carinho filial, o devotamento silencioso, a ternura submissa.

Estava disposto a morrer por eles.

Num arrepio dos nervos, experimentou a vibração da fibra da vida, tal como Kyo, na *Condição humana*, confessou ter sentido a "angústia primordial", a mesma angústia que lançava Tchen, o homem de ação, à voracidade da morte.

O trem regurgitava de estrangeiros, de desertores, de foragidos, refugiados e inválidos de guerra, de jornalistas, intelectuais, legionários, de gente que partia, de gente que chegava ou que, por mera curiosidade, vinha dar *un vistazo, para ver y creer*, nessa coisa extravagante que chamavam República.

Durante a viagem, sujeita a atrasos, a transbordos, a perquirições da Falange e à vigilância da milícia da República em algumas províncias, o assunto permanente, em todos os dialetos, sotaques e idiomas, era a destruição de Guernica: pelos alemães, segundo os republicanos, fossem eles anarquistas ou comunistas; pelos próprios habitantes, para os nacionalistas.

Alguns repórteres exibiam a primeira página dos principais periódicos da França, da Inglaterra e da Alemanha, com manchetes alusivas ao bombardeio. Dois jornalistas que se encontravam no trem assinavam artigos de fundo publicados no *Soir*, de Paris, e no *Times*, de Londres. Vladslav admirou-se ao ver, nas reportagens, reproduções dos fragmentos de bombas alemãs e das cápsulas de munição que ele tivera entre as mãos e que estavam agora na sua bagagem como prova bastante de que o "nada há a temer" fora um convite à conivência com o massacre premeditado. Se chamado a depor, acusaria os republicanos, cientes dos sobrevôos dos Junkers, de crime culposo. Quanto aos franquistas, não havia perdão para a cumplicidade com os assassinos. Crime doloso, indefensável.

O repúdio internacional ao ataque à população civil deveria estender-se à desfaçatez com que os nacionalistas insistiam em negar qualquer responsabilidade na matança. Além de divulgar, em 27 de abril, que a destruição fazia parte de um plano diabólico para inculpar Kindelán, declararam, oficialmente, em 28 de abril, que nenhum dos seus aviões decolara no dia 27.

Mentira sobre mentira.

Também preocupados com a repercussão da notícia, os alemães se associaram aos franquistas na inculpação dos bascos. No entanto, já em outubro de 37 a verdade viria a furo: entrevistado pelo *Sunday Times*, um oficial do estado-maior nacionalista confessaria, de cara limpa: "Bombardeamos e bombardeamos. O que está feito não está por fazer."

Bem ponderados os benefícios e prejuízos do ataque, os nazistas acabaram por convencer-se de que o tiro saíra pela culatra. Interessado em desvincular o Terceiro Reich de um crime de guerra, Ribbentrop, ministro das Relações Exteriores, intimou o seu governo a exigir de Franco uma declaração pública de isenção de responsabilidade para os pilotos alemães.

Franco esquivou-se à imposição que faria recair sobre os seus comandados a execração universal. Mas não demorou muito e a verdade jorrou de boa fonte. Cioso da fama da aviação militar, Adolf Galland, herói da força aérea alemã, assegurou, com conhecimento de causa, que tudo fora mal previsto e pior executado: a má visibilidade e a imperícia dos pilotos tinham transformado a incursão num fiasco imperdoável.

Anos mais tarde, perante o tribunal de Nuremberg, o gênio da estratégia aérea, Hermann Goering, ele mesmo ás da aeronáutica, admitiria que Guernica tinha sido campo de testes para a Alemanha.

Campo de testes, campo de horrores, a perenidade da culpa de nazistas e franquistas foi preservada por Picasso na obra-prima que elevou Guernica a exorcismo público do mal.

Conta-se que, durante a ocupação, Picasso recebeu, no seu ateliê em Paris, a visita do embaixador Otto Abetz, seguido de outros diplomatas alemães. Depois de admirar longamente a tela, estarrecido, pergunta-lhe o embaixador:

— Como o senhor conseguiu fazer isso?

E o pintor:

— Não, eu não fiz isso. Os senhores fizeram.

Doada à Espanha após a morte do caudilho, a tela de Picasso dá, num anexo ao museu do Prado, em Madri, sua lição de paz aos fabricantes de bombas e de armas.

Não pense, minha amiga, que as digressões que aparecem aqui-ali sejam minhas. Que sei eu sobre a Espanha? Ostrov não se contenta em falar do que fez e do que lhe aconteceu. Dá saltos na história, passa de 1937 à França ocupada, lembra que o quadro de Picasso foi para o museu do Prado depois da morte de Franco, e retoma o fio da meada com a agilidade mental de um rapaz de trinta anos. É difícil acompanhá-lo. Invejo quem tem boa memória. E invejo ainda mais quem sabe redigir usando símbolos e sinais, como as estenógrafas... Mas não ficaria bem se eu me pusesse a encher o papel de rabisquinhos enquanto ele fala... Um gravador? Não sou repórter. Seria um insulto me apresentar diante do *Prince* com um gravador na mão... Vou aprendendo. E ele, explicando e justificando, sempre que necessário. No mais das vezes, protesta, protesta com raiva, contra o mundo, contra os homens, contra a ordem, ou desordem, das coisas. Só a natureza escapa. Porque só a natureza lhe merece respeito. Já era ecologista antes que existisse a ecologia.

De explicação em explicação, de acesso de cólera a lições de conhecimento dos homens, Ostrov me vem transmitindo sua visão do mundo, seu sentimento do sagrado, as emoções da arte e da beleza... Olhe que sintetizo tudo. E resumo quanto posso! Não teria tempo, nem vocabulário, nem versatilidade de estilo e de linguagem para ir repetindo, tal e qual, a sua narrativa. Entre o momento em que registro, de memória, suas recordações e o momento em que tento, no meu quarto, transcrever o que ouvi, já se passaram três, cinco, sete, dez horas ou mais. E, depois, só escrevo quando estou de volta a casa e à minha fiel Olympia. À máquina, não me canso. Não é obrigação, é devoção: gosto de Ostrov, sinto carinho por ele. E quero que você o conheça bem, pois tenho a esperança de que emende o seu romance e conte a história verdadeira de quem quase foi sua personagem...

Por isso tudo, vá desculpando, corrigindo e entendendo estas "mal traçadas linhas", como diz um dos meus correspondentes de Utiariti.

Antes de falar pessoalmente a Gorkin ou a algum militante da coluna a que estava ligado no Ebro, Vladslav sai na companhia de Urruty e de Goyco à procura de um abrigo ou creche para o órfão de Elgeta. Correm Barcelona inteira. Nessa *via crucis,* à força de repetir o nome do menino, o nome de seus pais e datas de nascimento e óbitos de família, Vladslav aprende, de cor, a pequena biografia de Goyco Ribote. Como aprende, também, a indiferença das instituições civis pela sorte dos foragidos. E um foragido que era órfão de guerra!

Concluída a ronda completa — de sindicatos, comitês e organizações filantrópicas —, sentam-se, os três, num banco de jardim. Dominado pelo desânimo, Vladslav lembra-se da Polônia, do desvalimento da população pobre e do papel da Igreja. Sugere a Urruty um orfanato religioso.

O basco rebate com energia:

— Não és comunista, homem? Já não há curas nem monjas na República! Nós os mandamos todos para o inferno!

Esquecido dos autos-de-fé promovidos pelos comunistas em todo o país, Vladslav nomeara o inominável. Nesse caso, as esperanças, já de si reduzidas, minguavam a zero. Um deles teria de ficar com Goyco. Urruty, é claro. Falavam a mesma língua, vinham da mesma aldeia, iam amparar-se mutuamente.

Urruty não se imaginava nem queria imaginar-se no papel de pai. Tinha seu projeto de vida já traçado, e bem traçado: fazer a guerra, tomar armas pela República e lutar até morrer. Como realizá-lo com aquela criatura a segui-lo por toda parte, tropeçando, caindo, ferindo-se? Meninos ficam em casa, freqüentam escola, aprendem a ler e até a rezar...

E casa? E escola? E roupa? E comida? Quem o ensinaria a ler? E a rezar? Vladslav propõe mandar-lhe dinheiro da França. Mas... quando? Quando? Não era coisa para decidir-se no dia seguinte, mas ali, de golpe! E que ia fazer com o dinheiro? Pagar a quem? Não conheciam uma alma caridosa naquela cidade! Os que não se batiam, retiravam-se! Vladslav tem nova idéia: Simone, sua amiga, se encarregaria de alimentá-lo, protegê-lo e procurar-lhe um lar. Quanto a isso, não tinha dúvida.

— E quem é essa Simone?

— Uma filósofa, comunista como você e eu. Boa como o pão.

— Se é filósofa, nada sabe de crianças... É, ao menos, casada?

Quando Vladslav lhe conta que era solteira, sua desconfiança aumenta. Como deixar o pobre menino com uma mulher solteira... e, por cima, filósofa? Fica em silêncio, passa a mão sobre os cabelos crespos e abundantes. Parece pensar.

No olhar, um brilho novo:

— É cristã?

Vladslav demora a responder. Tem vontade de mentir-lhe. Não ousa.

À revelação inesperada — "É judia" —, Urruty abaixa a cabeça. Desolado, quase chorando, exclama:

— Valei-me, santos do céu! Depois de perder pai, mãe, irmãos, toda a família — uma boa e santa família cristã —, você quer que esse menino deixe o país basco e vá viver no estrangeiro, falando língua estrangeira, debaixo de um teto estrangeiro, e, nesse sofrimento, tendo uma hebréia por mãe?!? Ele não é o Cristo! Morre e se acabou!

Não é que esse homem, que talvez tivesse no seu ativo meia dúzia de religiosos assassinados, pois a guerra civil não os poupara, ainda trazia a fé cristã no coração e conciliava o respeito à família com o ódio aos judeus, coisa tão arraigada que preferia empregar um eufemismo — hebréia, em vez de judia — para evitar nomeá-los, vinha recordar-me o Cristo para referir-se ao drama de Goyco? Será que com gente assim, o verniz intelectual ajudando, é que se fabricaram os "cristãos vermelhos" — um Maritain, um Mauriac?

Vladslav respira fundo, conta até dez para não lançar ao rosto do cristão operário a infinita superioridade de Simone, mais cristã que todos os cristãos bascos, mais justa, mais honrada e mais nobre que todos os republicanos. Conta até vinte. De que adiantava elevar-se à altura das idéias, se para esse homem agreste, por quem ele se dizia disposto a morrer, toda a dimensão do mundo não ultrapassava o pai, a mãe, a família, a casa, o teto? Conta até cinqüenta. Engole a raiva.

Armado de paciência e de boa vontade, admite, afinal, dividir, temporariamente, a guarda de Goyco. Tratariam de conciliar trabalho, frente de combate, o que fosse, com a proteção do menino. Não havia outra solução. E teriam de escondê-lo no acampamento. Sendo mortais, os três, a alternativa para viver era morrer.

Indiferente à opção macabra, Urruty abre o maior e mais bonito dos sorrisos. De tão bom amigo, não esperava outra decisão. Também... se tinham sobrevivido até ali, a alternativa seria adiada.

Ante a suspeita de que o seu destino estivesse em discussão, Goyco fora sentar-se no meio-fio, à distância. Brincava com algumas pedras de cascalho, atirando-as, displicentemente, sobre o passeio.

Urruty adianta-se para dar-lhe a grande notícia: ficariam juntos até o fim da guerra. Já de pé, poucos passos atrás, Vladslav assiste à cena. Urruty abaixa-se, diz alguma coisa e o menino atira-se ao seu pescoço, abraçando-o e beijando-lhe o rosto. Mas ao tocar o chão o seu pé direito rompera uma figura geométrica, de pedras de cascalho: um quadrado. Vladslav aproxima-se e vê: como se riscadas com especial rigor, duas figuras geométricas se alinhavam no passeio, uma após outra, um quadrado e um círculo: o vértice de uma delas, o quadrado, obviamente, acabava de romper o círculo.

Aviso premonitório? Teria sido aquele o salto do órfão à quadratura do círculo? Que surpresas lhe estariam ainda reservadas?

Essas questões a ferir-lhe a alma, Vladslav estende a mão, afaga a cabeça de Goyco e avisa com fingida naturalidade:

— Pois é, camarada, vamos lutar pela paz fazendo a guerra... Está preparado para a batalha final?

Para surpresa de Urruty, num salto rápido, de felino, Goyco se desvencilha dos seus braços e lança-se sobre Vladslav, conseguindo alcançar-lhe não o pescoço mas a cintura, pois ele estava de pé. No esforço que faz para manter-se firme, Vladslav desequilibra-se, dobra a perna e arrasta Goyco na queda. O círculo se desfaz. Vladslav olha o chão, vê as pedras todas espalhadas, pega uma delas e guarda-a no bolso da calça.

❖

Alarmado diante do curso dos acontecimentos, e cético quanto ao êxito dos republicanos, que, em vez de unir-se em causa comum, multiplicavam suas cisões em prejuízo da luta pela reconstrução do país, Vladslav adia o retorno ao Ebro.

Se o que não tem remédio, remediado está, decide-se, antes de reassumir o seu posto, a procurar Gorkin. Queria assegurar-se, antes da "batalha final", de que poderia levar adiante o projeto com que ali chegara. Não que receasse algum impedimento à presença de um menor na frente de combate. É que voltara a perguntar-se "se ainda valia a pena"...

À vista de Urruty e Goyco, um elã de generosidade ainda lhe aquecia o corpo. Mas, friamente, julgava a situação tão desesperadora que sequer a união das esquerdas resgataria o vigor do apelo a que ele próprio respondera sem vacilar. Se não encontrasse justificação para o sacrifício, tampouco permitiria que essas duas vidas, agora aglutinadas à sua, fossem imoladas por preço irrisório.

Uma visita de Vladslav ao Hotel Falcão, onde funcionava a sede do POUM, confirmaria a suposição de que todos conspiravam contra a República e contra a cidade. Primeiro, uma série de confrontos e desentendimentos entre as células do partido de que resultariam, a exemplo do que ocorrera após a Reforma, seitas numerosas — de inspiração marxista, leninista, bakuniniana, trotskista, stalinista...; depois, a divulgação e distribuição de um manifesto dos "Amigos de Durruti" (a coluna em que Vladslav se alistara) sobre a criação de uma junta revolucionária gerara desconfiança e rancor em todas as capelas. A maior debilidade dos fiéis era o fanatismo ideológico. Inflado, sempre, pelo sopro da vaidade: proclamavam-se, todos, porta-vozes dos anseios populares.

Um exemplo? A boa e velha *Esquerra*. Empenhada na defesa da ortodoxia, obtivera o apoio da polícia para atacar ferozmente os redutos anarquistas. E tomara gosto nisso. Atiravam a esmo, torturavam, matavam por qualquer heresia contra o evangelho marxista.

E ainda havia mais. Muito mais. A proliferação de interesses mesquinhos, paroquianos mesmo, escondia o vale-tudo para o domínio do mundo. Controlado de longe e de perto por Moscou e por Berlim, desde a NKVD, a Gestapo e a Abwehr, com Mussolini, Hitler e Stalin, a postos, enquanto a Europa pensante, representada pela França e pela Inglaterra, adotava posição retraída, de cautela. Só esses dois países, com presença efetiva na península, poderiam ter mudado o curso da guerra civil, mudando a história do Ocidente, porque os Estados Unidos viriam, certamente, como vieram mais tarde, unir-se a eles para restabelecer o equilíbrio do eixo do poder.

Mas isso não aconteceu. Sob o domínio do caos político, Barcelona assistia, desamparada, ao epílogo da sua utopia. O escritor George Orwell, que ali se encontrava, nele introduziu mais um motivo de alarme: era iminente o bombardeio de Barcelona, revela a Vladslav. Os couraçados britânicos, em manobras na baía, estavam prontos para o ataque.

Vladslav repele a notícia.

— Os ingleses não são tolos! Basta um boato desses para precipitar a guerra mundial!

E agarrando a ocasião para fustigar o POUM e o governo, continua:

— Será que só vivem por aqui de boatos? Já não bastam a omissão do POUM e a conivência da direção com o massacre de Guernica?

Orwell levanta-se. Protesta contra a leviandade de Vladslav. Ataca-o duramente. Diz que as informações procediam da Central dos Trabalhadores e do Partido Operário. Quem duvidaria da sua veracidade? Vinham de fonte limpa. O que se podia prever, pois estavam em guerra, é que houvesse agentes infiltrados nas secretarias dos partidos, na direção da Central e até nas colunas republicanas. Insinuando que a Falange se infiltrara nas hostes republicanas, revela que os seus agentes se incumbiam de lançar a cizânia entre os comunistas. Ali mesmo, no reduto de Nin e de Gorkin, ali onde se jurava pela República. Era o velho método de Maquiavel, aprendido pelos fascistas na Itália: dividir e confundir para dominar.

Atento à fala do escritor, e mais interessado ainda em provar que Vladslav nada sabia sobre Barcelona, o secretário, que até então se mantivera calado, toma a palavra.

Amparado pela experiência e pelos anos no posto, verdadeiro balcão político, emenda o que dissera Orwell com um esclarecimento muito importante: era preciso lembrar que havia os falangistas da "primeira hora". Isto é, os camaradas convertidos às causas do Partido e à causa do povo nos tempos áureos do fastígio republicano. Quem ia imaginar que fossem espiões de Franco? Muita gente mais, que ele conhecia de perto, tinha aderido à *Esquerra* e ao POUM quando tudo ia pelo bom caminho e a República colhia suas vitórias. Juravam por Marx, Lenin, Stalin... Depois, só depois, é que tinham virado a casaca... Medo dos fascistas e dos nazistas, medo da vitória de Franco...

Medo ou certeza?, pergunta-se Vladslav, irritado com a ingenuidade de ambos. Mas fala aos seus botões.

Acalmados os ânimos, Vladslav procura por Gorkin, a quem queria dar conta do que vira na costa basca e, se possível, obter salvo-conduto para a expatriação de Goyco.

Apesar de gozar de prerrogativas especiais, porque voluntário, não consegue furar o cerco que os seguranças faziam ao chefe. Chega a duvidar da sua presença no prédio, ou na cidade, tal o mistério com que a ele se referiam. Acaba desistindo da entrevista e dirige-se à saída. Ainda no corredor, queixa-se a um grandalhão, postado à porta de uma das salas, do ambiente pouco amistoso que ali reinava.

— E numa casa de representação popular! — exclama em voz alta.

Ao que o russo, porque era um russo, replica em tom irônico:

— Sinal de que as coisas não andam bem. Nada bem!

Foi o pretexto para uma conversa entre os dois. Vladslav fica a par do reforço que estavam enviando a Bilbau, após a notícia de que Franco se preparava para entrar na cidade. Temendo um novo massacre, franceses e ingleses escoltavam a saída dos refugiados, crianças na maioria, que deviam partir para a França — cerca de duas mil; para a Grã-Bretanha — umas quatro mil. A URSS comprometera-se a receber os órfãos dos comunistas.

Era o que teria pedido para Goyco! Vladslav interrompe-o e indaga se não havia possibilidade de incluir um órfão de Elgeta num desses grupos. O russo explica-lhe que isso ainda era possível. Sem necessidade de fazer deslocar a criança para o norte. Já se organizava a saída, sob proteção, de Barcelona para o território francês. De crianças, só de crianças.

Pensando em Urruty, para quem a defesa da terra natal ainda era a primeira e a última das aspirações, pergunta se havia postos de recrutamento para os voluntários que quisessem lutar em Bilbau. Tarde demais. Os últimos comboios tinham partido no dia anterior.

Quando iam despedir-se, entreabre-se uma porta e interpõe-se entre os dois um rosto desconhecido. Qual de vocês é o

Yudin? O general quer falar-lhe. O russo se apresenta e estende a mão para despedir-se de Vladslav. Ao ouvir o nome completo de Vladslav, que também se identificara, o dono do rosto e da voz acaba de abrir a porta e vem ao corredor.

— Se é Ostrov, Vladslav Ostrov, somos quase conterrâneos. Moro em Gdynia e conheci a família Ostrov.

Atendendo ao chamado do seu superior, Yudin pede licença. O "quase conterrâneo" apresenta-se. Era grego. E judeu. Chamava-se Baraquias. Viera à Catalunha a negócios.

Em poucos minutos, desfiaram, ambos, séculos de história e muitas lembranças comuns: episódios da construção de Gdynia, nomes de lugares e pessoas, canções e pratos típicos. Já se sentindo velho conhecido do jovem Ostrov, Baraquias oferece-se para introduzi-lo ao estado-maior do Komintern. Conhecia todo o primeiro escalão. Gente que mandava e desmandava. O general a quem Yudin servia era nada mais nada menos que Berzin, o diretor do Serviço de Informações do Exército Vermelho. Imagine! O comandante do regimento de letões e estonianos, encarregado da guarda de Lenin e do governo! Um autêntico bolchevique! Se estava ali, na Espanha republicana, só podia ser a mando de Stalin. Porque a guerra civil era, para o grande Osseta, o laboratório para a próxima guerra...

Fazendo crer que continuava em Bilbau, Berzin viajava incógnito. Viera promover a união das esquerdas para o confronto final. Só não era certo que reassumisse o comando dos republicanos. O Kremlin andava de olho nos generais russos em missão no estrangeiro. E Berzin estava entre os que Stalin queria de volta. De qualquer modo, e talvez mesmo porque estivesse prestes a partir, não devia perder a ocasião de conhecê-lo.

A porta é mais uma vez aberta. Feitas as apresentações, Vladslav conquista, à primeira vista e às primeiras palavras, a simpatia do general: num russo impecável, conta-lhe, sem meias-tintas, os sucessivos enganos de estratégia das forças fiéis ao governo, causados, ao que se alegava, por espiões, ora nazistas, ora franquistas. Era bem possível que voltassem a afirmar "nada há a temer" quando ele, Berzin, se armasse para a defesa de Bilbau...

Berzin ouve-o em silêncio. Quem cala, consente. Lamenta não ter tempo para uma longa *charla*, ao gosto dos espanhóis. Olha o relógio e abrevia o diálogo. Convida-o a subir a Bilbau. Vladslav agradece. Sabia que os últimos comboios já tinham partido e não iria constrangê-lo. Para desculpar-se, explica:

— Tenho para mim que a sorte do país deve decidir-se na Catalunha. Aqui estou para somar minhas esperanças e minha energia à grande ofensiva republicana.

Numa demonstração de humildade, Berzin promete, ao despedir-se, dar o melhor de si para não cair nos erros já cometidos.

Baraquias acompanha o "quase conterrâneo" até a escada. Quando voltariam a ver-se? Vladslav faz, com a mão espalmada, o gesto largo do "Quem sabe quando?". Ao que o grego se opõe com um compromisso para aquela mesma noite, no seu hotel.

Às nove horas, Vladslav e Baraquias saem para jantar. Entre o aperitivo e o bacalhau — único prato do cardápio, porque de fácil conservação —, Vladslav se familiariza com os bastidores da guerra, com os interesses criados, a disputa pelo mercado, a demanda e a oferta. Aprende quanto custava matar um homem e quanto custava armar um exército para destruir uma cidade. Tudo se calculava. Porque não se faz uma guerra sem desembolsar dinheiro, muito dinheiro. Berzin não viera a Barcelona só para fumar o cachimbo da paz com a dispersa e rixenta família comunista. Viera, principalmente, prover-se de armas. Daí, a viagem de Baraquias à Catalunha. Obedecera, com o pedido de Berzin, à lei do mercado. Antes de desembarcar em Barcelona, correra a praça, a sua via-bélica, de Varsóvia a Amsterdã, com inúmeras paradas por toda a Europa central. A coleta de preços fora concluída. À aprovação do orçamento, a que se somavam as despesas de frete, entrega e seguro, consumava-se a venda. Era ver e autorizar a aquisição. Com Berzin ou sem Berzin, nada seria alterado. A NKVD geria a receita, e ele, Baraquias, se encarregava da despesa. Na Europa do meio, com um porto à sua disposição, intermediava o comércio da indústria de armamento com os "empresários" das revoluções. Apesar da assinatura do compromisso de não-intervenção por alguns países da Europa ocidental e do fechamento da fronteira francesa, não lhe era difícil burlar a fiscalização: as representações consulares da China e dos países sul-americanos vendiam-lhe certificados de aquisição e destinação que isentavam de inspeção a mercadoria embarcada.

Era o que se entendia por camelô bem-sucedido.

Sendo a guerra a melhor promotora de vendas, tinha em cada comprador um aliado. Os demais — que se danassem! —, perfilava-os entre os inimigos. Às vezes por pouco tempo. Num abrir e fechar de olhos, alterava-se o curso da guerra e as vendas se faziam em sentido inverso. Assim, nem as partes beligerantes nem os seus municiadores se obrigavam a compromisso de fidelidade. Toda garantia cessava à última bala. O sigilo da venda, que implicava a segurança do usuário, tampouco ia além do embate. Se o fornecedor não era honesto — esse não era o seu caso —, nem o bom funcionamento das armas nem o sigilo estavam previstos! Canaris, o grande Canaris, fizera expedir, por um fornecedor anônimo, material obsoleto e avariado aos republicanos... As indústrias, é claro, tinham suas salvaguardas: mantinham-se à distância, longe do tráfico. O trabalho sujo ficava com os fornecedores.

Ciente de que fazia parte da banda podre desse comércio macabro, Baraquias não demonstrava qualquer escrúpulo em tornar pública a lista dos que exploravam, financeiramente, a insatisfação política, a desigualdade social e as crises econômicas por que passavam as nações. Tudo se pagava e tudo tinha preço em dinheiro. De um e de outro lado alinhavam-se os grandes "empresários": os que fomentavam as revoluções e os que se incumbiam de projetar e fabricar, para os revoltados, e mais uma dezena de idealistas, as armas que as tornassem fatais. O povo, tanto quanto os revolucionários, cuja fé incensava o altar do Kremlin, só serviam de bucha para canhão, porque, enterrados os mortos e encerrado o balanço das perdas e danos, o lucro e o poder se dividiam entre os oportunistas da desgraça.

Não importa a bandeira — a foice e o martelo ou a suástica —, a disciplina era severa. A cada qual, sua função: os ideólogos vigiavam a coerência da pregação e o bom desempenho dos fomentadores; a cúpula do poder, com sede em Berlim, Roma ou Moscou, ditava ordens aos comandados — nazistas, fascistas, comunistas.

Enquanto isso, os magnatas da indústria bélica, disseminada pelo mundo, aguardavam, com ansiedade, o sinal de alerta para dar início à produção. Vendo o vizinho armar-se, quem não pensa em defender-se? Ao primeiro silvo da sirene, desencadeava-se a febre armamentista. A concorrência era brutal. Ele, Baraquias, e seus colegas de profissão corriam entre uns e outros para dividir entre si as cotas do extermínio. Não, não se queixava. Nem cultivava remorsos. Por quê? Só faz guerra quem pode. E se a metade do mundo mata a outra metade, os sobreviventes terão mais espaço e comida.

Terminado o jantar — Baraquias ainda dissertava sobre os benefícios da guerra —, dois senhores vêm sentar-se na mesa ao lado. Um deles, imensamente gordo, lembra a Vladslav alguém que encontrara em Paris, sempre na companhia de Willi Muezenberg, antigo editor de Koestler, o autor de *Do zero ao infinito*.

Depois de murmurar entre dentes — "Eis aí dois fomentadores" —, Baraquias pede licença e levanta-se para cumprimentar os recém-chegados. Não demora muito e Vladslav é convidado a tomar um trago com os três. Revela, então, que conhecia, de vista, o grandalhão. De onde? De Paris. O argentino, porque era argentino e se chamava C. Villa, abre-lhe os braços numa acolhida sem reserva. Mas de curta duração. Ao ouvi-lo mencionar, como de suas relações, os nomes de Simone Weil e Souvarine, um súbito tremor lhe contrai os lábios. O sorriso, esganado, congela-se.

Vladslav acabara de cometer gafe imperdoável: dera a degustar a um *gourmet*, num fim de noite, o álcool ácido da dissidência francesa. Logo a ele, instrutor para assuntos de doutrina marxista, catequista emérito do Komintern, cuja tarefa era velar pela boa prática do comunismo!

Passado o mal-estar inicial, a conversa prossegue. *Homme du monde*, o argentino sabia dominar-se. E tinha a seu lado um aprendiz do ofício, Stepanov, a quem ministrava lições de impassibilidade... Se tivera, em boa hora, o exemplo de um grande mestre, o alemão Neumann, uma lenda nos serviços de inteligência, devia, agora, passar adiante o que aprendera.

Aos poucos, a simpatia volta a reinar. A gafe, essa não foi esquecida; foi desculpada.

Em menos de vinte e quatro horas, Vladslav percorrera o caminho áspero que leva do *Capital* à revolução. E tudo ficara a dever a um camelô que fazia, cinicamente, o elogio da matança! Mas... e os dois catequistas? Também eram, à sua maneira, pregoeiros da morte. A luta de classes terminava, fatalmente, na compra de armas e na frente de combate.

Morte de alguns para o bem de muitos? Era o que restava provar.

Vladslav despede-se dos comunistas. O camelô o acompanha. Passam ainda pelo seu hotel para um último trago. Separam-se pouco antes das duas da manhã.

— Até a próxima guerra! — diz Baraquias.

Na pensão, Urruty avisa-o da chegada de uma mensagem. Alguém queria encontrá-lo. Era coisa urgente. Vladslav lê o bilhete. Assinava-o C. Villa, o argentino que conhecera há algumas horas. E pedia para vê-lo antes do dia seguinte. Mas o dia seguinte já invadia o quarto com a luz da manhã...

Por que a intimação? Hospedado no hotel em que estava Baraquias, poderia tê-lo encontrado e falado, sem qualquer dificuldade! Será que queria convertê-lo ao comunismo do Komintern? Teria alguma mensagem para Paris?

Entre curioso e lisonjeado, Vladslav vence a hesitação e prepara-se para o encontro. Lava o rosto e a cabeça em água fria, muito fria: espanta o sono, livra-se da aura de álcool que lhe toldava a vista e sai.

Absorto no aquecimento de um copo de conhaque, Villa esperava-o no bar do hotel. Convida-o a mais uma *copita*. Vladslav agradece e pede um café. Villa olha-o surpreso. O café era raridade e pagava-se a preço de ouro. Vladslav aceita um chá. A sala quase às escuras, o constrangimento de Vladslav, o tom cantante do espanhol portenho não instigavam à conversação. Muito pelo contrário. O diálogo evoluía de monossílabo a monossílabo, ameaçando concluir-se a cada ponto final. E assim continuaria, não fora a pergunta de Villa:

— Você encontrou-se com Yudin à tarde, não é?

Certo de que fora Baraquias o informante, Vladslav responde-lhe afirmativamente, acrescentando que também conhecera, na mesma ocasião, o general Berzin.

— Berzin!? Berzin!? Aqui!? Aqui, em Barcelona!? — repete Villa, em tom interrogativo e ameaçador.

Vladslav assusta-se. Acabara de revelar um segredo de guerra. Só podia ser isso. Agora, era mais do que uma gafe: acabava de cometer um crime.

Villa recompõe-se. E argumenta, com tato diplomático, que disfarces e mistificações eram moeda corrente em tempo de guerra... Que nunca desse crédito ao que lhe contassem sobre qualquer oficial em posto de comando. Berzin já deixara o país. Os republicanos, é claro, procuravam deturpar, em benefício próprio, a realidade. Tinham suas razões.

Vladslav tenta interrompê-lo. Villa antecipa-se às suas palavras e muda de assunto. Visto que águas passadas não moviam moinhos, iam tratar de atualidades. E como os boatos se divulgavam tão velozmente, urgia adiantar-se a eles criando fatos. Por isso quisera vê-lo. Sem perda de tempo. O camarada Orlov, a quem Yudin estava subordinado, esperava contar com a sua colaboração.

Vladslav põe-se na defensiva. Antes que o argentino lhe fizesse qualquer proposta, agarra-se ao seu argumento sobre fatos e boatos: revela que a sua ligação com Simone e Souvarine, o fato, não era mera ligação de amizade. Tinha, a exemplo dos amigos, severas restrições ao *modus operandi* dos comunistas. Viera à Espanha por causa de Macía, oferecera seus serviços a Gorkin e estivera sob o comando de Durruti. Só não voltara a apresentar-se ao chefe que o sucedera porque passara algum tempo no norte.

Atento, Villa não demuda. Claro que tinham conhecimento da sua filiação partidária, dos seus contatos em Paris e do seu engajamento na Espanha. Não se preocupasse. Orlov sabia da sua estada na costa basca. Um espião russo, incumbido por Stalin de identificar o tipo e o alcance das armas alemãs usadas contra os republicanos, revelara a Orlov a presença, na região, de um agente do POUM que se fazia passar por oficial alemão...

Vladslav aguarda uma pausa para corrigir-lhe o erro: nunca se apresentara como oficial alemão! Resolve, entretanto, calar-se. Melhor saber, antes, a espécie de colaboração com que contava o tal Orlov.

Villa prossegue. Orlov também estava a par de que se oferecera para ir à Galiza em busca de Maurín. E reconhecia, como mérito seu, o interesse pela luta dos republicanos. Que não era, como dissera Stalin em carta aberta publicada no *Mundo obrero*, tarefa única nem dos espanhóis nem dos anarquistas, mas causa comum da humanidade progressista. Em nome dessa causa superior, desejava poder contar com os seus préstimos para salvar Andreu Nin. Como não lhe haviam dado autorização para ir à procura de Maurín, o desprimor cometido pelo comando anarquista seria largamente compensado. Ele iria libertar o líder republicano.

Vladslav surpreende-se. Como? Se ninguém sabia para onde tinha sido levado... Ora, ora... Era certo que Franco e a Falange estavam por trás de tudo. Fazendo crer aos republicanos que o POUM se associara a Franco e à Falange, os fascistas tinham conseguido confundir os correligionários de Nin, afastando os anarquistas da busca. E para desviar a atenção da imprensa, havia quem afirmasse ter notícia do seu julgamento em Moscou. Contra-senso! Mais dia menos dia, a verdade acabaria por impor-se.

Segundo Villa, o grande erro de Nin fora assegurar proteção a um grupo de franquistas insurrectos implicados num complô contra Franco. Descoberto o complô, passaram a acusar Nin de coação. A Falange pusera-se em campo para detê-lo e o levara a ferros para Madri. Uma farsa. Óbvio! Mas o seu nome se associava agora, por bem ou por mal, a uma gangue reacionária. Pesava sobre ele, além do crime que lhe imputavam — de complô contra o general —, a suspeita de ligação espúria com o inimigo. Até que tudo se esclarecesse e a verdade fosse divulgada, Nin já estaria morto. O resgate não seria fácil. Teriam pela frente a má vontade dos comunistas e o rancor dos fascistas. Deveriam agir com rapidez, com cautela e muita astúcia. Por isso, queriam contar com Vladslav. E Orlov acreditava-o preparado, melhor que ninguém, para o papel a representar: o papel de oficial alemão. No comando de um grupo da brigada internacional, ele iria invadir o cárcere privado onde Nin era mantido preso. A manobra era arriscada. Mas gloriosa.

Villa insiste para que se decida: não havia motivos para hesitação. Orlov seria informado e ele seguiria imediatamente para Madri. A postos para agir, os falsos nazistas falavam alemão, comportavam-se como alemães e tinham algum vínculo com a cultura alemã ou com a Alemanha. Estavam soberbamente preparados para a missão.

Vladslav não digere a impostura. Atrás de cada uma das afirmações de Villa, vê uma cilada, um bote de cascavel, uma bala. Tudo quanto dizia vinha lardeado de gordura: suas palavras, como a sua mão, imensa, eram untuosas, escorregadias.

Mas... a esperança se intromete: e se pudesse, realmente, salvar Nin? Nada fizera de heróico para justificar-lhe a estada na

Catalunha. Tinha de engajar-se. Simone exortara-o a engajar-se a fundo. Não podia decepcioná-la. Era o "turista armado" a que Churchill se referira, mas o seu rifle só disparara duas vezes, numa tomada de posição da coluna Durruti. Nada que lhe desse o sentimento de compromisso efetivo com o destino do país, com o ideal de liberdade e de justiça que acreditava praticar.

À vista do olhar ansioso que emergia da montanha de carne e gordura à sua frente, parecendo acenar-lhe não com a glória mas com a gula, a comilança e mais excessos do ventre, Vladslav responde que não podia decidir-se de pronto. Queria pensar. A missão talvez prejudicasse a sua militância. Poderiam acusá-lo mais tarde de cumplicidade com os fascistas. Para salvar Nin, acabaria caindo no erro que o próprio líder cometera. Não queria carregar para o resto da vida a pecha de nazista. Viera à Espanha para defender a boa causa.

Villa protesta. Se tudo terminasse bem, e não havia motivo para que isso não ocorresse, o seu nome seria lembrado com admiração e respeito. Vladslav não se convence. Precisava ver Urruty. Isso era urgente. Deviam, antes de tudo, cuidar da partida de Goyco. Villa interessa-se pela sorte do órfão. Promete incumbir-se da expatriação. Quanto a Urruty, ficasse sem susto: nem armas nem comando lhe haviam de faltar, nem hospital, se caísse ferido. Sendo todos os seus problemas de fácil, muito fácil solução, não permitisse que coisas de menor importância o impedissem de tomar parte no resgate de Andreu Nin. Nenhuma outra causa lhe parecia de mais digna memória.

Diante da proposta de Villa — de ocupar-se de Urruty e do menino —, Vladslav começa a abrandar a resistência ao compromisso. Não dá, contudo, a palavra final. Pede tempo para reflexão. Umas doze horas. Eram quatro da manhã. Às quatro da tarde: ou estaria de volta, para o que desse e viesse, ou não viria. E não se falava mais nisso. Sem queixas e sem rancor.

Ar de desânimo, Villa consente.

Na pensão, Urruty se entusiasma com a idéia do seqüestro. Sempre seria uma vitória. Quem teria a coragem de acusá-lo de nazista? Era uma pantomima, isso sim. Se fosse ele, não hesitaria. Mesmo que tivesse de vestir-se de mulher... "*¡Caramba, hombre! ¡Es alguien!¡Es* Andreu Nin!"

O rompante de abnegação e coragem de Urruty infunde confiança em Vladslav. Põem-se de acordo sobre a expatriação de Goyco: só o deixariam partir mediante assinatura de termo de responsabilidade por parte de instituição idônea, com indicação do destino, data de saída, transporte, nome de acompanhante. Se acontecesse qualquer imprevisto, saberiam onde encontrá-lo e a quem dirigir-se. Urruty recusa qualquer intervenção de Villa em seu favor. Ia combater sob comando anarquista. De hospital não precisava. Se dele sobrasse algum pedaço, que metessem no túmulo do soldado desconhecido. Vladslav corrige-o: terminariam a guerra lado a lado. Vivos.

Às quatro da tarde, estavam os três — Urruty, Vladslav e Goyco — na recepção do hotel em que Villa se hospedava. Todas as exigências dos amigos sobre o encaminhamento do órfão são ouvidas pelo argentino, que já tinha, em mão, o papel timbrado de uma associação religiosa francesa que acolhia, em Gerona, na fronteira com a França, os órfãos da guerra civil.

Depois de breve estada em Montpellier, seguiam todos, de trem, para Béziers, onde as religiosas do Sacré-Coeur de Marie os retinham por mais tempo. Mediante ajuda externa, matriculavam-se alguns deles no internato da escola do Père Gaillac, fundador da congregação; os demais se dispersavam pelas cidades vizinhas em orfanatos mantidos pelo governo. Os mais afortunados, que se contavam nos dedos, eram adotados.

Dentro de seis dias, Urruty deveria inscrever Goyco como órfão de guerra no escritório da Cruz Vermelha. Sob a guarda de pessoal habilitado, fazia-se o transporte das crianças até Gerona. Nem nacionalistas nem comunistas se metiam entre os menores. Tudo corria sob proteção internacional: proteção da Cruz Vermelha.

Compenetrado da gravidade do momento que estava vivendo, o menino, todo ouvidos e também todo olhos, respirava ao sopro das palavras de Villa. Intimidado pelo seu tamanho, considerava-o de alto a baixo, media-lhe todos os gestos, acompanhava com a cabecinha o trajeto feito, a cada frase, por aqueles braços e mãos que lhe lembravam os moinhos ferozes com os quais se batera o Quixote.

Urruty, interditado, assombrava-se diante daquela cena fantástica: um homem tão importante, enorme, em cujas mãos se decidia o destino de uma parte da Espanha, estava ali a ocupar-se daquela criaturinha, tão pequena e frágil, como se estivesse salvando a vida de um fidalgo. Ou mesmo de um rei... Então, para surpresa de Villa, que, boquiaberto, murmura apenas — *¿Qué es eso, señor?* —, o basco toma-lhe a mão e beija-a.

Vladslav, para quem o impulso do companheiro em nada combinava com o seu jeito de ser e de agir, tem ali prova cabal da sua fineza de sentimentos. Curtido na desgraça, rude e humilde, preservara, intacta, a sensibilidade. Contagiado pela comoção, sente que ele, ele também, nada propenso a essas manifestações de reconhecimento, compreendia de outra maneira aquele gorduchão viscoso.

A dúvida, a má vontade e o temor acabavam de ceder lugar à certeza: estava pronto a enfrentar, a seu pedido, os riscos da pantomima.

Vladslav segue para Madri.

Dois dias depois, já debatia, com os “nazistas”, o cerco da casa que iriam invadir. Até que o plano se armasse à perfeição, de modo a evitar algum imprevisto, tempo não lhe falta para observá-los e analisar-lhes o caráter e o comportamento. Eram, todos eles, comunistas. E atuavam sob falsa identidade. Obedeciam ao general Orlov que, por sua vez, prestava obediência à NKVD. A primeira ordem imperativa era que não se dispersassem. A segunda, que falassem, em público, alemão, apenas alemão. Vladslav seria o único intérprete a que recorreriam se tivessem que entender-se com estranhos.

Bem avisados, e melhor inteirados da necessidade de obediência às ordens de Orlov, o grupo saía à tarde para pequenas caminhadas de reconhecimento.

Certa noite, depois de um giro pelos bordéis — o que não era proibido —, um dos "nazistas" dirige-se em lituano a um companheiro de quem parecia amigo. E Vladslav, cujo domínio da língua era ignorado, aprende que alguma coisa ali destoava do projeto glorioso pintado por Villa. O lituano diz ao companheiro, em tom de fanfarronice, que a guerra na Espanha terminava em férias de libidinagem: num dia se comia uma puta e noutro se capava um trotskista.

A farsa ia longe, longe demais. E a Vladslav coubera o papel do inocente útil. Mais que isso: do idiota servil. Sua ligação com os dissidentes servia à maravilha à tramóia comunista. Orlov, Villa e mais ortodoxos atingiriam, graças à sua atuação, o alvo visado: conferir credibilidade à versão do seqüestro pelos alemães, atingindo, indiretamente, o próprio Nin e o POUM, acusados de cumplicidade com a Falange.

Vladslav fica de sobreaviso. Esperava ter, no desenrolar da farsa, ocasião para reagir e radicalizar. No dia em que receberam a senha para o assalto, com o aviso de que tudo estava preparado para a manhã seguinte, uma frase irônica de um oficial caucasiano lhe dá a medida do seu engano:

— Pobre Vladslav!, te obrigam a gastar teu castelhano com gente que não sabe nem como se diz *Niet* na língua de Franco!

Aí estava o golpe: eram todos russos, e Moscou havia exigido a degola do comunista dissidente. Os nazistas serviriam de bodes expiatórios quando a República reclamasse justiça.

Fiado na esperança de poder, sozinho, salvar o chefe anarquista, Vladslav não esmorece: vai até o fim. O tumulto no momento do seqüestro permite-lhe aproximar-se de Nin e dizer-lhe que estava determinado a arrancá-lo da tutela da NKVD. Mas

Nin, debilitado pela tortura, não lhe entende as razões. E, afinal, por que diabos um nazista se ofereceria, *in extremis,* para salvá-lo?

Sem a ajuda da vítima, atemorizada e diminuída, o seu único socorro estava na força do braço. Acontece que aos nove "nazistas" da primeira fase (acobertados por Vladslav durante a invasão da casa) vieram juntar-se novos carcereiros, encarregados de conduzir Nin até o esconderijo onde seria morto.

Num abrir e fechar de olhos, Nin é embarcado num caminhão de guerra, fechado, com os carcereiros de última hora. Os "nazistas", incluído Vladslav, seguem atrás, de carro. Numa encruzilhada, o caminhão toma rumo oposto ao do carro. Os "nazistas" celebram o êxito da missão. O lituano, agora sério, diz ao conterrâneo:

— Não há duas maneiras de rezar o Credo...

A farsa terminara. Nada mais havia a fazer, salvo divulgar a traição comunista. Era o que pensava Vladslav. Mas a Catalunha, empenhada em remendar pedaços e recuperar do desalento as suas tropas, não podia dar-se ao luxo de resgatar a memória de Andreu Nin. Todos se aprestavam para o último combate. A pantomima trágica foi abafada.

Antes de divulgar o que vira, Vladslav ocupa-se do que mais lhe importava: ir à procura de Urruty. Não tinha esperança de encontrá-lo vivo após a campanha do Ebro, quando os franquistas, armados até os dentes pelos alemães, tinham massacrado os republicanos.

Urruty escapara. Escapara por milagre: fora protegido pelo corpo de um companheiro de trincheira, atingido por uma bomba. Perdera os sentidos e só voltara a si depois de o inimigo ter vasculhado o campo. Estava em Barcelona na companhia de Goyco, à espera do carro da Cruz Vermelha. Havia mais de um milhão de refugiados na cidade. E todos buscavam asilo na França.

Urruty tem a sua versão dos últimos acontecimentos. Os dirigentes do POUM, todos fascistas, pagavam por seus crimes na cadeia. Todos, sem exceção. Em quem mais acreditar? Nem

Nin se salvara. Compactuara com a Falange! O jornal do Partido fora empastelado... Uma vergonha! E pensar que tinham combatido com eles e por eles! Pensar que à sombra desse bando de patifes os bascos tinham buscado asilo para a *sua* República!

Vladslav repudia a sua versão. E prova-lhe que havia muita gente digna entre os anarquistas. Urruty dá mostra de desconfiança mas acaba acreditando. Só não aceita a idéia de que tudo se encaixava num plano diabólico dos comunistas para destruir os dissidentes espanhóis.

— Entramos juntos nesta guerra!

Vladslav repete-lhe a frase do lituano: não havia, no catecismo soviético, duas maneiras de rezar o Credo. O pretexto do Kremlin, interessado na defesa da doutrina e na fidelidade dos seus adeptos, era o mesmo que lhes havia servido para a degola de Nin: a acusação de conivência com o inimigo. Temendo as conseqüências do assassinato do líder catalão, a NKVD eclipsara-se.

Umas duas semanas mais tarde, Urruty já não teria dúvidas. O medo impusera silêncio e quarentena de trevas em todos os quarteirões comunistas. E tudo foi lavado com o sangue trotskista para o bem da sacrossanta unidade soviética: uma cabeça e uma sentença — a cabeça e a sentença de Stalin.

Os desvios de caráter que esse blefe hediondo pôs à prova serviriam de paradigma para o comportamento dos tiranos que saíram indenes da guerra civil espanhola: o próprio Franco, Mussolini, Hitler e Stalin.

Inútil perguntar: que fim levou Orlov? Que fim levou C. Villa? Vladslav promete a si mesmo que Villa não escaparia a um acerto de contas. Haveria de reencontrá-lo. Só assim se livraria do ódio que lhe envenenava o sangue.

Os anjos dizem amém.

No entanto, naqueles dias trágicos, só lhe restou, e assim para Urruty, uma forma de catarse: a luta pela independência da Catalunha. Era o único meio de aniquilar, com uma cajadada, nacionalistas e comunistas.

A imensa desilusão sofrida por Urruty despertara-lhe o desejo insatisfeito de vingança. Queria acabar com tudo aquilo. Se preciso, num banho de sangue jamais visto. E o seu entusiasmo crescia ante a perspectiva de uma última e derradeira chance: a de recuperar, pelas armas, todas as perdas sofridas. E essa certeza lhe infundia novo alento: a República dos seus sonhos ou seria basca ou nunca seria.

Os ataques aéreos e o avanço dos italianos fizeram com que os chefes do governo buscassem abrigo em Gerona. Ali se dispersava, em pontos estratégicos, o sobejo do "grande exército da democracia": bascos, catalães, legionários e um punhado de renitentes das brigadas internacionais.

Os ataques maciços, desencadeados por Franco, divulgavam mundo afora que a Espanha enxotava do país, de uma vez por todas, "os filhos de Belzebu". O Mal não resistiria às forças do Bem. E o Bem tudo destruía à sua passagem. Em desatino, "os filhos de Belzebu" abandonavam as armas, deixando para trás o sonho da utopia que a guerra convertera em pesadelo.

Os assaltos diários trituravam as últimas esperanças. Onde procurar reforço? A batalha aérea fora ganha pelos nacionalistas. Como resistir? Era hora de encaminhar Goyco a um acampamento. Pelo menos estaria a salvo do chumbo grosso da artilharia. Vladslav consegue, a custo, que o transportem até a fronteira, com outros órfãos, todos bascos. Isso feito, municia-se de armas e sobe com Urruty até uma encosta onde alguns focos de resistência enfrentavam a avalanche fascista.

Cada qual procura abrigo num flanco menos visado pela saraivada intermitente de balas. Do seu posto, Vladslav acompanha o fogo cruzado e pode antecipar-se aos ataques. Mas também assiste a cenas patéticas: ao desvario coletivo de uma guarnição que blasfemava e atirava para o alto conjurando santos e demônios, e, um pouco mais abaixo, ao suicídio de dois legionários que, à falta de munição, serviram-se de uma última granada para abandonar a luta com honra.

Dali mesmo, ao dissipar-se uma nuvem grossa de fumaça, pôde ver que Urruty se deslocara para revidar o tiroteio dos italianos que faziam o cerco à resistência. Incauto, era alvo fácil à mira do inimigo. Vladslav abaixa-se e desce, rastejando, a fim de dar-lhe cobertura. Nesse mesmo instante, uma bomba incendiária cruza-lhes o caminho. Vladslav detém-se. Inconsciente do risco que corria, Urruty não previra a tempo a queda da bomba. Colhido em cheio por uma chuva de fagulhas, transforma-se em tocha viva. Vladslav corre em seu socorro. O casaco nas mãos, lança-se sobre ele e, envolvendo-o, força-o a cair. Sua pronta reação livra-o das chamas. Não o salva, porém, de queimaduras profundas.

Impossibilitado de andar, Urruty suplica a Vladslav que o deixe morrer em paz. Seu único tormento era saber Goyco desamparado. Que se salvasse e cuidasse do menino. Fugisse logo. Contrariando-lhe a vontade, Vladslav tenta arrastá-lo. Não fazem mais do que dez metros.

Urruty implora-lhe:

— Parta! Parta! Os italianos estão chegando! E farão por mim o que você não tem coragem de fazer.

Mal terminara a frase, aparecem dois republicanos em fuga. Um deles se abaixa, toma-lhe o pulso e diz:

— Está condenado. Não podemos deixá-lo nessas condições. Os italianos vão maltratá-lo. E levá-lo conosco seria aumentar-lhe as dores. Eu me encarrego disso.

Sem outra palavra, faz mira com o rifle e atira. Incontinenti, Vladslav arranca-lhe a arma e mata-o. Depois, entregando-a ao seu companheiro, ainda atônito, declara com altivez:

— Quem com ferro fere, com ferro será ferido. É a sua vez: faça justiça.

O sobrevivente lança longe o rifle, saca um revólver que trazia no cinturão e mete uma bala na cabeça. Vladslav cai de joelhos. O suicida, jovem, muito jovem, agonizava, Vladslav ouve-lhe as últimas palavras — “Era meu amigo, fizemos a guerra juntos. Não volto sem ele para Bermeo” — e fecha-lhe os olhos.

Dissipava-se, à vista dos corpos insepultos, a gloriosa idéia que ele se fazia de heroísmo, de fraternidade. Nem sepultura podia dar-lhes. Urruty, o primeiro deles, arrastara consigo os dois desconhecidos, seus conterrâneos, cujos anos de vida, somados, não deviam alcançar a sua própria idade. E haviam, os três, marcado encontro em Gerona, para aquela tarde. A quilômetros da costa basca, um mesmo desejo os movera: o resgate de um bem perdido — a liberdade.

Após dois anos de luta, frustrações e vigílias, Urruty vencera, em poucos minutos, a distância enigmática que separa a vida da morte. Vladslav salvara-o do fogo, e o desconhecido livrara-o da agonia lenta, sem extrema-unção. Árbitros, ambos, da hora final, imputaram à morte o termo das misérias e valores da vida. No impulso do epílogo, Vladslav concluíra o julgamento com a pena de talião. Coube contudo ao jovem basco, e não a ele, conferir valor supremo à sentença fatal. O que lhe lembrou Gandhi, guru e homem de gênio. Não era dele a frase — "Se alguém quer encontrar a Deus, deve buscá-lo no coração dos homens"?

Numa ira invencível contra si mesmo, contra todos os comunistas e todos os fascistas, contra Villa e contra Orlov, que não conhecia, ou talvez conhecesse, pois bem podia ser o suposto Berzin, Vladslav maldiz a hora em que havia embarcado nas águas turvas da revolução. Procura dominar o ódio que lhe amarga a boca. Não consegue. Procura respirar. Sufoca-o o cheiro de pólvora. Deita a cabeça sobre o peito de Urruty; não consegue chorar.

Não sabe quanto tempo ali ficou. O de que se lembra é do ronco prosseguido, e próximo, bem próximo, de tanques e caminhões. Levanta-se e vê que os italianos começavam a subir a encosta. Os caminhões continuavam a desembarcar soldados, bem armados. Deviam ter tido notícia da presença de bascos na região. Vladslav precipita-se em busca de abrigo. O estrépito de bombas e rajadas de tiros persegue-o de perto. Toma então a direção oposta, rumo ao mar.

A pouco e pouco os tiros se distanciam e apenas de raro em raro o céu é riscado por bombas incendiárias — as mesmas que haviam caído pela tarde. À luz ainda vaga da aurora, Vladslav divisa, afinal, um acampamento de refugiados. Apressa-se para alcançá-lo.

Numa faixa estreita de areia, aglomeravam-se, na maior promiscuidade, crianças, mulheres e inválidos. Acomodavam-se em desordem sobre trapos e pedaços de jornal, sem qualquer agasalho; alguns poucos, afortunados, compartilhavam o excepcional privilégio de raros estrados de madeira, acima do chão úmido e menos expostos à voracidade dos ratos e baratas. Mais além, ao longo dessa mesma faixa, estendia-se, a perder de vista, o verdadeiro acampamento: cercado por alambrado, com barracas de lona, e lampiões entre as barracas.

Movendo-se com dificuldade, porque mal conseguia enxergar onde pisava, Vladslav segue até o alambrado para informar-se sobre as crianças ali internadas. Nada. Ninguém a quem pudesse dirigir-se, embora pudesse ouvir, nitidamente, que conversavam em catalão e castelhano.

Incomodando e irritando as pessoas ainda deitadas, alonga a sua marcha por mais um, dois, quase três quilômetros. Ao deparar-se com um grupo de crianças e velhos, todos inválidos, fica sabendo que estavam de mudança: acabavam de deixar o primeiro acampamento e aguardavam a liberação das barracas desocupadas naquela madrugada. Como já eram seis horas, os refugiados não demorariam a partir.

— Que refugiados são esses?

— Os de sempre: órfãos de guerra e inválidos.

— Aonde partem?

— Depende...

Nada mais consegue apurar. Atinge o início da fila. Militares uniformizados, enfermeiros e três ambulâncias da Cruz Vermelha postavam-se diante de uma abertura estreita do alambrado. Os militares e as enfermeiras discutiam entre si, apontavam a cerca de arame e reclamavam sem grande resultado, pois ninguém aparecia para fazê-los entrar. Pondo-se de acordo sobre o que pretendiam, sem qualquer intervenção do pessoal responsável, a primeira ambulância avança campo adentro forçando e rasgando a cerca. A segunda e a terceira passam em seguida, com maior facilidade, embora tivessem sofrido, as três, muitos arranhões nas portas dianteiras.

Vladslav aproveita-se do tumulto criado pela passagem das ambulâncias e entra sem ser notado. Seguindo-as de perto, pois rodavam a menos de 10km, consegue chegar a uma grande barraca, fartamente iluminada, onde se viam macas, enfermeiros e médicos. Eram os preparativos para a partida. Duas senhoras com papéis nas mãos identificavam enfermos e inválidos a serem acomodados para a viagem. Vladslav pede licença e pergunta se as crianças formavam grupo à parte. Uma das senhoras aponta-lhe uma religiosa, de hábito — Irmã Manuela —, encarregada da conferência e distribuição dos passes aos menores.

O forte sotaque denuncia-lhe a origem: era basca. Goyco, Goyco... O nome não lhe traz à memória nenhum dos órfãos. E não aparecia nas listas em seu poder.

— Talvez tivesse partido... — insinua Vladslav.

A freira duvida.

— Aguardávamos, há quase dois meses, esse embarque.

Vladslav pede para rever a extensa nominata.

— Quem sabe? Podem tê-lo incluído fora da ordem alfabética...

Ofendida nos seus brios, a freira retruca:

— Acha que eu deixaria de ver um nome como esse, tão caro ao meu coração? Na minha família também temos um Goyco...

O carinho prevalece: Vladslav tem permissão para rever as cinco laudas datilografadas. Afasta-se da entrada da barraca, aproxima-se de um lampião e passa a ler, meticulosamente, de A a Z, os mais sonoros e mais curiosos nomes jamais lidos nem ouvidos. E cada um deles lhe reproduzia os olhos, o nariz, a boca, o queixo, as orelhas de abano, os cabelos negros e o sorriso triste daquele fiapo de gente que Urruty lhe confiara, e a mais ninguém, sequer a Simone, "a virgem vermelha". A ele cabia protegê-lo e amá-lo.

A lista alongando-se, Goyco ia perdendo a imprecisão dos traços: era ele, vivo, a candura de sempre, a submissão, a voz mansa e o silêncio respeitoso. Num certo momento, a impressão de sua presença física, ao seu lado, torna-se tão sensível que Vladslav levanta os olhos da lauda para buscar, à volta, o menino que ali estava. Claro que estava. Pára na letra M, corre a vista pela barraca. Nada. Retoma a leitura. Percorre toda a letra R, atinge Zumeta. Nem Goyco nem Ribote.

Depois de agradecer à freira e despedir-se, ouve, a apenas alguns passos, que o chamam. Era a Irmã Manuela. Aponta-lhe o acampamento provisório.

— Há um entra-e-sai constante. Por que não o percorre de ponta a ponta? Tudo é possível...

Vladslav refaz todo o caminho da vinda, detendo-se, dessa vez, diante de cada um dos enfermos e inválidos.

Já percorrera mais de quilômetro e meio de horrores, quando a sua atenção é despertada por uma mulher com um menino raquítico nos braços: pele e ossos, os olhos imensos, as orelhas de abano, os cabelos ralos, mas pretos...

Não, não era possível que se tivesse reduzido àquele feixe de gravetos... Ao curvar-se para contemplá-lo de perto, alguém o chama pelo nome: *¡Señor! ¡Señor!* Vladslav! *¡Señor!*

Volta-se em direção à voz e vê, a pouco mais de dois metros, o rosto, a cabeça, as orelhas e mais o corpo miúdo, magro mas nem tanto, do único sobrevivente da tragédia que ajudara a encenar. O menino, sempre tímido, não avança um passo: estátua de mármore, o olhar, apenas o olhar, dá sinal eloqüente de vida. Tal a sua fixidez, que Vladslav, comovido, tampouco se move. Tudo isso, porém, não dura mais que alguns segundos. Recuperado da súbita paralisia, Goyco salta sobre ele e caem, os dois, bem ao lado da mulher com o filho ao colo. Como arrependido do gesto impulsivo, o menino abaixa a cabeça, dobra os braços e fecha as mãos que antes se abriam para o abraço frustrado. Ainda no chão, Vladslav tateia o bolso da calça e apalpa, com a mão, o pedaço de cascalho com que Goyco brincava quando caíram na calçada em Barcelona. Não há dois sem três... Ainda haveria uma terceira queda...

Pouco afeitos às demonstrações de ternura, permanecem em silêncio. Vencendo enfim o constrangimento, Vladslav estende a mão e puxa para junto do peito a cabeça do menino. É o bastante para que ele desate em choro. Vladslav abraça-o. Nota, então, que, ardendo em febre, o seu tronco estremecia-se em espasmos violentos. Pergunta-lhe o que tem, se está doente. Goyco nada responde e continua a chorar.

Urgia buscar socorro médico. Vladslav põe-se de pé, ajuda-o a levantar-se. Logo se convence do absurdo que seria obrigá-lo a andar. As duas mãos sob as suas axilas, ergue-o do chão e sustenta-o, firme, fazendo-o sentar-se, como criança de colo, no braço direito em ângulo reto. Goyco deixa-se carregar sem protesto: respirando com dificuldade, pende a cabeça sobre o seu ombro e cai em modorra. Vladslav vence rapidamente a distância que os separava da entrada do segundo acampamento.

Ali chegando, vê com apreensão que as ambulâncias haviam partido. Procura pela Irmã Manuela. Também ela desaparecera. Ao descobrir a barraca da enfermaria, dirige-se a uma senhora com o uniforme da Cruz Vermelha. Era médica. Só que, antes de examinar o paciente, quer saber de onde vem, aonde vai, se está inscrito em alguma lista de expatriação, se é refugiado.

Mal começara a soletrar o nome do menino, Vladslav ouve-o balbuciar algumas palavras. Também a médica se surpreende e pede-lhe que fale mais alto. Num fio de voz, Goyco repete, afogando os soluços, que não era refugiado, que não era refugiado, não era, não. E prossegue dizendo, já com voz mais clara, que estava à espera do padrinho, o seu padrinho, Mario Urruty, que vinha buscá-lo. E que tinha ordem para esperar. Ordem da Irmã Rosário. Por isso, não partira com os refugiados. Não era refugiado. Estava internado na enfermaria das crianças porque tinha tido uma pneumonia.

A médica não se contém.

— Onde já se viu!? Com pneumonia, e com febre — e qualquer um pode ver que estás mal, muito mal —, como é que passeias pelo acampamento?

Goyco conta que ouvira, da sua cama, a voz do amigo do padrinho, em conversa com a Irmã Manuela. Pedira licença para sair, mas... de nada valera. Que fizera? Aproveitando-se da ausência da Irmã Rosário, burlara a vigilância da enfermeira de plantão e correra atrás de Vladslav. O resto se explicou na enfermaria das crianças, onde Goyco voltou à cama e a enfermeira cuidou da sua febre. Não foi preciso recorrer a um psicólogo para entender as razões por que o menino insistia em não ser confundido com os refugiados. E sequer mencionara palavrões maiores, de uso corrente no acampamento, como órfão, órfão de guerra, expatriado, em trânsito... Nenhum deles o identificava. Não se sentia nem estava só no mundo: tinha alguém por ele, tinha um padrinho.

Precavido, Vladslav fala reservadamente à Irmã Rosário do falecimento do companheiro, confiando em que ela mesma se encarregaria da má notícia:

— Isso não me compete, senhor. Já tenho dores e sofrimentos demais por minha conta — justifica-se a freira. — E ninguém me parece mais indicado para isso que o amigo do seu padrinho... Que o assistiu nos últimos momentos.

E sem outro assunto a tratar, desaparece.

Se instruída nos negócios da eternidade, a religiosa se esquivava a falar de morte a uma criança, e ele? Que sabia dos desígnios da Providência, da vontade de Deus, da salvação da alma e do paraíso? Como e por onde começar?

À cabeceira do doente, Vladslav ensaia uma, cinco, dez fórmulas de consolo e resignação antes de abordar a palavra sinistra. Cuidando-se de omitir, em todas elas, o epílogo grotesco — a imolação em cadeia de que participara. Falava de canhões e muita fumaça, artilharia possante, granadas e bombas incendiárias, soldados valentes, bascos corajosos, mas herói, herói mesmo, merecedor de honras e glória, só um — Mario Urruty, seu padrinho. E terminava o discurso com final feliz, longe das ruínas e da guerra, num país "estupendo", como dizem os espanhóis. E esse país estupendo era o país da Revolução, o país da liberdade, da igualdade e da fraternidade. Não era maravilhoso?

Maravilhoso? Como? Como é que ia falar de futuro feliz, de liberdade, igualdade, fraternidade a um órfão ao qual ninguém esperava? Por que arrancar da terra basca aquela criaturinha? Muito mais fácil teria sido, fiel ao que se propusera, morrer por ele... Tudo estaria resolvido. Se o que tivesse a oferecer, e a receber, também se assemelhasse, em gênero e número, às desgraças em que se haviam convertido as benesses da utopia, que futuro teriam? E que dizer, então, dos fascistas? Melhor que morresse num leito de hospital...

À míngua de uma palavra de conforto, Vladslav acaricia o rosto de Goyco e beija-lhe a testa. O menino abre os olhos. Saindo do torpor, ensaia alguns monossílabos. Tudo inaudível. A pouco e pouco consegue formar uma frase. E mais uma. Sem nexo, porém. Até que enuncie, claramente:

— O padrinho não vem, o padrinho não vem buscar-me, não é?

Vladslav abraça-o. Confundem, os dois, as suas lágrimas. Não há, nem nunca houve, outra forma de celebração do heroísmo anônimo...

Passada a emoção, e enterradas as memórias, discutem o futuro. Franca e friamente. Nova vida, novo lar, língua nova. Estava preparado para enfrentar todos esses desafios? Goyco responde que sim. Nesse caso, ficasse curado. E depressa.

Vladslav prepara os papéis para a expatriação do órfão. As formalidades eram sumárias. Bastou que assinasse um termo de responsabilidade de tutela. Tudo mais estava a cargo do país de asilo.

E visto que a falta de leitos abreviava a estada dos pequenos pacientes na enfermaria, dois dias depois a alta era concedida. Já podiam partir. O difícil foi encontrar transporte. Salva-os a congregação do Père Gaillac, à qual a Cruz Vermelha encaminhava os menores depois da travessia da fronteira: debilitado pela pneumonia, Goyco seguiria de ambulância até Montpellier, onde aguardaria a chegada do tutor. No internato do Sacré-Coeur de Marie. Quanto ao tutor, nada podiam fazer.

O êxodo não permitia hesitações. Vladslav compra uma bicicleta no mercado negro e engrossa a longa fila dos refugiados. Quem teria criado o mito da República que destruíra a vida dessa gente? A humilhação, o luto, a miséria eram o saldo de suas esperanças. Muitos iam a pé, arrastando os despojos da guerra — pratos, panelas, farrapos — de que os policiais franceses logo os privavam. A um pobre catalão arrancaram um punhado de terra — "*lo que restó de mi patria*" —, declarou em prantos ao gendarme insensível.

Apesar dos empecilhos da viagem, dos temporais e do controle imposto aos refugiados, sujeitos a inenarráveis contratempos, grosserias e crueldade gratuita, Vladslav antecipa-se à ambulância procedente de Gerona. Depois de três dias de aflição e angústia em Montpellier, com visitas repetidas ao Sacré-Coeur de Marie, dirige-se à prefeitura e à chefatura de polícia. Antes não o fizesse. A fraternidade francesa cedera lugar à hostilidade. Propalava-se que a Espanha estava de mudança para a França. No temor da invasão do país pelos refugiados, defendiam o território ao modo dos cães de guarda: latindo e rosnando. E, muitas vezes, não ficavam na ameaça.

Desesperado, Vladslav recorre à única pessoa que, acreditava, pudesse socorrê-lo: Simone Weil. Mas os troncos telefônicos estavam permanentemente sobrecarregados; só se conseguia uma linha depois de trinta e seis, quarenta e oito horas de espera. Quando se conseguia... O recurso era escrever. Foi o que fez. A resposta alcançou-o em Paris, reexpedida de Montpellier. Nem tudo se perdeu, pois, empenhada em ajudar, Simone procurara, imediatamente, uma instituição que recebesse órfãos e crianças abandonadas. A matrícula fora feita, sob reserva, numa creche para filhos de comunistas em missão fora do país. Goyco não ficaria sem teto.

Isso, em Paris. Em Montpellier, Vladslav ainda aguardava a chegada da ambulância da Cruz Vermelha. Aos três dias de aflição e angústia somaram-se mais três. No sexto dia, que era na verdade o sétimo de sua chegada à cidade, a ambulância pára, afinal, diante do educandário. Apesar de inúmeras retenções na estrada, para controle policial e sanitário, Goyco resistira ao cansaço. E parecia melhor.

O médico confirma a alta e autoriza o tutor a transportá-lo para Paris. Goyco sorri. Se bem que discreta, era a sua primeira manifestação de alegria.

A creche, num subúrbio da capital, não lhe provocaria outro sorriso. Nele viam o intruso, o patinho feio do internato. Não por ser basco, espanhol ou filho de trotskista, mas porque seu pai não se encontrava em missão extraordinária na Alemanha. Era esse o título de que os demais internos da Pouponnière se vangloriavam. Goyco queixa-se a Vladslav, que se queixa a Simone, que, por sua vez, leva ao conhecimento de Willi Muezenberg a discriminação sofrida pelo menino.

Por obra e graça dos bons ofícios de Simone, Willi promete fustigar os pupilos. Cessam os comentários humilhantes. Não cessa, porém, o constrangimento do menino, que já se pusera na pele do enjeitado. Que faz Vladslav? Vai visitá-lo com dois colegas da Escola Normal e promovem um concurso de piadas, jogos de palavras e blagues à maneira dos concursos a que submetiam os calouros da escola. Coisa de queimar as meninges e fritar os neurônios de qualquer superdotado. A meninada vibra com a competição, e muitos dos alunos que se julgavam além do bem e do mal dão com os burros n'água. Grandes astros deixam de brilhar, mas o patinho feio, tão discreto, sobressai na matemática, única matéria cujo conteúdo abstrato escapara ao domínio da língua. A sala cheia, os normalianos anunciam com estrépito que tinham acabado de descobrir ali um futuro gênio da ciência dos números: Goyco Ribote.

Pronto. Ninguém mais o olharia atravessado. E o gênio da ciência dos números terminaria o ano em paz. Se não chegou à Escola Normal Superior, não foi por sua culpa. Nem por culpa de Simone, apaixonada pela matemática, nem por culpa do seu tutor. Hitler atravessou-lhes o caminho. E a vida do órfão, já de si áspera, sofreria outros impedimentos.

Na expectativa de uma nova guerra, insinuada na retórica nazista, Vladslav cuida de regressar à Polônia. Goyco, é óbvio, partiria com ele. Consultada, Simone desaconselha-o a levar consigo o menino. Pouco mais de um ano e o submetia a novo transplante? Era planta frágil, não suportaria a mudança. Deixasse-o criar raízes. E não se preocupasse. Ela se encarregaria de buscar-lhe internato nos Pireneus, na região basca. Pelos lados de Saint-Jean-de-Luz. Estaria próximo da terra natal, uma espécie de retorno às origens. Reaprenderia o basco e poderia sonhar, quem sabe?, com a volta à Espanha.

A separação dói mais a Vladslav que a Goyco, a quem a hipótese de mudar de país e de língua deixara profundamente deprimido. Quando Vladslav lhe acena com a possibilidade de morar no "país basco", Goyco ri sem pudor. Salta ao pescoço de Vladslav, mas, dessa vez, não houve a terceira queda. Estavam, ambos, muito mais fortes. Vladslav apalpa o bolso da calça. Não encontra o pedaço de cascalho. Melhor assim. Goyco retomaria o gosto pela vida.

Isso, no entanto, demoraria mais tempo. A guerra, com o seu cortejo de males, fazia da Europa central a ante-sala do tablado para a dança da morte. Vladslav parte só. Detém-se algum tempo em Varsóvia, vai à Cracóvia, onde se demora entre parentes. O que vê não lhe traz alento: vivia-se à beira do abismo de que mais dia menos dia todos conheceriam o fundo. Pensa na França, pensa em Paris e pensa, também, em Goyco. Conversa com os amigos.

Ouve muito, fala pouco. A mais banal aspiração de um pai de família — a casa limpa, a mesa farta, os filhos na escola, o país em ordem — tornara-se sonho impossível. Num desafio ao destino, quem se obstinasse em realizá-lo só tinha uma saída: o porto.

Era a blague da época. A mesma que os brasileiros reinventariam sob a ditadura, só que citando o aeroporto. O que prova que nenhuma piada tem menos de duzentos anos...

De volta ao porto, a única salvação, o jovem príncipe não vacila: ia descobrir a rota que lhe permitisse desembarcar no império da banalidade...

Para isso, sobe, antes, ao Báltico. Desce em Gdansk, visita as companhias marítimas, informa-se sobre os barcos, pede mapas, roteiros e datas de saída, indaga a respeito do clima e da topografia dos países visitados. Hóspede de um hotel na zona portuária — a mais perigosa da cidade e a menos indicada a "gente bem" e "gente de bem" —, Vladslav não se intimida: não tem hora para sair nem para entrar. Visita os bordéis do cais, bebe com os marujos, proseia com armadores e estivadores, patrões e empregados. Sente-se bem onde quer que esteja. Sua regra de ouro: não discrimina para não ser discriminado. Aprende e registra o que ouve. E, enquanto registra, alinha, por exclusão, sua lista de opções. Pensara, no início, permanecer na Europa. Por causa das amizades, e por causa de Goyco, sua preferência recaíra sobre a França. Com o passar do tempo, a febre nazista em alta, acabara por eliminar Paris, o país basco, mesmo a Bélgica. Restara a Suíça, fronteira intocável. Todavia..., não estava fora de cogitação que faltasse dinheiro à Alemanha... Então, aonde Hitler iria buscar capitais? Ali, bem ao lado, nas burras da banqueirada da Helvécia, nação acima de qualquer suspeita...

Não, não era um país honesto. E de nazistas, mais os seus aliados, queria distância. Riscada essa última opção, que é que lhe restava?

O Pacífico? Bonito, mas longe de tudo: dos gregos e dos romanos, do Danúbio e do Mediterrâneo. A descobrir novas terras e nova gente, repetiria o gesto ancestral que impeliu para oeste os barcos dos *vikings*, as caravelas de Colombo e de Cabral, os cavalos dos descobridores e conquistadores. Ia refazer a rota de Vespúcio.

E andava nisso, quando cruza, numa viela escura, com uma pessoa que o reconhece e, retendo-o pelo braço, exclama:

— Você? Você, aqui? Como sobreviveu à República da Catalunha?

Era o camelô: o judeu grego Baraquias. Se estava em Gdansk, mau sinal. Havia cheiro de guerra no ar...

Apesar de simpático e de trato cordial, Vladslav não o engolia. Sente logo uma pontada fina no estômago, sintoma de mal-estar. Consegue, entretanto, mostrar-se interessado no que falava. E como falava! A guerra, claro, tema predileto. Mas... para assombro de quem o conhecesse, vivia agora em desvio de função. Voz franca, olhar chistoso, confessa que abandonara as armas e passara às roupas de borracha. Isto é... às capas de chuva. Não era coisa de importância bélica, mas com o tempo, e a sua experiência ajudando, haveria de convencer o patrão de que estava à altura de mercado mais nobre. Deixaria, por exemplo, as capas de chuva para uso urbano e passaria a fabricar e a representar as capas de chuva para combate, as botas para combate, com solado duplo, antiderrapante.

E havia mais, muito mais, para esse mercado em expansão: as lonas de acampamento, habitualmente de algodão, linho, cânhamo, começavam a receber tratamento à base de látex; sem falar nos pneumáticos — de motocicletas, jipes, caminhões, blindados, aeronaves... Tinha um belo futuro pela frente. Convertera-se às capas de chuva, mas dentro de pouco tempo voltaria, com a matéria básica, à sua vocação inicial: a indústria pesada.

Vladslav cumprimenta-o. Se estava contente, era o que importava. Bem poucos, naqueles dias, poderiam louvar-se de um tal acerto.

Notando-lhe travo no comentário, Baraquias pergunta-lhe se tinha motivos de queixa. Podia desabafar. Estava ali para ouvi-lo. E se o acompanhasse a Bruxelas? Poderiam trabalhar na mesma empresa... Precisavam de gente de primeira, primeiríssima. E o chefe planejava expandir os negócios às três Américas, à região amazônica, principalmente, onde o caucho era nativo... Uma entrevista resolveria tudo.

Vladslav agradece-lhe a simpatia. A escolha não estava por fazer: ia descobrir novas terras, nova gente...

Baraquias não se dá por vencido. Vale-se de suas palavras para seduzi-lo: indo para a América, isso se tornaria realidade. Com dupla vantagem: não teria de zanzar à procura de emprego, ocupação, salário e... para comemorar o reencontro, o bilhete para a Bélgica, ida e volta, seria presente seu.

Três, quatro dias, no máximo, viagem "a vôo de pássaro"...

Vladslav completa, em silêncio: ou de corvo...

Puxando fio na mesma meada, Baraquias prossegue:

— E sabe quem já desceu para a América? O nosso C. Villa. Decadente, eu lhe contei, não tinha motivos para ficar por aqui. Você sabe o que é: boi velho sempre acaba voltando para casa. Uma espécie de aposentadoria. Respondeu ao chamado da querência. Como é argentino, serve de intérprete. Pensa que é útil.

Vladslav já não tem dúvida: o seu porto era La Plata. Seu terminal? Buenos Aires. E aceitava, sim, o convite de Baraquias. Ia informar-se sobre as capas de chuva. Quanto mais cedo, melhor.

Baraquias felicita-o pela decisão. Precisavam de gente de primeira, primeiríssima. O seu posto na América estava garantido. Conhecia o "mandachuva" de Bruxelas, que mandava chuva mesmo, pois não vendia capas de chuva? (Ri, feliz, com o jogo de palavras.) Sempre tivera boas relações com os patrões. Com os clientes, também. Não lhe apresentara Berzin? Lembrava-se dele? Acessível, amável. O que os ingleses chamam *gentleman*. As promoções não lhe subiam à cabeça. Mas tinha defeito grave: vista curta. Era míope. Via o infinitamente pequeno, diante do olho, e não enxergava o que estivesse a mais de três metros, ainda que infinitamente grande. Não atentou, na Espanha, que era preciso poupar energia para o embate final contra o nazismo: longe da Catalunha, longe da península. Erro tático. Dilapidara sem prudência o que o Partido amealhara num país dominado pelos oportunistas e traído pelos anarquistas.

— Sinto dizê-lo, pois o general sempre me pagou em dia, mas... recebeu o que semeou. Os processos de Moscou não foram mais do que um episódio na vasta operação de liquidação das correntes estranhas ao stalinismo... Berzin acabou envolvido com uma delas: com os trotskistas. Os agentes infiltrados na Espanha tinham os olhos bem abertos. Berzin, descuidado, logo se denunciou. E ainda teve sorte: a ajuda providencial de Orlov prolongou-lhe a vida. A NKVD teria agido antes. E, falando de Orlov, sabe que foi ele quem livrou a nossa causa da *espanholada* do POUM?

Despencadas em cascata, as águas turvas do complô começavam a correr na direção de Vladslav. Orlov era o mesmo Orlov. Mas... e Berzin? Seria Berzin, o general que conhecera em Barcelona? E Baraquias?, teria sido informado da verdade, de toda a verdade, sobre o seqüestro de Nin?

A referência à *espanholada* lhe permite interromper o fluxo inesgotável das inconfidências. Indaga, de chofre:

— Por que Orlov? E Ortega, quem era?, que fazia? E Yezhov? Não era ele o patrão? C. Villa me assegurou que Berzin não estava em Barcelona quando lhe referi o nosso encontro. Assim, quem era aquele militar fardado? Seria Orlov? E a tal *espanholada*? Uma farsa montada?

A essas perguntas sucessivas, ferinas, Baraquias responde com uma sonora sucessão de gargalhadas. O vozeirão de barítono ecoa na viela escura. Algumas janelas se iluminam e não tardam a aparecer olhares curiosos à procura do alegre tresnoitado. Vladslav puxa-o pela manga do paletó e convida-o a um trago: dirige-se ao mesmo bar de que saíra há pouco.

Com um sorriso nos lábios, Baraquias dispõe-se, com pachorra, a esclarecer “toda e qualquer dúvida” que ele porventura tivesse. Remidos os erros inevitáveis — "errar é humano" —, em consideração, sobretudo, às pessoas que tinham sacrificado a vida ao Partido, e Berzin e Ortega faziam parte desse grupo, não havia motivo para desconfiança.

Que acontecera? Nem um nem outro — era a opinião do grego — se haviam lembrado de pôr em prática a mais elementar das faculdades: o bom senso. Como Robespierre, usavam antolhos. Isolaram-se. Levaram avante, sozinhos, uma idéia pessoal da guerra civil. Que não correspondia ao plano elaborado pelos estrategistas do Komintern. Foi isso. Orlov, ele, agira com astúcia. Mas acabara passando por cima da autoridade de Yezhov e abrira tantas retrancas que precipitara a NKVD numa situação constrangedora.

— Um vexame! Foi intimado a deixar o país sob falsa identidade. Stalin não podia, nem o Partido admite qualquer exceção, darse ao luxo de acobertar ultrajes à doutrina... Teve de condená-lo.

Sobre o que resultara da *espanholada*, não tinha muito a acrescentar. Salvo que, nos primeiros tempos, até em Bruxelas corria essa versão, murmurava-se que a idéia de seqüestrar Nin fora de Vittorio Vidali, cujo codinome era Contreras. O verdadeiro autor da trama, coisa de tremenda malícia, fora Orlov mesmo. E poderia ter tido êxito na missão...

Voz afalsetada, pergunta a Vladslav, como num aparte:

— Especialmente podendo contar com um oficial alemão de nome Ostrov, não é mesmo?

Sem se deter, mas com o timbre no tom da fala, explica que o exagero tudo pusera a perder. A falta de medida transformara um episódio que exigia discrição, tato, sobretudo, num *vaudeville*. Por isso, havia quem falasse de farsa. Meio batalhão de alemães! Falando alemão, blasfemando em alemão, bebendo, comendo e prevaricando em alemão! Onde já se viu um seqüestro desses? Quando é que a Abwehr armaria uma palhaçada de tamanho mau gosto? Nunca! Mais parecia uma das peças do *Moinho de pimenta*, de Erika Mann... Ridículo!

— Quando me disseram que o oficial Ostrov era o meu jovem Vladslav, quase caí das nuvens! Merece todo o meu respeito. E sabe da melhor? Ou da pior? Não fosse Orlov, não fosse o ambiente espanhol daqueles dias, um caldeirão de óleo até a borda onde frigiam a pele e o orgulho de comunistas, fascistas, jornalistas e intelectuais, Nin teria sido processado às direitas, sob a égide da justiça popular, num julgamento transparente. Uma pena! A justiça teria ofuscado nazistas e falangistas: a URSS ditava obediência pública ao marxismo e, numa prova de isenção, deixava a sentença a cargo do júri. Lavrava um tento! Mas o passado não volta. De que vale chorar o leite derramado?

O camelô em plena atuação. No *métier* ideal: exercia com gosto o papel de repórter, fuçava o nariz em tudo, ouvia confidências e inconfidências, tanto quanto as fazia. E sempre trabalhando. Viajava, defendia seus produtos, vendia, cobrava, recebia... Unia, sem desafinar, a obrigação à devoção. Mas... numa emergência, seria capaz de manter a boca fechada?

Às três da manhã, Vladslav consegue, enfim, escapar à sua verborragia. Sob condição: compromete-se a acompanhá-lo a Bruxelas.

A palavra dada, Baraquias se oferece para apresentá-lo a uma agência marítima. Conhecia todas elas e podia descobrir um meio de fazê-lo embarcar sem desembolsar um vintém. Que tal?

Embora lhe houvesse dito que conhecia todas as agências, bastou a Baraquias a visita a uma delas para desencavar uma cabine na primeira classe, pela metade do preço, num barco que partia em junho para Valparaíso, no Chile, e, outra, gratuita, com uma companhia que inaugurava a ligação Gdynia–La Plata no dia 1º de agosto. Vladslav pede prazo para pensar. Impossível. Era pegar ou largar. Baraquias força-o a decidir-se.

— Nunca mais surgirá uma oportunidade dessas: inauguração festiva, com bons vinhos, boa mesa, boa música. Que é que tem a perder? Nada! Vá e volte vencedor! — arremata.

Vladslav aceita o desafio. A reserva é feita no seu nome. Agora, estava mesmo preso a Baraquias. E tinha de ir a Bruxelas. Desse no que desse...

A viagem "a vôo de pássaro" começaria na Grand Place, pela manhã, diante de uma *chope*, que é uma caneca de asa onde se degusta "a melhor cerveja do mundo" — a Gueuze-Lambic de espuma dourada. À noite, num jantar elegante à luz de velas, Baraquias promove o encontro do jovem convidado com G. Vogel, o "mandachuva".

Antes do jantar, esboça, rapidamente, o perfil do chefe. Judeu, como ele. Conhecera-o na Palestina. Trabalhava, na ocasião, como agente do Komintern para os assuntos do Oriente Médio: uma espécie de C. Villa. Anos mais tarde, voltara a vê-lo nos Países Baixos. Trocara o comunismo pelo comércio: tinha sociedade, ou alguma participação nos lucros, na firma de um parente, bem enraizado no ramo do caucho. Coisa de vulto, com lojas na capital, sucursais nos Países Baixos e na Escandinávia. Novamente na região, um feliz acaso fizera que o reencontrasse: andava à procura de representações. Rompera a tal sociedade, ou o que fosse, mas continuara no ramo: era gerente da Foreign Excellent Raincoat Company.

Inteiramente dedicada à exportação, a companhia precisava de um *public-relations* que fosse, como ele, *expert* internacional. Numa frase: precisavam de um grego de Salônica. Um grego com sangue judeu. Os mais espertos da Grécia. Nadava de braçada, de Portugal à Escandinávia. A praça toda do continente até os extremos da Europa setentrional ficara sob o seu controle.

Mas as coisas tomavam novo rumo. Com a chegada de um acionista canadense, endinheirado, previam-se grandes transformações. A firma ia crescer. E a América, todo o continente americano, incluído nos planos de expansão, estava por desbravar. Aquela era a sua hora.

Convenientemente instruído, Vladslav usa de prudência.

Ao lado de Baraquias, displicente e agreste, faz bela figura. E causa tão boa impressão que recebe convite imediato para visitar os escritórios da Capas de Chuva Excelente.

Às suas inúmeras virtudes, encarecidas pelo camelô e confirmadas na primeira entrevista, Vogel acrescentaria, à leitura do seu currículo, a cultura universitária, o domínio das línguas estrangeiras, o cosmopolitismo e a facilidade de adaptação. Retém, com especial interesse, a primeira linha dos dados pessoais: cidadão polonês. Nem espera por uma terceira entrevista para falar-lhe do acionista canadense que ficaria "encantado" de conhecê-lo. Cuidasse de permanecer em Bruxelas. Dentro de uma semana, talvez menos, seria convidado para uma reunião informal num hotel da cidade. Não faltasse!

Baraquias nada sabia da reunião com o canadense. Nem que estivesse domiciliado em Bruxelas. Embora envaidecido, porque fora ele o responsável pela introdução de Vladslav ao gerente da casa, comenta com uma ponta de ciúme:

— Viu só?, acertei na mosca! Até lhe concedem a prerrogativa de conhecer *informalmente* o dono dos dólares! É o que chamo de sorte! Só lhe posso desejar, como a gente do teatro, *Merde! Merde! Merde!*. Acabo pedindo a sua ajuda para obter uma promoção. Não se esqueça: sou homem para a indústria pesada!

Embora aparentasse ignorar a deferência de que era alvo, Vladslav não se surpreendera diante do óbvio: Baraquias tinha, deveras, vocação para o comércio, vocação muito bem alicerçada na sua rudeza franca, nos seus discursos intermináveis, na sua verve de camelô. Ninguém mais hábil nem mais apto a enfrentar as vicissitudes do mercado quando os morteiros e a metralha enchiam os ares. Mas num período de incertezas e de ansiedade, como aquele que viviam, a sobriedade e, sobretudo, boca fechada eram o dote mais apreciado. Aquela era, realmente, a *sua* hora.

A confirmação para o encontro com o canadense, A. M. Kler, chega-lhe cinco dias mais tarde. O que cai bem. Teria dois dias pela frente antes de dar alguma notícia a Baraquias, curioso e ansioso ante a perspectiva de tê-lo entre os colegas de trabalho.

A reunião informal foi num dos melhores restaurantes de Bruxelas, em sala reservada. Nenhuma ostentação, mas grande requinte. A. M. Kler, canadense de Quebec segundo Vogel, desembarcara em Bruxelas há pouco mais de um mês. No entanto, ao ouvi-lo, Vladslav logo se apercebe de que canadense não era: falava francês como uma vaca espanhola.

Mostrando-se porém alheio a tudo que fugisse aos temas da conversa — a chuva, as cervejas belgas e os queijos da Holanda —, Vladslav desfrutava, divertido, o sotaque polonês do canadense, inconfundível aos ouvidos de outro polonês.

Depois de uma garrafa de vodca e algumas sardinhas do Báltico, a conversa deriva para as capas de chuva, das capas de chuva para a guerra civil espanhola, da guerra civil espanhola para a participação do oficial Ostrov no seqüestro de Andreu Nin.

Vladslav não se opõe à versão dos anfitriões. Muito pelo contrário. E como por milagre, ao desvio pela Espanha, todos os caminhos se abrem à sua passagem. Kler distende os músculos da face, afrouxa a máscara de observador do mundo, a conversa flui sem censura.

Vencida a fria reserva do aperitivo, abordam-se, com naturalidade, o engajamento político, a ideologia, os assuntos pessoais. Usando de sutileza, Vogel insinua que um jovem de talento, e com experiência da guerra, como era o caso de Vladslav, não podia permanecer à margem da história. A luta continuava. E o momento era de definições. Urgia engajar-se! Quem se omitisse acabaria cúmplice da catástrofe anunciada.

— Engajar-se? Em quê? Contra quem? — indaga Vladslav.

Ao que Vogel responde:

— Na luta contra Hitler. O Ocidente compreendeu, antes tarde que nunca!, a razão por que os legionários e voluntários das brigadas internacionais deixaram a família, o trabalho, os livros, para cerrar fileiras contra Franco e os fascistas. Marx despertou os indiferentes. A União Soviética deu o alarme.

Saindo do mutismo, o canadense interrompe o sócio. É provável que isso raramente ocorresse: que ele, Kler, tomasse a palavra diante de um desconhecido, já num primeiro encontro. E acontecia ali, com Vladslav. Surpreso, Vogel observa-lhe as reações. E quando vê que Kler não se limitava a abandonar os indefectíveis monossílabos e abstrações ideológicas, e passara a falar de si mesmo, o seu semblante se distende. Comporta-se como colegial em face do mestre, ou discípulo iniciado perante o guru: ouve-o com verdadeira unção.

Decidido a completar as respostas de Vogel às três perguntinhas insolentes de Vladslav, Kler não encontrara melhor exemplo que o seu. Esquiva-se, com prudência, à pregação populista, ao recurso fácil à opressão e aos sofrimentos dos oprimidos, à alusão habitual à luta de classes e ao apelo patético à fraternidade e à justiça da Internacional. Encara o antagonista com altivez e dá o seu testemunho. O porquê da sua guinada à esquerda? O egoísmo. Atendia ao apelo do sangue. Sangue judeu. Batia-se pela tribo. Mas fora preciso que o Terceiro Reich envergonhasse a raça humana com o anti-semitismo para que ele se convertesse ao marxismo. O Komintern confiara-lhe uma missão. Não desapontaria os seus superiores. Mantidos, sempre, os compromissos com o seu povo.

Viera prestar serviço em Bruxelas. Num posto muito especial, escolhido a dedo: estaria trabalhando com quem arriscara a vida na Espanha, legionários e voluntários da URSS e da América. E para que a sua ventura fosse completa, obtivera autorização para convocar alguns camaradas da pisoteada e humilhada Europa central. Era o seu meio, a sua gente. Tinha carta branca. Não queria, e fora esta a sua primeira exigência, meros divulgadores das idéias de Marx. Nada de blablablá doutrinário. Exigia, sob o seu comando, gente atilada. Integrada às suas idéias. E que mostrasse resultados! Estavam para isso amparados em nomes limpos, à clara luz das regras do capital. Já dispunham, graças ao camarada Vogel, de *griffe* conceituada e de registro em cartório. Estariam ligados à sociedade de consumo no exercício de profissões dignas, dirigidas ao consumo. E precisavam, também aí, mostrar resultado. Cumpriam as leis do país, obedeciam às leis do mercado e exibiam serviço para poder concentrar-se, nos bastidores, numa luta sem quartel contra Hitler.

Não vinha catequizar. Só convocava e contratava quem se apresentasse como voluntário. Vogel era o olheiro. Tinha faro. Trazia-lhe o homem certo para o lugar certo. E nunca se equivocava. Pesara, no seu caso, o engajamento na Espanha, a origem russo-polonesa, não o título nobiliárquico mas os títulos universitários. Dispensava-o de confissão penosa. Não era juiz nem lhe faria processo por suas inclinações trotskistas, anarquistas, souvarinistas, o que fosse. E tampouco voltaria a citar-lhe esses *pecadillos* do passado. Era polonês. E os poloneses não se esquivavam à luta pela pátria. Se pudesse, e quisesse prestar serviços na América, não via impedimento. O combate contra o flagelo não tinha fronteiras. E ele poderia, de onde quer que se encontrasse, prestar a sua colaboração. Colaboração efetiva.

Torcendo caminho, procurou aproximar-se do interesse de Vladslav. Explicou que os ouvidos e os olhos do Terceiro Reich já alcançavam os confins do mundo civilizado. E que ele teria a primazia de reformular, reorganizar e modernizar um posto que deveria consolidar-se e provar eficiência num território dominado pela Abwehr. Um desafio. Era pegar ou largar.

Antes mesmo de ouvir essa convocação, a mais direta e mais clara que jamais recebera, Vladslav adivinhara o posto que lhe seria destinado: de agente de Moscou na América.

Apreciara, e muito, o talento de Kler. Não lhe escapara o seu dom, raro aliás, de converter o que se toma por defeito, ou demérito, em qualidade. Numa época de forte anti-semitismo, ele começara por declarar-se judeu e por acusar-se de egoísmo.

Ao invejável poder de persuasão, sedução mesmo, o poderoso representante do Komintern somava, então, esta qualidade inata: a origem judaica. E o Komintern podia contar, da sua parte, com um trunfo inestimável: o ódio aos nazistas. Que judeu iria trair os comunistas para aliar-se aos perseguidores do seu povo? Haveria mais forte elo de interação à causa soviética? Unidos, poderiam banir da terra o flagelo do século: o nazismo.

E ele, Vladslav, que vinha fazer nessa galera? Se bem que desconhecesse a sua revolta contra a traição a Nin, Kler tocara o essencial: a sua condição de "turista armado" na Espanha e a origem russo-polonesa. Também tinha, tanto quanto o chefe, motivo pessoal, de sangue, para justificar o engajamento: a Europa central estava metida, inteira, debaixo do tacão dos SS.

Mas... será que isso seria suficiente para torná-lo um colaborador de "primeira, primeiríssima", como exigiam? Vladslav olha-o com complacência... Parecia honesto. E acreditava na sua missão. Por que desapontá-lo? Era judeu. Talvez levasse, até o Gólgota, suas ilusões...

Como se um anjo passasse, fez-se silêncio. Vogel e Kler servem-se de vodca e entregam ao convidado a garrafa, a segunda, já pelo meio. Depois de servir-se, Vladslav bebe um bom gole, vira-se para os dois amigos, ainda em silêncio, e resolve pôr fim ao jogo de sedução de que era alvo.

— Quero saber, com pormenores, as regras do engajamento proposto. Que colaboração esperam de mim? Se na América, onde? Quando? A quem estarei subordinado? A Vogel? Ao senhor? A Moscou? Quando deverei apresentar-me? Onde? A quem? Passarei por um aprendizado? Como serei pago?

Do alto de sua autoridade, Kler observava-o solene, expectante. Recuperada a tensão inicial, os músculos da face esculpiam-lhe os vincos do comando: o queixo rijo, os lábios cerrados, as narinas levemente infladas, o cenho sulcado, a testa estirada e o olhar dominador de animal de presa. Via-se que relaxara os nervos para a acolhida. O sem-cerimônia acabara de recolher-se.

Vladslav deduz que estava face a face com o agente do Komintern, no uso de suas prerrogativas e na sua armadura de aço.

Voz pausada, isenta de emoção, Kler explica-lhe que a América não estava por descobrir. Canaris lançara sobre o continente sua teia filtrante. Ai de quem se aventurasse a enfrentá-lo! Tudo era vasculhado, milímetro por milímetro. O único recurso seria entremeter-se nas malhas da Abwehr para roer e romper os fios da poderosa rede de espionagem do Terceiro Reich. Como tinha, reconhecidamente, cabeça boa, bom entendimento e bons olhos, Vladslav teria de educar os ouvidos. Nada poderia escapar-lhe. Ainda que se utilizassem de códigos, o conhecimento do alemão era imprescindível no trabalho de rastreamento das emissões nazistas. O oficial Ostrov teria, portanto, papéis na sua medida! Sobre o início das atividades, o local, salário, responsabilidades comerciais, pontos de venda e representação da firma, tudo estava aos cuidados de Vogel e da secretaria da Foreign Excellent Raincoat Company. Seria de bom conselho que se apresentasse para um estágio. Não que o quisessem amestrar. De modo algum. Para tomar o pulso da organização. Pois era uma organização. Projetada e dirigida segundo o molde marxista: "funcionava, funcionando". Com uma gota de suor da tenacidade hebraica. Era óbvio. Quem se engajava, engajava-se para sempre. A fidelidade, no caso, nada tinha de particular — fidelidade ao posto ou ao chefe. Tratava-se de fidelidade às idéias. Sendo homem de partido, sabia o que isso significava. Permanecesse uns dois ou três meses em Bruxelas para iniciar-se nos mistérios da tecnologia. Vogel estava encarregado de assinalar, no mapa, a localização ideal para os postos de escuta.

Com essas palavras, Kler conclui o pequeno discurso. Alegando que deveria viajar bem cedo no dia seguinte, pede licença e despede-se de Vladslav com a mesma distância com que o havia cumprimentado ao chegar. De modo a ser ouvido, vira-se para Vogel, recomendando-lhe tratar bem o "nosso colaborador". Chama o garçom e avisa que os dois senhores, seus convidados, ficariam para jantar.

Vogel acompanha-o até a porta do restaurante e retorna à mesa. Visivelmente constrangido, desculpa-se em nome de Kler. Era homem muito ocupado. Não tinha tempo para nada. Pouco expansivo, como tinha visto, mas atencioso. E reconhecia o valor das pessoas. Teria ocasião de revê-lo. E de conhecê-lo melhor. Haveria de gostar dele. Tudo se arranjaria sem dificuldade. Para encerrar o assunto, pede o cardápio e sugere a Vladslav um cozido à carbonara — prato típico do país —, que devia ser regado por uma cerveja belga. Que tal uma Orval? Vladslav aprova todas as sugestões.

Voltam a falar do tempo, das cervejas e do queijo holandês...

No dia seguinte, novo encontro com Vogel. Antes de apresentá-lo ao técnico em radiofonia, incumbido de instruí-lo sumariamente no uso dos aparelhos, Vogel explica-lhe que se tratava de um empregado da fábrica. Estava permanentemente em contato, pelo rádio, com as representações européias da Foreign Excellent Raincoat Company. Recebia pedidos, cuidava da remessa de mercadoria, expedição de faturas e pagamentos. Mais nada. O seu caso era diferente: ele teria, para atendê-lo na América, ou onde estivesse, especialistas em manutenção. Gente do lugar ou contratada na Europa. Não teria de preocupar-se com isso. Para a venda das capas de chuva, pois deveria cumular funções, só precisava do catálogo e de um levantamento, *in loco*, do mercado. Cumpridas as exigências legais, a representação da *griffe* era registrada sem maiores problemas. Coisa simples. Isso já se processara nas demais praças do continente. Baraquias poderia referir-lhe, com pormenores, os trâmites para a instalação dessas representações. Quanto ao trabalho nos bastidores, cabia a Kler explicar-lhe tudo. Só ele entendia do assunto.

A instrução sumária sobre emissões e transmissões radiofônicas não foi além do ajuste dos componentes de circuitos oscilantes. O que, na linguagem corrente, equivale a ajuste da sintonia. O mistério só aparecia quando se interceptava uma emissão. Mas disso não se tratou. Era assunto sigiloso, a cargo de Kler.

Vogel dispensa ao futuro colaborador todas as informações ao seu alcance: limitadas, sempre, à administração e gerência dos serviços de fachada. Professava fidelidade canina ao chefe. Ele, sim, era a chuva e o sol da casa. À primeira vista, Vladslav compreendera que o pessoal das capas de chuva vivia em compartimento estanque, completamente à parte dos chamados "bastidores". Quando Vogel lhe falou sobre as funções do técnico em radiofonia, só fez confirmar o que já adivinhara: ninguém ali suspeitava das ligações perigosas da firma. E... qual a razão por que ele, só ele, teria acesso, além de Vogel, às duas faces dessa cabeça bifronte?

A resposta lhe foi dada pelo próprio Kler. Após a anexação da Áustria e dos Sudetos por Hitler, fora necessário queimar etapas. Urgia estender a rede de informações até a América antes que Canaris tomasse posse absoluta do espaço radiofônico. À míngua de interceptores, a guerra estaria ganha, sem um tiro sequer, pelos nazistas. Nas sucursais da Europa, de cuja escolha de local e início de instalação Baraquias se ocupava, Vogel comparecia para os acabamentos. Isto é, para estabelecer as fronteiras entre os dois territórios, o do comércio e o dos serviços de inteligência: cada qual com a sua competência exclusiva e excludente, excluída qualquer conexão promíscua entre as duas atividades. E ele enfatizara o caráter singular de suas funções no emprego sucessivo de termos da mesma raiz e sentido paralelo: de fechar, vedando a entrada. Sua atuação, como a de todos os espiões, era, portanto, solitária, incomunicável. Por isso, os agentes eram os últimos a desembarcar. Encontravam toda a estrutura montada para dedicar-se sem outras inquietações ao trabalho que deles exigia calma, tenacidade e sangue-frio. Estavam suficientemente informados sobre os riscos que corriam e sabiam que a Abwehr não cochilava.

Os agentes nazistas dispunham de notáveis recursos técnicos e estavam além disso treinados para usá-los à perfeição. Não mediam esforços para desvendar o código das mensagens interceptadas. No entanto, àquela data, não tinham realizado a proeza de decriptar sequer uma das mensagens transmitidas pelo grupo! Nem sob tortura.

Ante a iminência de uma conflagração mundial, urgia aumentar o número dos colaboradores. Mas faltava-lhes tempo para recrutá-los nos próprios locais de atuação. Tampouco podiam submeter os candidatos a longas entrevistas e a testes intermináveis. Tinham ali um exemplo concreto. Visto que o passado de Vladslav o credenciava a cumular as funções de representante da Foreign Excellent Raincoat Company e de agente da inteligência do Komintern num mesmo território, era o que importava.

Abolidas as exigências de praxe quanto à exaustiva investigação biográfica, também iriam acelerar o aprendizado. Primeiro, porque não havia, de fato, qualquer motivo para estágio de formação prolongada de um candidato ao combate contra o aleatório. Segundo, porque tudo se reduzia a mera estatística de probabilidades. Aprendia-se o ofício no dia-a-dia: vivendo e vencendo os desafios da profissão. E isso, só o tempo ensinava. No que respeitava à escuta radiofônica, todo cuidado era pouco: mais valia a perspicácia que o conhecimento de um doutor em ondas hertzianas. Não bastava rastrear e captar as mensagens. Importava decifrá-las. Para isso, só contando com a chave dos códigos ou, por obra e graça do Komintern, com um agente infiltrado nos postos inimigos ou, ainda, com a descoberta do criptógrafo alemão — façanha para a Inteligência britânica...

De qualquer modo, a faculdade que convertia um bom agente em espião genial, figura lendária, era a memória. A profissão desconhecia papel, lápis e máquinas de escrever. Estavam rigorosamente proibidos os caderninhos de endereços, agendas, anotações, bilhetes e mensagens. Não se podia esquecer da atuação, nos serviços de inteligência, de grafólogos e até de especialistas em investigação de tipologia gráfica. Nada escapava à fineza da observação desses cientistas da escrita. Era bom saber que nem só de impressões digitais sobreviviam detetives e investigadores...

Kler dedicou-se, *full time*, à formação do novo colaborador. Durante dez dias, passaram as tardes e uma parte da noite inteiramente dedicados ao rastreamento de algumas emissões clandestinas da Abwehr, ao confronto aleatório de códigos e à revisão de alguns deles, descobertos nas últimas semanas. Tudo atendia à lógica do absurdo, pois nada sabiam com antecedência. Era como se quisessem agarrar um gato preto num quarto escuro. E Kler acrescentava: gato que muitas vezes não existe!

Quanto às emissões, era preciso usar de extrema sutileza, de modo a tornar impossível a localização da origem, como a da destinação da mensagem. Para isso, conforme lhe adiantara, serviam-se muitas vezes de mensageiros, aproximando a transmissão do local da destinação. Já acontecera de mensagens destinadas à URSS saírem da Bélgica de bicicleta, de trem ou de carro e serem expedidas da Inglaterra ou da Finlândia...

Entre emissões e transmissões corriam as horas e os dias. Só jantavam depois das dez da noite. E Kler fazia questão de escolher o cardápio. *Gourmet*, nunca se enganava. Comiam e bebiam sem que se ouvisse, da sua parte, qualquer referência ao preço abusivo disso ou daquilo. Queria ser bem servido e bem tratado. Sempre solícitos aos seus menores desejos, *maîtres, garçons* e *sommeliers* postavam-se discretamente à proximidade de sua mesa mal ele dava entrada num hotel ou restaurante de luxo. Além da mesa cativa, tinha direito às melhores garrafas da cave. Embora altaneiro, era generoso e fazia-se estimar. Filho de família humilde, ex-metalúrgico, ex-aluno da Universidade Livre de Bruxelas, subira passo a passo todos os degraus da escada de acesso à burguesia. Nada tinha, entretanto, de um *007* ou de qualquer outro espião de romance, estróinas, femeeiros, exibicionistas. Vestia-se bem, não desprezava os prazeres da mesa, não desdenhava o conforto. Desfrutava-os, todos, com dignidade.

Ao fim da maratona de iniciação à difícil arte da espionagem, Vladslav ainda considerava o chefe sob reserva. Aprendera, contudo, a apreciar-lhe as virtudes. Kler talvez notasse na extrema polidez do "jovem oficial alemão", como às vezes o chamava, a vontade manifesta de preservar a liberdade pessoal. Mas não era outra a sua própria conduta. Num espelhismo sem distorções, praticavam, ambos, a elegância dos velhos poloneses, ainda que de condição modesta, conscientes do próprio valor.

Fiel aos princípios nos quais pretendia pautar as relações com o príncipe, Kler corrige, confidencialmente, a ambigüidade da sua apresentação como canadense. Esclarece que tinha domicílio em Quebec, no Canadá, que viajava com passaporte canadense mas não era canadense. Era polonês. Por isso, Vogel aproximara-os. No que andara certo. Juntos, haveriam de contribuir para a independência da Polônia.

Mais um mês em Bruxelas, e Vladslav seria admitido na intimidade de dois outros agentes: Carlos Álamo e Vicente Sierra. Nomes e passaportes uruguaios. Oriundos da Rússia, a serviço na Europa.

Em todos esses casos de passaportes falsos, Vladslav ficava a par de meias verdades: conhecia a origem de Kler e dos dois "uruguaios", mas escondiam-lhe os nomes de nascimento dos três. O que lhes facilitaria, em qualquer época, nova troca de identidade ao abrigo do mais absoluto sigilo... Ele, no entanto, à exceção dos papéis do tio, que lhe permitiam apresentar-se como oficial alemão, era apresentado com o seu nome de batismo. Disso não gostava.

Durante a freqüência assídua à fábrica, à que se seguiriam a introdução à linguagem cifrada, o uso de chaves e mais estratagemas destinados à descodificação de mensagens interceptadas, Vladslav pouco ouvira falar de Baraquias. Avisaram que estava fora do país, em visita às representações da Noruega, da

Dinamarca e da Finlândia. Depois de mais de um mês de ausência, foi o próprio grego que veio à sua procura. Acabara de chegar. Conta-lhe que o comércio começava a dar para trás e que se esperava, de uma hora para outra, a invasão nazista. A Europa central falida, a fama de Hitler crescia na proporção direta da bancarrota e da pobreza. Nele figuravam o mago das finanças, do progresso e da fartura, o vingador do Tratado de Versalhes. Diante do que se prenunciava, Vladslav tivera a proteção dos deuses: ia atravessar o Atlântico e abrigar-se à sombra do umbu nos pampas do sul, conhecer a Patagônia e a solidão da terra final, descobrir as cordilheiras, Macchu Picchu e o Amazonas...

Curioso, indaga sobre o que vê e o que não vê, sobre o que imagina e sobre o que o excitam a imaginar. E todas as fantasias o transportam aos trópicos. Porque ainda agasalhava a esperança de ser chamado a participar com Vladslav dos trabalhos de instalação de uma sucursal americana da Capas de Chuva Excelente. Mas... onde? Se fosse em Buenos Aires, iriam rever Villa; se em Bogotá, encontrariam seus conterrâneos, de Salônica, gente boa; se no Chile, também. Como ainda se ignorava a praça escolhida, continuou vagando, ao sopro da imaginação, do Atlântico ao Pacífico...

A boa lembrança de Vogel — que aconselhara Vladslav a informar-se com o grego sobre a obtenção de alvarás — confirmaria o total desconhecimento em que se mantinham os empregados acerca da atividade clandestina da firma. Em nenhum momento, Baraquias manifestou conhecer a verdadeira identidade de Kler. Ainda repetia a versão do canadense rico, disposto a investir no negócio do caucho, como desconhecia a existência dos uruguaios, Sierra e Álamo. Quer dizer, fazia bando à parte... No entanto, ninguém mais capacitado que ele a prestar colaboração nos bastidores. Se não tivesse língua de palmo e meio... Por isso, Vladslav desistira da idéia de recomendá-lo a Kler. Se confiasse nele, até o reencontro com Villa estaria comprometido. Antes sozinho...

E Villa, que fazia na América? Nem Kler nem Vogel lhe haviam mencionado o nome. Por que, então, se referiam a remodelação e reorganização? Nesse caso, quem se incumbira da instalação inicial?

Essas questões teriam resposta no último encontro com Kler.

C. Villa tinha sido removido, a pedido, para o seu país e ocupara-se dos preparativos iniciais para a montagem em Buenos Aires de um posto de escuta. Coisa precária. Disseram-lhe que assim marcavam presença no extremo sul e ali teriam, a ocasião se apresentando, uma pessoa de confiança. No entanto, nem Villa se mostrara à altura das novas funções como manifestara avançados sintomas de senilidade. Era hora de aposentar-se.

Logo que se havia cogitado da expansão da rede ao hemisfério sul, o primeiro nome que surgira fora o do próprio C. Villa. Mas à vista de relatórios recentes o Kremlin decidira pela sua exclusão. Não estava sob juízo. De qualquer modo, a ordem era que usasse de cautela, pois o velho camarada não merecia a confiança do Partido. Não haveria reorganização nem remodelação. Nada seria aproveitado. Partiriam do zero. Com novo endereço e pessoal de manutenção transferido da Europa. Vladslav iniciaria uma nova era no campo radiofônico, com carta branca para agir como bem entendesse. Um protocolo de desligamento, altamente elogioso aos serviços prestados na França e na Espanha pelo camarada C. Villa, fora expedido por Vogel ao ex-funcionário do Komintern. E na condição de novo agente, estava dispensado de encontrá-lo. O que o livrava de grande constrangimento.

Isso posto, Kler deseja-lhe boa sorte. Teria um fundo de reserva para as despesas: pessoais e funcionais. Vogel estava autorizado a abrir-lhe crédito para a viagem e instalação. Não lhe havia dito? Era óbvio! O seu primeiro posto seria Buenos Aires.

Vogel apresenta-lhe papéis para assinar, informa sobre o crédito em conta bancária. Tudo mais poderia ser objeto de alguma mensagem pelo rádio. Obedecidas as devidas precauções.

Vladslav revê Baraquias. A par da sua partida, quer saber o que fará do bilhete para a viagem de inauguração da linha Gdynia–Buenos Aires. Claro que não podia perdê-lo! Vogel não iria exigir-lhe prestação de contas. Não era homem de mesquinharias. Guardasse o dinheiro da viagem para os gastos no barco! Ao fim e ao cabo, seriam despesas de viagem!

— A bordo, não se esqueça!, bebe-se fora das refeições. E o champanhe nunca está incluído no menu. Paga-se à parte. E joga-se, joga-se muito, durante a travessia! Ponha dinheiro no bolso para gastar! Viva a vida!, príncipe de Olsztyn! Aproveite! Hitler está nos nossos calcanhares!

Prometem-se uma carta por mês. Pelo menos uma.

A promessa não foi cumprida. Nunca mais Ostrov recebeu nem teve qualquer notícia de Baraquias.

Vladslav chega a Gdynia em 1° de agosto. A ninguém parecia ocorrer a advertência de Baraquias sobre Hitler. No transatlântico *Chroby*, assim como em alguns países da Europa, ainda se dançava a valsa. Após o último baile, dia 21 de agosto, os passageiros desembarcavam em La Plata. À iniciação ao tango em Buenos Aires, seguiram-se, em 1° de setembro, a notícia nefasta da invasão da Polônia pelos nazistas e, dois dias depois, a declaração de guerra à Alemanha pela Grã-Bretanha e pela França.

Kler estava certo: Canaris tivera tempo suficiente para cobrir o continente com as suas ondas filtrantes. Não lhe restava senão roer as cordas da rede. Não que lhe faltassem apetite nem bons dentes. Mas teria que começar do nada. E não queria se aproximar de Villa antes de ter bem planejada a desforra.

A partir de 1939, justamente após a viagem de inauguração da linha marítima Gdynia–Buenos Aires, eu sabia alguma coisa sobre a estada de Ostrov na Argentina. Não mais que Ivan Olof, o parente da sua personagem. Tudo ainda vago. Sem qualquer alusão a Villa, a Kler nem à rede de espionagem. Tampouco tinha qualquer notícia da presença de Ostrov na península durante a guerra civil espanhola. Ao referir-se à sua juventude na Europa central, Ostrov sempre me dera a impressão de que fosse um "alienado", como se dizia em 68. E a sua conversão ao comunismo me parecera súbita demais. Ele se referira a duas saídas da Polônia, preservando, sigilosamente, a primeira. Que é muito mais importante que a segunda — a de 1939.

Tudo quanto vamos desfiando desse rolo vem aos poucos, com extrema dificuldade, e Ostrov só libera os fios numa determinada ordem, que não é cronológica mas que está na sua cabeça, e que acaba dando sentido a tudo.

Todas as fases da sua vida dependem de elos sutis, coisa miúda. Não é possível recompor a meada sem esses elos. É o seu engajamento que nos oferece o trampolim para a América e elucida o que aí se passou durante e após a Segunda Guerra Mundial.

Notei, ao atingir essa encruzilhada a que tudo converge, e de onde partem os atalhos para o universo amazônico, que Ostrov relutava em prosseguir a narração. Disse-me que tudo não passava de um conto das "mil e uma noites", sem qualquer importância. E fez o que pôde para depreciar o depoimento sobre a guerra civil, dizendo que nada tinha de histórico; não eram senão histórias, puras histórias...

Quando viu que me opunha tenazmente às alegações de que tudo era fantasioso e fantasiado, e que eu fazia questão de saber como tudo terminara, ele se aborreceu. Declarou, de cara feia, que estava cansado e já não agüentava mais. Que eu devia ter piedade de um velhinho que fizera a guerra e precisava de repouso. De repouso eterno. Chamou a Augusta e foi deitar-se sem despedir-se de mim.

Às dez horas do dia seguinte, veio ao meu encontro na varanda, onde eu lia um jornal de Frankfurt de mais de vinte dias atrás. Um risinho malicioso nos lábios finos, perguntou-me se tinha tomado café e se não queria acompanhá-lo num passeio até o rio. Francisco ia pescar. Podíamos dar banho no anzol...

Aceitei o convite e passamos o resto da manhã dando banho no anzol. Tive mais sorte que ele: pesquei um bagre. Almoçamos depois das duas da tarde e ficamos, com o Francisco, a "jiboiar" nas redes. Aos primeiros raios da lua, Ostrov pediu a garrafa de vodca. Virou-se para mim e vi que tinha lido nos meus olhos a ansiedade com que esperava por aquele momento.

— Está pensando que a vodca vai soltar a minha língua. Não alimente essa esperança! Da guerra já falo sem risco de ataque do coração. Mas desses anos negros, quero distância! Para não deixá-la nesse meio de caminho, onde eu também perdi a estrada certa, um dia lhe mostro uns jornais da época. E mais não sai da minha boca!

Naquela mesma noite, encontrei, sobre a mesa do meu quarto, uma pilha de jornais, três revistas e três livros. Eram dois exemplares da revista *Sur*, publicada em Buenos Aires por Victoria Ocampo, um exemplar de *Nosotros*, cujos editores eram Alfredo A. Bianchi e Roberto F. Giusti, dois livros de Gombrowicz, *Trans-Atlântico* e *Ferdidurke*, e inúmeros jornais, além de recortes, muitos recortes. Percorri os índices das revistas. Nada havia que pudesse esclarecer algum episódio da vida de Ostrov. Foi o que pensei na hora. E que vinham fazer ali os romances do escritor polonês? Se eram livros de ficção, que teriam a ver com o jovem Vladslav? Coloquei-os de lado. Atireime à papelada. Pus ordem em tudo. Separei os periódicos argentinos dos colombianos, dispus, cronologicamente, toda a matéria encontrada. Quando terminei esse trabalho é que dei com o livro de Gilles Perrault, *A Orquestra Vermelha*, presente meu, criticado com azedume pelo presenteado. Ora se me lembrava! Ele dissera que Augusta se encarregaria de destruí-lo depois que eu o atirara pela janela. De qualquer modo, ignorei-o. Eram três da madrugada. Deixei a leitura para o dia seguinte.

Ao acordar, às dez da manhã, tomei café sozinha e voltei para o quarto. Resolvida a só procurar o meu anfitrião depois de conhecer o conteúdo dos jornais, comecei por *La Prensa* e *La Nación*, entre 1940 e 1950. Havia recortes sobre Gombrowicz, tanto a respeito de sua obra, já conhecida na Polônia, como de suas atividades em Buenos Aires: sua presença, quase diária, num café e bilhar famoso, o Rex, onde os intelectuais se reuniam à sua volta, e comentários a respeito da tradução de *Ferdidurke*, feita ali mesmo, a seis mãos, numa mesa do café. De 1940, encontrei pequenas notas em que aparecia o nome de Camilo Díaz Villa, e não C. Villa. É provável que, por escrúpulo, Ostrov não me haja mencionado o sobrenome paterno, Díaz, que em castelhano precede o materno e é o principal.

Passo adiante. Aparecem, sobre Díaz Villa, referências de caráter social: recepção de visitantes estrangeiros, jantares, uma viagem a Mendoza na companhia de um russo, Makarov. Num aviso fúnebre, sem data, o convite para a missa de sétimo dia de Camilo Díaz Villa. Ainda de 1940, uma pequena referência a Vladslav Ostrov, diretor do Banco Polaco. De 1941, mais Díaz Villa — o que significa que a sua morte deve ter sido posterior a essa data: comparece a uma delegacia de bairro dizendo-se vítima de represália política. Ameaçado de morte, pede proteção policial vinte e quatro horas por dia. Noutro recorte, o próprio Díaz presta denúncia: o agente soviético Willi Muezenberg sofria perseguição no sul da França, e ele, marcado para morrer, seria a próxima vítima. No mesmo ano, mais acusações de Díaz aos "matadores a soldo". De 1941, notícia sobre a provável alienação de parte do Banco Polaco. Do mesmo ano, reunião de despedidas de Vladslav Ostrov, ex-diretor do banco. De 1941 e 1942, *sueltos* e artigos assinados por Ostrov confirmam a pesquisa feita no Rio pelo Prof. Mauro Leite de Souza. De fevereiro de 1942, uma série de recortes grampeados e conservados à parte. Durante mais de duas semanas sucedem-se reportagens, entrevistas e declarações de autoridades, juízes, historiadores, exilados espanhóis sobre um atentado de que fora vítima Vladslav Ostrov, príncipe Olsztyn: uma barra de ferro fora lançada de um prédio no momento em que ele passava. Em letras maiúsculas, o título de uma das reportagens — VINGANÇA ANARQUISTA CHEGA À AMÉRICA — repetia uma frase de Óscar Rojas, sociólogo argentino. Na sua opinião, os anarquistas enxotados da Espanha pela Falange tinham vindo terminar a guerra civil na Argentina. Não se tratava, portanto, de um crime comum, mas de um atentado político, que punha em risco a segurança nacional.

Outros jornais nada me diziam: nenhuma referência a Ostrov. Em toda essa coleção, sem o conhecimento de suas relações sociais e de suas ligações com grupos da esquerda ou da direita, era impossível associar o seu nome aos das pessoas citadas (que eu não conhecia). Perdi um tempo enorme com esses papéis velhos e fiquei frustrada. Frustrada, não; furiosa. Era uma crueldade. Em vez de me contar os avatares por que passara nos primeiros anos de exílio na América, Ostrov optara por desafiar-me com uma espécie de adivinha ou quebra-cabeça: eu teria de juntar uma declaração aqui, uma palavrinha ali, uma suspeita acolá para restaurar o quadro completo. Quadro que só ele era capaz de armar. Detesto adivinhas. Não tenho qualquer talento para jogos de xadrez nem palavras cruzadas nem quebra-cabeças... nem nada!

Convencida de que me tivesse obrigado a um exercício de paciência, como castigo pelo meu atrevimento, peguei o pacote de impressos e fui ao seu encontro. Ele logo entendeu que eu estava furiosa. Fingindo-se desligado de tudo, os olhos fechados, balançava-se docemente na rede, enquanto o radiozinho de pilha tocava um baião.

Sentei-me numa cadeira e esperei. Vi, com o rabo do olho, que ele, sorrateiro, de quando em quando se virava para um e outro lado, num movimento displicente e sem alvo, a fim de observar minha reação. Ficamos nessa pirraça quase meia hora. Até que Augusta aparecesse com um refresco de graviola.

Ao seu comentário — "Tudo num silêncio... Essa musguinha é que me deu sinal de vida na varanda!" —, funde-se o gelo.

Ostrov sai da falsa vigília, levanta o tronco, enche um copo com o refresco e, surpreso ante a minha presença, exclama, desculpando-se:

— Oh!, por favor! Que é isso, Augusta? As damas em primeiro lugar! Não vi que a senhora estava aí!

Na sua rudeza espontânea, Augusta retruca:

— Pois se deu logo comigo, que vim por trás, como não ia vê dona Ursa, logo aí, agarrado?

Ostrov ouve em silêncio, ri amarelo e me passa o copo de refresco como se Augusta não existisse e nada houvesse acontecido. Pergunta-me se dormira bem e, fixando diretamente os livros e jornais que eu equilibrava nos joelhos, acrescenta:

— Com tanta coisa para ler, não deve ter dormido nada... Mas aprendeu muito, não é?

— Muita leitura e nenhum resultado. Nem dormi nem aprendi — respondi secamente.

Diante da minha reação, ele dá uma boa gargalhada.

— Pois saiba que é graças a matérias de jornal, iguais ou piores que essas aí, que todo mundo lê sem entender, e não a senhora apenas, graças a invenções de romances e a uma meia dúzia de artigos ociosos, que os donos da verdade se permitem escrever sobre coisa séria, sobre tragédias que enlutaram o mundo e sobre a morte de tantas esperanças mal vividas... E põem-se a vomitar ciência a respeito da guerra civil espanhola, sobre as atividades da Abwehr, da Gestapo, da *Orquestra Vermelha* e do *Sonderkommando Rote Kapelle*!

— Se foi uma lição que me quis dar, acertou na mosca! Pois fiquei furiosa!

— Era o que eu esperava. Uma vida não cabe num amontoado de palavras impressas, num saco de opiniões e comentários desconexos! Se a minha vida inteira começasse e terminasse aí, a senhora não teria motivo para voltar a ver-me!

Que caixa de surpresas! Ali estava ele com o seu humor adstringente, pronto para retomar a narração interrompida. Porque não era outra a insinuação da última frase.

E não me enganara. Bebido o refresco, Ostrov levanta-se, pega a minha mão e convida-me a reler, tendo-o por guia, os jornais que ele escolhesse. Disposta a papelada sobre a mesa da sala, sentei-me a seu lado. Como tudo estava em ordem, bastou-lhe obedecer à cronologia e retirar o que lhe interessava.

Atenta, exultei: começaríamos por Camilo Díaz Villa, ou Díaz Villa, ou Díaz, ou C. Villa.

Em voz alta, o meu sotaque alemão me envergonhava. Como tenho bom ouvido, sei quanto o castelhano perde da sua beleza na pronúncia incorreta das consoantes duplas, nos *ll*, nos *rr*, nas nasais e nas guturais, essas, roladas e não arranhadas, como em alemão. Para o *j*, ainda é fácil. Eu me arranjo com a reprodução do nosso *ch*. Mas o resto...

Li algumas linhas, engasguei. Interrompi a leitura, desculpei-me. Com um gesto para que eu seguisse adiante, Ostrov não atentara no meu embaraço. Prossegui, então, sem mais tropeço. Chegando ao fim das notas sobre Díaz Villa, recoloquei o maço de recortes sobre a mesa. Ostrov alinhou-as em seqüência, tendo o cuidado de afastar das demais o aviso fúnebre.

— Tudo isto representa muito pouco. Serve, para nós, de pretexto. Pretexto para uma conversa sobre o homem que determinou a minha partida da Europa, já como agente de espionagem e vendedor de capas de chuva. Porque a senhora, que tem suas leituras e vem ouvindo há tanto tempo esse enxurro, sabe muito bem que Kler era o chefão da *Orquestra Vermelha* e que só me decidi a atravessar o oceano para poder vingar-me do Villa, de quem não lhe mencionei o nome completo — Camilo Díaz Villa — nem o codinome — *Merlín*.

Nada disso eu desconhecia, à exceção de algum nome ou codinome, coisa sem importância. O que eu nunca poderia imaginar é que tudo se orientasse rumo a um plano premeditado por Ostrov, ao qual o acaso, no correr dos anos, chegasse a conferir coerência absoluta. Era isso o inimaginável. Tão inimaginável quanto as afinidades e convergências entre a vida de Ostrov e a da personagem do seu romance, Vladimir Olov. Sob essas inspirações, que outros chamarão desígnios de Deus, ou refrações no tempo, a adesão de Ostrov à *Orquestra Vermelha* serviria para promover-lhe o encontro com Díaz Villa sem levantar suspeitas... Ouro sobre azul!

Na Argentina, C. Villa recuperara o nome inteiro — Camilo Díaz Villa. O codinome *Merlín*, conhecido na Espanha, tampouco voltaria a ser usado. Ostrov não o procurou pessoalmente. De alcatéia, como sempre faz, esperava que agisse o imponderável. Deu tempo ao tempo. Cuidava, enquanto isso, dos negócios de Kler: abriu o processo para registro da marca Capas de Chuva Excelente, requereu o alvará para a instalação do escritório de representação comercial. Tudo moroso, sujeito a cadastro, fichas, endossos, licenças e mais exigências burocráticas da Associação Comercial de Buenos Aires e do Ministério da Fazenda. Os trâmites multiplicaram-se ao ritmo das notícias procedentes da Europa. E as garantias comerciais oferecidas por uma empresa cuja matriz ficava na Bélgica, ainda fora da gravitação nazista, não contribuíram para o rápido deferimento dos pedidos. Que acabaria chegando. Como o governo argentino não escondia suas simpatias por Hitler, as vitórias do Terceiro Reich eram recebidas com entusiasmo: ora velado ora ruidoso, dependendo de conceitos e preconceitos, inconfessáveis ou dissimulados.

Para avançar a instalação, Ostrov pôs-se à procura de um local para o escritório. A locação das salas se fez sem maiores problemas. E atendeu ao seu primeiro desejo: ter o endereço comercial a poucos passos do hotel onde morava.

Tudo legalizado, mobiladas as salas na Rua Maipu, a representação estava aberta. Já não era sem tempo. Seis meses de negociações e delongas. Cabia à matriz a segunda e principal formalidade: a expedição da mercadoria. A publicidade cobriria o país na última semana do verão. Como as previsões da meteorologia anunciavam mais chuvas no outono, as capas seriam bem-vindas. Era aproveitar os efeitos do verão quente e seco.

Com as inundações que deixariam o sul do hemisfério em estado de calamidade, desembarca em La Plata um turista ilustre: Michaël Makarov, aliás Carlos Álamo, o uruguaio que Kler apresentara a Ostrov em Bruxelas. Por que a notícia da imprensa teria juntado o seu nome ao de Díaz Villa num passeio a Mendoza?

Essa, a maior curiosidade de Ostrov naqueles dias. Nem Vogel nem Kler o haviam avisado da viagem do agente russo (indicado pelo Kremlin) à Argentina. E por que procuraria Díaz Villa, *persona non grata* ao Partido? Tudo lhe cheirava mal. Apesar das suspeitas, não se manifesta. Desconhece a presença do espião e nada refere aos chefes de Bruxelas. E Makarov, tal como entrara, saiu do país: sem aparecer no escritório da Rua Maipu.

O tempo passando e nada de mercadoria, Ostrov inquieta-se. O ano de 1940 chegava ao meio. No dia 28 de maio de 1940, a Bélgica é ocupada pelos alemães. Quinze dias mais tarde, chega-lhe a ordem para encerrar as atividades da Foreign Excellent Raincoat Company. Tudo terminara sem começar.

Empenhado na instalação do escritório, Ostrov esquecera a vida pessoal. Alienara, sem escrúpulo, seus dias e suas noites. Nada lhe restava. Nenhuma experiência desse vaivém enervante, de burocracia estéril. Tudo perdido. Até a fúria da vingança que o animara a descobrir a América parecia minguar-se no quadro medíocre em que vivia. Tinha de recuperar a identidade civil, de pessoa física, e lutar, como qualquer burguês, por um lugar ao sol.

Sua primeira medida — com vista à sobrevivência — foi mandar um cabograma ao Crédit Suisse, banco em que a família Ostrov depositara bens da mais diversa espécie, desde ícones a samovares de prata, barras de ouro, jóias e livros raros, apólices sem qualquer valor. Pede transferência do fundo em dinheiro para a sua conta pessoal em Buenos Aires. Montante suficiente para lançar-se no mundo dos negócios. Deixava o comunismo para enfrentar com unhas e dentes o capitalismo.

A guerra era outra. Torna-se sócio majoritário do Banco Polaco. Seu nome aparece nos jornais. Dois dias depois, um telefonema: Camilo Díaz Villa teria muito prazer de revê-lo. Quem anotara a mensagem? A telefonista do hotel. Logo, não havia engano. Ostrov pede à telefonista para encarregar-se de agendar o encontro. Díaz Villa estava convidado a jantar com Ostrov no Hotel Capital às nove da noite no sábado seguinte.

Às oito e cinqüenta, diante de um copo de uísque, Díaz Villa esperava-o no bar. Emagrecera muito. Ou, então, envelhecera. Já não exibia o ar majestático do poder nem a saúde alegre dos gordos. Perdera quase todos os cabelos, e a calva lhe alongara a testa redonda, uma bola de futebol, com dois olhos inexpressivos, descorados, no meio daquela nudez obscena. As mãos, imensas, ostentavam as florezinhas de cemitério — aquela profusão de pintinhas escuras, denunciadoras da idade.

À chegada de Ostrov, Díaz Villa repete o gesto de Barcelona: abre-lhe os braços numa acolhida amistosa:

— Que belo reencontro! E quanta audácia, *che*! Enfrentas uma guerra em tudo diferente daquela que enfrentaste na Espanha... Que é que pretendes mostrar? Que o capital pode aliar-se à justiça e à fraternidade? Não vai ser fácil... Venho desejar-te boa sorte.

Ostrov tem vontade de atirar-lhe à cara a traição a Andreu Nin, a morte de Urruty e a perda de Goyco. Figurava ali, curvado sobre aquele monte de gordura stalinista, o tronco do basco solitário que nele vira o protetor da orfandade republicana. Um homem de respeito, digno do panteão e da glória, curvara-se para beijar-lhe a mão...

Jamais dissociaria dessa figura balofa os trágicos momentos da sua passagem pela Espanha. Senta-se, chama o garçom e pede uma vodca. Os olhos ávidos da hiena perseguem-lhe os movimentos.

— Tens família? Ou continuas solteiro?

— Nunca deixei de ter família — responde Ostrov sem darlhe resposta.

— Claro, claro! Entre nós, quando se fala de família sempre se pensa na mulher e nos filhos... É o hábito...

— Se é o que quer saber, continuo solteiro. Mas tenho um filho, Goyco Ribote, o órfão de guerra a quem o senhor prometeu proteção.

Como se acabasse de despertar, Días Villa esfrega os olhos e repete, seguidamente, o nome do menino:

— Ribote, Ribote, Goyco Ribote. Mas foi evacuado de Barcelona, verdade?

— Por mim. Depois da morte do padrinho, Mario Urruty.

— Ah!, Mario Urruty! Quanto sinto, quanto sinto!

— E que me diz de Nin?

— Mas... foste encarregado de salvá-lo dos fascistas!

Num ímpeto de ódio, Ostrov agarra o copo de vodca e atira o líquido ao rosto de Díaz Villa. Levanta-se e sai. Dá uma volta pela Calle Florida, pensa em jantar mas desiste. Volta para o hotel. Entregam-lhe uma mensagem manuscrita. De: Camilo Díaz Villa. "Jamais poderia imaginar que me julgasses capaz de trair-te a boa fé! Fomos todos enganados! Se quiseres reencontrar-me, estou à tua disposição. Sempre teu, C. Díaz."

Ostrov amarrota o papel no côncavo da mão e lança-o numa cesta. Quando ia subir para o quarto, volta ao saguão do hotel, abaixa-se e apanha a bola de papel, ainda ali: era a prova irrefutável de que Nin fora traído pelos comunistas.

Quem dava proteção àquele homem? Depois de tramar a execução de Nin, tornando-o cúmplice do crime, conseguia uma sinecura na Argentina, servia de guia de turismo a Makarov e tinha a audácia de pôr-se "à sua disposição". Como explicar a solidez do seu posto diante do julgamento sumário de um Stashevski, de um Kol'tsov e de um Berzin, ao lado dos quais ele organizara e comandara a participação comunista na guerra da Espanha? Como explicar que esses mesmos militares, considerados "inimigos do povo", tivessem sido sumariamente eliminados "por alta traição", enquanto ele, Díaz Villa, se aposentava no pampa natal?

Não demorou muito para que Ostrov compreendesse que à habilidade de nadar contra a corrente Díaz Villa somava especial talento para a intriga. Talento que o mantinha à flor da água: jamais submergia.

Num país de direita, seu engajamento político na guerra civil espanhola não devia ser bem visto. Quer dizer, não era bem visto. Para preservar a liberdade pessoal, o direito de ir e vir, ele tinha que usar da mais absoluta discrição. E como a Argentina acolhera, após 1938, exilados anarquistas, tudo se tornava particularmente delicado.

Curtido nas águas turvas da era stalinista, o "velho camarada", como estava no relatório desfavorável do Komintern, aprendera a defender-se no aquário portenho. Instruíra-se ali numa especialidade provinciana: a conversão em oxigênio das bolhas da intriga. Era a sua arte. Na companhia de comunistas ortodoxos, reclamava estrita obediência aos preceitos de Marx; com os dissidentes, fazia guerra a Stalin, era trotskista, protestava contra as depurações e expurgos. Depois de enredar bandos antagônicos numa teia de mentiras e invenções nacionalistas, socialistas e militaristas, conseguira concentrar, em malha isolada, os fios da dissidência anarquista. Tanto se esmerara nesse lavor primoroso de crochê político, que ocorrera o imprevisível: à visita meteórica de Makarov à Argentina em 1940, seria promovido, mercê de fraude injuriosa, a herói da guerra civil. Perante os espanhóis desavisados, um dos principais responsáveis pelo complô comunista contra Nin e seu partido, o agente do Komintern para assuntos espanhóis, C. Díaz Villa, receberia o título, se houvesse!, de desterrado *honoris causa.*

Tornara-se imbatível.

❖

Na festa de Natal, de congraçamento entre funcionários, patrões e a clientela VIP do Banco Polaco, Ostrov é apresentado à poderosa classe econômica de Buenos Aires: banqueiros, industriais, estancieiros, exportadores de carne e de couro. E quem, em meio a esse microcosmo da "opressão capitalista", lhe estende a mão, úmida e pegajosa? Díaz Villa. E tem o desplante de declarar-lhe que era, "com muita honra", velho correntista da casa. Com igual arrogância, anuncia-lhe, ao despedir-se, que apareceria para uma visita: qualquer dia desses...

Terminados os feriados de Natal e Ano-Novo, Ostrov pede ao gerente do cadastro a ficha de Camilo Díaz Villa. Era homem rico. Muito rico. Graças, sobretudo, a remessas do exterior, nos anos de 36 e 37. A procedência? Moscou. Depósitos em ouro.

Explicava-se, portanto, o retorno à Argentina e a escolha do Banco Polaco (anterior à chegada de Ostrov a um dos cargos da diretoria). Ao mesmo tempo em que se acobertava de quaisquer acusações — como, por exemplo, a de apropriação indébita do ouro espanhol, transferido a Moscou pelos republicanos —, defendia-se do fisco do país.

Os lingotes ficavam no banco sob custódia. Muito raramente Díaz Villa procedia à venda sem opção de recompra. Praticava, com pontual cautela, a "realização de lucros". Vale dizer: vendia na alta e comprava na baixa o mesmo peso em ouro, embolsando a diferença. Acontece que o eufemismo "realização de lucros" não se aplicava a procedimentos fraudulentos, como o de especulação, sujeito às penas da lei. Tachava-se de especulativa a venda seguida de reinvestimento antes de decorridos, no mínimo, noventa dias. Era a lei. Lei que os especuladores, Díaz Villa incluído, burlavam por meio de um intermediário (o testa-de-ferro, que os poloneses chamavam, como os alemães, *Strohmann* — homem-de-palha).

Apreensivo, o gerente de investimentos vale-se da ocasião para informar Ostrov sobre os problemas com que se deparava. A bolsa oscilando ao frenesi da ofensiva alemã no Danúbio, o capital oportunista agia como meteoro: estava em toda parte e em lugar nenhum. A alta do ouro vinha provocando a febre do lucro fácil, imediato, motivado pela guerra e pela síndrome da bancarrota. O dinheiro não esquentava o bolso do investidor nem os cofres do banco. Não se esperavam sequer vinte e quatro horas para uma nova aplicação. A ânsia especulativa operava ao modo de rotor de duplo sentido: centrífugo na venda; centrípeto na compra. Isso era perigoso. Muito perigoso. Que máquina resistiria, sem uma pausa para descanso, a essa brusca alternância de força e velocidade? Mais dia menos dia, tudo saltava pelos ares. No mesmo ritmo das bombas e da destruição da Europa central.

Ostrov pede ao gerente que acompanhe de perto o comportamento dos especuladores fanáticos. Comparecesse imediatamente à diretoria, ao menor sinal de alarme da Bolsa de Nova Iorque.

Sua hora se aproximava. Nin seria vingado. Nin e Urruty e Goyco. Diante dos seus olhos e, talvez, pelas suas mãos. Os dias pareciam longos, mas os meses fugiam numa corrida de horrores. Se em maio a Grécia caíra sob as botas dos nazistas, em junho os ingleses batiam-se contra as tropas de Pétain para libertar a Síria e o Líbano.

Nesse mesmo mês de junho, numa frente jamais vista — de quatro mil e quinhentos quilômetros! —, a Wehrmacht desencadearia ofensiva maciça para invadir a União Soviética. No dia 17 de novembro, dia em que as tropas todas se detêm a cem quilômetros de Moscou, o gerente de investimentos bate à porta do diretor Ostrov. A situação tornara-se insustentável. Era preciso tomar providências. De urgência urgentíssima.

Ostrov tem nas mãos o quadro das oscilações da bolsa, o fluxo e refluxo do capital e a movimentação dos investidores. Uma das somas mais importantes seguia-se ao nome de Camilo Díaz Villa. Ostrov verifica tudo, refaz os cálculos, tira os óculos e, por fim, batendo o lápis na escrivaninha, anuncia sua decisão:

— Encerraremos o expediente um pouco mais cedo. Faça isso agora. Não devemos explicações a ninguém. Diante da tendência de queda, o banco tomará medida acauteladora: nada será aplicado. O pânico mergulhará a Europa na inércia. Apostaremos na fuga geral. Quem viver, verá.

E o Ocidente inteiro viu. Viu, pela primeira vez, que uma resistência firme se consolidara. Reagiu assombrado: Hitler não era indestrutível. E no dia 7 de dezembro, após o ataque japonês a Pearl Harbor, a Europa celebraria, em catarse coletiva, a entrada dos Estados Unidos na guerra. A China, solidária, somaria esforços contra a Itália, o Japão, a Alemanha.

Nem tudo se perdera. Ainda não. As bolsas comemoraram.

Ostrov ganhara a aposta.

À queda da bolsa, o capital retido permitira a reaplicação na alta. A diferença entra nos cofres do banco para distribuição entre acionistas e investidores. À exceção do lucro com o ouro de Moscou, transferido, a preço baixo, para a abertura de um fundo destinado aos órfãos de guerra da Espanha — o Fundo Mario Urruty — e de uma conta em nome de Goyco Ribote, vinculada ao custeio de uma bolsa de estudos.

Não obstante a euforia do ganho, as coisas não se passaram ao gosto de Ostrov. Que fizera ele senão converter a vingança em mero acerto de contas? E por deixar ao inimigo campo livre para agir, sofreria as conseqüências do recuo. E C. Díaz Villa continuaria vivo e são e rico.

À divulgação do balanço de fim de ano, os acionistas majoritários sequer lembraram-se de agradecer ao diretor o estratagema astucioso que lhes permitira duplicar o capital. Pelo contrário. Pediram vista do procedimento para a criação dos fundos filantrópicos.

Ostrov não se furtou a uma resposta pública durante a assembléia geral. Explicou que o Banco Polaco detivera nos seus cofres desde 1936-1937 um expressivo montante do ouro da Espanha (enviado à Rússia, durante a guerra civil, a fim de preservar o tesouro nacional da cobiça dos aventureiros). No entanto, terminada a guerra, esse mesmo ouro não fora devolvido a quem de direito. Que fizera ele, não em seu nome pessoal, mas em nome do Banco Polaco? Destinara, com absoluta lisura, uma parte dos lucros realizados à criação de fundos filantrópicos — tentativa modesta de compensação em favor dos herdeiros dos bens que os falsos heróis da guerra civil espanhola haviam mantido nos cofres da instituição bancária. Uma vez que haviam partilhado as benesses materiais, nada mais natural que partilhassem o mérito da boa ação.

Só não revelou que oitenta por cento da boa ação procedia do lucro contábil, realizado e aplicado, da gorda parcela do ouro da Espanha, transferido da Rússia à América por um investidor sem escrúpulo. Bastou, porém, a divulgação da prodigalidade filantrópica para que os ouvidos de Díaz Villa, nos quais repercutiram as palavras de Ostrov, se pusessem em vigília.

Nos dois primeiros meses de 1942, quando Ostrov, ofendido, rompe o contrato com o banco e negocia as suas ações, toda a atenção de Díaz Villa esteve voltada para o benfeitor do pequeno Goyco. Coincidentemente, o atentado sofrido por Ostrov ocorre em fevereiro.

Anote-se que ninguém na Argentina poderia honrar-se de tão extensa folha de dedicação à causa republicana nem de maiores serviços em favor da democracia espanhola que Vladslav Ostrov. Entretanto, os anarquistas preferiram ater-se à infâmia de Díaz Villa sobre as atividades do oficial nazista, seu homônimo, implicado no assassínio do líder do POUM.

A vingança não tardou. O que acabou por convencer Ostrov da urgência de um novo desterro.

C. Díaz Villa não depôs suas armas: tanto o atentado de Buenos Aires, amplamente noticiado pela imprensa, como as sucessivas e freqüentes visitas e passagens de *pianistas* pelo seu refúgio na Amazônia, Ostrov as creditava às suas maquinações.

E não andava longe da verdade, pois Díaz Villa compunha, em proveito próprio e em cores e traços diferentes, inúmeras poses de um único retratado. O seqüestro de Nin, nas suas várias versões, era pintado ao gosto do *amateur*: travestido de oficial alemão, Ostrov aparecia tanto a serviço da Falange espanhola, dos pró-nazistas poloneses e dos fascistas italianos (ligados à facção austro-húngara da Europa central!?), como a serviço dos stalinistas, porque russo de nascimento, e dos dissidentes franceses, porque engajado na ala independente da esquerda parisiense.

No verso de cada uma dessas composições, a cumplicidade no seqüestro e assassínio de Nin convertia Ostrov em monstro aos olhos dos anarquistas, em traidor e inimigo do povo segundo os stalinistas, em farsante para os nazistas e num "pequeno crápula" no juízo da dissidência francesa. Era bode expiatório para todos os altares, em todas as imolações.

Não é preciso usar de perspicácia para descobrir que a mudança de Ostrov para a Colômbia, que ele pretendia definitiva, pois buscava ali o retiro, a paz, não lhe trouxe a satisfação desejada. O passado veio no seu encalço, votando à precariedade suas sucessivas tentativas de acomodação no presente.

Antes que Heriberto lhe aparecesse, o que nos faz emendar as duas pontas da narrativa — os anos anteriores e posteriores a 1939 —, tudo convergia para um final feliz. O romance com Brigitte e a trapaça na venda da borracha aos nazistas podem parecer ao observador ingênuo, ou mesmo à leitura das primeiras páginas dos meus apontamentos, a causa das perseguições por ele sofridas até o final da guerra. De perspectiva mais abrangente — que não me foi aberta no início de nossas relações —, tudo ganha outra luz. Porque o horizonte se alarga e descortina-se, amplamente, todo o seu roteiro: desde a juventude em Paris, passando pela guerra civil na Espanha e pelo reencontro com Baraquias, seguido da viagem à Bélgica e do embarque para La Plata.

À vista desse longo périplo, sujeito a imprevistos e derrotas, não se aposta em evidências. Uma coisa puxa outra. Não se pode afirmar, com certeza, que Ostrov tenha sofrido represálias porque se travestiu de oficial alemão ou porque vendeu látex encruado ou porque namorou a noiva de Heriberto ou porque se filiou à *Orquestra Vermelha* ou porque se prevaleceu do seu posto no banco para criar o Fundo Mario Urruty e a Bolsa Goyco Ribote...

O que há, de óbvio, é que o seu nome devia estar inscrito no índex nazista. Do mesmo modo que encabeçaria a página negra dos traidores da República Espanhola. Dos comunistas, nem é preciso lembrar que jamais rezou pelo catolicismo soviético: desde a sua amizade com Simone Weil até a desavença com o gordo *Merlín*.

Assim sendo, cada qual pode isolar o fio que lhe pareça melhor conduzir a trama dessa tela de suspeitas, traições, mentiras, dramas e tragédia.

No que respeita à sua vida de homem de ação, acho que Ostrov purgou, por inteiro, os equívocos de suas escolhas e até mesmo os acertos de suas decisões. Uma coisa porém é certa: pelo menos no que me foi dado ouvir. Ostrov teve três grandes paixões. E cada uma delas transpõe, nos enlaces e desenlaces da vida, a linha do individual ao universal, confundindo os seus conflitos pessoais com os seus conflitos sociais, políticos, humanitários e até ecológicos. Nesse movimento pendular, num e noutro sentido, emergem, sempre, três nomes — suas três paixões: Malraux, Simone Weil e Goyco.

Por que Malraux? Porque protótipo do herói do nosso século; porque autor de sua especial predileção. Símbolo de uma época, suas memórias figuram-lhe os caminhos que gostaria de ter seguido. Quando me fala dos seus romances, tenho a impressão de que se vê nos papéis de alguns dos seus protagonistas. Sente, sofre e reage com a mesma grandeza patética dessas criaturas atormentadas.

Quanto a Simone, não é difícil inteirar-se de que o seu engajamento político e o próprio rumo que daria à sua vocação e à sua vida foram inspirados no modo de ver e de julgar e de pensar da filósofa francesa. Sobre Goyco, prefiro repetir o que me referiu. Essa relação, de forte conotação afetiva, atravessou indene o êxodo da Catalunha e a sua breve permanência em Paris, tendo alcançado, mais próximo de nós, a segunda metade do século.

Goyco

Entre 1939 e 1941, Ostrov receberia, regularmente, por intermédio de Simone, notícias de Goyco. No temor de que a partir da ocupação o anti-semitismo de que seria alvo pudesse atingir o menino, ela transfere a um casal de Saint-Jean-de-Luz, M. e Mme Chipot, a responsabilidade de servir-lhe, de modo informal, de pais adotivos ou padrinhos.

A fuga dos Weil para Nova Iorque, em junho de 1942, privaria Ostrov de toda comunicação com o casal e com Goyco. Já na direção do Banco Polaco, sua secretária conseguiria comunicar-se com o orfanato onde ele continuava internado, e a correspondência pôde ser restabelecida. De modo fortuito. Fosse porque os Chipot transferissem ao menino essa obrigação, fosse porque ele se recusasse a obedecer, ou, inibido pela ignorância do francês e do castelhano, não pudesse fazê-lo, as cartas continuariam episódicas: expedidas pelo Natal e pela Páscoa, e, em agosto, de alguma colônia de férias.

Desesperado, Ostrov apela para um correspondente do banco na Suíça. Graças aos seus préstimos, retoma-se, via Zurique, com uma certa assiduidade, a ligação epistolar com o casal. À criação do Fundo Mario Urruty e do crédito para a bolsa de Goyco, Ostrov julga de boa cautela solicitar à Cruz Vermelha a indicação de um organismo internacional apto a ocupar-se da gestão de ambos. Isso pôde ser feito com o Fundo Mario Urruty mas não com a bolsa individual. Uma entidade religiosa de Bordéus, vinculada às Obras de São Vicente de Paulo, passaria a administrar legalmente o fundo destinado à bolsa até a maioridade do favorecido.

Logo que o crédito mensal começou a ser feito, Goyco deixaria o orfanato para matricular-se numa escola particular. Os Chipot, sempre os Chipot, batizaram-no e deram-lhe educação religiosa, internando-o num colégio católico. Continuaram a escrever de raro em raro ao tutor a fim de informá-lo sobre os progressos do afilhado. Só que os progressos, diziam os padrinhos, nunca chegavam à língua francesa. Goyco era um dos primeiros nas matemáticas, mas nos ditados e nas redações, uma nulidade. Mercê de talento incomum para as abstrações, poderia ser encaminhado para os cursos de matemática da Escola Normal Superior ou mesmo da Politécnica, mas... em que língua redigiria as provas?

Atingida a maioridade aos vinte e um anos, Goyco estaria habilitado a receber diretamente a bolsa que lhe fora destinada. Desde que cumprida a finalidade da sua concessão: estar matriculado num curso superior. Antes disso, precisava submeter-se às provas do *baccalauréat* para a obtenção do diploma exigido dos candidatos às faculdades do Estado pela universidade francesa. Uma espécie de vestibular.

Quando faltavam dois anos para os exames finais do liceu, uma junta de professores, assistentes sociais e psicólogos passava a orientar os alunos das classes terminais a fim de dirigi-los, conforme a vocação, a um curso superior. Com vista à aprovação dos candidatos, a junta orientadora acompanhava-lhes o aproveitamento, assistia-os na escolha, endereçando-os ao rumo certo.

Contrariando a expectativa de M. e Mme Chipot, a junta pronuncia-se contra a inclusão do nome de Goyco na lista dos candidatos aos cursos superiores. Assim mesmo, no plural, sem indicação desse ou daquele curso. Temia-se o insucesso do aluno em qualquer opção. E havia motivo para esse temor: a falta de domínio da língua. Falta grave, própria a embaraçar qualquer habilitação.

Restaria a alternativa do *baccalauréat* de técnico superior. Se aprovado, Goyco obteria, imediatamente, o certificado de capacitação profissional. Acontece que a alternativa técnica também exigia, e ainda exige, conhecimento e domínio da língua. O que o alijava, de pronto, do exercício de uma profissão técnica mediante registro de diploma público.

Antecipando-se à extinção da bolsa e à transferência do saldo ao Fundo Mario Urruty, Ostrov parte atropeladamente para a França. Queria encontrar-se com Goyco e conhecer os Chipot, conversar com os professores e ver o que poderiam fazer para vencer o obstáculo que se interpunha entre o melhor aluno de matemática da escola e a aprendizagem de uma língua, de qualquer língua, "pela absoluta incapacidade de aprendizagem dos fatos lingüísticos", conforme rezava a declaração firmada pela junta diretora do colégio.

Acompanhado dos tutores, Goyco aguardava a chegada de Ostrov na estação de Bordéus. Ao descer do trem, Ostrov procura identificar, no meio das pessoas que se aglomeravam na plataforma, o rosto que ficara, desde Gerona, gravado na sua retina: um *flash* raro de alegria, de gratidão e de afeto. Numa resposta vaga a um velho reflexo, leva a mão ao bolso à procura da pedra que um dia estivera ali.

Não consegue descobrir entre tantas cabeças e olhos e risos as orelhas de abano, o corpo miúdo do menino que vira pela primeira vez de gatinhas numa tenda de acampamento. Desiste da busca. Dirige-se ao ponto de encontro onde deveriam estar à sua espera. Depois de andar alguns metros ouve chamá-lo: *Monsieur*! *Monsieur* Ostrov! Põe a mala no chão e volta-se para ver o adolescente em que se transformara o pequeno basco de Elgeta: o mesmo constrangimento, a mesma hesitação de quatro anos atrás.

— Você é ruim de engorda, hein, menino!

Depois da frase em português, Ostrov cai em si. Devia falar-lhe em francês. Quando se dispunha a recomeçar o que dissera, Goyco replica em espanhol:

— Mas engordei. Engordei, sim, senhor. Três quilos! E cresci, também: sete centímetros.

Ostrov, surpreso, observa:

— E, pelo que vejo, até aprendeu o português! Viva!

Preparado para o pior, Ostrov se certificara de que Goyco não era o perfeito idiota que a declaração da escola o fizera supor. Se até entendia o português! Em menos de dez segundos lhe dera prova de vivacidade, de atenção e inteligência. Que havia de errado com ele?

Num ímpeto, toma-o nos braços e, elevando-o a um bom palmo do chão, rodopia-o no ar antes de abraçá-lo e beijá-lo.

Já arrependido do gesto impulsivo, refaz o nó da gravata, ajeita o colarinho, passa a mão nos cabelos. Com a gravidade própria de um tutor, segue na companhia de Goyco até a sala de espera onde *Monsieur* e *Madame* Chipot os aguardavam.

Bem mais idosos do que imaginava, os Chipot recebem-no com a austera polidez das pessoas bem-nascidas, sem a simulação mediterrânea de simpatia à primeira vista. Ostrov gostou deles. Talvez desejasse para Goyco pais adotivos mais jovens, uns quarenta anos no máximo. Soturno como era, a companhia desses dois velhos não devia tê-lo ajudado a extroverter-se. Uma pena! Mas o que estava feito não estava por fazer... Era ver o que poderia ser modificado para oferecer ao menino condições de respirar, de desabrochar! Parecia planta cultivada longe da luz! Como é que ia aprender a escrever se não conversasse, discutisse e usasse da palavra? Estava aí, com certeza, o *hic* do seu atraso.

Ostrov tinha entrevista marcada ali mesmo, em Bordéus, com os orientadores da escola. Entrevista pessoal. Nem os Chipot nem o aluno estavam convidados para a reunião que aconteceria no Centro Educacional, precariamente instalado na cidade desde 1942. Como a bolsa de Goyco começara a ser paga em 43, ele fora transferido do orfanato para a escola particular e mudara-se para Bordéus.

Não era do conhecimento de Ostrov que a transferência de escola tivesse acarretado uma dupla mudança na vida do menino: de regime escolar, porque passara ao internato, e de cidade. Não estaria nessa emergência o fator preponderante das deficiências apresentadas no estudo? Julgando estar aí a causa, ou outras que mais houvesse, para o seu desajustamento, Ostrov interpela os Chipot sobre os efeitos imediatos, durante a fase de adaptação, no aprendizado do francês.

Mme Chipot contesta que a mudança tivesse podido influir no rendimento escolar. Principalmente porque fora para melhor... O internato era bom. Muito bom! Promoviam piqueniques, visitas a museus, e até levavam os alunos ao teatro! Prejuízo mesmo, quem poderia negá-lo?, causaram-lhe as guerras. Era o que ela vivia dizendo aos orientadores. Goyco saíra de uma guerra civil para cair numa guerra mundial! Quem resistiria a tantos golpes?

Ainda na sala de espera da estação, Ostrov continuava a ouvir, impaciente, as infinitas justificações de Mme Chipot para os repetidos insucessos do seu protegido. E quanto mais ela falava, mais ele se convencia de que nenhuma culpa lhe podia ser atribuída.

E Mme Chipot falava, falava. Ensimesmado, Ostrov alheava-se àquele vozeio interminável. Num banco em frente, a cabeça baixa, Goyco ocupava-se em rasgar uma folha de jornal em pequenos pedaços. Um a um, ia enrolando-os e dispondo-os em linha reta. E punha tal esmero na confecção e disposição dos canutilhos que nada mais o atraía. Indiferente a tudo e a todos, aplicava-se ao seu exercício de geometria. Curioso, Ostrov pede licença aos Chipot, atravessa a sala e vai sentar-se a seu lado. Ao súbito contato com o corpo de Ostrov, um estremecimento assustado parece percorrer-lhe músculos e nervos. Para pô-lo à vontade, Ostrov afaga-lhe o ombro e debruça-se sobre a criação engenhosa:

— Que é que está fazendo? Um time de futebol?

Ao que ele responde:

— Não, senhor! É um esquadrão!

Corria o ano de 1946, a guerra terminara em 45, e Goyco, com dezesseis anos, um ás nas matemáticas, se divertia fazendo canutilhos para enfileirá-los em esquadrão! Tudo estava errado. E se tudo dera errado, fora porque tudo começara mal, muito mal. Se tivessem partido, os dois, para a América do Sul, ele estaria formando a linha de defesa do gol...

Que é que poderia dizer além de:

— Continue! Continue a fazer o seu esquadrão! Espero que seja de soldados bascos, companheiro!

E Goyco lhe replica:

— E é!

O impasse estava criado. Tudo começara com Urruty, e talvez ele, ele apenas, fosse capaz de salvar o menino. Tendo conhecido a sua família, saberia entendê-lo, saberia falar-lhe — na sua língua, o que era o principal. E com uma primazia: representava aos seus olhos a figura paterna.

Enérgico e destemido, Ostrov não conseguia vislumbrar uma saída. Sua vontade era enterrar o passado e, com ele, as angústias de um problema que não era seu. Para apressar o epílogo, vira-se para os Chipot e convida-os a almoçar ali mesmo, na estação. Durante todo o almoço, o casal observa silêncio constrangido. Sempre igual a si mesmo, Goyco segue os menores gestos do tutor com um olhar enviesado, como se pedisse desculpas por existir, por estar ali e dar prova pública, notória, de incapacidade. E de tal modo irradiava essa aura de humilhação que Ostrov se sente contagiado pela sua pungência. Perde o apetite. Levanta-se e pede licença para sair à procura de um hotel. Avistara, da janela do trem, a poucos metros dali, o Terminus. Esperassem por ele. O tempo para a reserva do quarto e uma pequena toalete. Estaria de volta para a sobremesa.

No hotel, não se contenta com a pequena toalete; toma um banho e troca de roupa. Sente-se melhor. Recuperado do mal-estar, julga-se em condição de enfrentar o olhar de Goyco e o terrorismo pedagógico dos orientadores escolares.

Se bem que refeito, moral e fisicamente, não tem ânimo para reatar o diálogo com os Chipot. Tampouco se deixa seduzir pela lista das sobremesas. Pede um café, péssimo, "de milho tostado", segundo M. Chipot, paga a conta e partem para o Centro Educacional. Às despedidas, Mme Chipot pergunta-lhe quando pretendia partir. Sem medir as conseqüências de uma simples resposta — "O mais depressa possível" —, Ostrov descobre o quanto Goyco, já com dezesseis anos!, ainda esperava dele.

Dominado por súbita crise de choro, debruça-se sobre a mesa. Mme Chipot abraça-o com carinho e procura consolá-lo, dizendo:

— Mas ele voltará, mas ele voltará, não é, *monsieur*?

Irritado, e decidido a fazer valer sua vontade, Ostrov determina:

— Só depende do Goyco... Virei para a sua formatura.

Como por milagre, o rapaz se recompõe: as lágrimas são estancadas, os soluços perdem a intensidade até desaparecerem por completo. Em poucos segundos, já não se estampava no seu olhar a humilhação das primeiras horas da manhã. Tudo nele respirava raiva, orgulho, tensão.

Ostrov nota a mudança mas não altera o humor. Alegando que gostaria de conhecer a cidade, sugere que ele venha buscá-lo à noite. Teriam tempo suficiente para conversar, jantar e passear.

O encontro é marcado para as sete horas no saguão do hotel.

❖

Dois orientadores e um professor estavam encarregados de expor ao tutor as razões que haviam levado a escola a excluir o aluno da lista dos candidatos a uma vaga no ensino superior. Entenda-se: a impedir que se apresentasse aos exames do vestibular.

Antes de abordar as causas de uma previsível reprovação de Goyco, o professor que o acompanhava desde a transferência para o internato se estende em considerações sobre o seu talento para as ciências exatas. Da aritmética elementar à matemática avançada, nada havia que o rendesse. Os números, as formas, as entidades abstratas, as relações entre essas entidades, tudo lhe parecia fácil. E muito freqüentemente os colegas eram favorecidos pelos seus conhecimentos. Só que...

Ao lidar com as palavras, o drama começava. Ele não conseguia fazer-se entender. E tinha de ir ao quadro-negro para demonstrar, aí, sim, com exatidão, coerência, e brilho também, o que lhe parecia inexplicável. Mostrava-se incapaz de reduzir o pensamento construtivo em pensamento discursivo. Essa coisa simples e correntia que é a organização da frase em sujeito, predicado, complemento. Sobretudo em francês, que é língua clara, direta!

Como chegara a terminar o liceu?

Graças ao êxito obtido nas disciplinas que não exigiam domínio apurado da língua. Muitos professores fechavam os olhos às suas deficiências e encareciam a importância de sua vocação excepcional. Mas lá fora, na universidade, não havia conta de chegar nem consideração especial só porque ele era um gênio da álgebra ou da geometria... Não haveria para ele, diante de qualquer dificuldade com as palavras, um quadro-negro ou uma folha de papel para tudo resolver com números, equações, fórmulas, funções e cálculos infinitesimais. Se fosse surdo, ou surdo-mudo, poderia recorrer à linguagem dos sinais. Mas não era!

Que opinavam os especialistas nessa espécie de patologia — neurologistas, psiquiatras e psicólogos?

Acreditara-se, no início, tratar-se de um caso raro de deficiência de linguagem que pudesse justificar a excelência da capacidade de abstração em detrimento da organização do discurso. Mas não era isso. Embora de temperamento taciturno, Goyco se expressava normalmente dentro do cotidiano: fazia questões, dava respostas, entendia tudo quanto lhe dissessem. Confundia-se quando lhe exigiam, por exemplo, uma dissertação oral. Por escrito, pior ainda: não conseguia coordenar as idéias. Não sabia fazer uso das conjunções e, em conseqüência, não estabelecia nexo entre os períodos.

No caso particular das ciências exatas, explica o orientador, não são raros os exemplos de meninos e meninas que, mal saídos da infância, resolvem equações complicadas e descobrem sozinhos as proposições de Euclides. Pascal não "inventou" a geometria aos doze anos de idade e escreveu, aos dezesseis, um tratado sobre as seções cônicas? Logo, isso é possível. E sem o ônus da rejeição do discurso...

Ostrov não aceita o argumento capcioso. Inclinado a acreditar que o empenho da escola era valorizar a socialização em detrimento da instrução — o que talvez fosse próprio da educação americana mas não da educação européia —, insinua:

— Se as coisas são desse jeito, o futuro virtuose, do piano ou do violino, também será impedido de freqüentar o Conservatório se não puder dominar o pensamento discursivo? E o futuro tenor? E o barítono?

Os exemplos, mal escolhidos, dão ganho de causa aos seus interlocutores: os artistas formavam bando à parte... Não precisavam falar nem enxergar. À exceção daqueles que se destinassem ao exercício do magistério...

A cada nova investida do tutor, os pedagogos eliminavam, sem piedade, as propostas que pudessem dar acesso a uma especialização em ciências exatas. Porque todas elas esbarravam num obstáculo intransponível: a linguagem.

Havia, portanto, um conceito de estudante "normal". Imposto como modelo, aqueles que não o copiassem sofriam punição: eram excluídos da sociedade letrada. Goyco fugia a esse modelo. Não se conformava à imagem do cientista que a universidade francesa criara para uso interno. Era inútil insistir.

Ostrov não se dobra. Se as portas da universidade estavam fechadas, as dos hospitais ou clínicas poderiam abrir-se para estudar esse "fenômeno": uma personalidade avessa à socialização numa individualidade rica e autêntica. Não era possível que gente diplomada, com acesso a tudo quanto agora se recusava ao aluno, não encontrasse solução para um caso de inadaptação ao tipo de sociedade que se construía no país. Se a solução não estivesse ali mesmo, na escola, mas no hospital, na clínica, muito bem!, era chegada a hora de submeter o paciente a tratamento e socializá-lo conforme as exigências do meio! O que não era possível é que todos se omitissem, e ele — que nada entendia de deficiências mentais nem de pedagogia nem de psicologia, ele, o tutor, o menos indicado para dar a um gênio da matemática uma vida normal, num país normal — fosse obrigado a arrastá-lo consigo até a Amazônia para compartilhar a sua existência selvagem!

Terminado o desabafo, Ostrov faz silêncio. Os responsáveis entreolham-se, falam-se em voz baixa, e um deles, o orientador Pierre Jaccard, convida-o a acompanhá-lo à sua sala. Precisava falar-lhe particularmente. O que devia revelar-lhe era confidencial.

Monsieur Jaccard toma a defesa da instituição. Não se podia acusar de omissão os seus educadores. De modo algum. Goyco era estimado por todos os professores e merecera, desde a primeira matrícula, especial atenção da diretoria. Quando notaram a sua deficiência de linguagem, informaram M. e Mme Chipot e pediram autorização para submeter o aluno aos exames prescritos pelos especialistas. À vista do resultado dos exames, foi possível dispensar-lhe assistência psicológica adequada. E os Chipot estavam a par da terapia, tanto que pagavam as sessões — uma vez por semana durante o ano letivo e duas vezes por semana durante um mês das grandes férias, quando o paciente e o psicólogo se encontravam na cidade.

Mas apesar do empenho de todos, e de cada um em particular, o resultado fora desanimador. Ao ver que não obtinha êxito, o psicólogo recorrera a um neurologista. O laudo final, assinado pelo neurologista, emitia diagnóstico conclusivo. E estava à disposição do tutor na secretaria.

De forma sumária, o que podia adiantar é que Goyco saíra traumatizado, moral e fisicamente, da experiência precoce da guerra. O neurologista não afastara a hipótese de que ele tivesse sido atingido por algum projétil. Não que houvesse uma bala no seu cérebro. Não, não era isso. Mas uma bomba, uma granada podiam ter explodido a poucos centímetros de onde ele se encontrava e o abalo sofrido comprometera-lhe as funções cerebrais.

Não, ele não era louco nem esquizofrênico. E a deficiência nada tinha a ver com as funções vitais. O que acontecera, ou podia ter acontecido, é que as áreas em que se localizam as imagens auditivas verbais e as representações auditivas das palavras com os movimentos articulatórios correspondentes tivessem sofrido o trauma, provocando a perda de bancos mnemônicos. Quer dizer, ali onde se coletam os dados necessários à emissão verbal, à concatenação das idéias ou, como dissera antes, à construção lógica da frase numa língua latina — sujeito, predicado, complemento.

O exame neurológico evidenciara a existência de uma falha de conexão. Como a aprendizagem da palavra supõe a aptidão para formar associações entre os vários modos que constituem o sistema, houve uma disjunção em alguma parte. E o que era lastimável: não se corrigiam essas falhas. Pelo menos até aquela data...

Uma enorme e penosa sensação de impotência traz à memória de Ostrov as últimas palavras de Urruty. Ele não se mostrara à altura do compromisso assumido. E não fora por não gostar de Goyco. Amava-o, sim. Muito. E fizera-o sofrer. Ali mesmo, há poucas horas... Sequer indagara pela sua vida na escola, pelos seus gostos, pelas suas esperanças, pelo seu desespero e pela sua solidão... Contentara-se em assumir o papel de tutor, comportara-se como tutor, falara como tutor. Se lhe tivesse manifestado afeto e estima, ele não deixaria de responder-lhe na mesma medida.

Mas... como ganhar-lhe a confiança? E como conhecê-lo? Gisors, na *Condição humana*, encontrara a explicação para o malogro de toda tentativa de conhecimento daqueles a quem se ama: conhecer pela inteligência é uma tentação inútil. E sempre recorremos ao espírito para compensar esse sentimento negativo. O sentimento positivo, a realidade, é a angústia de sentir-se estranho a quem se ama.

Menos agressivo, Ostrov volta-se para o orientador e pergunta-lhe:

— Goyco foi informado sobre o diagnóstico do neurologista?

— Apenas indiretamente — responde-lhe o orientador. — O terapeuta teve de modificar o tratamento e foi necessário explicar-lhe a razão dos novos testes e exercícios. Só isso.

Como a aprendizagem da palavra supõe capacidade inata para formar associações entre os modos de percepção, o terapeuta praticara com ele milhares de associações para despertar-lhe a sensibilidade. Obtivera algumas respostas. Muito pouco para preencher a falta de uma aptidão. Foi o que Ostrov entendeu.

— Resta alguma esperança? — pergunta ao orientador.

— Nos Estados Unidos, quem sabe?, onde os estudos de neurologia estão avançados... Ele terá de aprender a pensar.

— Mas... e se aprendendo a pensar de acordo com o modelo preestabelecido, ele vier a perder sua melhor aptidão — a de formar associações numéricas, ou coisa parecida?

O orientador esquiva-se:

— Disso não entendo.

Esgotados os recursos ao alcance da escola e dos especialistas da cidade, nada mais havia a fazer. Ostrov sai frustrado. Não o seduz a idéia de mandar o menino para os Estados Unidos. E, no íntimo, ainda acreditava num erro de análise, num diagnóstico equivocado. Julgava possível um traumatismo. Moral, nada físico.

Lembrava-se muito bem de ter lido numa entrevista com Einstein que a linguagem, para ele, sob forma oral ou escrita, não parecia desempenhar nenhum papel no mecanismo dos pensamentos. Porque pensava por signos e imagens.

Era mais do que provável que essa fosse, também, a maneira de pensar de Goyco... Quem sabe André Weil, irmão de Simone, gênio da matemática, ele, sim, pudesse ajudá-lo? Era preciso esclarecer tudo isso. Antes que se desse por irretratável o veredicto da junta orientadora.

Às sete horas da noite, Goyco estava no Terminus para sair com o tutor. Guardava no rosto as marcas da raiva, da determinação e do orgulho ofendido que Ostrov descobrira depois de anunciar-lhe que voltaria para a sua formatura.

Como se nada houvesse, Ostrov começa por indagar em que língua iriam conversar, se em castelhano, se em francês. Goyco responde-lhe que não falava castelhano desde que viera para Saint-Jean-de-Luz. Preferia o francês.

Ostrov continua:

— E em que língua você reza? No colégio devem rezar em francês, não é? Mas.... sozinho, você reza em francês, em espanhol ou em basco?

Goyco empalidece. Notara que as perguntas deviam ter relação com o que o tutor ouvira à tarde no Centro Educacional. Gagueja, abaixa a cabeça e não responde.

Ostrov não se deixa comover. Seguro do que fazia, fere a corda sensível:

— E o basco, você ainda sabe falar?

Goyco não lhe dá resposta. Ostrov insiste. O menino recolhe-se sob a capa da humilhação e da vergonha. Os olhos baixos, num quase murmúrio, balbucia:

— Esqueci tudo.

Era claro que mentia. E talvez estivesse aí, nessa evidência, a causa que escapara a todos os aprendizes de psicologia. Ele não esquecera coisa alguma, a sua língua era o basco; o seu castelo, a matemática.

Ostrov renuncia a investida mais feroz. Tinha, bem guardado, o grande trunfo da noite: um jantar basco. Conseguira, no hotel, o endereço de um restaurante de excelente reputação, nos arredores do porto, e cujo dono era basco. Basco francês, provavelmente, mas pouco importava, devia conhecer a língua.

Conta a Goyco que iam até o porto à procura de um bom restaurante de peixes. Que tal? Ele recebe com indiferença a notícia que Ostrov lhe dera com manifesta alegria.

— Se não gosta de peixe, eu mudo a escolha — propõe.

Goyco justifica-se, em francês:

— Até que gosto de peixe. E os restaurantes do porto têm muita fama. É que quase não como no jantar.

Quando se encontravam a alguns metros do restaurante Hendaya, Ostrov, surpreso, aponta-lhe a placa:

— Hendaya! É um bom nome. A cozinha dessa região também tem fama. Quem sabe ficamos por aqui? Você aprova? Se não quiser comer muito, escolha uma boa sobremesa!

Goyco responde afirmativamente com a cabeça.

Entram. O restaurante era simples, sem luxo. O chefe, cabeça grisalha, baixo e gordo, circulava entre as mesas, cumprimentando os clientes, explicando, aconselhando, sugerindo. Os termos todos que empregava, para referir-se aos ingredientes, eram bascos.

Ao vê-lo aproximar-se da mesa onde estavam sentados, Goyco não consegue esconder sua inquietação. Ostrov abre o cardápio e confia-lhe que era melhor escolher logo o que pedir. Antes que o chefe chegasse. E... se houvesse algum termo em basco, contava com a sua memória. Em poucos segundos, Goyco tinha na ponta da língua o seu prato: o *truffado*.

— E você sabe o que é?

— Sei, sei, sim. Batata e queijo. Muito bom.

— E *eskautina*? Soa bem. Acho que vou pedir isso.

— Mas, não! Não é um prato! São uns biscoitos quadrados, de milho, com açúcar por cima. Para a sobremesa ou para o café da manhã. Não peça isso, não!

O chefe estava diante deles. Dirigindo-se a Goyco, pergunta-lhe em basco:

— Já sabes o que vais pedir?

Sem qualquer timidez, Goyco lhe responde e trocam algumas palavras. Depois, virando-se para Ostrov, o chefe faz-lhe a mesma pergunta, mas em francês:

— O senhor já sabe o que vai pedir? O seu sobrinho aqui disse que o senhor não fala o basco, não é?

E Ostrov, curioso:

— E como o senhor sabia que o meu sobrinho fala a sua língua?

O velho pisca o olho para Goyco e responde:

— Ora, ora... Porque tem testa de basco, cabeça de basco e esse jeito agreste de basco! Um basco cheira outro a cinqüenta metros de distância...

Era visível que se estabelecera entre ambos uma forma especial de cumplicidade. Goyco parecia transportado. Era como se tivesse recuperado o chão que lhe faltava. E o chefe devia ter notado a impressão que lhe causara. Num gesto de entendimento, passa-lhe a mão na cabeça. Depois, pega o lápis e fecha o pedido. Ostrov decide-se por um arroz *à la gachucha*, que era arroz com chouriço, azeitonas, pimentão e tomates. Uma espécie de risoto basco. Para beber, pede uma sangria Hendaya, diferente de todas as sangrias espanholas. Além de água gasosa e vinho tinto, leva licor Izarra, licor de *cassis*, que é uma espécie de groselha negra, pedaços de limão, cravo, canela e bons cubos de gelo.

O chefe explica:

— É um refresco pouco alcoolizado, especial para rapazes que querem dormir e sonhar com a namorada ou com a sua bela terra. Para o tio, eu dobro o vinho e o Izarra. Se ele não beber demais...

Goyco sorri. O chefe parte com os pedidos.

Ostrov comenta:

— Você achou engraçado, hein? Pois fique sabendo que bebo menos que você. E não vou sonhar nem com a namorada que não tenho nem com a minha terra infeliz... E quanto a ser seu tio... Tutor é mais que tio... Mesmo se não falo basco. Você fala por nós dois. Fala e entende muito bem... Por que me escondeu isso? Teve medo de que eu lhe pedisse para traduzir um livro?

Embaraçado, Goyco não enfrenta o seu olhar. Pega o garfo e põe-se a traçar figuras geométricas na toalha. Ostrov segura-lhe o pulso. Ele estremece. Retendo-lhe a mão com uma advertência — "Agora, ouça bem, e responda" —, desencadeia, em série, as questões todas que vinha formulando para descobrir o que se escondia atrás da tal deficiência de linguagem:

— Você falava basco em Saint-Jean-de-Luz?

— Sim, senhor.

— Com os colegas?

— Com os colegas e com os professores.

— E era permitido fazer as provas em basco?

— Não, senhor. Só em francês.

— E você fazia as provas em francês?

— Sim, senhor.

— E por que em Bordéus não consegue escrever em francês?

— Porque em Saint-Jean-de-Luz os meus colegas, e também os professores, me ajudavam. Todo mundo sabe basco. E ninguém tem vergonha de falar. Todo mundo sabe francês. E não é proibido ensinar.

Aí estava o trauma. Aí estavam a ruptura das conexões e a causa da perda dos tais bancos mnemônicos! E ninguém dera pela coisa. Sequer os tais especialistas de merda! O menino não tinha ainda aprendido o francês — dificuldade de aprendizado já assinalada na Pouponnière de Paris — e fora obrigado a esquecer a língua da infância, na qual não chegara a ser alfabetizado. Como tinha o dom dos números, agarrara-se a eles. Eram a sua couraça, a sua linguagem e, também, o seu divertimento. O seu jogo. O ideal seria resgatar o basco e recomeçar tudo a partir daí. Sem abandonar, obviamente, os estudos de matemática...

Enquanto comia o arroz *à la gachucha*, Ostrov decidia do futuro do tutelado. Alguém, os Chipot talvez, se encarregaria de matriculá-lo num colégio interno, fosse numa das províncias bascas espanholas, fosse no país basco francês. Ali onde se falasse e se aprendesse o basco. O importante seria oferecer-lhe a possibilidade de restabelecer o elo perdido com a língua materna. Ele concluiria a formação na Espanha, ou na França, dominando a língua oficial — o castelhano ou o francês. Isto é, a língua do seu gosto ou preferência, que o habilitasse a reduzir a abstração científica em linguagem "normal", usada pelos colegas, gente de sua idade.

Resolvida a fatal deficiência, que nem deficiência era, ele poderia fazer o doutorado na Escola Normal Superior, em Paris, ou mesmo em Madri ou no México... Por que não? O importante seria escapar da pecha da incapacidade. Temia, porém, que o último recurso fosse mandá-lo de volta à Espanha, à Espanha de Franco... Paciência... Salvava-se o herdeiro vivo da família Ribote. O resto se arranjava.

O jantar termina muito bem. Goyco reconciliado com o tutor e já grande amigo do chefe, que o convida a almoçar no

Hendaya num fim de semana. Era só avisar. A mesa ficava reservada para o seu neto, também estudante. Ele teria companhia. E falariam basco.

No dia seguinte, os Chipot recebem, e aceitam, a incumbência de encontrar um internato — em Hendaye ou Saint-Jean-de-Luz, se possível, ou, então, numa cidade espanhola da fronteira, em território basco — para que Goyco se preparasse para a universidade. Ele devia reaprender o basco e aprender a língua oficial do país. Só isso. Tudo mais viria com o tempo.

Ostrov pensa em voltar ao Centro Educacional para referir aos orientadores o que ele, sem qualquer formação especializada, tinha descoberto depois de algumas horas ao lado de Goyco. E... se estivesse cantando vitória antes da hora? Melhor esperar. Renuncia à pequena vingança.

Parte de Bordéus deixando aos Chipot uma boa soma em dinheiro para a mudança e instalação de Goyco. A bolsa cobriria os gastos com educação. Tinha intenção de visitar os pais de Simone em Paris. Não vai além da intenção. Ao saber pelos Chipot como tinham sido os seus últimos meses de vida, falta-lhe coragem para revê-los. De que iriam falar? Se nem durante o breve asilo nos Estados Unidos, na companhia dos pais, entre maio e novembro de 42, ela pudera desfrutar alguns momentos de paz! Só cuidara do regresso à Europa. Devorada pelo remorso, recriminava-se por continuar viva, por estar a salvo das bombas, por tomar chocolate quente, enquanto, na Europa, todos passavam fome. Para mortificar-se, chegava a ficar três dias em jejum absoluto.

Simone desembarcara em Liverpool no dia 25 de novembro de 1942. Embora quisesse engajar-se em missões perigosas, atribuíram-lhe um posto de redatora no serviço civil da resistência francesa em Londres. Antes de alugar um quarto em Portland Road, ela viveria uns seis meses numa caserna sem conforto onde se alojava o voluntariado feminino francês. Durante todo esse tempo, alimentara-se mal, privara-se de tudo quanto os franceses não podiam comer. Não suportava a idéia de que fosse alvo de qualquer privilégio e buscava por isso, conscientemente, a solidariedade efetiva, total, com aqueles que padeciam os horrores da guerra.

Enfraquecida, debilitada, os dois pulmões lesados, Simone fora hospitalizada em abril de 1943, vindo a falecer em agosto do mesmo ano. Fiel aos valores sobre os quais escrevera e pelos quais dera a vida, pôde morrer como sempre desejara: à luz da verdade.

A lembrança dos encontros com Simone e com a turma da Escola Normal, as reuniões do Partido, as discussões, as brigas entre Simone e Souvarine, o seu desentendimento com Trotski, tudo o que constituía o interesse maior da sua vida na França não despertava em Ostrov o menor desejo de rever a capital. Além disso, a guerra deixara marcas profundas não só no aspecto físico da cidade e das pessoas, mas, também, naquilo que se conhece como "espírito parisiense".

Que tinha ele a fazer ali? Sequer poderia avistar-se com André Weil, que continuava a lecionar no estrangeiro. Atravessa a cidade em diagonal. Desce de trem até o Havre, onde toma o navio de volta à América do Sul. Passara cerca de um mês no mar para descobrir, em menos de três horas, a solução para o problema que poderia arruinar o futuro de Goyco. Bastara-lhe um pouco de observação. Inspirada pelo vivo desejo de ajudar.

Essas, as ponderações que Vladslav fazia no barco ao avaliar o proveito da viagem meteórica a Bordéus.

Entretanto, nem o futuro de Goyco durou quanto desejava, nem ele próprio conseguira estimulá-lo a buscar o que melhor lhe conviesse. Ainda que tivesse alcançado uma certa notoriedade no campo da geometria diferencial, a ciência não lhe trouxe a felicidade que, com toda boa-fé, o tutor acreditara propiciar ao seu talento.

Ao fim e ao cabo, ninguém se defende da esperança...

Até atingir a maioridade, Goyco permaneceria na França, em Saint-Jean-de-Luz. Reaprendera o basco e chegara a dominar o francês. Aos vinte e um anos, escreve a Ostrov para comunicar-lhe que estava de mudança: ia morar em Bilbau. Não se preocupasse. Fora adotado por M. e Mme Chipot e entraria no seu país com novo nome. Chamava-se, por conveniência, Chipot, Goyco Chipot. Retomara os estudos de castelhano e poderia ingressar na universidade. Escolhera um tema de geometria diferencial para a sua tese. Assim, não abandonaria aquilo que era o seu forte: a análise matemática. Quem sabe pudesse um dia realizar o seu sonho de vê-lo professor na Escola Normal, em Paris?

Goyco agarrara nas mãos o próprio destino. Era maior. E dono do seu nariz. Ostrov não fora consultado. Uma carta de Mme Chipot, com a participação do falecimento do marido, não faz senão confirmar a decisão do filho.

Depois de fazer amizade com estudantes bascos, bascos espanhóis, Goyco só pensava nisto: estudar em Bilbau. O doutorado era apenas um pretexto para o retorno à terra natal. Não que negligenciasse seus deveres. Longe disso. Continuava imbatível na matemática. Mas professava uma paixão avassaladora pela pátria. E pátria, para ele, era a Vascônia. Embora quisesse bem à mãe adotiva, não hesitara em deixá-la só! E sabia que, viúva, a solidão lhe pesava mais, muito mais!

Ostrov inquieta-se. Com os seus antecedentes, se Goyco se desse a conhecer por qualquer forma de fanatismo patriótico, a polícia ignoraria o seu nome francês e o condenaria à prisão perpétua. Se não o eliminasse antes.

Como a censura era implacável, sabia que ficaria privado de notícias suas, diretas. Não receberia cartas nem tentaria escrever-lhe. A mais mínima suspeita de ligação com um russo republicano, seria motivo bastante para expulsá-lo da universidade. Assim, caberia novamente a Mme Chipot o papel de intermediária entre os dois.

Quando Goyco aparecia para visitá-la, mandavam-lhe bilhetes e postais a quatro mãos. E Goyo juntava sempre alguma fórmula para desafiá-lo a duelo matemático, terminando a mensagem em basco.

Em 1955, doze anos após a viagem de Ostrov a Bordéus, Goyco defendia a sua tese. Ostrov não assistiria à defesa. Tinha seus motivos. Mandou-lhe um cheque gordo. Comprasse o que quisesse.

Goyco comprou o que queria: armas, armas para a luta dos separatistas bascos. Simpatizava com o movimento, tinha amigos que começavam a mobilizar-se em favor da Vascônia livre. Voltaria à França para dar aulas em Saint-Jean-de-Luz e em Bordéus. Intermitentemente. Não tardou muito para que seu engajamento político deixasse o plano das idéias e da mera simpatia. A paixão pela pátria, definida por Mme Chipot como "avassaladora", fora lenta e progressivamente fermentada pela gana de vingança. Era a sua hora.

Ostrov chegara a supor, numa certa época, que a matemática cumpriria, nas suas mãos, as funções de arma e instrumento: abriria caminho no mundo e o ajudaria a superar deficiências. Isso não acontecera. Consumado o engano, não seria ele quem o impediria de lutar e morrer por suas idéias. Se Simone Weil, santa e frágil, pudera levar a cabo o seu desejo de imolação, por que Goyco não faria o mesmo?

A mãe tenta dissuadi-lo. Em vão. Pede socorro a Ostrov. Logo ele? Ninguém menos disposto a desarmar um basco, ninguém mais identificado com o ETA que esse russo humilhado em terras de Espanha.

Dá razão a Goyco. Toda razão. Depois de perder pai, mãe, irmãos, a família inteira e o amigo que lhe restava, renuncia ao próprio nome, riqueza de raiz, só para resgatar a dignidade da pátria. Que é que ele, vencido em duas guerras, poderia oferecer-lhe em troca?

Para Ostrov, Simone e Goyco cumpriram o voto de entrega total àquilo que julgavam o seu destino. Parece que Simone teria dito, no sanatório, que era um pedaço amputado de Deus, por pouco tempo ainda. Em agonia, já podia imaginar-se reintegrada a ele. Conta Mme Chipot que Goyco lhe anunciara que estava prestes a realizar o que mais desejava: unir-se, pelo sangue, ao sangue dos pais.

Em outubro de 1968, quando Goyco faz explodir uma bomba num ato terrorista reivindicado pelo ETA, as "forças da ordem" da cidade de San Sebastián fuzilam-no já agonizante. A imprensa divulgaria o nome de batismo do terrorista morto — Goyco Ribote — com a indicação de filiação: filho dos comunistas María e Miguel Ribote. Repousa em vala comum.

Tenho para mim que Ostrov nunca se recuperou da perda de Goyco. Há qualquer coisa de inacabado nas suas relações com o menino. Notei que de todos os seus encontros ressumavam carinho insatisfeito, palavras não ditas, gestos incompletos. De parte a parte. A inibição, a timidez, o medo da doação e da entrega total barravam a expressão dos sentimentos. E isso dói. Principalmente num homem de temperamento forte, pronto a responder a qualquer desafio.

Tudo ficara a meio caminho: a meio caminho da verdade. Como isso me parecia transparente, forrei-me de coragem e perguntei-lhe se guardava mágoa de ter passado ao largo da estrada que lhe fora destinada, à margem do que poderia ter sido e que não foi. No trato com Goyco, muito particularmente.

Sabe que me respondeu? Que não. Porque sua morte lhe permitira, numa projeção de ideais, dar o salto à quadratura do círculo. Fora a sua operação-verdade: saíra do túnel em que vivera desde a guerra civil para reencontrar-se consigo mesmo, à luz dos trópicos.

Por um capricho da índole de Goyco e pela sua própria índole, a história dessa amizade tormentosa de um adulto e de um órfão de guerra figurava muito mais uma história do olhar, do não dito, que uma história de palavras. A sucessão de algumas cenas em que se via diante do menino é que conferia sentido ao caráter enigmático das emoções experimentadas: um pequeno drama em que se misturavam a surpresa, o espanto, o carinho, o temor, o ódio...

Tudo em contraste com o pano de fundo, o lugar, que lhes passava inteiramente desapercebido, fosse Gerona, Montpellier, Paris, Bordéus, porque o que pesava, de fato, eram as obsessões, o medo, o êxodo, o exílio e, mais tarde, a angústia diante do diagnóstico absurdo da deficiência mental do menino. Nas aparências, na fisionomia, no silêncio é que se podia ver o outro lado do espelho. E em todos os encontros, o face-a-face impiedoso os desconcertava. Talvez porque, nesses breves *sursis* que a vida lhes oferecia de quando em quando, eles se vissem tais como eram: na fragilidade, nos erros, nas dores e mágoas.

O fim trágico do órfão desvalido que a vida transformara em terrorista, e a morte em herói, concedeu-lhe, ao contrário do que pudesse imaginar, a posse imediata da utopia. Frustrada a sua conquista, enterrados os ideais da mocidade, havia renunciado ao risco, a todo risco que o pusesse em perigo de vida. Escarmentado pela vilania e pela traição, aquietara o sangue e os nervos, pusera freio no ímpeto de luta por palavras vãs.

No entanto, continuara a aspirar em segredo àquilo que os seus interesses renegavam em público. Urruty morrera pela República. Goyco sacrificara-se para ter o direito de misturar o seu sangue ao sangue dos pais no mesmo chão, na mesma terra de onde a violência banira o sonho da utopia. E morrera para poder vestir o uniforme com que entraria na história: o do combatente. Teriam eles morrido por causas perdidas? Palavras vãs? Não e não! Tinham lutado por idéias. E as idéias não morrem. A implacável realidade da história de Goyco, de que Ostrov era parte e ator, lhe confirmara, no epílogo, que não fariam caminhos à parte: unira-os o salto à quadratura do círculo.

Levou algum tempo, como muita vez me acontece, para que eu entendesse a apropriação do heroísmo de Goyco por Ostrov. Lembrando-me de que associara a sua morte à de Simone Weil, que também se cumprira, aparentemente, sob inspiração suicida, acabei por concluir que razões não lhe faltam para essa certeza. Primeiro, porque o sacrifício dos dois apaixonados pela geometria tem sua lógica. E é provável que estivessem, ambos, conscientes da sua complexidade, visto que exerciam contra si mesmos o rigor cruel que se reserva para os inimigos. Simone instala a frente de combate onde lhe permitem: escreve, estuda, trabalha vinte horas por dia. Mas isso não lhe parece suficiente. Pois a solidariedade não é, no seu sentir, virtude abstrata; exige, para manifestar-se, padecimento efetivo. Que faz, então? Passa fome. Afinal, quem está no *front* não precisa de autorização para deixar de comer nem para morrer...

E quem, como Goyco, se decide a assumir um risco sobre-humano pediria autorização para morrer? Embora individual, o seu gesto temerário confere sentido a um ideal coletivo em que as referências morais e simbólicas alavancam a coragem e a energia de um partido, de uma região e mesmo de um povo.

Ostrov, que num segundo momento da sua vida havia procurado a limitação, a ausência, recupera, com Goyco, na mesma idade em que tinha feito a guerra da Espanha, a têmpera para a luta. E consegue realizar, nessa transferência, o que se havia proposto: morrer por uma idéia.

Satisfeita comigo mesma, expus a Ostrov a minha análise. Depois de ouvir-me com atenção, ele me disse que minha ambição intelectual me levara longe demais. Nem todas as emoções se sujeitam a análise. Que eu tentasse compreendê-lo sem queimar as meninges.

Foi o que fiz. Ou melhor, tentei fazer.

Quando nos despedimos, ele me perguntou se eu tinha seguido o seu conselho. Disse-lhe que sim, mas que ainda preferia dar trela à minha ambição intelectual a pairar nas nebulosas da incerteza.

De volta à Alemanha, se queria notícias, tinha de telefonar-lhe. Como ele nunca se dignava chamar-me, ficou combinado que conversaríamos uma vez por mês: todo primeiro domingo. Por obra e graça do progresso, as comunicações com o norte do Brasil já se faziam por satélite. Era discar e falar. Entre as últimas novidades, uma excelente: João partira para Cuiabá. Ia fazer o supletivo para poder estudar botânica. Ostrov batia-se há muito para que ele se decidisse a cursar o segundo grau. Ele protelara, protelara, até os dezoito anos. Para ganhar tempo, não havia outro recurso: submeter-se a um exame geral de todas as matérias que os demais estudantes tinham eliminado ano após ano. Paciência. Parece que são raríssimos aqueles que conseguem o certificado logo à primeira tentativa. Em todo caso, Ostrov prometeu ajudá-lo naquilo que ainda soubesse.

Quando pude agendar uma viagem ao Brasil, três anos eram passados. João tinha o seu certificado e ia candidatar-se a uma vaga num curso de história natural. Mais tarde é que faria a opção pela botânica. Submetia-se às provas em Cuiabá e tínhamos notícias diárias de como se saía. O telefone tocava e todos corríamos para a sala. Ostrov sofria como se fosse ele o candidato. Publicavam-se os resultados na imprensa e colecionávamos o jornal de Cuiabá só para rever com João, ao telefone, os gabaritos das provas. Quanta emoção! E quanta surpresa! Mas o sofrimento é o mesmo de todo pai, seja ele alemão ou brasileiro, cujo filho faz provas para a universidade. Felizmente, tudo terminou bem. Mais uns quatro ou cinco anos e o rapaz estará habilitado a suceder Ostrov na parte mais importante da sua firma: a da extração, cultivo e comércio de plantas ornamentais. Será uma boa coisa.

E foi esse o principal assunto de nossas conversas, muito mais dirigidas ao futuro de João, seu herdeiro natural, aos problemas do viveiro e da luta pela preservação das espécies ameaçadas que à Europa e ao tempo ali vivido. Muito raramente Ostrov abordava os anos da guerra, reveladores das misérias e mesquinharias secretas dos povos "civilizados". Eu, por meu lado, não lhe fazia perguntas. Havia, também, um fato novo: ele recolhia-se mais cedo. Como bebia muito pouco, preferia ir para o quarto e ler na cama antes de dormir.

Numa tarde de muito bons auspícios, pois João viera passar o fim de semana em casa, estávamos na varanda, conversando sobre as matérias do curso de botânica, sobre a universidade e o mercado de trabalho, quando Ostrov saiu-se com uma boa. Disse a João que ele jamais pensara em trabalhar. Sua mudança para Paris tivera fim preciso: fazer política. Como ficara sabendo que os alunos da Escola Normal eram os mais engajados nas lutas sociais, aproximara-se dos comunistas e começara a participar de reuniões, congressos, marchas de protesto, panfletagem nas ruas, visitas a fábricas e indústrias...

Assim é que fizera amizade com o grupo ligado a Simone Weil. Sob sua influência, retomara os estudos, prestara exames e acabara aluno regular do curso de matemática. Verdade verdadeira é que não queria separar-se dos companheiros. Mas, ao retorno da Espanha, tudo perdera a razão de ser. Nunca terminou o curso.

Eu não pude deixar de condenar o péssimo exemplo dessa mensagem pessoal que nada tinha de abonadora. Era preciso que João se inteirasse de uma coisa: que só um rapaz rico, muito rico, de família nobre polonesa se permitiria viver sem trabalhar. Depois da revolução francesa de 1789 e da revolução russa de 1917, as coisas tinham mudado muito! E imagine! Nobre, rico e... comunista!

— Não vejo nenhum mérito no fato de um pobre ser comunista! — riposta Ostrov na hora. — Não são os deserdados do mundo que se dão as mãos? Eu, que tinha tudo, não me importava de renunciar ao conforto, à riqueza, para abraçar a causa dos deserdados!

— Mas tinha a sua subsistência assegurada!

— E se assim não fosse, como é que poderia dar tempo integral ao Partido? E saiba a senhora que ainda pagava as refeições de dois companheiros menos afortunados! Mas devo confessar que não me privava de coisa alguma, pois tinha, sim, a subsistência assegurada. Com Simone era diferente: professora, ganhando bem, ela vivia com o que recebia na época um operário. Não gastava nem um tostão a mais. O que ultrapassava o salário mínimo era imediatamente repassado à caixa do sindicato para ajuda aos necessitados. Ela, sim, privava-se de tudo. Comia o que um operário comia. Minha virtude não chegava a tanto.

Entre os dois exemplos, de perigosa contradição, e de que Ostrov tinha perfeita consciência, não sei de qual deles João tiraria melhor proveito. Mas a conversa enveredou por outros caminhos, saindo do dever moral para a busca de êxito no trabalho, para o que hoje se entende por "vencer na vida".

Antes assim.

João voltou para Cuiabá e eu respirei aliviada. Não me agradava interferir em assuntos que julgava "de família", mas prezo muito a verdade e vou além do que me concerne.

Certa noite, alguns minutos depois de recolher-se, Ostrov reaparece na biblioteca, onde eu acabara de localizar um livro de Simone Weil que gostaria de ler.

Ostrov vê o livro na minha mão, aprova a escolha e me diz que estivera pensando no que conversáramos tempo atrás...

— A propósito de dúvidas e certezas. E acho que a senhora afirmou que preferia filosofar a ficar com dúvidas. Ou coisa parecida, lembra-se?

Respondi-lhe que era verdade. E que não havia mudado. Lembrava-me muito bem de que a minha filosofice tinha a ver com a dificuldade de entender o mecanismo pelo qual ele teria assimilado à sua própria vida a morte trágica de Goyco. O que era para mim acidente funesto, derrota, ele convertera em exaltação heróica, encontrando na fatalidade a força que lhe faltara para vencer a humilhação do êxodo e a perda da utopia. Isto é, a República por que lutara.

— Não é bem isso, mas... é quase isso. E para que não fique no quase, pois é uma incerteza, tenho mais do que uma análise para a senhora. Se estiver disposta a ouvir-me em vez de ler *O peso e a graça*...

— E por que não? Sempre me sobrará tempo para ler. A certeza plena vale muito mais que uma análise sem fundamento. No passado como no presente.

Nessa noite, pela primeira vez, tomei algumas notas. Ali mesmo. Sem qualquer dissimulação. Peguei o meu bloco e escrevi. Na mesma hora, ouvi a sua advertência:

— Se a tomei por confidente, não foi para ter a minha vida divulgada por aí, *Frau* Bock. Muita gente com quem eu trabalhei, ou ao lado de quem eu fiz a guerra, ainda vive. Tudo quanto lhe referi, teve, e tem, estreita relação de causa a efeito com a guerra fria. E a senhora poderá sofrer graves prejuízos se descobrirem que está ligada a mim ou se deduzirem, equivocadamente, que tem laços de parentesco com alguma das pessoas citadas. Cuidado!, muito cuidado! Não me oponho a que transforme tudo isso em depoimento pessoal para consulta numa biblioteca ou num centro de estudos sobre a espionagem durante a guerra de 39-45 ou sobre a guerra civil espanhola. Mas que seja guardado em arquivo e se conserve inédito, por exemplo, até a minha morte ou durante um certo prazo, de uns dez ou quinze anos... entende?

Expliquei-lhe, com toda a franqueza, que não tinha intenção de divulgar aquelas notas. Mas a idéia de promover o registro do depoimento num arquivo oficial era excelente. E eu poderia encarregar-me disso, porque na Alemanha há várias bibliotecas destinadas à preservação da memória da guerra.

Para desencargo de consciência, confessei-lhe ter enviado algumas sinopses a uma amiga, autora de um romance sobre o nazismo na Colômbia, e que criara, sem conhecê-lo, uma personagem de origem nobre com o título de príncipe Olsztyn.

Ostrov não se ofendeu nem perdeu o humor. Pelo contrário. Observou com superioridade:

— Não é preciso ter muita imaginação para isso... A Europa está cheia de príncipes... Difícil seria dar a uma personagem de romance o título de príncipe do Juruena...

Livre de escrúpulos, deixei bem claro que se um dia a mesma escritora se valesse das minhas notas, eu lavava as mãos. Nada fizera por má-fé.

— Literatura, literatura! Um amontoado de palavras! Quem dá crédito ao que escrevem? Não lhe disse que o livro de Perrault, que a senhora tem por documento, não passa de uma versão, entre muitas, dos fatos? Tanto que o chefão da *Orquestra* se julgou no dever de corrigir o que aí aparece como de fonte limpa e, não se surpreenda!, ouvido dos seus próprios lábios! Isso mesmo! Anotado por Perrault em várias entrevistas com o chefão, que o considera muito e é seu amigo...! Que foi que ele fez? Divulgou a sua versão dos fatos — a única verdadeira. Sabe qual o título da autobiografia? *A grande cartada*. Publicado em Paris, em 1975, o livro procura desviar a nossa atenção para o último trunfo a que os nazistas pensavam recorrer para vencer a guerra: dividir a coalizão contra Hitler, promovendo a paz em separado.

— A paz em separado?

— Isso mesmo. Com o controle dos postos de rádio da *Orquestra Vermelha*, mais a colaboração do chefe, prisioneiro da Gestapo, o *Sonderkommando* faria crer ao Kremlin que os Aliados estavam prestes a negociar o cessar-fogo com o Reich. E então? Onde está a verdade? Kler teria sido agente duplo? Ou triplo, ao que dizem os estudiosos da KGB? Na autobiografia, ele protesta inocência. Mas, terminada a guerra, não conseguiu livrar-se da prisão. Purgou pena de dez anos na Rússia e confinamento domiciliar na Polônia. O próprio Perrault criou, em Paris, um comitê para fazê-lo sair do país... Em 1973 ele pôde, afinal, seguir para Londres e declarar, do alto da sua suficiência, que pertencia a uma geração sacrificada pela história. No que, afinal, acaba tendo razão...

— Nesse caso...

— Nesse caso, o demais, na minha opinião, continua sob suspeita. Tanto quanto o que eu próprio lhe venho contando. Estou velho e já devo ter alterado, a meu favor, talvez — o que é humano —, muitos desses fatos. Mas não os ouvi de quem quer que seja. São parte integrante da *minha* história, da *minha* vida. Minha em mim, como dizem os espanhóis.

E, num levantar de ombros:

— Se deturpo alguma coisa, não é da conta de ninguém. E corro, eu mesmo, os riscos da falta de memória ou da senilidade. Só porque tinha receio de que tudo isso se perdesse nos tais bancos mnemônicos dos especialistas, é que me dispus a contar-lhe o que passei. Ainda que invente uns quantos episódios para encher os vazios, ninguém dá pela coisa. A vida também inventa.

E como inventa! No que se refere a Ostrov, parece impossível que alguém não exclame: uma vida de romance! Dizem que vidas assim não cabem na literatura de ficção. Transbordam os limites do verossímil, pecam pela fantasia. Parecem, escritas, delírios do teatro do absurdo.

Não entendo de literatura. Não sei se a ficção impõe limites à imaginação. Contudo, não me tem custado acompanhá-lo, embora de surpresa em surpresa. O que há de fabuloso, ou que possa parecer fabuloso, tem muito a ver com a época em que Ostrov viveu. O descomedimento procede da guerra, dos ódios e das paixões acumuladas. Como procedeu, também, da própria transformação do mundo. Imagine que o mesmo sol aquecia e iluminava no curso de vinte e quatro horas gente como Stalin, Hitler, Mussolini, Franco...

Tanto excesso só poderia dar no que deu.

No pequeno lapso de uma estada em Paris, de que Ostrov me falaria para justificar o seu comportamento por ocasião da morte de Goyco, vê-se como era difícil, se não impossível, uma vida normal dentro da rotina do cotidiano

Esse período precede a sua viagem para a Argentina. Situa-se naquele *intermezzo* de Bruxelas, depois da passagem por Gdansk e do reencontro com Baraquias. Justamente quando se deixou atrair pela rede da *Orquestra Vermelha* de cujos membros me ocultou nomes e ainda omitiu ligações. Se bem que eu soubesse, e ele não ignorava minhas leituras, que Kler não era Kler, mas Adam Mikler, o nome canadense do chefão polonês Leopold Trepper, e Vogel não era Vogel, mas Léon Grossvogel, gerente da Capas de Chuva Excelente, nem eu o corrigi nem ele se deteve em explicações sobre essa dissimulação. Também, o resultado não alterava a soma do produto.

Hoje, entendo: a discrição se impunha. E também a deturpação tinha sua razão de ser. Ele não precisará lembrar-me que um certo sigilo deve ser observado. É o mínimo que se espera de um confidente. Desde que digno. Reconheço-lhe a obrigação, e o direito, que é sagrado, de querer resguardar a intimidade de quantos partilharam com ele dos mesmos interesses e das mesmas idéias.

No entanto, na sua derradeira intervenção, talvez porque melhor me conhecesse, ele não se valeria de qualquer subterfúgio: fez o que se entende no Brasil por "dar nome aos bois".

Por tudo isso, prefiro dar-lhe a palavra.

❖

Foi do rádio da Capas de Chuva Excelente que me comuniquei com Willi Muezenberg, em Paris, para saber se Goyco já havia seguido para Saint-Jean-de-Luz ou se continuava na Pouponnière. Ao que me informou, Simone não tinha podido acompanhá-lo ao norte e pedira-lhe mais um pouco de tempo. Agradeci a Deus o atraso. Eu teria ocasião de rever o menino e poderíamos passar uns dois dias juntos. Só nós dois. Perguntei a Willi se isso era possível. Contei que me encontrava em Bruxelas, tão perto de Paris, e não queria deixar de despedir-me de Goyco antes da grande viagem para a América. Willi ficou contente. Era bom, muito bom que eu aparecesse. O menino se livrava da disciplina, ia a Paris, recebia um pouco de carinho, o de que precisava, conversava com alguém com quem tinha uma forte ligação afetiva e voltava às aulas com outro ânimo. Ótimo. Que eu não pensasse que ele ainda tivesse problemas de adaptação. Não. Tudo tinha sido esquecido. Ele era fechado, meio carrancudo e de pouca conversa, mas os colegas tinham aprendido a estimá-lo tal e qual. Falei-lhe de Simone, de quem não tinha notícias há alguns meses, e da necessidade de pernoitar no apartamento do Dr. Weil, o apartamento que costumavam ceder aos amigos de passagem. Willi prometeu encarregar-se de tudo. Ficasse tranqüilo.

A viagem decidida, fui falar com Trepper. Vinha pedir licença para me ausentar uns dois ou três dias, expliquei. Disse que tinha de ver um sobrinho, interno na Pouponnière. Ele se surpreendeu pelos dois motivos: que eu tivesse um sobrinho e que ele ficasse justamente na Pouponnière, a creche dos comunistas. Cresci no seu conceito. Sem qualquer objeção, me revela que seguia para Paris no dia seguinte e me convida, de pronto, a acompanhá-lo. A boa acolhida vai mais longe: me informa que faria as reservas da cabine no expresso noturno, Bruxelas–Paris, e dos quartos no hotel. Não era uma boa idéia? A firma autorizava a viagem, e os gastos seriam abonados. Aceitei sem pensar duas vezes. Trepper sempre descia em bons hotéis. E, dessa vez, no Trianon, no Quartier Latin. Excelente localização. Favorecia tudo que eu havia previsto: uma linha de metrô a um quarteirão do trem que me levaria à Pouponnière, a proximidade do apartamento dos Weil, que eu podia visitar a pé, e, ali mesmo, no Quartier Latin, uma linha de ônibus que me deixava bem em frente ao escritório do Instituto para o estudo do fascismo, o INFA, dirigido por Arthur Koestler.

Que mais eu podia desejar?

Entre a estação de Bruxelas e a Gare du Nord, a estação de desembarque em Paris, o chefão me revelou, confidencialmente, e eu lhe agradeci por essa prova de confiança, o que o trazia à cidade: uma delação. Que devia ter sido cometida por um membro do grupo *Rabcors* (termo russo para "correspondentes operários" ou "operários que escrevem"). Esse grupo tinha sido dirigido até 1932, na França, por dois amigos seus. E ele não ia permitir que tudo ficasse em branco. Vinha descobrir quem abrira o bico. Quando perguntei quem eram esses *rabcors* e de que se ocupavam, Trepper se alongou em muitos pormenores de que não me lembra nem a metade. O que retive e que importa mesmo é que, à falta de jornalistas russos de formação, ou mesmo franceses, simpáticos ao comunismo, os seus amigos recrutavam os correspondentes entre os operários. Eram eles que se encarregavam das denúncias, por escrito, sobre as más condições de trabalho, sobre a exploração, sobre os baixos salários e a impiedade do sistema. Tudo vinha a público!

A satisfação era unânime. Quer dizer, do operariado. E o êxito era tão grande que se multiplicavam folhetos, panfletos e jornais. Essas publicações faziam pelo operariado o que hoje fazem os sindicatos e a imprensa nos países livres. Só nos arsenais franceses e nas usinas de material estratégico chegaram a recrutar cerca de três mil correspondentes!

Era trabalho de formiguinha, de interesse humanitário, importantíssimo na organização de um movimento de massa. Mas tudo fora destruído. Uma traição pusera a perder o zelo e a abnegação de tanta gente! Traição abominável! Até eu concordei com ele. A polícia francesa recebera denúncia da existência de uma rede de espionagem por parte de uma organização estrangeira, de nome russo, e não demorou nem seis meses para que o grupo *Rabcors* fosse desmantelado.

No Trianon, na hora do registro na recepção, vi que Trepper não se identificara com o seu verdadeiro nome. Achei esquisito e fiquei atento. Embora ele tivesse procurado escamotear a assinatura, deu para ler alguma coisa como Tommer. Dois anos depois, fiquei sabendo que ele viera em missão especial, enviado pelo

Kremlin para elucidar o caso *Rabcors*. E era ele, Trepper, ele mesmo, o principal suspeito de dirigir a organização subversiva. Procurado por todos os policiais da segurança francesa, que é que ele podia fazer? Viajava com passaporte falso e respondia pelo nome de Sommer, e não de Tommer, como eu acreditara ter lido.

Nos dois primeiros dias da minha estada, tentei, por todos os meios, comunicar-me com os Weil. Ninguém. Quando consegui conversar com a porteira do prédio, a *concierge*, fiquei sabendo que Simone estivera mal de saúde e que os pais a tinham levado, convalescente, para a Suíça. Logo desconfiei da tuberculose que ela ignorava altivamente expondo-se sem prudência.

Com Goyco tudo estava bem: tinha recebido a mensagem de Willi e me esperava para sair. Passamos dois dias na cidade. Fomos ao bosque de Boulogne, ao Louvre, ao Jardim das Plantas e ao Museu de História Natural. Como o escritório do INFA ficava na Rua Buffon, bem ao lado do *Museum*, corremos o jardim e fomos ao encontro de Koestler, a quem eu anunciara a nossa passagem. Goyco resmungou meia dúzia de palavras em francês e sentou-se num canto com um livro que o escritor lhe emprestou. Foi durante essa entrevista, a única vez que estive com Koestler, que pude avaliar a importância do seu trabalho e a pouca ou nenhuma ressonância, até aquele momento, de suas obras. A tal ponto o maltratavam a indiferença do público e a penúria da vida em Paris, que tentara o suicídio. Salvou-o um acaso feliz. Depois disso, ainda teve ânimo para escrever um romance. Mas... o Partido, imagine-se a sua dependência!, o Partido negou-lhe autorização para publicá-lo. O motivo? Ele fazia "literatura burguesa"...

Sem outro recurso, como sobreviver? Abandonou a literatura burguesa e aceitou encomenda de Willi: redigir uma enciclopédia de educação sexual em três volumes. O Partido curvou-se à emergência. De qualquer modo, o autor assinava o livro sob pseudônimo: A. Costler.

Ainda a conselho de Willi, Koestler aceitaria cobrir, como jornalista, a guerra civil espanhola. Desastrado, ou caipora, como dizem no Amazonas, caiu nas garras da Falange, foi feito prisioneiro e condenado à morte. Por sorte, conseguiu comutação da pena em prisão perpétua. Mas não fosse a grita da opinião pública internacional, o caudilho não teria convertido a punição absurda em extradição.

Não me parece fora de propósito afirmar que essa minha conversa com Koestler, à véspera da partida da Europa, para prestar serviços à *Orquestra Vermelha*, determinaria uma nova guinada no curso da minha vida e nas minhas relações com o comunismo. Não, não foi um mero diálogo o que eu, jovem voluntário da guerra civil, mantive com o autor do *Diálogo com a morte*, um dos maiores pensadores do nosso século: o que dele ouvi foi uma exortação à liberdade de opinião e à liberdade de escolha da própria morte.

Esse encontro teve o dom de enervar a minha rebeldia de dissidente da esquerda e fortalecer o meu desejo de exorcizar, de uma vez por todas, os mitos que tinham embalado a minha adolescência na Polônia e justificado a tomada de armas na Espanha.

Saí tão confortado da Rua Buffon, 25, que levei Goyco a um parque.

No terceiro dia da estada em Paris, pude, afinal, rever o meu companheiro de viagem. Eufórico, Trepper chamou-me ao seu quarto para declarar, entre reticências e palavras de duplo sentido, que tinha descoberto tudo sobre a delação e que o seu trabalho estava terminado. Dentro de umas duas semanas, voltaríamos a encontrar-nos em Bruxelas. A minha conta estava paga. E eu podia manter o quarto até o dia seguinte. Pediu-me licença para fazer as malas, acompanhou-me até a porta e desejou-me boa sorte.

A regalia de mais um pernoite no hotel nos permitiu, a mim e ao Goyco, prolongar por outras doze horas o giro por Paris. Sentamos num terraço de café para bem distribuir os minutos e as horas que nos restavam: propus uma nova visita ao Louvre, uma missa em Notre-Dame ou no Sacré-Coeur, um passeio de barco pelo Rio Sena. A escolha era dele. Goyco decidiu-se pela missa no Sacré-Coeur, para ver a cidade do alto, e perguntou se não podia pedir alguma coisa que eu não tivesse mencionado.

— Nenhum impedimento, claro que pode.

E ele fez suas novas opções: o Panteão e os Inválidos. Achei estranho e perguntei a razão da escolha.

Ele me responde:

— Por causa dos grandes mortos. Gente que honrou a pátria. E eu gosto de Napoleão. Por isso queria ver os Inválidos. Os meus colegas fizeram esses passeios. Eu não estava aqui.

As preferências de Goyco iam para o que ele conhecia: a guerra, a morte, a pátria, o soldado. Aí estava o seu coração.

— E se você pudesse escolher agora o seu futuro, queria ser soldado e morrer pela pátria?

— Soldado de uniforme, não sei. Nós vimos o desfile do 14 de julho, todos alinhados, em marcha, pareciam soldadinhos de chumbo. Não sei... Acho que não. Queria ser soldado como meu pai, meu padrinho, o senhor... Queria terminar o que nem o meu pai nem o meu padrinho nem o senhor terminaram... Mas eu não tenho pátria...

— E como é que não tem? Tem, sim. E eu, também. A sua pátria é a Espanha, e a minha, a Polônia. O que importa não é que você esteja pisando a sua terra, é que ela esteja dentro de você. Aonde quer que você vá, ela vai também. É como Deus. Deus não está em toda parte? E não fomos criados à sua imagem e semelhança? Isso você aprendeu no catecismo, não aprendeu?

— Aprendi, sim, senhor. Aprendi com a minha mãe. Mas já não sei rezar. Aqui, quem é comunista não reza. Nem fala que é filho de Deus. Eles não gostam da Igreja.

— Nem na Espanha... Não mataram os padres todos e até freiras na clausura?

— Isso é diferente. Era a guerra. Mas ainda que matassem todos os padres e todas as freiras, a Igreja não ia deixar de existir. Porque precisamos da Igreja. É lá que a gente reza e Deus ouve. Não é por causa do padre. É por causa da Igreja. Que é maior que todos os padres.

Era tão bonito e tão cheio de sentido o que esse menino me dizia, de profundo sentido religioso, teológico até, que me deu vontade de aplaudi-lo. Goyco é um sábio, pensei comigo. Mesmo que pense que Igreja, instituição, é a mesma coisa que igreja, o prédio, monumento.

A escolha feita, achei que poderíamos começar pelo Panteão, bem perto do nosso hotel. Entre os mortos ilustres, Goyco só conhecia três — Voltaire, Rousseau, Victor Hugo —, mas fez questão de percorrer todo o monumento e descer à cripta. Do Panteão, partimos para os Inválidos. E ali, o que lhe interessava era o túmulo de Napoleão. Quando lhe perguntei a diferença que via entre os grandes homens que acabáramos de visitar e o imperador, ele me respondeu:

— Os outros, pelo que o senhor me disse, fizeram o país famoso. Mas Napoleão, que era soldado, mostrou que a França era forte. E ninguém ia ter coragem de invadir o país e matar os franceses como fizeram conosco os alemães.

— Que adiantou mostrar que era forte? O seu exército foi destruído, Paris capitulou e ele teve de abdicar.

— Mas voltou.

— Voltou? Para quê? Cem dias! A Europa inteira se armou contra ele.

— Mostrou que tinha valor. Tanto que enfrentou, sozinho, a Europa inteira.

— E teve de ir para o exílio, onde acabou assassinado. Valeu a pena?

— Se ele tivesse morrido no campo de batalha, valia a pena. Assassinado, não.

— Que diferença faz?

— Os vivos é que carregam a vergonha de perder a guerra. Quem morre no combate não é vencido. Nem o meu padrinho nem o meu pai foram vencidos...

— Quer dizer que eu fui vencido...

— O senhor é estrangeiro, não tinha que estar ali. E se a nossa gente tivesse continuado a lutar, o senhor não tinha vindo embora... Não é mesmo?

— Acredito que sim. Mas você acha que devíamos voltar, fazer o que fez Napoleão?

— O senhor não é espanhol. Só se fosse o seu país, a Polônia.

Esse diálogo nervoso, fruto de rara consciência cívica, me fez entender o que Goyco havia dito sobre terminar: terminar o que nem seu pai nem Urruty nem eu havíamos terminado. Nesse momento, nesse momento exato, me passou num relâmpago a idéia de que aquele menino queria voltar à Espanha para lutar. Mas nunca poderia imaginar que isso fosse possível...

No dia seguinte, pela manhã, subimos ao Sacré-Coeur. Goyco ouviu a missa com verdadeira unção. Via-se ter o hábito de ir à igreja: ajoelhou-se, fez o nome-do-Pai e rezou em silêncio. Tal como se praticasse desde sempre todos aqueles gestos de piedade.

Depois da missa, ficamos algum tempo tentando localizar, do alto da escadaria, os bairros de Paris, os monumentos, as pontes sobre o Sena.

— Isto aqui é muito bonito. Mas eu acho que se tivesse mar ficava mais bonito... Igual a Bermeo...

— Onde está a torre dos Ercillas? Nós passamos pela torre, lembra-se?

— Eu não morro sem ver outra vez aquelas ruínas...

Agora, a senhora me diga: tudo não está aí? Se eu não fosse cego, teria visto e entendido que o futuro inteiro cabia nessas palavras. Estava planejado. Nesse nosso encontro, e Goyco não devia ter mais de doze anos, o que dele ouvi só mostraria sua lógica implacável em 68. A reclusão no orfanato e no internato durante a guerra ofereceu-lhe tempo suficiente para amadurecer e nortear o projeto que vinha craniando desde o êxodo. Mas ali, em Paris, eu não cogitava disso: estávamos de férias. E eu pensava que aqueles dias fossem, de fato, um *sursis* para nós dois. Foi isso também. Vivemos dias redondos, completos. Ele falava o tempo todo, exprimia seus desejos, opinava. Quanta diferença da estada em Bordéus, sob previsível mau agouro! Eu era alvo de perseguição, tinha perdido o meu chinês, De Falla acabava de falecer na Argentina e Franco conseguira arrancá-lo dos sete palmos do exílio glorioso para render-lhe ignominiosas honras nacionais...

Eu andava de mal com a humanidade. No entanto, ainda tenho de dar graças a Deus. Apesar da amargura que me consumia, e que ainda me consome quando lembro meus desatinos, nem tudo se perdeu: conseguimos remendar nossa relação e encontrar uma saída honrada para o impasse criado pelos pedagogos. Hoje, a todas as cenas que me restaram de nossos encontros, e que revejo no meu cinema interior, veio colar-se a derradeira, que eu não presenciei mas que uma página de jornal de Bilbau me pôs diante dos olhos: o seu corpo estraçalhado por uma bomba. Corpo de herói. Vitorioso.

Ostrov calou-se. Nunca mais voltaria a mencionar o nome de Goyco. Esgotadas as virtudes essenciais dos símbolos, não havia motivo para demonstrações isoladas.

Agora, era ir à procura de uma nova ciência das coisas. Aquela que João talvez trouxesse de sua sala de aula, dos seus conhecimentos, de suas novas relações. Era notório que as três pessoas daquela casa gravitavam em torno de suas viagens a Cuiabá, dos seus telefonemas e das novidades da escola. Até eu passei a depender dele. Porque Ostrov fez questão de que "desta vez" fosse ele quem me levasse ao aeroporto.

João foi avisado de que deveria vir despedir-se de mim. Ostrov presenteara-o com um jipe possante, sua melhor ocupação nos dias de folga no Juruena: encerava-o, lustrava-o, tratava-o como planta de estufa. Francisco não gostava nada... Não aprovava as "regalias" do patrão. Tinha medo de que agrado demais pusesse o filho a perder. Não creio que isso aconteça.

— É galho de madeira de lei — disse ao pai.

E Francisco, entre orgulhoso e embaraçado:

— Sei não, dona Ursa, ele ainda é ramo novo. Tem mesmo é que ganhar cerne; a vida é dura...

Deixei o Juruena com o coração realmente apaziguado. É chegada a hora da serenidade. Tudo parece tomar rumo certo. Os negócios vão bem, João aplica-se nos estudos, Francisco e Augusta não se poupam para evitar o menor aborrecimento ao patrão. Ostrov aceita como prova de afeto a deferência com que o tratam. O que perdeu em altivez e em soberba ganhou em complacência. O humor adstringente converteu-se numa forma peculiar de bonomia, com alguns tons de absoluto desprezo pelas convenções (como o "bom exemplo" de jamais ter pensado em trabalhar). Ele parece ter encontrado a moldura certa para a imagem que quer divulgar, de grande senhor afidalgado, contemptor do mundo, um tanto agreste mas requintado nos hábitos e nas maneiras. Um príncipe da selva. Ninguém senão ele faria jus ao título de príncipe do Juruena.

P.S. *Se Ivan Olof ganhou e perdeu num passe de ficção o parente nobre, Ursula Bock garantiu, nessa invenção da vida, um autêntico título de nobreza para a soberania amazônica de Vladslav Ostrov.*

Este livro foi composto na tipologia Classical Garamond, em corpo 11/14, impresso em papel Chamois Fine 80g/m² no Sistema Cameron da Divisão Gráfica da Distribuidora Record.